後學衡

第六辑

主　编◎王本朝
副主编◎寇鹏程　张春泉

巴蜀书社

后学衡

目　录

后学衡

·前辈学人·

我与中国现代文学60年记略

□苏光文

不知不觉，我与中国现代文学“结缘”就六十年了。中国现代文学教学与研究，不仅是我的职业，更是我的事业。中国现代文学教学与研究，未因我退休而离去，一直与我相伴同行，完全融入我的生活与生命中。

六十年为一个花甲，是一个完整轮回。我与中国现代文学这一花甲轮回，在时间节点上，可分为三个阶段：执教初期（1963—1977）；改革开放以来（1977—2000）；退休以后（2000—2022）。就基本样态来说，此三个阶段又可分别概述为：奉命教学，指令授课，迁校期间，游弋书海；任务牵引，兴趣驱使，理想确立，教研结合；退而不休，潜心治学，力图融会贯通，系统集成。

一

1963年9月初，我于西南师范学院中文系（现为西南大学文学院）毕业留校，被分到中文系中国现当代文学教研组任教。我还未来得及去该组报到，就被派去参加农村“四清”社会主义教育运动。这一去就是一年有余。其时，我与中国现代文学犹如一对青年男女只是刚刚有了恋爱关系，能否成为眷属，尚难预料。这便是我其时的顾虑与心理状态。不过，我是幸运的。一年多后我奉命返回学校，正式成为中国现当代文学教研组的一名教师。当时，系组领导给我四五个月备课时间，然后独立给一个年级上中国现代文学专业的基础课。这时，我的人生位置与人生目标锁定了。这一稳定的心理与人生目标，也未被一年后开始的“文化大革命”运动（简称“文革”）所动摇。

1965年9月初，我主讲1969级的中国现代文学课，并担任年级主任。当时，教学有全国统一教材和统一的教学大纲，我所讲内容，说不上有多少个人见解。好在这样千篇一律的教学模式，对我来说只有一年就结束了。

“文革”初期，我被当作“保皇派”和修正主义苗子，横遭批斗，较长时间处于“文革”边缘而做了逍遥派。闲来无事，就读仅有的几本鲁迅作品和随处可见的毛主席诗词。我边读边抄写，不时还写点心得体会。1969年，学校被迫搬迁，我获准在留守组工作。其实，留守组也无什么事可做。我从小就养成爱读书的习惯，在留守组的三四年时间里，可以说，我饱读了从未所见从未所闻的图书和报刊。学校搬迁，图书馆的图书报刊并未搬走。其时，图书馆只有一名我认识的长者在门口坐着看守。第一次，我与他闲聊一会儿，便被同意进馆看书。以后，我便自由进出图书馆了，只是不能带书包，特别是图书馆四楼几大间图书报刊，深深地吸引着我。那些图书报刊已包装放进一个个大木箱或一个个大纸箱，并贴上“反动”字样纸条。出于好奇，又无人监管，我便揭去封条，把一箱箱图书与报刊读了个遍。箱内的图书报刊我完全陌生，如茅盾的《腐蚀》与《清明前后》、巴金的《寒夜》与《憩园》、老舍的《猫城记》与《四世同堂》、曹禺的《北京人》与《原野》，还有沈从文的小说选、丁玲的小说选、张爱玲的小说选、郁达夫的小说选、路翎的小说、胡风的诗及文艺理论集子，等等；《中央日报》《新华日报》《群众》《七月》《抗战文艺》《文艺阵地》《东方杂志》《现代》《文学季刊》《洪水》《北斗》《小雅》《文艺先锋》《文化先锋》，等等。我如饥似渴地读了几年，收获之一是知道这些图书报刊属于中国现代文学时间段的；收获之二是未见这些图书报刊的“反动”所在，因为当时鉴别“反动”的标准是“反毛主席”“反毛泽东思想”“反‘文化大革命’”。不过，我读上列图书报刊中的小说时，还是常常被小说中人物的命运和小说中不少细节所感动；收获之三是做了些笔记和抄写了些卡片（卡片是守门长者提供的）。这一最大收获和这几年的

“偷读”，应该说为我后来的教学，特别是研究重点及走向做了潜在性的预拟。

1973年开始，工农兵大学生入学，我被推上教学第一线。根据安排，我主讲《鲁迅》和《毛主席诗词》。所讲内容当然属于同时期的政治思想所主张的，个人见解与体会甚少。不过，我当时备课与讲授还是挺认真的。这两门课的讲稿，我一直保存着。2018年12月，这些讲稿被征集存入西南大学档案馆。

工农兵大学生，就知识储备量来说，可谓“贫富悬殊”。老三届的高中工农兵大学生与小学未毕业的工农兵大学生同坐一教室，同上一门课，其理解力与吸收力之差别，了了分明。

在“奉命教学”这一样态期中，还有一件事须说说。1975年9月，我应邀去扬州参加全国的中国现代文艺思想研讨会。这是我有生以来第一次出省，一出又那么远，比较担心出行不便与安全问题。好在有朋友的帮助，总算按时赴会了。这是我第一次参加同行专业会议。开始时，我有些拘谨。两天会后，我完全融入其中了。我与《小雅》主编及西北大学、复旦大学、武汉大学、华中师院、扬州师院、徐州师院、安徽师院等院校的前辈及同辈，相谈甚洽，交浅言深，有相见恨晚之感。身处“文革”中，却少“文革”气息。参加这次会议，我的眼界大开，了解了一些中国现代文学思想理论及其论争概况。这为我以后的教学与研究做了一定积累。

二

1977年底，四川几所大学教中国现当代文学课的教师由四川大学中文系中国现代文学教研室牵头聚会于成都，商议恢复高考后中国现代文学教学事宜，决定新编一本中国现代文学教材，定名为《中国现代文学新编》。会议结束前一天，四川省委宣传部资深部长接见了我们。他在讲话中，要求我们加强抗战时期国统区文学研究，还要求重庆方面的现代文学教学老师多做这一领域的研究。会后分工，这一任务自然由我们承担了。回校后，我即找出原来抄写的卡片和笔记本，去学校图书馆翻阅已上架的几年前我翻读过的史料。一年有余，我们完成了这一编写任务。参加这部教材的编写，我的收获颇多：一是详读了普遍用作教材的王瑶著《中国新文学史稿》、刘绥松著《中国新文学史初稿》及丁易著《中国现代文学史略》三部权威史书；二是较为系统地了解了我们这门课程的基本内容；三是使得我后来在查得大量的第一手史料之后，深深感到前辈们著的史书中存在的诸多话题需要重新言说，存在的诸多缺失需要弥补，存在的诸多文学真相需要探索，乃至“史观”及框架体系需要重新建构。可以说，这时，我的双脚才算是踏进了中国现代文学的大门。之后不久，中国社会科学院文学研究所约编国统区文艺思想理论史料，并拨款资助。校系领导也支持这项工作。有了项目，有了钱，又有领导支持，我便把教学之余的时间与精力全用于史料搜集。两三年间，在北京、上海、广州、昆明、成都、重庆等省市地区的图书馆及重庆与南京的档案馆查得史料（包括“五四”时期、二三十年代的文学史料）三百多万字。除去完成编选任务，我还构建起新的教学大纲与新的教学体系，写出 12 本中国现代文学讲稿（2018 年 12 月，被征集存入西南大学档案馆）。这期间及其后，也形成了一个个研究课题，撰写出一本本专著和一篇篇学术论文。我常常把研究所得融入教学内容中，充实教学内容的厚度，提升教学质量，又把教学中发现的问题纳入研究，增加研究的广度与深度，做到教学与研究相结合。我还拟定在三四十年代抗战文学领域里搞十年八年，搞出点名堂来。同时，我的“学术研究无禁区，教学有纪律”的底线原则形成了。

1978 年 7 月，我撰写的论文《郭沫若在重庆》，发表于翌年《西南师范学院学报》第 2 期上。该文与稍后写成的已收入论著的另一篇论文《茅盾在抗战时期》（原题目为《茅盾在重庆》），既表达了我对郭沫若与茅盾两位文学家逝世的悼念，也从一个侧面透露出我的抗战文学研究是以重庆抗战文学为切入点的。这时，我从查阅的史料中，了解到重庆是抗战时期国民政府的陪都，重庆在 1938 年以后，不仅是中国政治、经济、军事、外交中心，也是中国文化文学中心，同时还是世界反法西斯战争同盟国中国战区统帅部所在地。从重庆抗战文学研究出发，向整个国统区抗战文学、边区抗战文学、港台地区抗战文学、沦陷区抗战文学以及中国抗战文学与世界反法西斯文学交流的研究拓展，以作家作品为研究重点，达成史的体系建构，这便是逐渐形成的我的抗战文学研究路线图和研究目标。

1978 年 9 月，我写成论文《论“五四”时期鲁迅作品中的民主意识与科学精神》，发表于翌年《南充师范学院学报》第 2 期上。该文和已收入论著的《鲁迅·抗战·抗战文艺》《重读鲁迅“骂孔子”》《鲁迅与辛亥革命》，表明我对“五四”时期文学和二三十年代文学的研究是从鲁迅研究开始的；收入论著的《关于自由主义文学思潮》《论“学衡”时期的吴宓》《吴宓的“好梦”及其“难圆”》《胡风文艺思想理论及其影响》《巴金小说的“苦难情结”》《吴荪甫与赵惠明：茅盾小说中“另类勇者”形象》《左翼文学：30 年代中国文坛的红色方阵》《方敬诗歌：真与美的寻绎》等论文，以及《中国现代无产阶级文学及其生存境遇》《中国现代民族主义文学思潮》《鲁迅的“吃人”隐喻意涵》《茅盾创作的政治化倾向》《巴金的家庭文化拷问》《老舍“都市主题”的叙述》《曹禺“精神家园”的寻绎》《中国现代文学与外国文学概览》等 30 多篇论文，便是我对“五四”时期文学和二三十年代文学实绩的研读所得。

1980 年 6 月，我撰写的论文《〈华威先生〉引起的论争及价值意义》，发表于翌年《重庆师范学院学报》第 3 期上。该文和稍后写的收入论著的论文《国统区抗战文学“右倾”论再认识》《“凋零”论“开倒车”论质疑》，是我进入抗战文学领域最初的论辩驳难之作，旨在去伪立真、开辟研究路径。

1983 年，我写的论文《抗战文学简论》，发表于翌年《西南师范大学学报》第 3 期上。该文及其后三十多年间写的 50 多篇论文，比如《国统区抗战报告文学刍议》《国统区抗战小说泛论》《关于“七月”小说派》《关于“中国诗坛”派》《略论抗战文学的审美效应及边区文学创作大众化特征》《工农兵文学及其引领价值》《张恨水〈八十一梦〉的批判意识与自省意识》《启蒙主义：中国抗战文学的重现话题》《老舍〈大地龙蛇〉的文化反思》《重庆陪都文学话语空间刍议》《抗战文学在香港》《台湾战时文学的审美特征》《赵树理延安时期小说的忧患意识》《丁玲小说的启蒙意识与抗争意识》《张爱玲小说的“荒漠化”情感透视》《抗战文学与世界反法西斯文学交流片论》等等，多角度多层次全方位审视抗战文学，呈现抗战文学繁富的意义世界和多样化的艺术特征。这些研究所得为我这期间从事体量较大的学术专著的构思与撰写做好了多方面的准备，打下了厚实的基础。

1983 年，我协助招收中国现当代文学专业抗战文学研究方向硕士研究生。1985 年，经批准，我正式成为该专业该研究方向硕士研究生导师。我先后为硕士生开“抗战文学研究”“中国现代文学与外国文学”及“中国现代文学思潮流派研究”三门学位课程，我给本科生上专业基础课，还为高年级本科生开“中国现代文学专题研究”选修课。

1983 年 9 月和 1984 年 1 月，我先后撰写成两本书。《抗战文学概观》于 1985 年 12 月西南师范大学出版社出版，《抗战文学纪程》于 1986 年 4 月西南师范大学出版社出版。前者，重在探讨抗战文学运动、抗战文学思想理论和抗战文学创作中带倾向性的问题，并把抗战文学放在“五四”以来中国现代文学发展中去考量与研究。该书是继蓝海（田仲济）1947 年出版的《中国抗战文艺史》后的第一本抗战文学研究论著。后者是我查得的抗战文学史料的结集。史料我按抗战文学分为四个发展阶段，以编年体方式编入。这不仅为读者和研究人员提供大量史料和查阅原始史料的目录，同时又显现出抗战文学发展脉络及抗战文学成就，史料的双重价值得以凸现。今天来看这两本书，缺失自然不少。

1985 年 9 月，我策划并做主编的“国统区抗战文学研究史料丛书”《文学理论史料选》《小说研究史料选》《诗歌研究史料选》《戏剧研究史料选》，由四川教育出版社于 1988 年五六月出版。1989 年，重庆出版社出版的“大后方文学书系”中的“小说编”六卷本由我选编、艾芜主编。

1986 年，我与本校历史系及政治系各一位教师联合申报的国家人文社科课题“抗战时期国统区研究”获准立项，我负责国统区文学研究。此项目获准既是对我这之前抗战文学研究成果的一种检阅，更是对我这之后研究的一种激励。

1989 年初，我开始构思并撰写《抗战诗歌史稿》，于 1991 年 12 月由四川教育出版社出版。本书包括“引论：抗战诗歌滥觞期”“上篇：诗坛巡礼”“中篇：诗派诗人举要”“下篇：旧诗新话”，点面透视，层层递进，力图展现抗战诗歌的发展走向及抗战诗歌取得的成就。该书为“国统区抗战文学研究丛书”之一。

1990年12月，我开始撰写《大后方文学论稿》，于1994年12月由西南师范大学出版社出版。本书是教育部“八五”人文社会科学研究规划项目最终研究成果。本书共5篇29章，从对大后方文学的历史叙述再评议开篇，到对大后方文学思想理论及其论争的缕析、大后方文学创作意义世界的解读、大后方文学与世界反法西斯文学交流的概述以及中国大陆抗战文学与港台地区抗战文学之关系的阐释，史论结合，自成体系，是一部有一定理论深度的大后方文学史论著。说起这本书，至今还存令我挂怀的一件事：1991年10月的一天，我带本书稿去成都参加四川省社科联召开的理事会时，去到时任一家出版社副社长的我的大学同学家里，请他帮忙出版。他大致翻阅书稿后，表示“一定出这本书”，又说要等到他手中的一本畅销书出版后。我理解，自然同意。他送我出门时，又表态：“我一定出版这本书，放心！除非我死了……”我打断他的话，说道：“言重了！言重了！”一年后，我再去他家时，他却去世了！我心疼，我惋惜，我安慰生者！我要回书稿后，恰逢申报教育部人文社会科学研究规划项目，我便以“大后方文学研究”为题填表申报，后获准立项，并得到资助。还未到项目结题时间，此项目的最终研究成果《大后方文学论稿》便出版了。本书的出版带有纪念我这位去世的挚友之意。

1995年为中国抗日战争胜利50周年，重庆市政协牵头编写大型“重庆抗战丛书”，以资纪念。我应约撰写《抗战时期重庆的文化》和《抗战时期重庆的对外交往》。时间紧，任务重，我便约请几位相关专业学者、教授参加编写这两本书，我做主编。这两本书于同年8月由重庆出版社出版。

“20世纪中国文学”主张提出后，呼应者众多。四川及云贵部分高校中国现代文学教学人员，也想发声呼应，便于1994年9月聚会于重庆。同行们推我担纲撰写一部《20世纪中国文学史》。我接受任务后，用大半年时间集中研读大量的中国现当代文学史料和不同时段出版的中国现当代文学教材，感悟出“文学和人的关系”应是20世纪中国文学发展的中心线索。围绕着它的确立、调整、转换，形成较为鲜明的发展阶段。我便以此为“史观”，作为本书框架体系的理论支撑和选择作家作品的视点。我在架构这部书的过程中，看重的是作家在20世纪中国文学发展过程中的角色地位和作品达到的思想深度、艺术独创性与审美特性。我的见解得到参编同行的认可。两年后，两卷本《20 世纪中国文学发展史》和两卷本《20 世纪中国文学作品选读》由西南师范大学出版社出版。此后，这两套教材多次再版，并被全国三四十所高校用作本专科基础课教材。在编写这两套教材过程中，我提出了“文学和人的关系”的“史观”，并倡导写史、讲史应有“史感”。

1997 年与 1998 年，我先后申报并获准国家社会社科基金项目“1937—1945 年中国文学爱国主义母题研究”和教育部“十五”人文社科项目“中国现代无产阶级文学研究”。这两个项目的最终研究成果由我主编、几位研究生参编的同名著作于 2002 年、2004 年由重庆出版社出版。前者 7 章 22 节，对爱国主义谱系进行历史追问与意义探索，辨析爱国主义之于中国的独特文化文学意涵，凸现 1937—1945 年中国文学中爱国主义的历史传承与现代转换；着眼于这一时期中国文学意识的开掘，从其特定而典型的基本词语即“孤愤”“苦难”“解放”“批判”“承受与担当”等词语进入，带出繁富的意义世界；把这一时期不同地区的文学纳入共同的爱国主义话语系统，写出这一时期中国文学的“精神史”“思想史”“行为史”。后者包括“导论”和上、中、下三篇，把中国现代无产阶级文学的历史进程及生存境遇、文学理论的价值意义、文学作品的文化内涵，有机勾连起来，形成一个整体，详加论述，指明中国现代无产阶级文学不仅是一种文学，在更大程度上还是一种政治色彩浓烈的思想意识，实证中国现代无产阶级文学是中国现代文学三十年历史上延绵不断的一块巨型红色文学方阵。

在职期间，我给本科学生上专业基础课和高年级学生上选修课，基本上是下课就走，与学生交流时间甚少，了解学生需求不多。好在学生们求知欲望较强，本课程的基础知识与基本理论均能掌握与吸收。不少学生对知识的渴求以及他们的思想活跃，令我感动。那些喜欢听课的学生和频频发问的学生，留给我的印象还是很深的，二三十年后他（她）们回校聚会谈及时，其景况还历历在目。

我带硕士生，基本上类似“师傅带徒弟”。当年，每届硕士生一个导师最多只能招 2 人，并规定待三年毕业才能再招再带。学位课程都在我家讲授。上完课，闲聊机会较多，大至社会人生、婚姻恋爱及课题选择，小至同学关系的处理等等。有时，上课和他（她）们闲聊到中午时，他们就留在我家吃便饭。师生关系极为融洽。他（她）们一边学习学位课与公共课，一边从事科研。他（她）们几乎都撰写和发表有学术论文。比如有位研究生的学术论文《忧郁及忧郁的几个意象——端木蕻良早期创作论》发表于《社会科学辑刊》1997年第4期，中国人民大学书报资料中心《中国现代、当代文学研究》于同年第9期全文转载；又比如一位研究生的学术论文《穿越城市文明的三次精神还乡——沈从文小说的心理阐释》，发表于《中国现代文学研究丛刊》1998年第4期。后来，他（她）们都在各自的岗位上大显身手，成为台柱。

三

2000年1月，我退休，但“退”而未“休”。一是继续完成前述的国家和教育部的各一项人文社科课题的研究，二是继续带尚未毕业的全日制硕士生和为在职人员申请学位的课程班上学位课程、指导学位论文写作。2003年，校内这些工作完成后，我被一家民办大学聘去讲授中国现代文学专业基础课，并指导同门课程任教的年轻教师。一直到2013年7月，我才完全离开大学讲台。这期间，我继续思考中国现代文学有关问题，并撰写专著和学术论文。

抗战时期，重庆陪都文学在中国抗战文学、世界反法西斯文学以及中国现代文学史上的分量和地位，我是知道的，我很想将此作为一个单项课题进行研究。2005年9月，重庆举行纪念中国抗日战争和世界反法西斯战争胜利60周年暨抗战文学研讨会。我应邀参会。我提交的论文题目为《重庆陪都文学：灰色人生战场的文学叙述》，但是，后被要求改为“重庆抗战文学”。我理论一番之后，还是照“要求”改了。不过，我心犹不甘。2009年1月，我把几年前写成的这篇论文缩减并改题目为《重庆陪都文学及其话语空间刍议》寄给重庆市社科联所属的一家刊物，以做试探，不料很快被采用发表了。我很兴奋！立即着手修改我已写成的《重庆陪都文学论纲》，并改题目为《重庆陪都文学研究》送出，中国戏剧出版社于2011年7月出版了。本书呈现出重庆陪都文学的完备文学制度、繁富的文学创作、双向的对外文学交流，还原其整体历史面貌，探寻其共时性与历时性的价值意义。我的抗战文学是以重庆抗战文学为切入点的，但本书才真正实现对重庆抗战文学的整体研究。

“中国现代文学”这个称谓，似乎是从1955年7月出版的丁易著的《中国现代文学史略》才正式开始用的。这之后，内地出版的这门课的教材和课程名称一律用“中国现代文学史”或“中国现代文学”。我读大学和教大学这门课，都叫作“中国现代文学”。不过，我偶尔也用“新文学”称谓。2013年2月，中国戏剧出版社出版的我的专著，就用的是“新文学”称谓（全称为《中国新文学发展史研究》）。本书以历史时间为节点，以“文学和人的关系”史观的确立、调整、转换为依据，构建框架体系。本书是我几十年来为本科生上专业基础课《中国现代文学史》讲稿的再修改，自然融入了我几十年教学与研究的所得。

《中国新文学发展史研究》出版后，我本打算休息一两年再思考写点什么的！不料，本书出版才三个月，四川省社科院文学所约我加盟“中国·四川抗战文化研究”重大社科课题，并约定我承担“重庆陪都文化”子课题的研究与撰写。我和该所曾有过合作，便欣然同意了。我用半年时间查寻未掌握的史料，一年时间完成撰写任务，书名为《大轰炸中的重庆陪都文化》，由中国文联出版社于2015年8月出版。这本40余万字的著作，全面而系统地论述大轰炸中的重庆陪都文化，其中涉及文化组织机构、文化思想论争、学校教育、文学、音乐、美术、宗教哲学、新闻传媒、对外文化交流和文化成果等方面的内容。重庆陪都文化在大轰炸中依然得到大发展、大提升，成为重庆陪都和重庆人乃至中国和中国人在血与火大劫难中巍然屹立，悲壮而绚烂的象征。

2014年1月，文学院举行团拜会。闲聊时，一位教授建议我写一本“苏光文说抗战文学”。我未迟疑，便说：“可以考虑!”“未迟疑”，并非出于一时冲动。因为我在整理和撰写《中国新文学发展史研究》专著时，就萌生了要用时间好好反思若干年来我的抗战文学研究的想法。所以，我在完成《大轰炸中的重庆陪都文化》后就全力思考和撰写《我说抗战文学》。本书于2016年1月由黄河出版社出版。本书对我三四十年来的抗战文学研究成果进行了历史性检视，带有“盘点”与“总结”特征，个人化色彩甚浓。九个言论话题中，有重新言说的，有维持原言说的，有新言说的。其中，“后抗战文学”是我提出的新话题，重在言说它对抗战文学中“抗战的文学”精神内容的延续与拓展，并对“后抗战文学”发展概况、创作特征以及得失予以评述。该书和前一本书的撰写，确实颇耗费我的心与力。完成后，我真的感到该停止了，该休息了。

停止写作一年有余。2017 年 9 月，文学院党政领导决定出资出一套“前辈文库”（后改名为“雨僧文库”），“以传承文脉”，我被列入。根据要求，我按时向出版社交去“齐、清、定”的书稿《新文学：新观念，新文本，新交流》，由西南师范大学出版社 2020 年 3 月出版。文库共 13 册，收有中文系——文学院 80 年学科历史上近 70 年中五代部分学者各一项成果。领受、担当、坚守，似乎为一以贯之的文脉。

2019 年 3 月，我清理书架时，在一书柜角落处发现了我寻找多时的曾放失手的一本书稿，题目叫《中国现代文学研究五十年》。本书稿均由原创文章构成，其中还有几篇不曾发表过的文章。我翻阅这些文章时，勾起了我撰写或发表这些文章前后不少有趣的故事。于是，我决定以这些文章为主，再把近 10 年写的已发表和未发表的论文纳入，重新编撰成一部专著，定名为《我与中国现代文学六十年》。本专著第一部分为“六十年教学与研究记略”，记叙 60 年间我的中国现代文学教学与研究概况及其走向。第二部分选录我写的论文 40 篇，按写作与发表时间先后排列，呈现出我的研究历程。这 40 篇文章，是从我撰写的 90 余篇文章中选出来的。这 40 篇文章均为原创，虽然有几篇已列入过我已出版的专著中，但列入本书时仍维持原状。每篇论文后，设置“附记”，内容包含有我撰写论文的点点滴滴故事，撰写论文的初衷、原委、发表论文的刊物、时间及转载等等，还包含有我现今对论文的看法和对论述对象的见解。

这里，我要说说退休后在一家民办大学工作的 10 年。这 10 年，可以说是“我与中国现代文学六十年”中最为快乐的也是有成就感的 10 年。

这 10 年，我结识了本市多所大学退休后来校工作的正副教授。我们之间无旧的恩怨，大家在同一平台上各自尽力发挥“余热”，大家心无芥蒂地交流教学经验和学术观点。闲暇时，聊聊天，散散步，还一起参加“红色旅游”。

这10年，我为中文专业每个年级开设一门专业基础课，为大三开设一门选修课。这所三本大学的学生，有从经济和教育较发达的省市来的，有从西部地区来的，也有从少数民族地区来的。他们的知识积累、学习态度与学习方法，不尽相同。就我摸底所得，约呈现三种状况：1/3的学生是不爱学习的，1/3的学生是父母逼着学习的，1/3的学生是爱学习的。真正爱学习而又会学习的学生，在一个年级约占1/20。面对这样的教学对象，我以教学内容和教学方法来提升爱学习的学生，吸引被迫学习的学生，拉动不爱学习的学生。学年考试成绩，一个班上85分的有10人左右，上及格线60分以上的40人左右，不及格的3—5人。选修课的内容，我有意向考研学生倾斜。我在新生入学教育的专题报告中和大一第一学期第一节课时都要讲讲考研问题，鼓动学生考研——从自身发展和教师拥有的资源两个方面去讲。我告诉他们：任课教师多为正副教授，一些教师原本就是硕导，他们的学生中不少人已在大学任教，且已成为硕导甚至博导了。他们会纯义务地为考研同学奉献出自己的人脉与文脉。事实上，我和几位教授，先后为三四十位学生考研“保驾护航”。就考上现代文学专业的硕士学生来说，我至今还记得名字的就有多人。

这10年，我与学生在年龄等方面是隔两代的，但又似乎无多大代沟。他（她）们除课堂上称我为苏老师外，课后都叫我“苏爷爷”。当然，我不曾称他（她）们为“孙孙学生”。一声“苏爷爷”，一下子好像就拉近了我们师生的距离，大有一种亲切、亲热之感。“课堂有纪律”，我们都遵循这一底线。课外，我们确实“随心所欲”。三三两两一起，谈人生、谈家常、谈学习。食堂遇着了，他（她）们请我吃饭，我也请他（她）们吃饭。过去的师生关系，难有这般的融洽。

这10年间，给我印象最深而不会忘却的学生有多人。比如，有一位学生，爱学习又会学习，记忆力特强，似乎过目不忘。大学四年中，包括体育课成绩在内，每学年所学课程平均成绩都在93分以上的。她的分析能力与写作能力也跟她名字一样，朴实而又多彩。又比如一位学生，也爱读书又会读书。她对文学作品的解读能力与撰写论文的能力，特别出众。记得大一上学期第10周半期考试时，我出的开卷试题为《解读废名的〈竹林的故事〉》，要求3000字以上，学术论文格式，两周后交卷。我阅她的试卷——打印的一篇学术论文《意的表达与象的构筑——废名小说《〈竹林的故事〉解读》时，感到“惊奇”和“疑虑”。另两位教授看后，也有同感，并认为“要么抄袭，要么高手”！事后，我和她交谈，了解了她拥有古今中外、文史哲各类学科知识理论的积累状况和平常爱读爱写论文的习惯。于是，我的“惊奇”变为“惊喜”了，我的“疑虑”变为“信任”了。上海召开周文学术研讨会时，我推荐她撰写出周文长篇小说《烟苗季》学术论文赴会。她的论文《无药可治的生命之痛——周文小说〈烟苗季〉解读》获得会务组认可，收到正式邀请函。大学毕业论文，她解读的是铁凝的长篇小说《大浴女》，万余字的论文《平庸之恶与艰难救赎——解读铁凝小说〈大浴女〉》，是我教学生涯中阅读过的大学本科毕业论文中少有的佳作。

这10年，我分别完成一项国家社科项目和教育部人文社科项目，撰写与出版4部学术专著，撰写和发表18篇学术论文。

四

抗战文学是中国现代文学史的重要组成部分，前辈学者们囿于一些原因少加关注。20世纪80年代前，抗战文学成了中国现代文学研究中最为薄弱的领域，禁区、误区、盲区，大量存在。我因一些“机缘巧合”一步步进入抗战文学领域而不能自拔。这期间，形成这样的研究过程和研究样态：从追踪报刊史料和档案史料以及能成为这两类史料之佐证的个人记忆史料，到鉴别与整理史料；从单项视点到单项视点与综合视点结合，达成史的体系建构。由此，我发现因“右倾”论造成国统区抗战文学成为研究禁区，因“凋零”论与“开倒车”论造成抗战文学成为研究误区；由此，我发现前辈学者关于“华威先生”及其引起的论争等问题的言说多为误认误导；由此，我更发现港台地区抗战文学、沦陷区抗战文学和“中国诗坛”派、“七月”小说派以及中外文学交流成了研究盲区。为开拓和深化抗战文学研究，我勇闯禁区、厘清误区、填补盲区，先后撰写并发表有关学术论文60余篇，先后撰写与编选并出版有关学术著作20多部。这些著述文字，包含着我力图探索抗战文学历史真相、还原抗战文学历史本来面目而怀有的初心；这些著述文字，负载着我为探寻抗战文学史观、研读抗战文学意义世界及梳理抗战文学对外交流、彰显抗战文学成就和历史地位，而一路披荆斩棘、论辩驳难所拥有的智慧、胆识和定力。这些著述文字，自然也呈现出我的抗战文学研究还存在的纰漏。

我对中国现代文学史上的“五四”时期文学和二三十年代文学的研究，与我对抗战文学研究一样：研究过程与研究样态以及史的体系建构相同，“闯”与“干”无异。“闯”——破以阶级立场和政治态度对文学思潮及文学作品划线的惯例，为吴宓及其为代表的“学衡”派、“新月”派、“现代评论派”正名，发现“人的文学”思潮、中国现代自由主义文学思潮、中国现代无产阶级文学思潮，等等。“干”——实干，苦干，孜孜以求，锲而不舍，坚韧不拔。我撰写并发表的30多篇学术论文和编撰并出版的8部专书，便是相关研究成果的结集。尤其是，我主编并出版的两卷本《20世纪中国文学发展史》和我撰写并出版的《中国新文学发展史研究》，更是融入了我几十年间教学与研究所得。这些研究的精要之点有三：一是王国维、鲁迅拥有的，陈寅恪、吴宓、老舍、胡风等人坚守的独立意识和自由思想，乃中国现代文学（或称中国新文学）作家、学人之德之魂。二是1918年5月，鲁迅在《狂人日记》中借狂人之口警告式说道：“你们要不改，自己也会吃尽。”对此，1932年8月，老舍来了个无缝连接而发表了《猫城记》，描叙有两万年文明史的猫国的灭亡和猫人的死光，起决定作用的是猫人自相残杀。承接而来的是1941年丁玲及其作品的启蒙与救亡意识，1943年及其后几年间赵树理作品的忧患意识与抗争意识，乃中国现代文学（或称中国新文学）永葆青春的精神内容与精神动向。三是1941年10月，张爱玲在《金锁记》末尾说：“三十年前的月亮沉下去了，三十前的人死了，三十年前的故事还没完——完不了。”时光流逝，物非人亦非，然而中国现代文学（或称中国新文学）演绎的精神内容与精神动向，如永不干涸的河水一样，从昨天流到今天且流向明天。这三点，也是我悟出的、理解的中国现代文学意涵的“现代性”所在，或称中国新文学意涵的“新”所在。

六十年来，中国现代文学学科，直接或间接地支撑着激励着我徐徐前行。我直接或间接地为中国现代文学学科建设与发展做了这样几个方面的努力。一是强调中国现代文学教学与研究须从史料出发；二是主张中国现代文学教学与研究需有史家眼光与理论气度；三是提出中国现代文学“文学和人的关系”的新“史观”；四是运用纵向勾连与横向类比的思维方式与研究方法；五是经年累月地从事抗战文学研究，探索中国现代文学史上一个文学阶段的原本真相，还原中国现代文学史的完整发展过程；六是积极参加中国现代文学学位点的申报与建设，较早成为硕士生导师；七是适当参加境内外中国现代文学学术交流活动；八是真诚地扶助有德才的青年教师。而今，中国现代文学学科已进入一流学科行列，我特表祝贺。

六十年来，我专心于中国现代文学教学与研究，努力做好中国现代文学教学与研究，尽量做到“上动下静”。“上动”即动脑筋，“下静”即屁股与凳板结合。守住底线，耐住寂寞，吃自己的饭，做自己喜欢的事，这大抵是“我与中国现代文学六十年”间的人生况味。

[作者单位：西南大学文学院]

略论苏光文中国现代文学研究的几个向度

□张桃洲

【摘要】 苏光文先生从事中国现代文学教学与研究六十年，在学科领域中有其研究特色。他注重史料，以国统区抗战文学（大后方文学）为研究重心，通过性质辨析、体系建构、历史评述等方面，将国统区抗战文学做细做深，并由此生发出对中国现代文学思潮和个案的剖析。他在研究中还对人的精神处境和形态十分关注，其著述充满了强烈的主体意识、个人的生命体验和蓬勃的精神气质，显示了不断往“后”的延展性，成果丰硕，卓然成家。

【关键词】 苏光文；中国现代文学；国统区抗战文学

近日拜读苏光文教授的自编文集《我与中国现代文学六十年》，看到书名里的“六十年”和书中的第一篇《六十年记略》，我猛然意识到：苏先生从事中国现代文学的教学与研究已经整整六十年。粗略数了一下，发现他总共发表学术论文近百篇，出版各类著作 20 余种，可谓成果丰硕，卓然成家！想想时间过得真快，此际距离我入先生门下攻读硕士研究生，也有 26 年了。我的记忆里还清晰地保留着初次与苏老师见面的情景：那是一个秋日的午后，他给我们几个刚入学的同学讲他颇为自豪的往事——“文化大革命”期间，当全国高校停办、人人无书可读时，留校任教的他在学校图书馆的地下室，意外发现了成捆的抗战时期的文学报刊资料（上面还蒙着一层厚厚的尘土），从此他就天天泡在图书馆，“躲进小楼成一统”，一任外面喧哗震天响……一边翻阅那些发黄的旧报刊，一边做读书笔记和卡片（累积起来达近万张）——那一方面很大程度地决定了他后来的主要研究方向，另一方面为他学术研究的持续推进奠定了坚实的基础。

纵观苏老师60年的中国现代文学研究，可以较为清晰地勾画出其演进路径和特点：以扎实的史料为基础，将国统区抗战文学（大后方文学）作为研究重心，从辨析它的性质和历史评价及有关争议话题切入（《国统区抗战文学“右倾论”再认识》《“凋零”“开倒车”，还是大发展?》《关于〈华威先生〉引起的论争》等），逐步完成史的论述和体系建构（《论抗战文学的历史地位》《试论抗战文学的分期》《抗战文学概观》《大后方文学论稿》等）；与此同时，将研究视野向中国现代文学的其他领域拓展，关注“无产阶级文学”“自由主义文艺思想”“民族主义文学”“爱国主义的历时性话语”等，探讨鲁迅的“吃人”隐喻意涵、茅盾的政治化倾向、巴金的“家庭文化”、老舍的“都市主题”、曹禺的“精神家园”、胡风的“主观”论、吴宓的道德文化观、张爱玲的“荒漠化情感”等；此外，还重视抗战文学中的地域文化（《抗战时期重庆的文化》）和抗战文学的“国际交往”（《抗战文学与世界文学的交往》《大后方文学对外交往片论》等），后者对苏老师关于国统区抗战文学的研究构成了有力的补充和深化，堪称他这方面研究的一大亮点。

二

说起苏老师的史料积累，除了他在特殊年代的“地下”阅读，值得一提的是他自1977年底起，辗转于各地的图书馆，查阅了抗战时期出版发行的刊物120余种，报纸20余种，丛书30余套，抄录与复印史料达数百万字①。在今天，现当代文学史料学或文献学已然成为一门显学，近年来先后召开了多次专题研讨会，各种相关论文、著作竞相推出。在此情境下，苏老师在三四十年前对现代文学研

① 连小培：《开拓者的足迹》，《重庆日报》1995年8月17日。

究中史料搜集、整理与运用的大力倡导和践行，就有了筚路蓝缕的意味和开拓之功。他曾在多部个人论著的“后记”里强调史料的重要性，比如在《抗战诗歌史稿》“后记”中说：

> 近几年，有的论文与专著似乎呈现出这么一种现象：史料匮乏，空发议论，猜测之见、武断之论、附会之说连篇。这种现象，于前人、今人、后人都是不好的，于学术研究更是有害的。①

苏老师本人的史料成果的最早体现，是他在中国社科院文研所主持下编选的《抗战时期国统区文艺论争资料汇编》（春风文艺出版社 1982 年版）一书。接下来他编撰出版的《抗战文学纪程》，可被视为他多年搜集史料的一个结晶。该书并非简单的史料堆积和史实罗列，而是以编年体方式，将抗战文学的重大事件分为四个阶段辑录，整个“纪程”线索明晰，各史事间的相互传承关系经过简要勾勒，让人能准确地把握抗战文学发展的路径、规律与特点。其显明的学术价值——借用该书“后记”所言——体现在两方面：其一，“为中国抗战文学的爱好者和研究者们提供了一些史料和查阅史料的部分目录与线索”；其二，“用这些史料回答流行于海外而影响于海内的中国现代文学界的所谓抗战文学‘凋零论’‘开倒车论’”②，从而兼具了文献索引和辨伪去妄的功能。

随后，苏老师策划并主编了一套“国统区抗战文学研究丛书”史料选（四川教育出版社 1988—1989 年出版），包括《文学理论史料选》（苏光文编选）、《小说研究史料选》（黄俊英编选）、《诗歌研究史料选》（龙泉明编选）、《戏剧研究史料选》（廖全京编选），该丛书后续还有《国统区抗战文学运动史稿》（文天行著）、《火热的小说世界》（文天行著）、《抗战诗歌史稿》（苏光文著）、《大后方散文论稿》（尹鸿禄著）、《大后方戏剧论稿》（廖全京著）、《大后方的通俗文艺》（杨中著）、《战火中的文学沉思》（吴野著）、《大后方文学史》（吴野、文天行主编）。这套丛书侧重于展现国统区抗战文学的理论资料和 20 世纪 80 年代之后的研

① 苏光文：《抗战诗歌史稿》，四川教育出版社，1991 年，第 347－348 页。

② 苏光文：《抗战文学纪程》，西南师范大学出版社，1986 年，第 289 页。

究成果，与同期出版的“中国抗日战争时期大后方文学书系”（侧重于按文体收录作品）形成了互补，迄今仍不失为一套有参考价值的文献工具书。

在我看来，上述丛书里苏老师所著的《抗战诗歌史稿》依然值得重视。首先这部著作在篇章结构上自成一体，颇具匠心。全书采用鸟瞰抗战诗歌全貌和管窥代表诗派诗人相结合的论述方法，既见出史的层层递进，又突破了一般编年史的框架模式，点面透视的架构方式使全书浑然一体。其次，该书对某些诗歌现象和诗人的考察和评价显示了史家的眼光，比如将香港诗坛纳入论述范围，扩展了视阈。书中对艾青、戴望舒和后期现代诗派等在抗战期间的表现及创作所做出的判语，对这时期的旧体诗词所进行的历史审视，其间包含了不少真知灼见；在分析客居香港达十年之久的戴望舒的诗歌时，以《我用残损的手掌》等诗作为例，说明它们是“两种技法的高度融合与结晶，属于‘现实的情感’‘超现实写法’的现实主义诗歌。诗人的思想意识，经过种种磨炼，得到升华，进入更高层次……造成奇美的意境，情与景和谐，意与景浑然一体，达到炉火纯青的境地”①。

有必要指出，该书对苏老师命名为“后期现代诗派”（后来研究界较多称为“九叶诗派”或“中国新诗派”）的诸位诗人，算是比较早地从诗歌史的角度予以观照并阐述的，并重点谈论了穆旦、郑敏、杜运燮，指出“穆旦成为这一流派中大家公认的最有成就的诗人”②。顺便说一句，苏老师关于中国现代文学中的一些现象和个案如“自由主义文学”“民族主义文学”“学衡派”及吴宓等的论述，也先于很多研究。此外，该书引录了大量的诗歌作品，其中不少是以往选本和研究中少为人知的“珍品”。这些诗歌珍品的发现和展示，对于拓宽单个诗人的研究视面也是一种促动。当时就有论者称该书是“对抗战文学研究的宝贵贡献”，“现代诗歌史研究的充实与拓展”③，此乃确论。

当然，该书的引人瞩目之处仍然是史料的运用，书中单列的《抗战诗歌纪事》以近60页的篇幅，梳理了1937年7月至1946年5月间，重要诗歌作品、诗

① 苏光文：《抗战诗歌史稿》，四川教育出版社，1991年，第217页。
② 苏光文：《抗战诗歌史稿》，四川教育出版社，1991年，第173页。
③ 余见：《抗战文学研究的宝贵贡献》，《重庆日报》1995年8月28日。

论文章、诗集、诗论集的发表、出版情况，以及诗歌刊物的创刊、复刊和诗歌活动（座谈会、朗诵会、纪念会）的开展等，另有少量诗歌观点的简述和摘录，为后来的研究者提供了很多珍贵的历史资料和进一步查阅史料的线索。有一些是长期不被重视、但实则十分重要的诗论文献，如引起争议的梁宗岱发表在《文艺月刊》上的《谈抗战诗歌》、孙毓棠发表在香港《大公报》上的《谈抗战诗》，不仅便于理解当时关于抗战诗歌评价的复杂性，而且有助于全面了解两位诗人的诗歌观念①；再如穆旦发表在香港《大公报》上的两篇文章《〈他死在第二次〉》《〈慰劳信集〉——从〈鱼目集〉说起》，提出了"新的抒情""第三条抒情的路"等主张，透过两篇文章能够更深入地把握穆旦诗歌与诗学观念的特质②。

可以说，对原始史料的重视是苏老师学术研究的一个显明特点。他在处理史料时表现出开放的胸襟和灵活的思维方法，他的研究成果因大量史料的有机融入，而给人一种"信史"的可靠性和阅读的绵密感，其行文也显出平实、质朴的风格。

二

国统区抗战文学是苏老师学术研究的起点，也是相当长一段时间里他的研究重心所在，从点到面、由单个问题的探究到成体系的史论建构，是其抗战文学研究逐渐走向丰厚的轨迹。在这一研究领域，苏老师先后出版了两部标志性论著：《抗战文学概观》（1985 年）和《大后方文学论稿》（1994 年）。这两部相隔近十年的著作，勾画了他的抗战文学研究不断深化和体系化的历程。

方敬先生在为《抗战文学概观》所作的"序"中，称赞该书"是一部带有探索性和开垦性的著作"，并指出："作者把抗战文学放在'五四'文学革命以来中

---

① 相关讨论可参阅刘继业：《新诗的大众化和纯诗化》，北京大学出版社，2008 年，第 61 页以下。

② 相关讨论可参阅姚丹：《"第三条抒情的路"——新发现的几篇穆旦诗文》，《中国现代文学研究丛刊》1999 年第 3 期。

国现代新文学发展中去考察和研究。它不重在叙述抗战文学史实和文学现象，而重在探讨抗战文学运动、抗战文学理论思想和抗战文学中带倾向性的问题”，“开宗明义，持之有故，言之成理”①。全书包含8章，前面4章从多个角度阐述抗战文学的性质、发展过程、理论与创作概况、国际交往，并且专辟一章探讨“中国共产党与抗战文学”；后面4章分别论述报告文学、新诗、戏剧、小说的成就，各个文类的论述兼顾总体把握与个案分析。因此，该书无论在构架上，还是在对相关问题的阐述上，均已初具体系化的特征。

不过，由于彼时对抗战文学的研究还处于复苏阶段，《抗战文学概观》不免稍显简略。相比之下，《大后方文学论稿》就显得厚重了许多。该书以500余页的篇幅，整合了苏老师此前的研究成果，着眼于大后方文学的“意义结构和问题框架”②，通过“评估篇”“理论篇”“创作篇”“交往篇”“延伸篇”五个部分，全方位地呈现了大后方文学的历史面貌。该书的贡献之一在于确立了一种独到的大后方文学观，其间包含了苏老师对于大后方文学的深刻理解和历史定位，同时作为全书的理论统摄，被用来全面审视和剖析大后方文学的理论与创作及其彰显的精神特征和审美意蕴——苏老师将之概括为“民族解放意识”和“开放的现实主义”。他认为大后方文学的理论和创作无不反映着上述二者：“理论篇”所探讨的六次论争从各个方面体现了现实主义文学理论的认同与走向；“创作篇”针对大后方文学的八大创作派别逐一检视，展示其丰硕的成就，这些成就浸透了“民族解放”主题和“开放的现实主义”特色。上述论析构成了大后方文学研究之体系化的主干。而“交往篇”为这一“体系”增设世界文学的维度，提供了大后方文学的广阔生成语境；“延伸篇”则把港台抗战文学同大后方文学联结起来，考察二者在精神特征和审美意蕴上的同一。

该书的另一贡献，是对“大后方文学”这一历史性概念的重新阐释。虽然就概念的内涵而言，“国统区抗战文学”与“大后方文学”似乎大同小异，但从外

---

① 方敬：《序》，见《抗战文学概观》，西南师范大学出版社，1985年，第2页。

② 王本朝：《大后方文学研究的深化与体系建构》，《红岩》1995年第5期。

延上看，二者的使用却经历了历史的细微变化过程。由“（国统区）抗战文学”到“大后方文学”在概念表述上的“精确”化，正体现了这种历史的演变。“大后方文学”这一具有特定时空界限的概念，在苏老师的抗战文学研究中获得了更为宽泛、多样、丰富的特征。恰如有论者所评价的：该书“既填补了大后方文学史研究的空白，又以新颖而独到的理论视角和文学史家的气魄建立了大后方文学研究体系，从而把大后方文学研究推向了新的高度和进程”①。

诚如前引方敬先生所言，苏老师的研究是“把抗战文学放在‘五四’文学革命以来中国现代新文学发展中去考察和研究”②，所依傍的是一种纵深的历史眼光与视野。这也表明，他的抗战文学研究离不开他对中国现代文学的整体观照和对相关话题的研究，譬如《鲁迅·抗战·抗战文艺》《郭沫若在重庆》《茅盾在抗战时期》《老舍“都市主题”的叙述》《论胡风文艺思想理论及其与抗战文学发展之关系》《略论抗战文学的审美效应及边区文学创作大众化特征》《启蒙主义：中国抗战文学的重现话题》等论文，正是基于对中国现代文学的全面了解、将作家个体与抗战文学相结合进行分析的成果。从《论胡风文艺思想理论及其与抗战文学发展之关系》一文可以看出，倘若没有对抗战文学的历史条件与文化背景的综合考察，没有对作为文艺理论家的胡风及其文艺观念的透彻理解，则难以将胡风文艺理论与抗战文学的关系论述得细致完备。

不唯如此，苏老师还意识到并深入论述了抗战文学的非孤立（封闭）特性。这种非孤立特性，一方面体现在抗战文学与世界文学的密切联系：早在撰写《抗战文学简论》（1983 年）一文时，他就十分留意抗战文学与世界各国文学的交往。这篇三万余言的长文有一节是分析抗战文学的世界文学背景的，他认为同抗战之于世界反法西斯战争相类似，抗战文学与世界反法西斯文学也存在着相互往来、相互影响的联系。在随后出版的《抗战文学概观》一书中，“抗战文学的国际交往”更被列为专章得到阐述；他主编的《抗战时期重庆的对外交往》（1995 年）

① 王本朝：《大后方文学研究的深化与体系建构》，《红岩》1995 年第 5 期。

② 方敬：《序》，见《抗战文学概观》，西南师范大学出版社，1985 年，第 2 页。

中的部分章节，也对这一论题进行了探讨。这方面的研究，当以《大后方文学论稿》中的“交往篇”最为深入，其中特别关注了大后方文学对外交往的“媒体”，区分了交往过程中“认同与排击”的不同态度，并且突出了交往的“双向”（“大后方文学走向世界”与“世界反法西斯文学走向中国”）。

另一方面，则是抗战文学在各区域间的交错与融合：苏老师详细梳理了抗战文学的区域分布状况，分别考察了抗日民主根据地、重庆、桂林、香港、台湾等地的抗战文学，完成了《大众化：抗日民主根据地文学的显著特征》《重庆与桂林：大后方文坛的双璧》《论重庆陪都文学及其话语空间》《论桂林抗战文化资源的文学价值意义》《抗战文学在香港》《论战时台湾文学创作的审美特征》等论文。这些论文无疑是他对抗战文学研究的扩展与细化，增益了其大后方文学研究体系的构建。

三

苏老师之所以在抗战文学领域投入了巨大的热情和心血，是因为在他看来，作为“创建和支撑了三十年中国现代文学史上一个独具特色的光辉的文学阶段”，抗战文学呈现出的是“成熟的面目，开放的姿态，战斗的精神，悲壮的美以及博大的爱国主义情怀”①。正由于此，不管是对抗战文学的系统探讨，还是对中国现代文学思潮和个案的剖析，他的众多著述里总是充满了强烈的主体意识，字里行间融入了他个人的生命体验和精神气质。这同时又与他对抗战文学和中国现代文学的认知方式与观念取向，以及他对学术研究的态度密不可分。

1994 年，苏老师受命担任两卷本《20 世纪中国文学发展史》的主编，他提出“文学和人的关系”“是 20 世纪中国文学发展的中心线索。围绕着它的确立、调整、转换，形成较为鲜明的发展阶段”，该书的撰写即以此为“史观”和立论基础，作为“框架体系的理论支撑和选择作家作品的视点”；由这一“史观”可

① 连小培：《开拓者的足迹》，《重庆日报》1995 年 8 月 17 日。

知，他“看重的是作家在20世纪中国文学发展过程中的角色地位和作品达到的思想深度和艺术独创性与审美特性”①。应该说，这个源于“五四”时期“人的文学”命题，转化了高尔基的“文学是人学”论断，并借鉴了相关理论阐发（20世纪50年代钱谷融《论“文学是人学”》，20世纪80年代黄子平、陈平原、钱理群《论二十世纪中国文学》等）的“史观”，能够被用以有效地透视20世纪中国文学的主题脉络，从中提炼规律与特质。

在苏老师眼里，文学史即文学的“精神史”“思想史”“行为史”。即便是文化，也被他看作某种“精神形态”的表征，他认为，一定历史阶段的时代氛围和精神产品，极大地反映了作为文化创造者的人的心态，也很大程度上折射着历史的真实风貌；对“精神形态”的剖析，便是对浸润于具体场景和事件的历史氛围进行更深层次的挖掘。这样的研究较一般浮光掠影式的印象式分析，是更有其深沉的底蕴的。这一观念就贯穿于他主编的《抗战时期重庆的文化》（1995年）一书中。该书从文化角度研究重庆这一历史名城，这对于一个抗战文学研究者来说，其挑战意味是显而易见的。在该书中，苏老师将“文化”认定为某种精神形态，以之去审视、描述抗战时期重庆纷繁复杂的历史景观，由此“战时重庆文化”被置于特定历史境遇之中：它既是“五四”新文化传统影响下的产物，有着自身的历史过渡功用，又作为整个大后方文化（抗战文化）乃至世界反法西斯文化的重要组成部分，辐射出厚重的现实意义。该书在历时和共时的双向层面探究了“战时重庆文化”的发生发展过程及其隐含的各种议题，多维度展现了其特殊的历史地位。

对历史进程中人的精神处境和形态的关注，也体现在苏老师对一些个案探究和现象评析上，其中给人印象深刻的如关于吴宓、启蒙话题等的论述。

苏老师从1983年开始搜集《学衡》杂志及吴宓的资料，1986年写成《论〈学衡〉时期的吴宓》一文参加了当年举办的吴宓研讨会，随后又陆续写出三篇

---

① 苏光文、胡国强主编的《20世纪中国文学发展史》（西南师范大学出版社1996年版）中《绪论》和《后记》对此有较多阐述。

关于吴宓的专论。他认为："剖析《学衡》时期的吴宓，即可认识吴宓全人之大半，即可窥视本世纪初叶中国知识分子的文化心态、人生追求和社会选择之一斑。"他着重探讨了吴宓创办《学衡》为阵地、通过翻译和著述倡导人文主义及其产生的影响，指出吴宓译介和论著的关键点在于人文主义观念及以之为基准的文学，其重在人生观和人生哲学而非文学的文本论；吴宓在译介西方文化与文学的同时，也力主整理中国传统文化与文学，"意在弘扬其传统的精神文明，以利于治疗中国人心，改造中国社会，实现其'亚洲新希腊'的社会人生追求"①。他还分析了吴宓的诗观［"诗者以切挚高妙之笔（或笔法），具有音律之文（或文字），表示生人之思想感情者也"］和诗作所蕴含的人文主义观念。在《吴宓的"好梦"及其"难圆"》一文中，苏老师进一步探讨了吴宓对精神文化的重视，而隐含于文化的三种类型（物质文化、制度文化和精神文化）之中的是"人"，"人创造这三种文化而又受制于这三种文化"。苏老师借助于对吴宓人文理想的剖析，提出了自己对"人"的问题的见解：

> 一个人、一个民族、一个国家，要求得生存、温饱与发展，必须改造自然、开发自然，必须同时改造人自身、开发人自身，关节点是人的思想、意识、精神、理想、道德规范、才智的培养与开发。②

在《启蒙主义：中国抗战文学的重现话题》一文中，苏老师梳理了抗战时期国统区一次未得到充分展开、也不大为人关注的启蒙主义"暗潮"。当时文学界的启蒙话题主要由胡风等人的理论和路翎等人的创作引起，正是他们"把启蒙主义——个性解放意识与民族解放意识带进了20世纪30年代末40年代初中期大后方中国文化文学领域，并引起众多思想理论工作者及文艺理论家与作家的关注乃至呼应"。苏老师指出，胡风在《论现实主义的路》一文中提出的"在文艺实践上，那决定的中心就是'人'的问题"，和路翎小说中采用的"原始强力"的抒

---

① 苏光文：《论〈学衡〉时期的吴宓》，《西南师范大学学报（社会科学版）》1990年第4期。

② 苏光文：《吴宓的"好梦"及其"难圆"》，《中国现代文学研究丛刊》1999年第2期。

写方式，构成了“中国现代有良知的有社会责任感的知识分子们在人生征程中的精神之旅与心理流向的起点；也可以说是五四以来中国现代文学抒写的展示的一种精神内容与精神动向”①。这种启蒙主义可谓贯穿抗战文学乃至中国现代文学的一条精神隐线。

而那种精神取向也是苏老师在人生和学术中始终念念在兹的。令人感佩的是，苏老师的很多研究成果是他退休之后完成的，就像2014年他以75岁高龄写出的长文《后抗战文学及其长与短》中提出的“后抗战文学”的概念与议题，他的学术研究显示了不断往“后”的延展性和如常青树一般的活力。

［作者单位：首都师范大学文学院、福建师范大学现代汉诗研究中心］

① 该文写于2000年，未发表。

方敬的抗战大后方体验与诗歌创作①

□高博涵

【摘要】在抗战大后方体验中，方敬的诗歌表达着多重题材与情感，并始终体现着不变的主旨：体验并抒写“具体”而“新鲜”的真实生活。这种抒写的艺术特点主要有三：以小意象捕捉日常的感知，呈现出在场的实有感，抒写出真实的生活；以小情感呈现情绪的流动、震颤，形成人、物、城的情感共融，使诗歌富于宏观的大后方体验感；在此之上，诗人更是呈现出旁观的主情体验者姿态，他旁观世界，呈现情感，完成共情。

【关键词】方敬；大后方；体验；诗歌

自评“一般写得少，又总写不好”的方敬，仍拥有诗歌创作的“稍多”之期，也即“初写期间和抗日战争中一个时期”②。这段时期诗人的动态及创作的确为研究者关注，而尤以抗战时期为重。无论认为诗人归属于战时“参加了中共工作”“仍坚持艺术水准”的阵列③，诗作抒发着“时代的声音”且“精细而巧

---

① 基金项目：本文为国家社科基金重大项目“抗战大后方文学史料数据库建设研究（项目编号：16ZDA191）”阶段性成果。

② 方敬：《拾穗集·后记》，《方敬选集》，四川文艺出版社，1991年，第300页。

③ 司马长风：《中国新文学史（下卷）》，香港昭明出版社，1978年，第188页。

妙”①，还是认为诗人在诗歌中糅合了抗战、内迁、关注底层的多重情感②，研究者均呈现出同构性观点：方敬诗歌力求时代中的艺术个性。正如吕进所言：“在寻觅时代精神中坚持艺术追求，是诗人方敬十分重要的一个特色。应当说，这是研究方敬的一把钥匙。”③

有关艺术个性的讨论始终是文学研究的永恒话题，在抗战时代则更显意味。在近年的研究中，抗战已不再被视为压倒艺术的一块铁板，“战争时期的生态丰富而复杂，它不是简单化恰恰是加强了中国作家精神世界的多样性”④。循此思路思考方敬诗歌，仍会发现诗人诗作尚有许多未曾厘清的触须。作为因抗战内迁大后方的一位知识分子，方敬感知到了怎样的复杂体验？其诗歌的精细巧妙内蕴了何种意味？诗人又是以何种姿态面对战时的生命体验，并诉诸诗歌艺术？这些疑问将推动方敬诗歌的再研究。方敬写于抗战大后方时期的诗歌包括诗集《声音》《行吟的歌》及《受难者的短曲》中的部分诗作，这是本文的重点讨论对象。需要说明的是，方敬早期的诗集《雨景》，因与抗战大后方时期的诗歌创作有密切的上承关联，也纳入本文，作为对照性讨论对象⑤。

一、抗战大后方体验：回归原乡的逃难人

方敬1914年生于四川万县（今重庆万州区），是一位重庆籍诗人。全面抗战爆发时，方敬已完成了上海的预科学业，正于北京大学外文系求学。一场声势浩

---

① 李广田：《诗人的声音：论方敬的〈雨景〉和〈声音〉》，《诗文学》1945年第1期。

② 熊辉：《论方敬抗战时期的诗歌创作》，《区域文化与文学研究集刊》，中国社会科学出版社，2019年，第40－55页。

③ 吕进：《方敬：创作轨迹与艺术风格》，《西南师范大学学报（人文社会科学版）》2003年第6期。

④ 李怡：《战时复杂生态与中国现代文学的成熟——现代大文学史观之一》，《北京师范大学学报（社会科学版）》2014年第3期。

⑤ 这四部诗集的版本为：《雨景》，文化生活出版社，1942年；《声音》，工作社，1943年；《行吟的歌》，文化生活出版社，1948年；《受难者的短曲》，星群出版社，1948年。本文所引方敬诗歌均来自以上版本，不再赘述。

大的内迁运动开始了，“由北及南、由东而西，或走路，或乘船，或坐车，肩挑背扛，扶老携幼，走向心目中的归宿地——四川”①。方敬也随友人一起，不得不加入逃难者的阵营。“‘七七’事变后一月，我从北平狼狈逃难出来，在天津挤上了海船，在乱慌慌的人堆中，找着了一条窄而又窄的生路。”②“一九三七年抗日战争爆发，我同其芳和频伽从已沦入魔掌中的北平逃出，辗转回到家乡万县。小住数日，我便到成都去了。”③ 类似的回忆文字展现了方敬内迁大后方的心境状态，与诸多逃难者一样，方敬在行旅中充满了心酸的体验感。耐人寻味的是，内迁西南于方敬而言，并非身赴异地，可以称得上是归乡，并且，方敬日后的年岁也留在了西南地区。但曾有过的上海北平求学经历，又的确使方敬拥有了对照、顾念、怅惘之感，其情感会偏于复杂。逃难者与原乡人的双重身份，容易使他更为刻骨地批判成渝之地的消极，也容易使他更加惦念沦陷区的境况，并在自我体验中，与逃难群体有更多戚戚之心。

这在诗集《声音》中有典型的体现。《古怪的城》中诗人呼喊着“这城市像一部深奥的古籍，/半开在我面前，/我真有点读不懂呀！/但我终于走到了一条长街，/从前是那样亲切的长街，/我朋友的足迹呢，/我亲人的足迹呢”，文句之间的无奈与荒芜，对一个空城的愤懑，并不似异乡人羁于旅般简单。当再读《流亡的孩子》“误听水车的轰隆/为火车的声响——”，读《路》“一切都前进着，/每条路都通到胜利，/通到南京、北平、东北……”，会发觉：诗歌的情绪流中，既包括逃难者的个体辛酸，也包括大后方人民对抗战胜利的渴望，还包含普遍的抗战意志，最终综合为一种既单纯又复杂的诗绪。

八年全面抗战过程中，身处大后方的方敬并没有参加直接的战争，但他也不曾偏安一隅，足迹遍布大后方多个角落：在成都完成学业、加入中国共产党、中华全国文艺界抗敌协会，与卞之琳、何其芳等人合办刊物《工作》，参加地下党斗争工作，在罗江教书育人，因国民党反共高潮流徙昆明、桂林，经历竹筏奔

① 张彦主编：《四川抗战史》，四川人民出版社，2014 年，第 46 页。
② 方敬：《逃难短曲》，《方敬选集》，四川文艺出版社，1991 年，第 608 页。
③ 方敬：《我的记忆》，《方敬选集》，四川文艺出版社，1991 年，第 777 页。

波，因湘贵撤退赴贵州大学教学①。这些大后方经历可引申出多重的关注点：首先，作为一名知识分子，方敬在抗战大后方本分于自我，完成学业、办刊物、教书育人，但行力所能及之事。其次，回万县，去成都，赴罗江，入昆明，走桂林，逃贵阳，因抗战及共产党员身份形成的流徙，给了方敬游走多地的机遇，让他更多感受象牙塔之外的状态与情绪，且真实性地接触多地民众，体验具体和新鲜。第三，方敬思想要求进步，诚如他自己所说："伟大的抗日民族解放战争的风暴震动了我。我从过去的孤寂的梦幻中猛醒过来。"② 在1930—1940年的时代转变中，方敬迅速找准方向，更新自己的意识，合入时代之流。

我们的确在他的诗中看到了这些体验的显现。对比诗集《雨景》《声音》《行吟的歌》《受难者的短曲》中涌现出大量抗战题材的作品。《光》中的"一枪生存，/一枪自由，/一枪永远的解放……"，笔力排荡劲挺，斗志昂扬；《报》中"血腥的气息""伟大的呼吸""痛苦与正义交揉的情感"，让诗人"屏息的展开日报"。《村庄》与《木筏》真实地刻录底层民众的生活，诗中洋溢的不只是情绪，更有具体丰满的细节。诗集《行吟的歌》中出现了自我抒写的回归，而类如《晨》《记忆》《风雨夜》《爱》这样的诗歌，并没有过多高蹈之态，而必然是一个抗战大后方体验者的艺术抒写："耐得住全世界的寂寞，/又能接受一切人的声音，/从人的最高意义/我才爱人生与斗争。"（《爱》）在孤寂的流徙中，诗人倾听"人的声音"，并在这个意义上热爱着"人生与斗争"。

抗战、底层、个人生活、原乡情绪、逃难情结、大后方风土人情，拥有多重题材与情感的方敬诗歌，在交融夹缠的诗绪中，始终体现着不变的主旨：体验并抒写真实生活。这样的主旨，方敬本人是有着高度自觉的，正如他自己所说："诗歌应该与生活密切地结合着。"③ "我爱生活甚于写作。"④ 在散文《逃难短曲》中，方敬谈到了他眼中的真实："在火车站上失掉了婴儿的寡妇的呜咽是真

① 吕进主编：《20世纪重庆新诗发展史》，重庆出版社，2004年，180－181页。
② 方敬：《我与诗》，《方敬选集》，四川文艺出版社，1991年，第406页。
③ 方敬：《谈诗歌》，《方敬选集》，四川文艺出版社，1991年，第879页。
④ 方敬：《后记》，《雨景》，文化生活出版社，1942年，第91页。

实的。孤苦无告的老者的啼泣是真实的。被鞭打得走投无路的善良的百姓的呻吟是真实的。”① 这样的抒写，不仅呈现出方敬定义的“真实”是现实社会真实，更体现出这种“真实”是具体到人、物、神态、情绪的真实。在诗集《声音》的序言里，方敬说道：“我想写出一些具体而又新鲜的东西。”② 这是非常值得关注的一句话，可以称得上是诗人的创作宣言。方敬不仅要关注现实社会，更要把这种关注落实到具体的人、具体的情感和具体的体验中。在阅读方敬诗歌的过程中，读者的确可以感知到这一创作主张在文本中的流动。不过，认同如此主旨和特征之后，更有意思的话题呼之欲出：方敬最终运用了何种笔触，将他的创作题旨和主张实现于诗歌之中的？如此纷繁的抗战大后方体验，又是如何被融入一首首艺术作品中的？后文需循此发散，尝试切入方敬诗歌文本的肌理。

二、“具体”：被感知的小意象

在李广田看来，方敬诗歌“精细而巧妙”③；在吕进看来，方敬诗歌特色之一即为精巧④。在本文看来，方敬诗歌的“精”与“巧”，更进一步对接为小意象的抒写。所谓小意象，即是与宏观意象相对的形态较小的人、动物、物体以及它们的局部刻画。可以说，方敬诗歌极其擅长小意象的摄取、描绘和共情，诗人的体验与内心情感往往借助小意象被呈现及表达。“求诗的意象之美”⑤ 正是20世纪30年代现代派诗歌的灵魂，处于同一时代的方敬，其写作也呈现出类似气质，并更着意于“小意象”。这在诗集《雨景》已有鲜明体现。爱与美的朦胧追求对接着“藏情的眼珠呈现全圆”，青春的忐忑与憧憬表现于“压小了夜的呼吸”（《馈赠》），眼珠是那么具体地“全圆”着，而“夜的呼吸”虽算不上真正的意

---

① 方敬：《逃难短曲》，《方敬选集》，四川文艺出版社，1991年，第607页。

② 方敬：《序言》，《声音》，工作社，1943年，第3页。

③ 李广田：《诗人的声音：论方敬的〈雨景〉和〈声音〉》，《诗文学》1945年第1期。

④ 吕进：《方敬：创作轨迹与艺术风格》，《西南师范大学学报（人文社会科学版）》2003年第6期。

⑤ 孙作云：《论“现代派”诗》，《清华周刊》1935年43卷1期。

象，可一旦被“压小”，便有了巨大空间被收束的视觉体验。对比何其芳的《乐园鸟》，方敬的《都市鸟》则带有更强烈的具象性，一行“不想飞”对称一行“想飞”，一只充满情绪的小鸟一边象征一边实有感。“忧郁”的是小小的“宽帽檐”（《阴天》），冰刀上“镂刻着时新的花纹”（《溜冰场》），就连充满哲思味儿的“小小的圆”“细细的线”（《圆与线》），实则也是极为典型的小意象。

如果说在方敬初写诗的时期，这些小意象被感知、被捕捉进诗行，尚是年轻的细腻心灵的充分对照，那么，进入抗战大后方体验之后，小意象的持续摆荡则必然成为更值得关注的特色抒写。《光》中的“光”并非阔大的日光、激昂的火光，而是浓缩了后方关怀与慰问的“针的光”“剪刀的光”“眼珠的光”，以及代表了战士奋战前线的“枪的光”“刺刀的光”“无眠的眼珠的光”。国家的存亡是宏大的问题，但方敬更愿意将之具细于“清晨我屏息的展开日报”（《报》），一张薄薄小小的报纸，刻印着一整个世界的悲欢。《儿童》里映现的是街头募捐的“脸朵红红”“温柔的细手”，《伤兵》中“轻抚你的伤口”的是“画报，罐头，毛巾，糖果……”《路》中，诗人行在“后方的崎岖道上”，在观看“无尽的山光”之时，诗人聚焦着的却是“手里玩着小块蓝色硬纸车票”，在回忆和当下中渐渐表达出内心宏大的愿景。

《村庄》组诗创作于1941年，是一组十分鲜明的抒写大后方底层民众的诗歌。读者阅读这首诗的鲜活感，很大一部分来源于具体且直观的小意象。《村景》中“簸箕”“石臼”“扁担”“镰刀”成为架构农村生活的具细事物，而村庄这一意象本身，更直接在诗中被抒写为“血汗的具体形象”。《插秧》里，“斗笠”“蓑衣”自不必说，“脚在泥里”“手在水里”的身体局部刻画，带给人一种画面的具体感，诗歌的最后，诗人写到“快烧盆热水/慰劳你们的手足”，对手脚的再次关注，即融入了更多的关切与情感。《赶街子》是这组诗中最为亮眼的一首，有评论者认为“全诗读来，又是那样地流畅自然，不留艺术雕琢的痕迹，让人如置身于抗战时期的那个边陲的街子中，除了感受历史的风情，甚么艺术都忘记了，的确让人体验到了一种‘大化无形’的境界”①。这位评论者道出了《赶街子》的在场感、体验感，读者之所以能够有这样的感受，仍然源于丰富而夯实的小意象抒写：

拿着水烟筒的老头儿也来了，
手上还牵着小孩儿，驮着干柴的
骡子也来了，瞧啦，草鞋，小毛辫，
皮坎肩，蓝布头帕，红疙瘩瓜皮，
黄泥裤管都到齐了，还有苍蝇
也没有忘记来赶热闹，摆开板凳，
摆开木板，草纸，粗布，土肥皂，
成饼的红糖，成块的盐巴……
少许杂一点洋货，钢针，磁盘，
Cotab 牌的安南香烟……

细读这一段中出现的意象，都是具细的小意象。在描述前来赶街子的人物时，表面上诗人采用了借代的手法，用草鞋、小毛辫、皮坎肩代替具体的人物，实际却形成了诗歌对小意象以及人物局部特征的关注，使得人物在诗歌画面中的在场感十分鲜活。小意象的纷繁呈现本身就能带给人强烈的刺激感，当这些小意象配合着“也来了”“到齐了”等动作性词汇，整个画面便流动了起来，仿佛原生场景的再现。人物到齐，赶街子的货物也一一被摄入诗歌，在“摆开板凳”“摆开木板”的流动性小意象表述下，草纸、粗布、土肥皂、红糖、盐巴、洋货、钢针、磁盘、香烟也一一被罗列，而这些货物也均是具细的小意象。这一段内容不仅有丰富的小意象，还形成了人物借代性小意象、货物小意象两个意象群落，并且，两组意象都呈现出强烈的流动感，且方向是对照的，读者仿佛看到两组小意象在源源不断地朝对方滚动而来，最终的碰撞则形成了赶街子的闹热状态。在

① 钱光培：《中国新诗史上的方敬》，《当代文坛》1994 年第 4 期。

本文看来，这是非常成功的一首以小意象来呈现和表达大后方真实生活体验的诗作。

《邮花与车票》也是运用小意象的成功之作。“由于分散的亲友/我是如此深深地/爱着邮花。”“由于四方奔走，/我是如此深深地/爱着车票。”声势浩大的内迁运动，形成了难逃者对沦陷区的惦念，也迫使难逃者在大后方多次辗转。这种属于中华民族也属于方敬的时境心情，被完整地刻印在邮花与车票这两个小意象中，如此优美安静的小意象，却可以沉默地诉说着地动山摇的物事与情感。历史、记忆、体验、真实、在场，多重的语境与心境也便一并包孕在这首简短的小诗中。此刻，读者的确感受到了小意象的无穷魅力。

方敬诗歌的亮点即是小意象抒写。小意象给人很强烈的切肤之感，仿佛原生场景的还原，从这里引申下去，又会发现方敬诗歌中的具体，不仅指将情感对接于小意象，更是要通过小意象的抒写，呈现出一种在场的实有感，而这种“在场”“实有”，正是方敬热爱着并渴求在诗歌中表达而出的生活。方敬诗歌并非没有象征性，或者诗歌所谓的灵动空间，只是，象征与灵动最终并不着意于超逸，而是围绕着并基于着“实有”得以现出韵味。这显然已经显现出方敬诗歌的特色。值得关注的是，在经历抗战大后方的体验之后，尽管方敬诗歌的题材发生了巨大转变，但小意象的艺术手法依然，这正是源于“实有”写作姿态的融洽对接。在抗战大后方的体验中，方敬并不缺乏“实有”，反而比抗战前的校园岁月拥有更多面、更粗粝的感受。这一写作手法历经了方敬的初写阶段和成熟阶段，不仅没有不适感，反而愈发寻到了对接的可能性，自然得以进一步锤炼，并成为方敬诗歌的稳定性特色。回看诗集《雨景》中《后记》，这被诗人称为“战前的旧作”的集子，却因抗战逃难的情义，“珍惜这份艰辛”①。诗集出版的1942年，投入抗战情绪的诗人“甘心忘却自己的昔日”②，却不舍旧作，这其中必然也包孕着诗人对自己诗艺延续性的珍惜。

---

① 方敬：《后记》，《雨景》，文化生活出版社，1942年，第89页。
② 方敬：《后记》，《雨景》，文化生活出版社，1942年，第90页。

三、"具体"：被抒发的小情感

实有的小意象让方敬的诗歌具体而夯实，与之相对应，方敬诗歌第二个值得关注的"具体"写作特点，则是小情感的抒发。所谓小情感，首先是"小"的情感，情感的抒发者不是宏大的"我们"，而是具体的个人情感、细微的小情绪；其次是小的"情感"：诗歌有明确集中的情绪流动与震颤。在方敬的诗歌中，小情感被不断地抓取、抒发，这形成了一种独有的特征，情感震动强烈，却又具体细微。这种抒写出现在第一部诗集《雨景》中，十分自然，无论是《祝福》中个体对个体的倾诉，《等候》中个体的情感抒写，《都市鸟》中一只小鸟鲜明的情绪流，皆是青春写作中极可能出现的表达方式。但当小情感的抒发方式持续出现在大后方抗战时代的作品中时，即形成一种更值得关注的独特写作。

小情感的抒发首先聚焦于个人情感的抒写，这不仅包括诗人自我的情感抒发，也包括对其他个体的人或物的情感刻画与表达，并且，这种个人情感的抒写与抗战大后方的体验息息相关，是一种大后方的个体体验式表达。《报》毫无质疑地展现着抗战的时代风云，却是通过诗人的个人视角"屏息的展开日报""屏息的展开晚报"，并使诗人获得"启示""吸引""激励""燃烧"等多重感触。《路》中，宏大地连通祖国各地、连通胜利的道路题材，是从个体"我"手捏车票的小小动作和浏览窗外风景的期待式情感开始的。《赶街子》的讲话式抒情恰恰是为了凸显诗人自己的在场感、参与感、体验感。《清晨》中诗人写道："在未开始一天工作之前，/朋友，让我们先互道一声：/'早安。'"大后方生活的整体性与个人情感融会一处，且通过个人的情感流动呈现而出。大后方体验改变了方敬诗歌的聚焦，在这个过程中，也呈现出诗歌抒写的多层样态：不仅是以个人情感为视角切入抗战大后方的主旋律，而且个人情感的抒发更是自我表达本身。并且，从诗集《声音》到《行吟的歌》，诗人愈发尊重并直呈抗战大后方中的自我情感，个人情感不仅没有随着抗战的旋律湮没，反而逐渐清晰和凸显，体现出明确的流动和震颤。

在抒写自我情感的同时，抗战大后方时期，方敬诗歌也出现了他者情感的抒写，这其中既包括与抗战相关的职业人，也包括普通民众，尤其凸显的是底层劳动者，这样的他者情感关注与方敬辗转多地深入底层体验有着密不可分的关系。如果说《伤兵》《看护女》《儿童》尚带有以个体状态情感的描写最终呈现出群像风貌的写作特色，那么，《农妇》《劳心与劳力》《女仆》等诗则更带有具象的描写特质，而在这种描写中，个人内心的情感则成为诗歌聚焦的对象。正如方敬自己所言，诗歌应“跃进成千成万群众的痛苦，悲愤、英勇，繁复的生活的心底去”①，不仅是“生活”，更是“心底”。《劳心与劳力》通过两个具体女性形象的对比，体现出劳心与劳力的巨大反差。这样的主题并不特殊，但方敬则将这种主题的表达聚焦于个体形象的情感呈现中：一个“凄惨”地“葬送”一生给锅灶，一个“好像在做着好梦”，心里交响着“快马的啼声”，忽然“逗出了微笑”，这不仅仅是外在形象刻画，而是更着眼于个体形象的内心情感体验，尝试以外视角的抒情身份进行内视角表达的典型作品。《女仆》中一直劳作的女性，让诗人找到“热心”，一句“烧着辛劳，/洗涤人生。”将女仆内心的情感与外在的劳作结合一处，情感的流动与震颤十分鲜明。

再来看《农妇》中的一段：“不错，现代里也有古代，/才二十多岁的乡下大姑娘，/眼角就罩着一层阴影，/生活过早烙上了忧劳。/现在的苦楚要过去的，/最好压根儿作个历史的形象。//她自己仿佛她自己的祖母，/除了一根小辫子，她把自己的/女孩也打扮的跟自己一个样。”时间凝滞，生活不前，麻木的人生循环，均体现在《农妇》中。除了这种表达本身，读者更能看到农妇自我形象中的情感——即便这种情感是麻木的情感，属于她的“阴影”，属于她的行为，都在无声地渗透着人生的感受与承受，有着明确的情绪感。抗战大后方时期，方敬诗歌中的情感抒写一直十分明显，自我情感与他者情感融会一处，体现出诗人的一种共情能力。在感受了真实的大后方生活后，诗人的脑海中形成了画面与感触，并通过“小”的情感表达将这种感触传递出来。

---

① 方敬：《谈诗歌》，《方敬选集》，四川文艺出版社，1991 年，第 882 页。

方敬的诗歌有一个十分突出的写作特色，即拟人手法的运用。这一手法在文学写作中并不特殊，但如此集中、鲜明地运用，且与情感的表达产生密切关联，则不得不提高对其思考的力度。实际上，方敬诗歌中的拟人使情感的表达更清晰、更个体，且更体现出明确集中的情绪流动与震颤，呈现出小的“情感”抒写。在诗集《雨景》中，如果说《都市鸟》还带有普泛式拟人写作，那么，《雪街》中一句“贫血的长街，/行路人是一管药针，/在注射着温暖。”则有了个性抒写的底本：城市景观被拟人化，且与肉感的人产生情感关联。诗集《雨景》已出现对拟人抒写的侧重，在经历了大后方体验之后，方敬诗歌中的拟人呈现出更丰富的题材与表现样态。

这首先体现为动物拟人，《牛》中“蹒跚地归来”的“老牛”，“疲劳”“饱经炎凉”，在“迎接”“晨光”“送别”“夕阳”等语句的表达中，一个情感化、人化的老牛被刻画出来，连接着诗人对底层生活的体验和感触。《骡车》中“匆促”“喘一口气”“任重致远”的骡车，是动物性的骡子，也是人化、情感化的对象；“风尘的远客”“露天的逆旅”，对接了大后方体验中的迁徙与漂泊。诗人并没有客观性地描摹骡车，而是在与骡车讲话、表达，“从无尽的路，/走向无尽的路，”既是人化骡车的内心体验，也是诗人投契的共感。类似这样的诗作当然包含显而易见的借物喻人，但其中对情感的具体关注与挖掘，其所呈现的带有人化色彩的动物人格，以及这种人格与大后方体验的连通，都呈现出方敬诗歌的特色。

从《雪街》一诗开始，方敬诗歌中的拟人便带有超越普通拟人的诸多可能性，除去动物拟人，方敬诗歌中对自然景致、具体事物、城市景观的拟人，则更带有其特色及讨论空间。如果说《竹筏》中“可爱的岷江，静静地流，/流过了黄昏，流过了黑夜，/流着恬穆，幽阔与朦胧。”尚带有传统诗歌比兴的成分，那么，在《飞》中，人化的飞机则表达出了更为强烈的个体情感与存在感：

任你凌霄一万尺，
自己的苍穹只容自己翱翔，
地上人齐抬头赞美
你翅下闪烁的国徽，

且吩咐一朵朵白云
送你去侦查，巡逻，
去守着天际，保卫山河。

拟人化的飞机有了具体的灵性，可以看见它用心在飞，去享受蓝天，享受自己的身体，感受地面人类与国家的情感，并背负着家国的使命。在抗战年代，飞机的含义充满力量和希望，拟人的飞机具备具体的情感，有效地传达出这种力量和希望。有意思的是，《飞》也是一首讲话体诗歌，引文部分即是诗人对拟人化的飞机在讲话，“我”与飞机便直接形成共情。

城市景观的拟人则是方敬抗战大后方时期最特色的拟人表达。《荒城》中诗人写道：“地图上有你一个小黑点，/一个寂寞的存在，/我的眼睛也爱寂寞，/愿与你做个朋友，”城市的拟人抒写与诗人的情感共情一处，“在这朝夕共处的日子里，/我在你的怀里，/你在我的手里，/我们都在地图上。”在抗战大后方体验中，漂泊与孤独是显而易见的主题，拟人的共情抒写很好地浓缩并传达出这种情感指向，“荒城”的荒而不荒，也便成为易于被读者体味的阅读感。《轰炸季》中，这种城市的拟人，以及城市与人类的共情，达到了抒写的顶点：

满城心寻找着心，
遗失寻找着遗失，
人的错乱，物的错乱，
全失掉了固有的位置。

人向废墟要家屋，
眼光向瓦砾寻问，
人心迷失在灰烬里，
电杆标着灾祸的里程。

这是典型的方敬式抒写：具象的人、物、城全部情感化，城市的废墟成为人的情感表达对象，在表达的同时，城市景观也被人化，而它的不言恰恰成为伤痛的留白，与人类的痛苦形成强烈的共情。这是强画面感的诗句表达，并指向具体的人事：一个具体的人失茫、痛苦、无力地寻找和挣扎，一个具体的废墟颓圮而无言以对，“人向废墟要家屋”一句将人的失茫、城的失茫推到共情的顶点。镜头进一步扩大，这样的个体遍布城市各个角落，成为群像描写，而废墟也上升为整座城市的广角，它沉默并吞咽着身体的伤痕。这个时候，满城的心已不再是人的心，而是整个空间的“心”——整个空间中的一切丧失了意义与秩序，弱小的人类向巨大的城市讨要归宿，巨大的城市在无言中舔舐伤口，承纳下人类的悲欢。

方敬诗歌的小情感，以具体的人、人化的城与物，一起融入情绪的流动与震颤，完成小情感的强烈表达与共情，使方敬诗歌的情感具体、强烈，且富于宏观的大后方体验感。

四、“新鲜”：旁观的主情体验者

前文述及了方敬的大后方经历、创作观念、创作特色：在丰富的大后方体验中，方敬拥有热爱生活的人生观，形成用诗来写生活的创作观，并呈现出小意象、小情感的创作方法与创作内容。行文至此，不妨再来回看方敬对自己的创作预设：“我想写出一些具体而又新鲜的东西。”① 如果说方敬诗歌的具体可解释为小意象、小情感，那么，“新鲜”的含义又是什么？热爱生活的方敬会更多关注生活真实，用诗写生活的创作观会把这些真实与感受写进诗歌。“新鲜”正是关注生活真实时得到的刺激与感触，而带来这种感触的正是不断更新的外部世界，是每一次触碰的“具体”。

获取这种“新鲜”，首先源于一种旁观式的醒察：体验世界、关心世界，将诗歌落脚于现实生活与现实情感。这与自我精神世界的性灵抒写、彼岸抒写，显然是相对照的抒写内容。在这样的抒写维度中，诗人将恣意翱翔于不断变化的外部世界：从诗集《雨景》到《声音》到《行吟的歌》到《受难者的短曲》，可以

① 方敬：《序言》，《声音》，工作社，1943 年，第 3 页。

看到私人场景——城市抒写——乡村抒写的无缝对接与转换，方敬的诗歌似乎什么都写，既写个人，又写底层，写自然，也写城市景观。仅从诗集标题上看，无论“雨景”还是“声音”，皆是一种外在“新鲜”的感受性对象，“行吟的歌”偏重“行吟”的外部观感，“受难者的短曲”是对外在他者的观察与感受。这凸显了方敬诗歌中的外部体验视角，这样的视角偏重对外部世界的感知与记录，而更少个体自性的精神涌动，诗歌的表达始终与外部“新鲜”的刺激有关。在30年代个人体验到40年代家国体验的转换中，方敬的诗歌并没有呈现出本质性断裂，这与体验的外视角有着很强的关联，因为这里并不存在所谓题材的转换，追求“新鲜”的写作姿态恰恰需要这样不断迭变的外部世界给予诗人抒写的动力。

不过，方敬大后方诗歌进一步的特色在于：方敬“旁观”“新鲜”的姿态，并非一种冷静客观的理性姿态，而是一种充满情感的个体姿态。所谓“个体”是指，方敬的感受视角并非“大我”的宏观，而从来以“小我”面对世界，用个体的眼睛看，用个体的耳朵听，用个体的身心感受，用个体的情感来触摸，在真实的“个体”体验中，品味迭现的“新鲜”。这就使旁观式的记录有了个体的温度，有了个体的明确态度，形成了真实个体面对世界的表达与感受。不仅如此，方敬的“个体”不追求孤独的视角呈现，而是在不断寻求现实层面的情感交流，形成“个体”与“个体”之间的碰撞，并最终完成共情：

山民不敢抬头向你要食粮，
但生活跟你一样苦，
性格跟你一样强，
痛苦得跟你一样沉默。

——《山》

市声像潮般退了。
寒冷而静寂的夜啊！
捩开熄灭了的电灯，
照出隐匿着的面孔，

不单检查衣物，言语，
还得侦缉灵魂，睡眠，梦，
看谁在走私，和平，妥协，投降，
有如偷贩红丸，白面，吗啡，

——《旅馆夜》

虽说流亡的路途是长的，
而你们一跨进国界，
便重新是自由的人，
而我们你们的每个弟兄，
都连忙打开心房的门来迎接。

——《月台》

《山》是诗人惯用的拟人手法，将大山人化，但人化并不仅是形象呈现，而是要形成与拟人化大山的对话，这是方敬诗中人与物的对话，可以代表诗歌中人与非人的对话意愿。《旅馆夜》和《月台》则是人与人的对话，并且是人与社会人的对话，这是抗战时期必然出现的诗作题材，表达着诗人对社会生活和他者的关注。无论《山》《旅馆夜》还是《月台》，都形成了诗人与外在世界对话的声音，这正如艾略特所言的诗人的第二种声音："诗人对听众——不论是多是少——讲话时的声音。"①《旅馆夜》中出现了"侦缉灵魂，睡眠，梦"的表达，与其说这是一种诗意式幻想，不如说这是在用内心与他者进行交流，尽管这种交流欲图达成的是宏大的全民性思想，但却也是深夜中"面孔"与"面孔"的对决，是具体情感的辩驳与碰撞。《月台》中，情感的交流则成为温暖容纳式表达，且仍然是个体的"每个弟兄"融会成的集体，打开的也并非房门而是"心房的门"，两个词的拿捏较为微妙，可以体味到从诗人个体到每个国人再到整个家国

① ［英］T·S·艾略特：《诗的三种声音》，见《艾略特诗学文集》，王恩衷编译，国际文化出版公司，1989年，第249页。

的情感传递。如果说《山》这样的诗歌传递了人对自然世界的共情，那么《旅馆夜》《月台》则显然是人与人的共情。

在这样的共情抒写中，可以看到鲜明的诗人“我”的存在，他旁观世界，呈现情感，完成共情。方敬的诗歌旁观世界的力度、情感表达与系连的力度都很强，最终使诗人成了旁观的主情体验者，其诗歌也形成了旁观主情诗的表达。在本文看来，“旁观主情”正是方敬大后方时期诗歌抒写所形成的最大特色。废名曾认为新诗“要表现着一个诗的内容”①，方敬的诗歌并非形而上的诗质追求，而是具体新鲜的观察与表达。作为形而上的诗人，方敬不一定成功，实际上，他也的确未曾在此向度产生过明确的追求。但作为生活的诗化抒写者，方敬提供了一种可能性。本文无意于拔高方敬诗歌的艺术价值，但在“一般写得少，又总写不好”的自评对照中，方敬的诗作夯实地自然呈现、落脚生活，表达个体情感与情感的系连，又不失明确的主题方向，形成旁观的主情体验表达。这样的诗歌抒写，至少为中国新诗的多样性增添了一重可能的空间。

［作者单位：重庆师范大学初等教育学院］

① 废名：《论新诗及其他》，辽宁教育出版社，1998 年，第 19 页。

后学衡

·茅盾研究·

茅盾与《水浒传》①

□钟海波

【摘要】 茅盾对新文化的贡献是多方面的，其中之一便是对中国古代文学资源的学习与继承。首先，茅盾对古典名著《水浒传》做过认真的艺术分析，撰写过学术论文，提出了许多深刻独到的见解；其次，他对《水浒传》的人物和故事进行了新的改编，创作了新历史小说《石碣》《豹子头林冲》《大泽乡》，其人物性格更加丰富复杂，主题更加鲜明突出且具有现实意义；再次，茅盾在现代小说创作中自觉学习继承了《水浒传》的艺术经验：在人物塑造方面注重阶级意识，结构方面注重整体与局部的有机结合，语言方面注重对话艺术。茅盾对《水浒传》的改编及创造性学习与他对该作的细致钻研密不可分。从茅盾对《水浒传》的研究及继承，可以看出他对本土文学经验的高度重视。

【关键词】 茅盾；《水浒传》；研究；改造

茅盾是一位学养深厚的现代作家。他既对西方文学颇有研究，又对中国古典文学造诣精深。早在青少年时期，他就对《三国演义》《水浒传》《红楼梦》《儒林外史》等中国古典名著烂熟于心，而且也认真研读过经史子集。1924 年，他在

---

① 基金项目：本文为国家哲学社会科学重大项目“陕甘宁文艺文献的整理与研究（1934—1949）”（项目号：16ZDA187）阶段性成果。

上海的《时事新报·文学周报》上发表《红楼梦、水浒传、儒林外史的奇辱》一文，批驳某些人对三部古典名著的歪曲和诋毁。“一九二八年正式从事文学创作之前，他主要致力于翻译和文学理论的研究，曾在上海大学讲授过‘小说研究课’，这方面的工作加深了他对中国文学传统的理性认识。”①

茅盾与中国古典文学的关系十分密切，然而，目前关于他对中国古代文学资源现代性改造问题的研究十分薄弱。已有成果有宏达的《茅盾与古代文学（年表)》、张永延的《贯通古今文学的研究典范——茅盾的中国古代文学研究个性》、周培贞的《作家感应生活的艺术再造——论茅盾的历史小说》及拙作《论茅盾对中国古代文学的研究》。本文以茅盾对《水浒传》的研究、改编和学习继承为中心，探讨茅盾对中国文学资源的改造，以期弥补这一领域研究的不足。

一、对《水浒传》的研究及艺术经验总结

茅盾自幼喜欢中国古代小说，阅读十分广泛，但是他的研究主要集中于几部名著。他对古典名著《水浒传》尤为推崇。他曾写过专论，也在演讲、访谈中谈到过《水浒传》，对它的成书过程、主题、结构特点、人物描写艺术提出了许多精辟独到的见解，并具有独特的学术个性。

1. 探讨《水浒传》的文学性质及成书过程。茅盾在延安“鲁艺”时，为学员开设过《中国市民文学概论》课程，当时也曾写出了详尽的讲稿，后来这份讲稿丢失了，但他的主要观点在一次题为《论如何学习文学的民族形式》（在《中国文化》1940 年第 5 期发表）的演说中保存下来。关于《水浒传》的文学性质，茅盾认为应该把《水浒传》划归到市民文学领域。他认为“水浒”故事最初是“口头的”“街头的”故事，而且以宋江等 36 人为中心题材，是无数无名的市民作家集体创作出来的。《水浒传》中所描写的英雄好汉是广大市民心中理想的、具有反抗意识的典型人物，对他们故事的叙述与传颂寄托了市民阶级的思想、情

① 刘梦溪：《茅盾同志与红学》，《红楼梦学刊》1981 年第 3 期。

感倾向以及经济和政治的诉求。茅盾认为南渡以前，宋朝统治者面临两种威胁：外部是北方游牧民族的侵略，内部是此起彼伏的农民起义。南渡以后，宋朝统治者面临两种选择：要么坚决抵抗异族侵略，改革内政，减轻农民负担，缓解阶级矛盾；要么对外妥协，对内依然保持压迫政策，南宋统治者选择了后者。市民阶级的利益与农民的利益基本一致，他们对农民的反抗持同情态度，这是《水浒传》产生的政治、经济、社会背景①。1940 年 9 月，茅盾在《大众文艺》（第 6 期）发表《谈〈水浒〉》一文，文中对《水浒传》的产生做出了更加细致的分析。他认为梁山好汉的故事在宋末有人传写，至元代有人将此类故事整合为情节完整的故事集《大宋宣和遗事》。元杂剧也对梁山故事进行改编，人物增多，情节更加丰富。至明朝中叶，有了编辑整理好的小说《水浒传》产生。至此，梁山泊的故事由“口头文学”演变为“传写的文学”。《水浒传》先有简本后有繁本，茅盾进一步提出《水浒传》简本或许为罗贯中所整理，繁本则由施耐庵写成。无疑，茅盾运用了马克思主义的文艺理论原理，即文艺是社会生活的能动反映，对《水浒传》文本的产生进行了分析，又从市民心理的角度研究它的发展过程。

2. 关于《水浒传》主题的研究。茅盾在《论如何学习文学的民族形式》和《谈〈水浒〉》二文中分析探讨了《水浒传》的主题。在《论如何学习文学的民族形式》一文中，他简要地提出对《水浒传》主题的看法。他认为，《水浒传》宣扬的思想是通过“替天行道”，即杀贪官污吏，劫富济贫，然后实现均平富、等贵贱、人人平等的大同理想。在《谈〈水浒〉》一文中，他论述得更加细致。他说，南宋时期，统治者实行对外妥协投降，对内剥削镇压的政策。政治上没有话语权的市民阶层只能通过“小说”的形式曲折表达自己的思想感情和现实诉求。“杀贪官污吏，劫富济贫，是农民的政治和经济要求，但也是市民阶级的要求。‘替天行道’的杏黄旗，在市民阶级的艺人手里又加以理想化；受招安，征辽的故事，正表示了市民阶级对于封建阶级统治者‘对内主剿’，‘对外主和’的

---

① 茅盾：《论如何学习文学的民族形式》，《茅盾全集》第 22 卷，人民文学出版社，1993 年，第 126 页。

痛恨，故借‘小说’以示抗议，以寄托愿望。”① 小说对杨志、林冲等人的不幸遭遇颇为同情。杨志、林冲在“落草”前都惋惜自己空有一身好武艺，本应当在边关杀敌建功，报效国家，最终却被贪官污吏逼得无处可奔。这样的情感无疑是市民阶级民族思想的沉重表白。他说，《水浒传》的民族民主倾向十分明显。

茅盾在研究《水浒传》时，也看到了其中存在着的内在矛盾。小说前半部分张扬一种豪迈的反抗精神，后半部分却宣扬“招安”。为什么会出现这种情况？他认为，这种情形的出现是因为《水浒传》在民间有了很大的影响力，统治者既嫉恨又害怕，他们想办法利用它，歪曲它，所以加上了水浒英雄受招安、平三寇的结局，以此削弱民众的斗争意识，从而实现思想的控制。茅盾认为，《水浒传》的后半部是糟粕，所以他盛赞金圣叹腰斩《水浒》是有眼光的。茅盾对《水浒》主题的分析犀利深刻，入木三分。

3. 关于《水浒传》结构特点的分析。在《谈〈水浒〉》和《谈〈水浒〉的人物和结构》这两篇论文中，茅盾都谈及《水浒》的结构问题。在《谈〈水浒〉》中，他说《水浒传》前七十回的结构是有机的，即它既是长篇，也可看作是中短篇的连缀。因为它的情节有一个中心线索，即各种各样出身和性格的人物都因受了迫害而趋向一个共同目标：上水泊梁山落草，这一中心线索的结局便是水泊大聚义。《水浒传》围绕着这个中心线索将全书主要人物的故事贯穿起来。“有些人物本身有一段较长的故事者，则拉长了分配于若干回书中，有些人物本身并无较长一段故事者，则使其随整个书的故事发展而时时出现，——这样就造成了一种结构。”② 但是，七十回以后，小说的结构是分散的，随处可以切断，是糟糕的“蛇足”。《谈〈水浒〉的人物和结构》中，茅盾进一步阐述了他对《水浒传》结构的认识。他说：“从全书看来，《水浒》的结构不是有机的结构。我们可以把若干主要人物的故事分别编为各自独立的短篇或中篇而无割裂之感。但是，从一个人物的故事看来，《水浒》的结构是严密的，甚至是有机的。在这一

① 茅盾：《谈〈水浒〉》，《茅盾全集》第 22 卷，人民文学出版社，1993 年，第 140 页。
② 茅盾：《谈〈水浒〉》，《茅盾全集》第 22 卷，人民文学出版社，1993 年，第 143 页。

点上，足可证明《水浒》当其尚为口头文学的时候是同一母题而各自独立的许多故事。”① 在《漫谈文学的民族形式》一文中，他对中国长篇小说结构特点做了这样的分析，他说：“这可以用十二个字来概括：可分可合，疏密相间，似断实联。如果拿建筑做比喻，一部长篇小说可以比作一座花园，花园内一处处的楼台庭院各自成为独立完整的小单位，各有它的格局，这好比长篇小说的各章（回），各有重点、有高峰，自成局面；各有重点的各章错综相间，形成了整个小说的波澜，也好比各个自成格局、个性不同的亭台、水榭、湖山石、花树等等形成了整个花园的有雄伟也有幽静，有辽阔也有曲折的局面。”② 茅盾对中国长篇小说结构艺术的总体概括，其实也包含对《水浒传》结构的评价。

4. 关于《水浒传》人物描写艺术探析。茅盾对《水浒传》人物描写艺术的评价极高。他认为《水浒传》一百零八个人物虽非个个都鲜活丰满，但至少有一打以上人物形象塑造得栩栩如生。他说《水浒传》的作者是在朝夕揣摩民间口头文学的基础上成功塑造了水浒人物，而且小说描写人物有两个特点。第一，善于从阶级意识去描写人物的立身行事。他列举了林冲、杨志、鲁达三个人的例子来说明这点。他说这三个人落草之前，他们都是军官，都有一身好武艺，他们自己根本不曾想到有一天会落草，然而，他们最终都落草了，可是原因各自不同。小说从阶级出身、阶级意识角度描摹了他们走上不同反抗道路的心路历程。杨志本是“三代将门之后，五侯杨令公之孙”，属于统治阶级集团一员。他的人生理想是建功立业、光宗耀祖、封妻荫子。他因失陷花石纲而丢了官，落魄卖刀，杀了街头泼皮，被发配充军，后被梁中书赏识做了军官，但再因失陷生辰纲，只得亡命江湖，落草为寇，他的落草是极被动和极不情愿的。林冲出身枪棒教师之家，属于市民阶层。他生活稳定，对统治者抱有幻想，安于现状，逆来顺受，因受奸人高俅陷害，几次被置于死地，家破人亡，他的幻想破灭后毅然决然走上反抗道

① 茅盾：《谈〈水浒〉的人物和结构》，《茅盾文艺评论集》（上），人民文学出版社，1978 年，第 14 页。

② 茅盾：《漫谈文学的民族形式》，《茅盾文艺评论集》（上），人民文学出版社，1978 年，第 290 页。

路，他的落草也是几经犹豫后才做出的决定。鲁达无亲无故，无牵无挂，光棍一条，没有产业，应是无产者出身，他的落草带几分“主动”。茅盾说，虽然《水浒传》没有叙述三个人的出身（只在杨志口中表白自己是将门之后），但是在描写三个人的性格时，处处依据他们的阶级出身。第二，由人物自身的行动来说明身世性格。作者在描写人物时不加主观介绍说明，完全是客观叙述，让人物自身的行动来体现自身性格。

茅盾对《水浒传》的研究及艺术分析观点鲜明、深刻。

二、对《水浒传》人物及故事的改编

茅盾在马克思主义历史观指导下对《水浒传》人物与故事进行了全新改编。

1. 改编缘由。1927 年，大革命失败后，蒋介石集团对中国实行严酷的法西斯统治。国民党的法西斯统治体现为对革命力量的反革命军事“围剿”和对进步文艺运动的反革命文化“围剿”。与此同时，1931 年，日本帝国主义发动“九·一八”事变，悍然入侵中国。在阶级矛盾加剧的同时，民族矛盾进一步加深。面对内忧外患及文禁森严的环境，进步作家被迫曲折表达思想情感，于是历史小说应运而生。当然，域外历史小说理论的译介对 20 世纪 30 年代历史小说的创作也产生了一定影响。

茅盾历史小说的创作一方面与上述时代原因有关，另一方面也与他个人的思想发展与艺术探索密切相关。大革命失败后，国民党残酷镇压革命者。“1927 年 5 月 15 日，福建政务委员会呈请南京统治者，通缉沈雁冰。呈文列 88 人姓名，沈雁冰列第 58 名。6 月，南京政府正式发布通缉令，浙江、福建等省都转发了此令，茅盾成了被通缉的政治犯。茅盾不愿做职业革命家，又不能公开谋职，剩下的只有偷偷卖文一途。”① 在极度苦闷中，茅盾开始了他的小说创作。他发表《蚀》三部曲，作品表达了青年知识分子找不到出路的郁闷，但经过一段时间的

① 余连祥：《逃墨馆主——茅盾传》，浙江人民出版社，2006 年，第 116 页。

反思与思想沉淀后，他又对自己的创作深感不满，于是，他以历史小说为开端，试图探求一条创作新路。据茅盾自述："由于深深厌恶自己的初期作品（即第一辑一九二八至一九三零）的作品，极大部分反映了我在那时候的悲观、苦闷、失望的心情，只有小部分（本辑的《石碣》以下四篇的作品）调子这才开始转变。但这小部分作品都取材于历史或传说，这又表示了那时的我，思想上虽有变化，而对于一个作家来说，进步的世界观虽然提供给他一个分析并提炼社会现实的基础，却还不能使他立即有比较成熟的题材以供形象描写。这便是当时我只能取材于历史或传说的缘故"，"大约是一九三零年夏，由于深深厌恶自己的初期作品（即一九二八至一九二九）的内容和形式，而又苦于没有新的题材（这是生活经验不够之故），于是我有了一个企图：写一篇历史小说，写中国历史上第一次农民起义"①。茅盾在20世纪30年代写下三个历史短篇《石碣》《豹子头林冲》和《大泽乡》，其中前两篇取材于《水浒传》。

2. 对林冲形象的重塑。茅盾对其历史小说《水浒传》中的一些人物进行重塑，赋予其新的内涵。在《豹子头林冲》中，茅盾对林冲形象进行了改写。这种改写一方面忠实于原著，另一方面又在人物性格中增添了新因素。"林冲故事"源于北宋末年宋江起义，它在文学史中有个发展演变过程。历史上"宋江起义"的三十六人多数并无名字记载，林冲这一人物最早出现于宋元时期的《大宋宣和遗事》。《大宋宣和遗事》对林冲事迹并没有单独的阐述描摹，形象非常模糊。明代戏曲《宝剑记》对林冲形象进一步拓展，使得这一形象逐步丰满起来。《宝剑记》中忠奸冲突构成戏曲的主要冲突，而林冲被塑造成一个忠君爱国的儒生形象。戏剧描写林冲为了黎民百姓上奏朝廷要求废除花石纲，因此得罪了高俅高太尉，为此，他遭受陷害。高俅以看宝剑为借口，将林冲骗至白虎堂，构织冤案。遭受迫害的林冲走投无路，几经周折，最终上了梁山。小说《水浒传》在整合前期文学资源的基础上，对林冲形象进行了更进一步的丰富发展，使林冲形象最终

---

① 丁尔纲编：《〈茅盾文集〉第七卷后记》，《茅盾序跋集》，生活·读书·新知三联书店，1994年，第142—143页。

在古典文学中得以定型。《水浒传》中的林冲是一个出身枪棒教师之家，有一身好武艺的八十万禁军教头形象。他的社会地位不算太高，但有一份优厚的薪酬，也组建了幸福的小家庭，他对自己的生活处境比较满意。他为人本分，安分守己，本想过平静的日子，可是，恶劣的社会环境容不得这样的好人。在庙会上，纨绔子弟高衙内当众调戏林娘子。这极大地刺伤了有着一定社会声誉和地位的林教头的自尊，他震怒了。但当他认出这个纨绔子弟正是自己的顶头上司高俅的义子时，他无奈地叹了口气，忍让了。然而，恶人并未就此罢休。高俅父子合谋迫害林冲，一心要置之于死地，他们一计不成再施一计。草料场的大火终于使逆来顺受、尚存侥幸心理的林冲醒悟了，他终于杀了仇人，义无反顾地投奔梁山，走上了反抗的道路。然而，初上梁山却遭到落第秀才王伦的排斥与刁难，他忍了，待到王伦逼晁盖等人下山时，他再也忍不住了，于是，他火并王伦，力挺“仗义疏财”的晁盖为头领，使梁山事业兴旺起来。

茅盾的现代历史小说《豹子头林冲》写在大革命失败后，此时，茅盾苦闷的心境逐渐平复。他通过对《水浒传》中林冲故事的改编来表达自己对中国现实社会问题的思索和认识。在《豹子头林冲》中，茅盾有意将林冲的出身改写为“农家子弟”，把他写成一个地道的农民，这为梁山聚义赋予了真正的农民起义的内涵。这样改写既有现实意义，又符合林冲性格发展的逻辑。茅盾的小说从阶级角度通过对林冲性格的分析表现了中国农民所具有的特点。茅盾小说中的林冲出身农家，忠厚、自尊，且有正义感。他学得一身好武艺，想在边庭建功立业，报效国家，无奈统治者对内镇压百姓，对外妥协卖国。他空怀壮志，身为八十万禁军教头，他想安稳度日，但腐败的官僚高俅步步紧逼，使他家破人亡。他本是很能忍耐的，但面对仇人的追杀，他的原始反抗性苏醒了。他本不愿杀人，但杀了卖友求荣的陆谦还不解恨，剜下他的心肝下酒才感觉解气。上梁山遇见的头领是落第秀才王伦，他对农家子弟林冲没有同情，甚至担心林冲夺了他的头领之位。通过对比，他认识到王伦与高俅是一类，他朴素的阶级意识觉醒。在忍耐之后，他终于爆发，杀了王伦，决心在水泊梁山干一番事业，于是在他的推动下初步建立起梁山新秩序。茅盾这样的改写意在突出底层出身的林冲与朝廷之间势不两立，以及他决意与之做殊死搏斗的大无畏精神。应该说，茅盾在 20 世纪 30 年代发表该作，无疑是对中国正在兴起的工农革命的极大鼓舞。正如王嘉良所说："茅盾创作历史小说目的非常明确，抒写历史为的是'向现代发言'，总是用自己的时代精神去描写历史，构筑起一条从历史通向现实的桥梁，从而使作品蕴含了深广的社会意义和浓厚的战斗色彩。"①

3. 对石碣故事的改编。茅盾现代历史小说《石碣》是对《水浒传》第 71 回故事的改编。《水浒传》的楔子《张天师祈禳瘟疫洪太尉误走妖魔》运用了魔幻手法，叙述洪教头失手放出 108 个妖魔，引得天下大乱。第 71 回《忠义堂石碣受天文　梁山泊英雄惊恶梦》则与楔子相照应，二者共同宣扬宿命论历史观。第 71 回叙述宋江率梁山英雄打着替天行道的旗帜，劫富济贫，攻打州县取得几次胜利，梁山势力更加壮大。宋江大喜，他请来众道士大设醮筵，醮斋七日，禳谢上苍护佑。宋江的精诚感动了天地，上天开了天眼，降下天书文字镌刻在石碣上。那文字是龙章凤篆，蝌蚪之书，人皆不识。只有一位何姓道士识得这蝌蚪之书。这天书文字除了"替天行道""忠义双全"八字，还按照身份地位镌刻了 108 位梁山义士大名。其中，天魁星呼保义宋江，天罡星玉麒麟卢俊义赫然在前。何道士辨验完天书，教圣手书生萧让誊写出来。读罢，众人看了俱惊讶不已。宋江与众头领道："鄙猥小吏，原来上应星魁。众多弟兄，也原来都是一会之人。今者上天显应，合当聚义。将已数足，上苍分定位数，为大小二等。天罡、地煞星辰，都已分定次序，众头领各守其位，各休争执，不可逆了天言。"于是，宋江把"聚义厅"改为"忠义堂"。

茅盾站在历史唯物主义的高度对"忠义堂石碣受天文"这一故事进行重新审视并予以新的诠释。小说通过玉臂匠金大坚和圣手书生萧让的对话，揭示了宋江所谓"石碣"是"天意授命"完全是他和吴用制造的神话，其目的在于让梁山英雄承认宋江作为寨主的合法性，同时也为他的改弦更张做舆论准备。作品深刻地揭露了这个混入农民起义队伍中奸细的虚伪本质。小说还通过两个人的对话揭示

---

① 王嘉良：《论茅盾的历史题材小说》，《茅盾研究》1984 年第 2 辑。

了水泊梁山的英雄好汉，由于出身不同，各自的心思也不同。有人随时想投降官府，以博得封妻荫子；有人对官府恨之入骨，发誓与之不共戴天。茅盾小说暗示了梁山队伍分裂是必然的。无疑，茅盾创作历史小说不是发怀古之幽情，而是“借古鉴今”，总结大革命失败的经验教训，所以作品具有鲜明的时代性和现实战斗性。20 世纪 30 年代，鲁迅对历史题材的改编侧重于民族文化心理，施蛰存对历史题材的改编又偏重于精神分析，而茅盾对历史题材的改编则着重从社会历史和阶级角度出发。茅盾的文学经验，特别是对“水浒”故事的改编，对延安时期“水浒戏”的创作、改编有重要启示意义。

三、对《水浒传》艺术继承与创新

茅盾在小说创作中十分注重对本民族文学遗产的学习继承。他的《子夜》《霜叶红似二月花》等作品接受了《水浒传》的许多艺术滋养，具体体现如下。

1. 结构艺术。茅盾对中国古典小说在形式上取得的成就给予了极高评价。他十分赞赏《水浒传》（前 70 回）“自成整体”的编排故事手法。他说，长篇小说创作就应在叙事结构上做到合理布局、构造严密和整体的“有机性”，这样会使作品在各部分的紧密联系中汇成一个结构整体。《子夜》在情节结构安排上明显受到《水浒传》的影响。《子夜》第 1 章写吴老太爷（封建文化的代表者）进上海，经受不住“十里洋场”的近代资产阶级文明的强烈冲击，很快“风化”了。这一描写具有很深的象征意味，它象征了那个时代的文化特征。这一章节是作家精心安排的全书的序幕。第 2、3 章叙述吴府举丧，一群工厂老板、大航商、大矿主、金融巨头，以及交易所的经纪人、交际花和蒋、汪两派的军官、政客各色人等一齐拥进了吴公馆。作品通过对众多人物出场亮相的描写以及通过对他们寒暄、吹捧和争论的叙述，一方面，描写出当时社会政治、军事、经济状况，展开故事的直接背景；另一方面，通过对几位重要人物谈话的叙述引出了故事发展的主要线索：赵伯韬等人操纵证券市场，吴荪甫与孙吉人、王和甫联合组建益中信托公司，农村农民暴动，工厂工人掀起工潮……第 2、3 章是《子夜》情节的开端。第 4 到第 16 章，是情节的展开。第 17 至第 19 章是小说的高潮、结局。由此，可见《子夜》十分重视整体布局。茅盾对《水浒传》的结构学习也表现在长篇小说的单章安排上。《子夜》在单章方面也十分讲究布局，甚至每一章节内部也有重点、高峰。可以说，《子夜》整体上是叙述了一个大故事，有些章节拆开了又是完整的小故事，像第 4、7 章独立性很强，完全可以看作是自成一体的中短篇小说。这一特点与《水浒传》相似。

2. 人物描写。茅盾在长期文学活动和革命斗争中形成了马克思主义文学观，他从马克思主义文学理论出发研究《水浒传》，发现《水浒传》描写人物注重阶级性的特点，而他的小说在人物描写方面也从人的阶级性出发，《子夜》对主人公的描写就是例子。《子夜》的主人公吴荪甫是一个资本家典型。他资金雄厚，社会地位较高，野心勃勃。他为了获取最大利润，实现梦想，不仅蚕食鲸吞，排挤同行，更绞尽脑汁，用软硬兼施的手段压榨和剥削工人；延长工时，减低工资，收买工贼，开除工人。他在这方面和反动政府沆瀣一气，依赖国民党反动军警、牢狱，来镇压工人和农民的革命斗争。他恶毒地诬蔑农民革命为“匪祸”“土匪”，和工人阶级尖锐对立，然而他和买办资本家、封建余孽却有密切的联系。茅盾把人放置在一定的社会关系中来写，《子夜》中的人是阶级的人。另外，《子夜》让人物自身的行动说明其性格，而且以白描为主，无疑，这样特点与《水浒传》影响有关。

3. 对话艺术。小说中人物对话往往是刻画人物的重要手段。一部小说要塑造好人物，就要写好人物对话。写好人物对话，可以深刻揭示人物丰富的内心世界，把人物形象逼真地展示在读者面前，也可以推进情节的展开。《水浒传》的人物对话堪称经典。鲁迅在《看书琐记》一文中曾赞扬《水浒传》的对话运用。他说：“《水浒》和《红楼梦》的有些地方，是能使读者由说话看出人来的。”①深受《水浒传》影响的茅盾也十分重视小说写作中的对话运用。他的现代小说学习继承了《水浒传》的语言艺术经验，在对话艺术方面取得极高成就。如《子

---

① 鲁迅：《看书琐记》，《鲁迅全集》第 5 卷，人民文学出版社，1961 年，第 429 页。

夜》第 7 章，描写账房先生从乡下回来向吴荪甫报告情况的情形，小说写道：

> 吴荪甫挂上电话筒，就喊道："晓生，进来！有什么确实消息没有?"……"有。不好呢！匪是退了，屯在四乡，商家都没有开市。省里派来的军队也还驻扎在县里，不敢开到镇上去，——""管他军队匪队！到底损失了多少？你说！"吴荪甫不耐烦地叫起来，心头一阵烦闷，就觉得屋子里阴沉沉的怪凄惨，一伸手便捩开了写字桌上的淡黄绸罩子的大电灯……①

《子夜》中这段人物对话十分精彩，它推进情节发展，同时表现出人物的心理活动，甚至身份、个性等，尤其把吴荪甫在得知乡下老家"遭劫"后的狂躁情绪表现得淋漓尽致。此外，《虹》《霜叶红似二月花》的对话也具有使人如见其人、如闻其声的艺术效果。

中国近现代文学"作为上层建筑的一个重要组成部分在西学东渐中也实现了由传统向现代的转变。中国文学的现代性由此生成"②。茅盾在新文学滥觞时接受了胡适、陈独秀等人的影响，崇尚西方文学，大量介绍西方进步文艺，倡导现实主义文学，以期促进中国新文学的发展。20 年代中后期，他扬弃了原有的文学观，建立起革命文学观。但是，在接受西方文学观念的同时，他从未轻视本民族文学传统，特别是 30 年代以后，他更加重视对民族传统的现代性改造问题，茅盾对《水浒传》的研究、改编及创造性学习，正是他文学观的体现。也正是由于他能够植根于本民族文学传统，所以才在文学上获得了巨大的成功。

［作者单位：陕西师范大学文学院］

---

① 茅盾：《子夜》，人民文学出版社，2018 年，第 136 页。

② 钟海波：《论西学东渐对 20 世纪中国文学的影响》，《甘肃社会科学》2010 年 2 期。

论建国后茅盾对业余作家创作的评说①

□高　强

【摘要】建国后轰轰烈烈的业余作家创作现象，是茅盾关注与评说的一大重心。一方面，茅盾在总体上极力称赏工农兵业余作家创作，认为他们在数量上、与生活联系的密切性上及其所创作的作品形式的通俗生动性上，与专业作家相比，都独占优势。与此同时，在大唱赞歌之余，茅盾还是免不了从知名专业作家角度来审视工农兵业余作家的创作。于是，茅盾鼓励民众破除艺术技巧的神秘观念后，又多次批评庸俗化艺术技巧的现象，一再重提艺术技巧的重要性；在充分肯定、表彰工农兵业余作家反映生产建设的鲜活实际情形时，茅盾又对仅仅停留于生活实地景象的描摹和亦步亦趋的真人真事刻写深表不满，从“推动生活”的高度出发，他反复告诫工农兵业余作家应竭力超脱生活本身的限制，以便创造出极富思想教育意义的典型文艺形象。颂赞声音与微词言论共存的建国后茅盾的业余作家创作评说，既表征出业余作家创作潮流的繁复性，也是茅盾本人复杂心路历程的清晰折射。

【关键词】茅盾；业余作家创作；艺术技巧；生活经验；真人真事

---

① 基金项目：本文为四川省社会科学研究“十四五”规划2022年度青年项目“民族国家视野下的战时中国文学节庆纪念书写研究（1931—1949）”（项目编号：22ZW002）及中央高校基本科研业务费专项资金资助项目“民族国家文学研究”（项目编号：SWU17091038）的阶段性成果。

建国后的茅盾身居要职，充分介入和参与了一系列影响深远的重要文化事件，在此过程中，茅盾的反应、行为和发言表态内容，折射出相当丰富繁杂的文人心态，并表征了特殊年代文艺（文化）发展嬗变的独特面影。其中，建国后轰轰烈烈的工农兵业余作家创作现象，是茅盾关注与评说的一大重心，梳理辨析相关言论，既有助于深入认识业余作家创作这一现象的肇因及其面临的症候，也是全面把握和理解建国后茅盾左冲右突、多方应付的复杂心路历程的重要窗口。

一、颂赞声音与工农兵业余作家创作的优势

对于工农兵业余作家队伍的培育和建设，早在延安时期即已显露端倪，当时虽然没有明确提出工农兵业余作家这一称号，但业余创作却在群众文艺运动的热潮中逐渐生发开来。建国后的头几年时间里，人们的总体期待是希望文学能够利用和平建设的国内环境，尽快步入正轨，向世界先进文学的目标进发。为此，“强调文学创作的正规化”① 便成了当务之急和文坛的总基调。工农兵创作虽然也是扶持的对象，但远非全国注目的重心。直到“反右运动”开展起来后，依循着“劳动人民要知识化，知识分子要劳动化”② 的总方针，文艺领域内开始大力倡扬建立起一支新型的“工人阶级文艺队伍”，贬低专业作家的地位而突显业余作家的意义。从此开始，工农兵业余作家创作便作为一种方向性的思路强势铺展开来。到了“大跃进”期间，工农兵业余作家作为社会主义革命和生产建设的实际参与者，理所当然地成为写自身、写先进的不二人选，专业作家转而退变成了“为‘工农兵业余作者’写作服务的技术员”③。很快，业余作家在地位与势头上取得了与专业作家分庭抗礼的资格，随着高玉宝、胡万春等工农兵业余作家典型的陆续涌现，工农兵业余作家的创作甚至凌驾于专业作家的创作之上，呈现出

① 李洁非、杨劼：《共和国文学生产方式》，社会科学文献出版社，2011 年，第 94 页。

② 毛泽东：《毛泽东著作专题摘编》（下），中央文献出版社，2003 年，第 1639 页。

③ 李旺：《“十七年”文学中的“工农兵业余作者”写作》，《理论月刊》2013 年第 1 期。

“喧宾夺主”的况味。

工农兵业余作家地位的提升，促生了轰轰烈烈的群众性文艺创作热潮，对于这一潮流，茅盾在总体上是深表认同并极力称许的，而且这种认可和称赞并非迫不得已的违心之论，实乃茅盾发自内心的真切表态。业余作家的创作，总是相对于专业作家的创作而言，透过茅盾的正面揄扬，可以更加清晰地发现工农兵业余作家创作的意义与优势所在。

（一）工农兵业余作家的队伍庞大、潜力巨大，可以弥补专业作家数量上的不足

建国后的革命斗争运动和生产建设浪潮如火如荼地开展起来，置身此种语境之中，文学艺术也被要求全力服务于革命生产工作。与火热的现实场景和迫切的现实任务相比，专业作家的队伍显得势单力薄，而那些活跃在各条战线上的业余作家不仅队伍庞大，也富有创作的积极热情，完全可以弥补专业作家在数量上的不足，更好地发挥文艺创作的政治鼓舞作用。茅盾正是在此意义上，首先张扬工农兵业余作家不可忽视的意义。1958 年 6 月，茅盾到东北考察，先后在沈阳、哈尔滨、延边、长春等地给业余作者做过演讲。在这几次演讲中，他都反复谈及了工农兵业余作家的无限潜力。在黑龙江省工农业余作者座谈会上，茅盾分析说，不仅黑龙江一地，就是在全国范围内，都有许多地方虽然发生了惊天动地的变化，但是在文艺上还没得到反映，或者发生很久了，才得到反映。这充分说明了“我们今天的文艺活动，包括业余的在内，还是落后于现实的。所以还要鼓足干劲，文艺工作还须大大努力，才能赶上现实。全国专业作家人数太少，和六亿人口相比，那简直少得使人不相信，所以我们必须依靠业余的文艺活动家，他们的潜力是无限大的”①。后来沈阳市文化局和中国作家协会沈阳分会召开了沈阳市青年业余作者大会，茅盾在此次讲话中，更是从具体数量分布上，论证了工农兵业余作家的优势，他赞许说：“今天到会同志有一千六七百人吧！大部分都是业余

① 茅盾：《在黑龙江省工农业余作者座谈会上的讲话》，《茅盾全集》第 25 卷，人民文学出版社，1996 年，第 298 页。

的文学作者。业余是对专业说的，那末，全国有多少专业作家呢？作家协会总会和分会的会员数目是不多的，总会会员约八百人，各分会会员共约千人（反右以前的数目）。这末大的国家，按人口比例来说，作家人数就少得出奇。总会会员又有很大一部分是‘家’而不‘作’的，我就是其中一个，是文艺战线上掉队的老兵。所谓专业作家的情况大概就是这样。然而，各位试想，全国有多少文艺刊物？总会六个文艺刊物，各分会都有一、二个刊物，沈阳分会就有二个；这些刊物每月发表的作品数量很大。这样大量的作品是谁写的？主要不是专业作家，而是业余的青年写作者。这些业余作者普遍散布在工厂、农村、部队、机关，到处都有他们的活动。是依靠了他们才使得刊物出现蓬勃活跃的气象。我们可以说业余作家的潜力是无限大的，这些潜力我们还没有完全挖出来。”①

建国后的社会主义政治、经济建设，需要社会主义文化建设的辅助与激励，这种文化被认为是迥异于资本主义、封建主义的文化，“它是真正属于人民的文化，是全民的文化，它必须在群众里面生根”②。广大的工农兵业余作者，人数众多、富含热忱的创作愿望，是产生群众性的社会主义文化的丰厚土壤。因此要想做好群众文化工作，要想创造出灿烂的社会主义文化景观，就必须大力发扬和鼓舞工农兵业余作家的创作热情。

（二）工农兵业余作家的创作密切联系实际，起到了为生产服务、为中心工作服务的良好效用

工农兵业余作家队伍的数量优势可以弥补专业作家的不足，保证在工农业生产“大跃进”的情况下带动起文化艺术工作的“大跃进”。人员众多，尽管是茅盾宣扬工农兵业余作家创作的原因之一，但显然不是主要原因。除了数量上的优势，工农兵业余作家不像专业作家那样与现实革命斗争和生产建设工作的实际情况相隔阂，“身处其中”的独特身份，使得工农兵业余作家能够在创作过程中更

① 茅盾：《谈青年业余创作——在沈阳市青年业余作者大会上的讲话》，《茅盾全集》第25卷，人民文学出版社，1996年，第310－311页。

② 茅盾：《在第二届全国人民代表大会第一次会议上的发言》，《茅盾全集》第25卷，人民文学出版社，1996年，第485页。

加切实地表现各种现实成绩与现实问题，从而发挥文学艺术的政治动员效力，这是茅盾高度肯定工农兵业余作家创作的主要原因。

建国后，茅盾多次著文夸赞工农兵业余作家创作现象，几乎每次他都会反复强调业余作家创作因其贴合实际而带来的强力精神提振作用：“业余的青年文艺工作者之所以能有这样的成绩，发挥这样大的创造性，写出来的作品有的比专业作家的作品还好些，其原因在哪里？在于他们生活在群众之中，和群众一起进行生产斗争和阶级斗争。他们是群众中的一员，因而他们就能对于新鲜事物有敏锐的感觉，对于资产阶级思想有强烈的憎恨。他们的作品不论长短都不脱离实际，是政治挂帅的，有战斗力的。”① 因为业余作家的文艺创作“结合生产，结合中心任务”，所以他们的作品才得以“反映了劳动生产中的每分钟出现的新人新事，表现了劳动人民的建设社会主义的冲天热情和顽强地克服一切困难的英雄气概”，这样的诗歌（文艺）最终便鼓舞了人们的生产热情，“提高了人们的政治觉悟，推动了生产”②。为实际工作服务，在茅盾看来，也成为业余作家创作挑选材料的取舍标准：“写什么材料好呢？这也是青年业余作者经常碰到的难题。生活是很复杂的，我们挑选这个，不选那个，其标准何在？标准在于：第一，能不能为生产服务。我们说的生产，是广义的，而不是狭义的；比如十五年赶上英国，包括范围就很广；又如技术革命和文化革命也是为生产，反映技术革命和文化革命的题材也是为生产服务的。第二，能不能为中心工作服务，中心工作因时因地而不同，我们必须为当时当地的中心工作服务，否则就有脱离实际，脱离群众的危险。”③ 茅盾曾对由业余作者创作的《吉林民歌选》进行过分类，发现这一诗歌选集的作品主要可以分成“歌颂中国共产党、歌颂毛主席”“歌唱总路线”“歌唱农业和工业大跃进”以及“歌唱整风新气象”四大类别，这种分类恰好说明了群

① 茅盾：《谈青年业余创作——在沈阳市青年业余作者大会上的讲话》，《茅盾全集》第25卷，人民文学出版社，1996年，第311－312页。

② 茅盾：《新年话家常》，《茅盾全集》第25卷，人民文学出版社，1996年，第365页。

③ 茅盾：《谈青年业余创作——在沈阳市青年业余作者大会上的讲话》《茅盾全集》第25卷，人民文学出版社，1996年，第315－316页。

众性“文艺大跃进”的方向和内容是“党的领导，政治挂帅，为生产服务，为中心工作服务”。由此出发，茅盾进一步指出，文艺创作和生产劳动、革命斗争工作密切结合，既是工农兵业余作家创作无可取替的价值所在，也是工农兵业余作家之所以大受重视的缘由，更是其应当持续坚守的方向：“如果今天业余文艺工作者脱离生产，脱离实际，搞自己那一套，那么群众不欢迎，领导也不支持。这样走错了方向的人，得不到支持，就不应该埋怨领导，只能怪他自己。”①

在纪念《在延安文艺座谈会上的讲话》发表15周年的文章中，茅盾曾分析说知识分子作家“赞成社会主义的经济建设，但在上层建筑问题上，却不肯抛弃自由主义；他们理智上承认劳动创造世界，而感情上每和工农有距离”，结果他们的创作便存在着十分明显的别扭现象，致使“作家的概念中的现实和他笔下的形象的现实，并不能常常一致”。追究根源，这一切都是知识分子作家的世界观存在着矛盾，由于他的思想情感中还有非工人阶级的思想情感，因而不能“从心所欲，不逾矩”②。后来，在总结分析1959年的文艺创作情况时，茅盾则表示知识分子作家的创作之所以存在不少概念化、公式化的痕迹，既是来源于“作者的教条主义的思想方法”，也是“由于作者的生活不够”所导致的。他批评说：“有些人生活很丰富，然而这个丰富不是参加斗争而得来，而是由于旁观，搜集材料而得来，就不能改变他的思想方法。”③ 与之相比，那些深处生产建设实际现场中的业余作家恰恰避免了知识分子作家的“生活不够”“感情上每和工农有距离”等思想障碍，能够“自己写自己”“自己写自己的生活”，使得作品不脱离实际，更好地为生产服务、为当时当地的中心工作服务。

（三）工农兵业余作家创作的作品在形式上活泼生动，深受群众喜爱

工农兵业余作家创作的作品不光数量庞大，内容与现实工作联系紧密，而且

① 茅盾：《文艺和劳动相结合——在长春市文艺界大会上的讲话》，《茅盾全集》第25卷，人民文学出版社，1996年，第321页。

② 茅盾：《在已有的基础上努力》，《茅盾全集》第25卷，人民文学出版社，1996年，第29页。

③ 茅盾：《一九五九年文艺杂记》，《茅盾全集·补遗（上）》，人民文学出版社，2006年，第402页。

在形式上更是表现出生动活泼的特点，这也是茅盾激赏称道的重要维度。在文艺作品的形式方面，“懂得并努力适应群众的需要和喜好”① 是建国后文艺创作应予遵循的方向性准则。而工农兵业余作家创作的作品恰恰表现出“小型多样、民族民间”的特点。“小型多样”指的是体裁短小而多种多样，“民族民间”则是指大量利用快板、相声、鼓词、各种地方戏等民族形式和民间形式。茅盾认为，此类“小型多样、民族民间”的作品，是普通民众喜闻乐见的形式，深受群众欢迎。唯有如此，才合乎多、快、好、省的原则，“才能及时地迅速地反映“大跃进”中各方面的新气象，天天出现的新人新事”②。茅盾还以“大跃进”时期农民诗人匡荣归写的那首家喻户晓的新民歌《我来了》为例，说明工农兵业余作家创作的形式特点。“天上没有玉皇，地上没有龙王，我就是玉皇，我就是龙王，喝令三山五岳开道我来了”，这首诗的句子简练而富于形象，整体的气魄雄壮激昂。反观许多专业作家的诗作，却充满了晦涩的辞藻和刻意的雕饰，给人以装腔作势的感觉。由此可见，评价艺术性时，必须抛弃陈腐的观念，从群众观点来进行判断，“所谓艺术性不是堆砌辞藻，把句子写得扭扭捏捏，便算有了艺术性了”③。专业作家笔下随处可见的“脱离群众的知识分子的腔调”，远远逊色于业余作家创作的那些弥漫着“广大人民的声音”的作品。

与专业作家的创作进行对照，突显业余作家的创作依靠生活实践、不落俗套、形式清新的长处，成为茅盾讴歌工农兵业余作家创作的主要方式。1958 年茅盾在长春市文艺界大会上的讲话中便扬此抑彼地指出，《长春》月刊上登过许多工人和农民业余作者的作品，这些业余作家很少有人读过《怎样写小说?》《怎样写诗歌?》等技巧说明类书籍。但是他们的小说、诗歌都不乏艺术性，而且与专业作家不同的是，工农兵业余作家的作品“文字不噜苏，没有肉麻的形容词，没

---

① 周扬:《为创造更多的优秀的文学艺术作品而奋斗》,《周扬文集》第 2 卷，人民文学出版社，1984 年，第 238 页。

② 茅盾:《文艺和劳动相结合——在长春市文艺界大会上的讲话》,《茅盾全集》第 25 卷，人民文学出版社，1996 年，第 323 页。

③ 茅盾:《谈青年业余创作——在沈阳市青年业余作者大会上的讲话》,《茅盾全集》第 25 卷，人民文学出版社，1996 年，第 312 页。

有陈腔滥调”。茅盾举了两个具体案例，有一篇工人创作的小说《师徒比英雄》，只有两千多字，却简洁而生动；有个农民写的《马大娘》，只有千把字，但干干脆脆，形象十分生动。类似的作品，如果换成是专业作家来写，“同样的题材大概要写到五千字以上”。工农兵业余作家之所以能够用简省有力的笔墨塑造出丰富生动的形象，“不是因为他们学过写作技巧而是生活产生了这些技巧”“他们不像知识分子坐在屋子里，抽了很多香烟，废话很多，两句话能说完的，偏偏要说五句话，他们没有这样多时间来说废话，他们的时间都用秒来计算。这样不同的生活影响他们的写作方式也是不同的”①。1958 年 5 月，《诗刊》编辑部曾推出了“工人谈诗”专辑，邀请工人业余作家反过来为专业诗人“治病”。这些业余诗人不约而同地指出专业诗人的主要毛病在于：“作者对生活并没有深切的感受，往往只有一点点诗意，表现出来并不足以激动人心，但为了要写诗，而去求救于技巧，在语言上故意雕琢，追求所谓独特风格”；有些诗，“在情节上、感情上、语言上都多半是西洋化的”。指出问题所在后，工人作家们还提出了两条具体的改进主张：一、“诗歌如何变成群众的东西呢？依我看，要短小，并且要注意有民歌的风格”；二、要求“主题突出、感情丰富、节奏明快、情绪高昂、气势磅礴、语调豪迈、有板有韵、通俗易懂的诗”。茅盾读了这一专辑后，欣喜地表示这些业余诗人的意见“真是一针见血之论!”② 与此同时，茅盾还分析说，工人作家提出的上述主张，不仅是口头期望，同时也被他们自己很好地付之于实践。《诗刊》4 月号的百首诗歌就是明证。比如温承训的《不老松》一诗写道：“稀的星，夜色朦胧/碎石的路坎坷不平/咚咚的汽锤想把大地震醒/路灯溶化了一个奔忙的人影”。这首诗一共只有四句，然而既写了夜景，又写了深夜中紧张工作的工厂气氛，还写了“人退休了心没退休”的老师傅形象。而且，第四句以“溶化”二字来形容行动中的匆忙之人，“炼字炼句，多么新颖，又多么生动”。类似的诗作

① 茅盾：《文艺和劳动相结合——在长春市文艺界大会上的讲话》，《茅盾全集》第 25 卷，人民文学出版社，1996 年，第 327 - 328 页。

② 茅盾：《工人诗歌百首读后感》，《茅盾全集》第 25 卷，人民文学出版社，1996 年，第 267 - 268 页。

在业余作家笔端所在多有，这样的技巧，是来自生活的，而不是雕琢、摹拟的结果，“雕琢只能产生纤巧，摹拟只能产生矫揉造作”。工农兵业余作家有效规避了雕琢和摹拟的套路，而靠雕琢和摹拟来取得技巧，却正是相当一部分专业作家常犯的毛病。有鉴于此，茅盾要求“我们的专业诗人有不少地方应当向业余的工人作家们学习”①。

二、微词言论与工农兵业余作家创作的症结

随着工农业生产的“大跃进”和人民公社化运动的开展，以“知识分子劳动化”与“工农群众知识化”为总体要求，全国上下掀起了蓬蓬勃勃的文化革命热潮。其中，工农群众的文化艺术活动更是空前高涨，千百万普通劳动人民运用各种文化艺术形式全面表现着各行各业的冲天干劲和劳动热情。在这些激动人心的事实面前，茅盾完全支持并极力拥护以工农兵业余作家为主体的群众性文艺运动，他在多个场合多次表示：“要迅速地发展社会主义文化艺术，必须贯彻群众路线，大搞群众运动。‘大跃进’以来的事实充分证明，贯彻群众路线，大搞群众运动，不但使文化艺术出现了飞跃的发展，在质量上也有了显著的提高。”②“我国文化艺术的革新，决不能离开广大工农群众的生产实践和生活实践，决不能离开他们的文艺创造。”③ 而且，对于茅盾来说，工农兵业余作家的创作显现出来了一系列无可取替的优势特质，特别是紧密联系实际生活及作品形式丰富灵活两点，更是让茅盾赞不绝口，因此他才心甘情愿、积极踊跃地为工农兵业余作家的创作“鼓与呼”。不过，在大唱赞歌之余，身为知名专业作家的茅盾还是迸现出些许审视的目光，这样一来，茅盾建国后对于业余作家创作的评说就隐隐约约

① 茅盾：《工人诗歌百首读后感》，《茅盾全集》第 25 卷，人民文学出版社，1996 年，第 271 - 272 页。

② 茅盾：《为实现文化艺术工作的更大更好的跃进而奋斗》，《茅盾全集》第 26 卷，人民文学出版社，1996 年，第 20 页。

③ 茅盾：《不断革命，争取文化艺术工作的持续跃进——在文教群英会开幕式上的讲话》，《茅盾全集》第 26 卷，人民文学出版社，1996 年，第 33 页。

地显露出语含担忧甚至不满的微词。

（一）技巧的既破且立：打破技巧迷信之后重提艺术技巧的重要性

相对于专业作家而言，工农兵业余作家缺乏创作经验，在技巧能力上显然落于下风，技巧上的自卑心理也成为损害业余作家创作积极性的主要障碍。为了激发业余作者的自信，免除普通民众因艺术技巧欠缺带来的自卑心理，破除技巧至上、技巧神秘的观念，便成为发动群众性文艺运动的首务。正是在此意义上，茅盾在建国后才反复告诫说，不要认为写作必须要有才能，不要害怕技巧不够，要懂得技巧并不神秘，“不是说有了技巧就可以写出好东西。有了技巧，没有生活，写出的东西还是不好的、空空洞洞的”①，“写作技巧的神秘观念，必须要打破，大胆创造风格，然后能开一代新文风”②。茅盾还从“内容决定形式”的法则出发，为工农兵业余作家鼓劲。他指出，那种认为“群众业余文艺创作政治性强，但是缺乏艺术性”的看法，没有把作品的政治性和艺术性的位置摆正。无论何时，都应该“把政治性要放在第一位”。而群众业余作品恰恰政治性极强，这样的作品即便在艺术性上有所欠缺，也“比有些专业作家的脱离群众，脱离政治，脱离实际的作品（虽然艺术性强）实在好得多”③。

鼓励广大群众抛弃艺术技巧的迷信和崇拜观念，是为了激发起业余作家的创作信心和激情。可是当茅盾具体分析工农兵业余作家创作出来的作品时，却经常从艺术技巧角度提出改进意见；打破技巧的迷信之后，茅盾又一再重提艺术技巧的重要性。1957 年 7 月，在回答有业余青年作者提出的“怎样提高写作能力”的问题时，茅盾给出了先使得自己“眼高手低”的答案。所谓“眼高”就是博览群书，扩充自己的思想视野；“手低”就是在“眼高”的基础上懂得自知，能够清楚认识到自己的不足。茅盾并不讳言自己的意见强调了“从事文艺的创造性劳动

① 茅盾：《在黑龙江省工农业余作者座谈会上的讲话》，《茅盾全集》第 25 卷，人民文学出版社，1996 年，第 303 页。

② 茅盾：《谈青年业余创作——在沈阳市青年业余作者大会上的讲话》，《茅盾全集》第 25 卷，人民文学出版社，1996 年，第 315 页。

③ 茅盾：《谈青年业余创作——在沈阳市青年业余作者大会上的讲话》，《茅盾全集》第 25 卷，人民文学出版社，1996 年，第 315 页。

的困难”，“文学、艺术的创造本来是要下苦功夫的，实事求是地告诉青年朋友，比一味对他们鼓动好”①。接着，茅盾还表示批评家更有责任帮助业余作者做到“眼高”，使其不单单注意作品的思想性，也要学会分析它的艺术性。最后，茅盾总结道：“不要小看技巧，没有技巧的作品，本身就不能行远垂久。”② 1959 年 3 月中国作家协会组织召开了创作工作座谈会，在此次会议上，茅盾更是旗帜鲜明地指出，“关于提高问题，首先是思想提高的问题，但同时也还有一个艺术提高的问题”③。从艺术提高的角度，茅盾表示欣赏力的提高和表现力的提高，是两大不可偏废的维度，因为“表现力高的人，总有一定高的欣赏力；一个人自己的作品写得好，却看不出人家作品的好坏来，那是不可能的”。因此，对于表现力不高的业余作家，完全可以先从提高他的欣赏力入手，有了这个能力，他就能够对于自己的初稿进行修改，而且能够愈改愈好。为了提高业余作家的欣赏力，茅盾要求专业作家从两个方向上做一些辅导工作：其一，写一些分析古典名著和现代优秀作品的文章；其二，评论青年业余作者的作品时尽量“具体分析并提出修改意见”④。

正是从提高业余作家创作技巧性的角度出发，茅盾还对当时的许多作品“轰轰烈烈却空空洞洞”的情形深表不满，要求业余作家在打破技巧迷信思想后，也要注意“正确地对待技巧问题”，他有所指涉地批评说：“尽管承认不应当不要艺术性，尽管承认既要艺术性就不能不谈技巧，但在事实上，不重视专谈技巧的文章，或者以为专谈技巧的文章就是一条腿走路，就是政治不挂帅，——这样的思

① 茅盾：《从“眼高手低”说起》，《茅盾全集》第 25 卷，人民文学出版社，1996 年，第 95 页。

② 茅盾：《从“眼高手低”说起》，《茅盾全集》第 25 卷，人民文学出版社，1996 年，第 96 页。

③ 茅盾：《创作问题漫谈——在中国作家协会创作工作座谈会上的发言》，《茅盾全集》第 25 卷，人民文学出版社，1996 年，第 447 页。

④ 茅盾：《创作问题漫谈——在中国作家协会创作工作座谈会上的发言》，《茅盾全集》第 25 卷，人民文学出版社，1996 年，第 450 页。

想，还是相当普遍，在编辑人员中也不是没有的。”① 正因为技巧问题并非无足轻重，所以茅盾进一步告诫业余作家一定要注意吸收前人艺术实践所积累的有用经验，避免“赤手空拳打天下”的浮夸态度：“无产阶级一定要创造自己的文化，比过去任何时代的文化还要辉煌灿烂得多的文化；但并不是平地起楼台，连前代的对于我们有用的东西都抛弃不要了，而是要吸收过去时代的文化的精华，作为我们自己的营养。这一个原则，同样适用于对待文学艺术方面的技巧问题。”②

1958 年 9 月 11 日，在文化部的部务会议上，茅盾专门谈到了业余作家创作的艺术技巧问题，他认为青年业余作者对于艺术技巧的看法不外乎四种意见：“（一）认为谈技巧就会陷入形式主义；（二）认为谈技巧就是把艺术性放在第一位，就不是政治挂帅了；（三）对技巧抱着神秘观念，以为这是‘天才’者天生的本领，故认为学习技巧只可意会而不可言传；（四）把文艺写作技巧和机器的操作技术等同起来，认为一经指拨，就可以掌握，因而把‘老作家的经验谈’看作是‘窍门’。”③ 这四种看法，前二者和后二者相互对立，但都是相当片面的。针对工农兵业余作家创作，茅盾一方面鼓励青年业余作者破除对于技巧的神秘观念，大胆创造；另一方面又提醒人们，破除迷信后也要注意吸收前人的艺术精华，不应神秘化技巧但也不能忽视技巧的打磨。不打破业余作者对于技巧的神秘观念，就无法使群众文艺运动蓬勃开展；但完全放逐艺术技巧，又不可能产生持续性的、绵延性的感染力。神秘化艺术技巧行不通，庸俗化艺术技巧同样不可取，破除艺术技巧的迷信思想后又能够重新重视艺术技巧的价值，茅盾提出的这个要求，实际上却是建国后业余作家创作难以把控的工作。

（二）生活的既入且出：在反映生活基础之上推动生活期许

如果说，破除艺术技巧上的神秘思想和畏惧心理，是促使工农兵业余作家大

---

① 茅盾：《短篇小说的丰收和创作上的几个问题》，《茅盾全集》第 25 卷，人民文学出版社，1996 年，第 419 页。

② 茅盾：《短篇小说的丰收和创作上的几个问题》，《茅盾全集》第 25 卷，人民文学出版社，1996 年，第 422 页。

③ 茅盾：《文艺大普及中的提高问题——一九五八年九月十一日在文化部部务会议的报告》，《茅盾全集》第 25 卷，人民文学出版社，1996 年，第 336 页。

胆创作的前提的话，那么，如前所述，工农兵业余作家来自生产建设的实际现场，反过来表现生产建设运动时，就更加踊跃和真切。这一点在茅盾看来，是工农兵业余作家创作的主要特质和意义所在。不过，与对艺术技巧的既破且立相似，茅盾在充分肯定、表彰工农兵业余作家反映生产建设的鲜活实际情形时，也对那种仅仅停留于生活实地景象的描摹深表不满，从更高的角度对工农兵业余作家提出要求，希望他们在深入生活之后能够出离生产生活的限制，创造出一系列典型的文艺形象，从而增强作品的思想教育意义。

从事文艺创作，既需要“钻得深（对所写的具体事物有全面的透彻的认识）”，也需要“站得高（鸟瞰全局）”。工农兵业余作家普遍对于自己从事的单一类型的工作非常熟悉，较为详细地知晓和自己朝夕相处的那些人物的遭遇和经历，这些生活经验成为他们创作时的宝贵财富和主要材料。可是，若扩大到自己的生活圈子之外，扩大到其他工厂和乡村，工农兵业余作家就所知甚少。“钻得深”有了，“站得高”却远远不够，工农兵业余作家的这个弱点，被茅盾视作主要的“提高阻力”①。因为生活思想视野的局限，使得工农兵业余作家在反映人民内部矛盾时，大都以先进和保守之间的矛盾为主题，而先进与保守之间的矛盾又常常只从“一个工具的改良”“一项技术的革新”这样狭小的角度来反映，无法从“牵涉更广、范围更大”层面来表现工农业领域的巨大成就。茅盾举例说，关于社会主义建设经验总结的几个“同时”和几个“并举”，在大企业中走群众路线的问题，都有肯定与怀疑、促进与保守的矛盾和斗争。这些工业战线上的创举，以及“两参一改三结合”的管理方法和工作制度等等，理应比一个工具的改良和一项技术的革新“更需要文艺工作者通过典型的创造，写出深刻的作品”，“值得我们用最大的努力来反映”②。

工农兵业余作家的视野狭窄，体现在文艺创作上，最明显的结果就是亦步亦

① 茅盾：《文艺大普及中的提高问题——一九五八年九月十一日在文化部部务会议的报告》，《茅盾全集》第25卷，人民文学出版社，1996年，第332页。

② 茅盾：《短篇小说的丰收和创作上的几个问题》，《茅盾全集》第25卷，人民文学出版社，1996年，第404页。

趋的“真人真事”描写，对此，茅盾进行了重点反思。茅盾首先指出，“我们主张文艺作品不能以仅仅记录社会变革的表面形态为满足，还必须描绘这些社会变革在广大人民的思想意识上所发生的影响，——即人的思想意识在社会变革中所发生的变化①”。而工农兵业余作家在创作的时候大都以自己身边的真人真事为故事蓝本，此类取自本单位真人真事的作品，无疑可以带给读者以亲切之感。可是，很多业余作者却完完全全被真人真事所拘束，创作时只是把真人真事照搬到文艺作品之中，不能发挥积极的创造力和想象力，结果就会极大妨碍作品的思想教育意义：“写真人真事，可以起直接服务的效果，然而如果像拍照那样，而不是在真人真事的基础上，加以想象和艺术的概括——也就难以提高。”② 在评述1958年的短篇小说成绩时，茅盾也特意指出，群众的业余作品很大一部分是根据真人真事的原样，“相当忠实地写下来的”，这样创造出来的人物和故事就缺乏代表性和典型性，因此他呼吁工农兵业余作者要大胆地跳出真人真事的束缚而运用艺术概括的手法来虚构故事、创造人物，“从真人真事到虚构故事、创造人物，正是提高一步；因为经过艺术概括的人物和故事比起以一人一事为基础的真人真事就更典型些”③。

茅盾在黑龙江省工农业余作者座谈会上的讲话中，曾举日本工人作家德永直为例作为可资参照的榜样。德永直不光有广博的社会生活的知识和经验，还有卓越的进行艺术概括的才能，他被日本评论家赞许为是“第一个从基本上是自叙传性的作品发展到反映更广阔复杂的社会现象的作家”。反观中国的工农兵业余作家，大多还处于第一阶段，即他们的作品主要还是自叙传性质，主要表现为对真人真事的忠实刻录，因此，茅盾寄望于中国的工农兵业余作者要扩大眼光，从熟悉一个车间到熟悉全厂，从熟悉全厂到熟悉整个工业生产领域，从熟悉整个工业

① 茅盾：《关于所谓写真实》，《茅盾全集》第25卷，人民文学出版社，1996年，第261页。

② 茅盾：《创作问题漫谈——在中国作家协会创作工作座谈会上的发言》，《茅盾全集》第25卷，人民文学出版社，1996年，第457页。

③ 茅盾：《短篇小说的丰收和创作上的几个问题》，《茅盾全集》第25卷，人民文学出版社，1996年，第418页。

生产领域到熟悉全世界的政治经济形势，争取达到第二阶段。只有这样，才可能“写出生活面更广更复杂，思想性更深刻的作品”①。要求熟悉自己生活领域的业余作家，跳脱出狭小的生活圈子和真人真事的框限，从宽广的维度来思索问题、塑造人物，这样才能创造出在行动上、思想上和革命立场上都是集大成者的具备充沛感召性的文学典型。深入生活、遵循生活实情的创作起着直接却暂时的服务作用，而在现实生活的基础和真人真事的基础上加以概括、集中、提炼和升华的创作，则可以带来间接却持久服务的效力。用茅盾在中国文学艺术工作者第三次代表大会上的报告中的话来描述，前者还停留在“仅仅反映生活”的阶段，后者却更进一步“推动了生活”②。

除了艺术技巧上和生活层面上的既入且出问题，茅盾对于建国后的工农兵业余作家创作潮流还提出过其他许多意见。譬如，工农兵业余作家把成为作家一事看得过于轻松，把作家的培养简化为类似于“武功秘籍”的传授过程，他们口头上保证“一定勤修苦炼”，事实上却有严重的“依赖思想”③。再比如，有些青年业余作者在小有成就以后，萌生了做专业作家的想法，然后便离开生产岗位，跑到了“作家之家”，闭门写大部书，结果“脱离了生活，也就写不出好东西来”；还有的业余作者，写出的一些反映当前现实的小型作品得到好评后，就立马开始创作大型和长篇作品，容易失败④。不过，这些问题在茅盾笔下都显得比较零散，很多时候他也只是简略提及。在茅盾眼里，轻视艺术技巧和无法超离生活限制才是工农兵业余作家创作的主要症结所在，因此他在竭力赞颂群众性文艺运动时，也把反思的重心放在了这两个问题之上。

---

① 茅盾：《在黑龙江省工农业余作者座谈会上的讲话》，《茅盾全集》第25卷，人民文学出版社，1996年，第300-301页。

② 茅盾：《反映社会主义跃进的时代，推动社会主义时代的跃进!》，《茅盾全集》第26卷，人民文学出版社，1996年。第85页。

③ 茅盾：《关于写真实和独立思考》，《茅盾全集》第25卷，人民文学出版社，1996年，第104页。

④ 茅盾：《谈青年业余创作——在沈阳市青年业余作者大会上的讲话》，《茅盾全集》第25卷，人民文学出版社，1996年，第313页。

三、结语

广泛开展群众性的文艺运动，是建国后，特别是“大跃进”之后，文化界重点推动的任务，其目的是让文学艺术真正被工农群众所占有，并反哺于现实生活中的革命建设工作，正如《人民日报》所呼吁的那样：“文化革命的主要内容，就是打破资产阶级文化垄断的观念。在文艺上就是要使文艺成为工农自己的文艺，使工农有自己的文艺作者，使文艺真正和劳动人民相结合，这是一场严重的斗争。要使得这场斗争取得彻底胜利，只有依靠党，依靠广大劳动人民，广泛开展群众性的文艺创作运动，打破一切保守思想和神秘观念的束缚，夺下这个堡垒，使文艺事业成为全党全民的事业。”① 要“使文艺成为工农自己的文艺，使工农有自己的文艺作者”，就得依靠广大的工农兵业余作家，就必须想方设法激发起工农兵业余作家的创作积极性。茅盾在建国后多次谈到并称赞的工农兵业余作家数量上的优势，与现实工作紧密联系的性质，以及他们创作的作品在形式上生动活泼的特点，既是茅盾本人对于群众性文艺运动的热烈颂赞，正是在这些层面，“工农兵的业余作者，对专业作家将了一军”②；同时，这样的赞赏也反过来调动、促进了工农兵业余作家从事创作的信心，为群众性文艺运动的扩大化、深入化奠定了坚实的基础。与此同时，在总体赞许的情况之外，茅盾也小心翼翼地指出了工农兵业余作家创作所存在的问题，其中，轻视艺术技巧的重要性以及被现实生活所拘囿是茅盾重点指陈的两大问题。最终，对于以工农兵业余作家为主体的群体性文艺运动，建国后的茅盾就既担当了宣扬者的角色，也没有放弃反思者的立场。颂赞声音与微词言论共存的建国后茅盾的业余作家创作评说，既表征出业余作家创作潮流的繁复性，也是茅盾本人复杂心路历程的清晰折射。

另外，需要顺便提及的是周扬在建国后对于工农兵业余作家创作的评说。与

① 《要抓紧领导群众文艺工作》，《人民日报》1958 年 10 月 7 日。

② 茅盾：《新形势与新任务——九月二十七日在中国文联主席团扩大会议上的开场白》，《茅盾全集》第 25 卷，人民文学出版社，1996 年，第 346 页。

茅盾类似，周扬在建国后身居要职，曾多次谈论工农兵业余作家的创作。简略而言，周扬同样对工农兵业余作家创作在数量上的优势及其能够有效反映波澜壮阔的革命生产场景的特点，深表赞许，认为工农兵业余作家创作是“群众自己掌握文化的一个革命”①。不过，与茅盾相比，周扬对工农兵业余作家创作本身可能存在或产生的问题分析不多，他谈论最多的是知识分子专业作家如何深入群众、向业余作家学习的必要性：“专业文艺工作者要向业余作者学习，而不是跑去工厂开文学讲座”②；知识分子专业作家“要把他们自己的技术和文化，跟劳动人民相结合，要在这种结合中改造自己的思想，变成劳动人民的知识分子”③。而且，每当政治环境稍显松动，周扬再来谈及工农兵业余作家创作之时，总是将其视为社会主义文艺事业普及层面的工作，更在意的是知识分子专业作家如何从政治思想层面提升、引导工农群众：“我们作家要对群众创作采取积极帮助的态度。鼓励群众写，向群众创作学习，和群众合作，这些都是需要的，必不可少的。但对作家的第一个要求还是写出好作品来，他是一个生产者，而且是一个高级生产者，自己不生产而专门帮助群众去生产，精神固然可嘉，但社会要求于他的生产任务就不能完成。再说作家写出好作品的本身，也是对群众创作的帮助和辅导。所以帮助群众固然是作家的责任，但还是要把创作的任务放在第一位。”④ 应该说，这属于另一种颂赞与微词相交织的情形，值得另文讨论。

［作者单位：西南交通大学人文学院］

① 周扬：《对文艺工作的希望和对作家的要求》，《周扬文集》第3卷，人民文学出版社，1990年，第85页。

② 周扬：《和工人业余作者谈话》，《周扬文集》第3卷，人民文学出版社，1990年，第28页。

③ 周扬：《建立中国自己的马克思主义的文艺理论和批评》，《周扬文集》第3卷，人民文学出版社，1990年，第28页。

④ 周扬：《对文艺工作的希望和对作家的要求》，《周扬文集》第3卷，人民文学出版社，1990年，第86页。

·文献史料·

吴宓留学时期的一封信函解析

□廖太燕

【摘要】 1939年8月出版的《民族诗坛》杂志第3卷第4期录有一封吴宓留美期间写给陈心一的长函，函的内容极其丰富，加以揭示和解读有助于考辨吴宓与周光午、卢冀野的复杂关系，了解他对同时期留学生的评价，及其早期婚恋观，从而拓展、深化关于他的研究。

【关键词】《民族诗坛》；吴宓；周光午；卢冀野

卢冀野主编的《民族诗坛》杂志第3卷第4期（1939年8月出版）录有一封吴宓致陈心一的信函，它嵌在周光午为考释吴芳吉的《婉容词》所撰的《婉容词本事笺注（上）》“婉容本事”章节之中。吴宓读到此文十分痛苦，因为它“故意录入宓民国九年七月十二日致心一函。（直录原文，而改名曰余泾曼致陈次壹女士书。又云，泾阳余曼，留学美国哈佛。）以暴宓之短”，“又查该函原系宓致心一之私函，何以能落光午手？而光午即为考证《婉容词》，又何必将宓函全文登出，不加删节？”① 可见此函为原件，但为掩人耳目，周光午称吴氏为“余曼”，称陈氏为“陈次一”。它是吴宓留美期间所写，查《吴宓书信集》和其他关涉吴宓的论著，均无提及。杂志所录信函前有周光午所撰“引子”，谈及吴芳吉

① 吴宓：《吴宓日记》第7册，生活·读书·新知三联书店，1998年，第208页。

之诗依据的本事："民国六七年间，泾阳余曼，留学美国哈佛大学，以留学界中之奇闻轶事，详志日记，寄海内诸友传阅，以代书信之烦。婉容本事，即先生得自余曼日记中者，人以本事叩，先生讳莫如深。实则民国八年，先生为上海中国公学讲授此诗时，所发排印讲义，婉容词序言云：婉容者，魏生之妻也。……则婉容之夫，固赫然魏姓也。兹得余曼致陈次一女士书，适为民国七八年时，在美洲所写，中有与婉容本事，可相印证者。亟录之于后，以供参考。"全信如下：

次一贤卿惠鉴，不接卿函者，已十三日矣。谅卿每星期必有一书，将以邮船日期相差，故迟迟其至欤？不胜盼念。每日必向邮箱检四次，虽不得书，已习以为恒。此间邮局之办事人，因曼常往送信购票，故相认识，值曼寄函与卿之时，渠见封面有"女士"及"女学校"字样，辄捧函于手，视曼而笑。盖谓曼必寄书于意中人耳。美国学生，自其幼时，即皆各有其意中人。大率最圆满之夫妇，多系总角相识，早即订婚者。如此之男女，其情专而其交际亲密，最足令人称道者也。外此，则多浮泛之交际。有一男而五六女者。亦有一女而五六男者。同时交得数人，则纯用牢笼敷衍之手段，毫不以诚心相见。对甲则盛言甲之美，对乙则又恭维乙。其操术工，其用心卑。不肯明示意见。但坐待时机，失甲则取乙。若又来一丙，其人钱较多，则又弃甲乙而归丙。呜呼，茫茫人海，有情者真无几人。吾国人误谓美国男女交际，遂皆有情。不知实大得其反。曼经验所得，无论男女朋友，大率最讲交际应酬场面之人，最无情。外面冷漠，寂寂无闻之人，反成金石肺腑之交。盖情也者，"牺牲自己，以为彼人"之谓也。彼讲交际者，奔走忙碌，无非为自私自利起见。尚安能为他人牺牲乎！留学生中之负心者，多不胜数。举一二最著之例（望勿告他人）。顾某，本有妻。到美后，欲娶唐女。则设计招其妻至美游学。而令美国朋友劝之曰：男女婚姻自由，顾君既不爱足下，何不断绝。妻不得已，从之。后竟投水死。而顾娶唐女，竟致通显。此其一也。魏某家有妻已数年。到美后，欲娶夏女（此六年前事）。则休其妻，妻竟亦投河死。然魏谋夏女未成也。此其二也。尤可叹者，清华之工程师庄某，游美前已有聘妻。而自游美回国后已二年半，仍不娶。以事忙不克南归为词，推延多次。某年冬允娶。两家预备一切，诸事停妥。到吉期前二三日，庄忽由京来报，言仍以事忙不能南归。其聘妻羞愤，亦投河死。死不到三月，庄乃娶清华中文文案之妹。时曼尚往祝贺。此其三也。又有宁波人虞某，亦曼相识。妻颇美。母为订婚，久不娶。后其母强为娶之。而虞坚不与同房。娶来已半载余，母强以二人安置于室。虞则置妻另床，终无夫妻之情。后游美。到美已将三年，妻仍担虚名，坐守空房，未知将来如何。尚有多例，今不具述。总之，凡所谓婚姻不自由，或无爱情等等，以此为托词而休妻，或弃夫（如朱胡彬夏是也，亦留美学生）者，均系欺人。彼所图者钱耳，势利耳，功名耳。此邦之人，以及法英各国之人，最重财产。平心论之，女择婿为一生之计，其嫌贫爱富，犹可宽容；至于男娶妻，不问其德，更不论其貌之美恶，而惟贪其财。其居心尚可问乎？故西洋之女，常有貌极美，学极优，而一生嫁夫不得者。盖以其财产有限，而男人欲借此吞得一笔巨款，故不来求此女也。言及此，更有骇卿之事。即今留学生在此邦男女交际，自称效法美国人者。其实则吾国娼妓之规矩耳。举此一例。吾友李君识邝女士（勿告外人），已四年。二人自相订婚，然并未有证。人有问者，则云只不过朋友。虽其名不正，不顾也。李过多日，则往访邝，不必言。每此间校中有热闹之事，如去冬之大赛球，及今年之毕业。则李必请邝女士来观。邝之来也，与其妹同来，再偕一美国老太太同来谓之监护人（此均按美国礼节。曼非谓其奇，特为卿述之而已）。三人同来之火车费，来回共约二十余元（若远则更多）。到此住女青年会。每人每日，房饭约三元余，住数日则四五十元。赴跳舞会及宴会等，须购票，每票一元或至二三元以上。故三人来此一次，李费百余元。此尤其甚俭者也（盖李君平日极谨慎，又俭省）。若在他人则更多。美国规矩，少年男女同游，凡房饭火车及零用各费，均须男人代女人出钱。即女之同行，亦须男人代付。男非阔绰，则女不垂青。女非有人如此招待，亦不敢出门。盖各自出钱，则面上亦无光彩也。女之美者富者，群事趋之。女之貌逊或家贫者，无人顾视。其人情冷暖刻薄之状，局外人不忍述也。女惟求悦于男，男则炫财于女。是非吾国招妓之习惯而何？总之，今人浇薄已极，其间毫无礼义感情之见存。即曼朋友之中，欲终身鳏居者亦颇多。曼劝之不听。彼其所谓鳏居者，并非如古圣贤之克己制欲，终身不近女色也。彼欲不娶妻以省麻烦。以省养家之钱财，自己享用。而无论何时，见美貌之女人，则勾引之，与之行暧昧之事，以此终身，既省钱，又得快乐，诚妙矣。纽约有沈某自夸于人，言渠出洋以前，在京沪等处，曾与良家妇女百人，先后共寝云云。如此之人，法律不惩诛之。中国之人，且从而崇拜之。女学生则艳羡之。呜呼难哉！美国现今风俗极坏，从前则较好。今其人虽有早婚者，然迟婚与不婚者甚多。虽未娶未嫁，而已不知与几多女人男人，曾有暧昧之事。故美国今日之“密司”Miss，并非处女之意。乃此刻实无法律上之丈夫之意。所谓 bachelor，亦并非贞童也。美国无明娼，而到处皆私娼。中国人赴妓馆，多有为应酬之故，在妓家多系吃酒、谈话、唱曲而已。美国人之赴妓馆，则只为共寝。其人皆事忙，惯会作营业。故赴妓馆者，只求达实在之目的，过一小时即出。此类之事，□何敢多述，以污卿之耳。曼谨告罪。所以絮絮者，以见我留美学生情况之一斑。我国内女学生，只知崇拜留学生者，其可不憬悟乎！然而中国礼教终是深厚。故中国学生在此得保其贞洁，一尘不染者，尚属多多。曼平日相与之朋友皆是也。曼有友某君，识女学生三四人，均与通信，已数年。曼力劝其速择定其一，聘之为妻，而绝其余，以免误人。渠不听，谓如此方快乐，如此方有趣。呜呼，吾为彼诸女友哀也。又有一友，自去岁以来，见曼常讥诮。谓足下未与尊夫人见面，而竟订婚，可谓情深，我们真做不到。曼面斥之，不甚与往来。盖社会之中，坏人最多。中庸之人，受其熏染，亦难把持矣。曼生平所受同学友人之戏侮磨折，真不知有多少次。幸知心爱敬之朋友甚多，故不以若辈为意。盖均小人之尤者也。不知卿仁厚高明，亦曾受龌龊之气否？……又某友闻曼与卿函，论解放及新文学而笑之。谓曼真笨虫。那有女人而欲论此等事者。曼函去必触卿之怒。呜呼，此人本系胡说。然曼前者，以此等事为人生家庭幸福根本所系，故不能不与卿讨论，非视此为无味之闲话，与卿来敷衍也。今既已尽知卿之心，此后曼毫无忧虑。则此等闲话，自可不再谈。卿欲曼谈何等事，但请随便指明。曼当具所知以报。旧日小说中，有《韩湘子度林英》一书。韩湘子者，韩文公愈之侄，俗所谓八仙之一。林英，其妻也。湘子成仙后，因念旧日恩义，设种种之法，将全家之人，均度之为仙。林英最后始得度。曼之反对解放等等者，以其实在有害于人（尤害女人），视之如鸩毒，不忍见世人受其荼苦，随一己之力所到，欲挽救之。能度得一人，则先度此一人。卿为我所至爱之人，若卿将陷溺，曼岂可不来救。若然，则曼有愧韩湘子矣。总之，今已全知卿之心，信服至极，此后彼此均不再谈此，另谈他事可也（以上七月十日晚所写……）。曼现上课如恒，天甚热，曼拟暑中得便，另照一像，成后即寄上。曼体貌庸陋，又平日不注意修饰，故对卿益增惭愧。去冬之像尤板滞。今特以最近之像呈右，俾如握手对谈也（以上系七月十一日晚前所写，以下乃七月十二日晨所写）。今晨邮信来，而仍不见卿函，不胜怅怅。今先发此函，余容续述。即请近安！

曼拜上七月十二日

周光午在信后对各种情状有所提示："婉容之夫，当即书中之魏文彬。盖泾阳余曼既以日记示诸友，同时亦以此事絮絮告知陈女士也。此书悉照原文录出，未加删节。以可考见过渡时代之一般风气，及士君子之心情见解。虽多与本事无关，而婉容词之作，适为此时代之产儿。读罢此书，再读婉容词，必更觉亲切有味，顾此书所载，与婉容词互有出入。魏生学历，诗及之而书阙焉，一也。书载魏谋夏女未成，而诗序谓生所娶为美国女子，二也。诗中历数之薄幸，而书无之，三也。至婉容姓氏，及其学历、家世，诗既不详，而书亦无考焉。抑思此书所载投水者，固有三矣。余曼日记应或更详于此。在新旧交替时代，此实最可惨伤之悲剧。意者，先生合此数事为背景，而凭空描写一婉容耶。则先生初稿，固明指为魏生之妻矣。平日语人，又谓婉容实为'某生'之妻，且曾毕业于某省立第一女子师范学校云。则先生之确有所据，无容疑矣（按先生日记明谓效老洛伯体，为某君妻投水作一篇哀词云云）。惜今余曼日记已佚，致滋祸耳。初因先生秘守婉容本事，凡国内贤达之有仳离之痛者，悉被读者疑及，未免冤煞。今既有端倪可寻，夫亦可以大白于天下矣！”① 关于信中论及的人物，吴宓有段日记与之相呼应：“近乃知西人之荡佚，至于此极。宜乎吾国留美学生，上者如顾□□、魏□□，中者如庄□，下者如周金台，女子如朱胡□□之流，弃信忘义，毁约背盟，置人于死地，比李十郎尤为负心。盖其在美国，固极平常之事。其心以为，彼中国之女，为我而病而死、而投河、而出家，乃由其不知外国世情，自愚自苦，我焉能负此咎哉？”② 细析之，此信内容丰富，从中可引出不少话题。

一、吴宓与周光午、卢冀野的交游或矛盾

吴宓与周光午的联结是经由吴芳吉促成的。1919 年 7 月 25 日，吴宓复函时供职于中国公学的《新群》杂志社社长周淑楷，与之论及办刊事宜，并推荐了好友吴芳吉。吴芳吉编辑杂志之余担任了中国公学的国文教师，随叔父周淑楷在该校求学的周光午成了其弟子。二人入则同食、出则同游，迅即建立了密切关系，吴芳吉将周光午与妻子、妻弟同举：“我于树坤之痴爱以外，要算树成与光午，几为吾一刻不忍分离。树成之呼我‘柳哥’，光午之呼我‘芳叔’，皆足以使我痴也。”③ 不久，周光午因违反校规被斥退，据吴芳吉 1920 年 5 月 15 日日记：“晚饭时，忽闻校役来言，周光午已被斥退。即往问故，乃为夜间自修不到之小事。因以书责校人曰：‘此等小事，不以周淑楷在时斥退之，又不以曹志武在时斥退之，偏于彼之亲朋去后为此迅雷不及掩耳之举，是殆石勒所谓欺人孤儿寡妇，其何以解于心耶！’夜间，事务长李询刍以书来请往谈，为述周光午之不守规矩情形，理合开除。”④ 吴芳吉帮被迫暂住湖南会馆的周光午借了五十元充作去南洋的路费，还不忘为其据理力争。周氏终究被开除，后来随吴芳吉去了湖南。

1925 年 5 月，周光午经吴芳吉推荐到清华随吴宓学习，初任国学研究院助理

---

① 周光午：《婉容词本事笺注（上）》，《民族诗坛》第 3 卷第 4 期，1939 年 8 月。
② 吴宓：《吴宓日记》第 2 册，生活 · 读书 · 新知三联书店，1998 年，第 26 页。
③ 吴芳吉：《吴芳吉全集》（下），华东师范大学出版社，2014 年，第 1287 页。
④ 吴芳吉：《吴芳吉全集》（下），华东师范大学出版社，2014 年，第 1283 页。

员，协助打理《学衡》杂志。吴宓起初非常满意，称其治事精细而勤，且极忠诚，得其助力殊感欣慰，年余后两人开始矛盾频生。吴宓 1926 年 6 月 7 日谈到不少订购者因《学衡》出版延期去函责问，令他焦急不安，而当时杂志 1－50 期一百份从上海中华书局运抵北京，兼有函告，周光午拆阅多日也不告知，导致事务迟延。数日后，他更是对周氏的立身行事表示失望："日前为《学衡》事，奔走劳苦，少人帮助。光午在京闲散逍遥者二三日，而不来为宓臂助，可谓疲顽自私已极。而不自知非，反向胡徵诉说对宓之怨苦，谓校中公务不多，而因宓派其做事甚多，致不获读书云云。宓闻之颇愤。夫宓惟以碧柳昔年之言，故常视光午为非常人，平日待之异常亲密，悉心教导，加以种种训练，教以做事之方法，待人处事之要道，以及学问之正途。而光午对宓木然无所表示，向仅谓其痴愚而已，而今乃知其不堪造就也。……而宓之于光午，则如贤明之继母，宁犯人之讥评，将前妻之子严行教导，俾其成材。责之愈切，其爱愈深，其贤明尤不可及。所恃者，子长成后，自然了解而感激。由今观之，光午之糊涂实甚（有如《三娘教子》之剧）。光午尚怨宓命其做事多，宓则恨光午假作痴愚忠诚，使宓枉费许多心血时力以教导训练之耳。"① 他罗列了因周氏不负责任而延误的八件事，表示要当面质问推荐人吴芳吉、刘柏荣。不日，周光午不顾劝告强行脱岗，并向规劝自己的胡徵讥讽吴宓已非研究院主任，没有资格指使命令。

1927 年 6 月，周光午含糊其词地前往南京，吴宓致函吴芳吉予于责备："光午于六月中旬南下，实为失计。盖王静安先生及宓为之说项，已将其月薪增为六十元，而彼贸然径去，且以不来之意露出，于是谋继任者不一其人。光午寄所有书物于胡徵处，及到南京，则湘乱不能归，君南不在宁，困于宁，则求宓函柳、汤为之位置，不知东南用人必党，而库空如洗，实不如清华之安闲丰裕也。"② 周光午在柳诒徵等帮助下获得东南大学文学院助理职务，不给清华回复，也不告知吴宓。吴宓从陈寅恪处知悉后，不禁对其妄弄手段、两方欺蔽的行为加以谴责。

① 吴宓：《吴宓日记》第 3 册，生活·读书·新知三联书店，1998 年，第 179—180 页。
② 吴宓：《吴宓书信集》，生活·读书·新知三联书店，2011 年，第 110 页。

1928年8月，吴宓南游到南京，与周光午会宴、同游，携其拜访汤用彤等，并带至毛彦文宅中晚膳，二人关系有所缓和。吴宓执意离婚令友人不满，认为与其倡导的学说不合，周光午明确反对，劝汤用彤函告毛彦文力陈不可嫁于吴宓，又致信规谏吴氏假如离婚另娶将被新派人物尽情讥侮，知友们必将失望而与他断交。吴宓还是离婚了，周氏耿耿于怀，不时进行讽刺。虽然心结难解，但他们为了吴芳吉之事常有交流。1932年5月，周光午先后寄了四封快邮报告吴芳吉的病情及死讯。关于吴芳吉著作的刊行，吴宓说过："该书自编辑以至刊印发售，一切均由周光午君任劳负责。宓以事忙，未获参与。光午以宓与碧柳交谊最久且深，径以编订之名归诸宓，而自退居参校，但此非事实也。"① 数年后，吴宓被周光午的所作所为刺痛了。1939年7月他读到周氏笺注的《恼毛女峰曲》，此曲为卢冀野1937年所撰，经油印发放广为流布，周氏特意寄予吴宓。全曲如下：

泾阳吴子，既失意，赋诗纪其事，传布海内已久。耆旧怜之，咸目以为迂。后进少年，复从而非笑之。夫发情止义，吴子诚有足多者，顾其遇若志世，莫或谅焉。洗冤辩诬之责，舍其友而谁属耶？于是作《恼毛女峰》。毛女峰者，用张孟劬文本事诗中"毛女峰头旧时月"句也。

【般涉哨遍】毛女峰前望久，旧时月照闲时候。不照燕莺俦，哀他无女高丘，泪满袖。只道是未甘术取，一任缘差，空赢的事不随人逗。寂寞余生自疚，情场理窟，成败恩仇。看来彩凤添双翼，钓得金鳌又脱钩。窥宋玉冷了东墙，撇双郎走上茶船，剩长卿危弦独奏。

【耍孩儿】江山出落得峨眉秀，何况是年华二九。记当时丝线系兰舟，朱门空惹人愁。已然无波古井如心水，还要灵鹊填桥托凤俦。相逢后，青天碧海，寸断肠柔。

【四煞】生憎他百宝妆腰带，真珠珞臂鞲，吉士多情才遇下怀春诱。欢澄怀玉有微瑕，印破镜鳞成碎影留。重回首，离鸾别鹄，两意偏投。

---

① 吴宓：《刊印自序》，见吴效祖编：《吴宓及其诗话》，陕西人民出版社，1992年，第4页。

【三】东瓦番西瓦，南州共北州，迷离扑朔他只是推还就。为着他七年风露常千里，为着他海国星槎绕一周。马牛走，依旧在鳏鳏长夜，苦盼乌头。

【二】待来狡兔成株守，待近童蒙不我求，如何一夕翻嫌骤。你痴心便做终身待，揽镜应伤已白头。机难又，辜负了碧窗秀枕，都只为割地为沟。

【一】谁料东方千余骑，他家夫婿在上头，才觉道愚诚移世怎能够。片时为诵高骈语，一醉忘情万事休。参详透，嫦娥误我，我复何尤！

【尾】长怜义侠人，每怀吴碧柳。成就个绝代的奇才毕竟因良友，惜这一点情痴逃不出狠心妇人手。①

卢冀野大量摘取或化用吴宓诗词，如“钓得金鳌又脱钩”出自《吴宓先生之烦恼》“终古相思不相见，钓得金鳌又脱钩”；如“已然无波古井如心水，还要灵鹊填桥托凤俦”分别化用《南游杂诗》第二十八首“为报妾心古井水，东墙何处住王昌”与第二十九首“却传明日姑苏里，填就鹊桥偕凤俦”；如“青天碧海，寸断肠柔”分别化用《南游杂诗》第二十五首“碧海青天孤影在，是真是幻茫茫悲”和第二十六首“聪明绝世更情痴，寸断肠柔血泪辞”。此曲堪称处处用典，句句均有吴宓的痕迹。周光午详加笺注，如关于“夫发情止义”，笺注二十五云：“原词自注：文昌里，海伦之所居也，泾阳吴子曾于此与海伦一夕同楼，发情止义，彼此卒无犯焉。”如关于“为着他七年风露常千里，为着他海国星槎绕一周”，笺注十九、二十指出前句本《忏情诗》第三十四首，后句本《吴宓先生之烦恼》等，几乎每句出注。他熟知吴宓，因此各个注解紧贴本事，直指要害。

吴宓认为曲中不少句子直取己诗，有自鸣悲哀的情节，有指责毛彦文是狠心妇人、支持陈心一的倾向，有为己代言、对离婚之事表示悔恨，桩桩件件令他难堪。他痛愤郁苦，批评这与事实不符，周光午“兹乃特寄此曲，以辱我气我！按宓生平待人太厚，而负我者多，光午其一也。卢冀野擅活动，多成功，未能体认人生爱情之真味。其所作诗文，多浮表语，固不足责。而光午之到处推波助澜，

① 卢冀野：《饮虹乐府笺注》，广陵书社，2011年，第35－36页。

兴风作浪，尤可恨也”①。他自认与卢冀野乃文学上的同道，对其师吴梅推崇有加，也曾收到卢氏的《中兴鼓吹集》请品题，不料却被诽谤。他去信指责卢、周二人，表示要与他们绝交，要求不再将作品印发示人，后又致函申明自己喜欢毛彦文而非陈心一的本心，并以“恶词”辱詈卢、周，即便结怨亦不暇顾。卢冀野不以为意，又吟成《毛女峰恼》：

> 《哨遍》曲成，流传至洱海，吴子见之，恚甚，曰：“恼毛女者，是吾仇也。”遂书以绝交，虽然，吾终伤其遇，为世怜才，有不能已于言者，续作《毛女峰恼》。
>
> 【黄钟愿成双】把江心兔，山顶虾，耽阁了老相如诗赋生涯。算是真非假镜中花，拖逗得从春到夏。
>
> 【么篇换头】笑尾生抱柱情多傻，蓝桥他别有灵槎。眼中饱凤与饥鸦，生受你男儿守空寡。
>
> 【出队子】终成凡马，空轩惟自嗟。未怜玉骨委黄沙，怅望青天带紫霞，恨海汹汹风浪大。
>
> 【么篇换头】论聪明远在多闻下，明知道摩登是祸芽。蹉跎白首怨缘差，肯拨乌云斩乱麻，为孽障横担半世枷。
>
> 【尾】补说诸天捉妖法，好汉子虎掷龙拏，肯给你薄媚娘行闲弄耍。②

此曲仍化用吴宓诗句，如“终成凡马”来自《忏情诗》第三十二首“命成此马非凡马，伏枥犹闻畏简书”；“怅望青天带紫霞”来自《西征杂诗》第九十九首“破晓青天带紫霞”；“未怜玉骨委黄沙”来自《落花诗》第七首“渺渺香魂安所止，拼将玉骨委黄沙”；“肯拨乌云斩乱麻”来自《续南游杂事》第十四首“灵峰仕女看梅花，虚罩乌云斩乱麻”，等等。卢冀野表示吴宓追求毛彦文是不切实际的，他在恋爱上的明智程度远逊其学识，冤屈地戴了几十年精神枷锁。

次年，周光午笺注了吴芳吉的《婉容词》《玉姜曲》等作品，刊在《民族诗

① 吴宓：《吴宓日记》第7册，生活·读书·新知三联书店，1998年，第34页。
② 卢冀野：《饮虹乐府笺注》，广陵书社，2011年，第45页。

坛》，前引信函即录在《婉容词本事笺注（上）》中。1940 年 8 月 11 日，吴宓收到杂志，“阅之大痛苦”，斥责笺注“极为恶劣”，不仅“深文牵附，有伤碧柳原作之美”，又“暴宓之短”，而“词意多幼稚偏陋，且事未必确，而直书人名，开罪当世”①。他辩解己函写于 1920 年 7 月 12 日，《婉容词》作于 1919 年 10 月 17 日，怎么可以将后出书信所记作为之前所咏诗歌的本事？周光午将全文登出，不过是以考证为名替陈心一泄愤，太过残毒阴狠。次日，吴宓即撰《斥责周光午书》，并计划刊于《宇宙风》，终而作罢。1941 年 2 月 26 日，吴宓见中国文化服务社售书广告中有《婉容词笺注》，仍不免心痛，深恨周氏害人不浅。

此后，吴宓对周光午仍有零星记载，如复郭斌和信时极言周氏对自己之恶意，如与任继愈等合宴时“详述周光午历年行事。聆敬述碧柳家中情况，妻子性行。并悉光午似愚实诈，已与碧柳一家失和，且为欧阳大师所诃斥”②，如“接周光午《四十述怀》诗印本，益鄙恨其为人”③。1946 年夏，吴宓转任武汉大学，临行前函告周氏约定会晤。同年，为纪念鲁迅逝世十周年，郭沫若作有《鲁迅与王国维》，周光午读后不以为然，撰文质疑，认为郭文“于王先生之死多所致疑，亦多所致惜。多所致惜，是也。至其所疑，则不免传闻之误，而多似是而谈，非也”④。此文登在《重庆清华》杂志第四期，再载于吴宓主编的《武汉日报·文学副刊》，吴氏有函：“光午仁弟：大作《我所知之王国维先生》一文，已编入宓编《武汉日报·文学副刊》二十二期。王公为弟所书条幅，即韩偓诗，亦即谢国桢君所得四首之一。《学衡》六十四期转录《大公报·文学副刊》王静安先生纪念号，有宓一序，及赵万里、张荫麟、浦江清三君文，最好，宜细读。”⑤ 1948 年 2 月 2 日，回湘葬母的周光午携女拜会了吴宓，“宿宓宅小室中。三日友谊同晨餐，别去”⑥ 之后，他受聘于长沙周南女中，1953 年得兄长周光召推荐任教武

① 吴宓：《吴宓日记》第 7 册，生活·读书·新知三联书店，1998 年，第 208 页。
② 吴宓：《吴宓日记》第 9 册，生活·读书·新知三联书店，1999 年，第 71 页。
③ 吴宓：《吴宓日记》第 9 册，生活·读书·新知三联书店，1999 年，第 212 页。
④ 周光午：《我所知之王国维先生》，《重庆清华》第 4 期，1947 年 4 月。
⑤ 吴宓：《吴宓书信集》，生活·读书·新知三联书店，2011 年，第 302 页。
⑥ 吴宓：《吴宓日记》第 10 册，生活·读书·新知三联书店，1999 年，第 328 页。

大，不久病逝。吴宓则远遁重庆，终老西南，两人再无会面。而惯于逞才使气的大才子卢冀野因诸多原因年寿不高即郁郁而终。

二、信函解读：吴宓对留学生的批判及其早年婚恋观

信函的披露让吴宓极为尴尬和恼火，原因之一就是它透露了在美留学生的荒唐行径，有些已成了有头有脸的人物。出国深造的学生多为天之骄子，本该在异国努力攻读，但不少人视刻苦攻读为畏途，迷失了自我。胡适说过遇到的欧洲学生，无论德国人、法国人、俄罗斯人或是巴尔干各国人均深知本国的历史政治，通晓本国的文学，唯有中、美两国学生懵然于祖国的文明、历史和政治，如俄国学生普遍知悉托尔斯泰、屠格涅夫和陀思妥耶夫斯基，中国学子却无几人“能道”“李杜之诗，左迁之史，韩柳欧苏之文”，真“可耻也”①。徐志摩对这个群体不无讥嘲，指出留学生中有不少似西晋惠帝的人物，他将日本留学生与华人留学生做了比较，认为就成绩而言，日本人不如华人，但他们专攻实利，华人多慕虚荣；日本人不旁骛学位，而是求实学，尤其是专修科学的学生研寻不释，终日不离实验室，华人根本无法做到②。吴宓也总是无情地批判留学生的不良行为：

> 今身为留学生，而不入秘密兄弟会，而不事交际，而不求干进、纳交于国中之权贵，而不赴年会，登台演说，而不争为《月报》《季报》之主笔，而不争为学生会之会长职员，而不嫖美妓，而不勾引中国女学生，而不事跳舞，而不常看戏，而不胁肩谄笑，口作极无味之应酬语；凡不为以上之事者，则众讥其人为怪癖，为愚顽，为无用，为不热心，为不爱国，为自私自利。呜呼，鵷雏腐鼠，今古同情。③

吴宓对留美学生十分失望，以为当此国步日艰、人才益难之际，国内人士在

① 胡适：《胡适留学日记》（下），同心出版社，2012 年，第 410 页。
② 徐志摩：《徐志摩全集·日记卷》，浙江人民出版社，2015 年，第 253 页。
③ 吴宓：《吴宓日记》第 2 册，生活·读书·新知三联书店，1998 年，第 67 页。

他们身上寄予了厚望，而他们在言谈之间自视甚高，实际上可倚赖成事的人很少，因为“黠者希慕功名富贵，结党以攫取营谋；中材则只图温饱，专为生谋之计；外此则昧于事理，妄逞瞽说，或则一孔之得，姝姝自悦，不辨薰莸，更不究一言之出、一事之行，乃于天下国家之利害”①。据他披露，不少纽约留学生逐利求财，领着官费而不事读书，仅在学校挂个名，上课是想到即到，不重读书为学；或成立秘密社团、结党互相倾轧，但凡学生会主席、会长之类的均由本党之人充任，甚至采取卑鄙残毒的手段，以玩政治的态度死力相争，于国事及公益事业却少谈及。他们纵情游乐，将看戏、吃饭、跳舞、狎妓视作日常正业，奢靡邪侈。出身普通家庭的，日日远离课堂打工谋生，惟财是图，薪资高的，众人羡之尊之，薪资少的，众人贱之卑之，他们从不游博物馆、美术馆；家境富裕者竞相斗富，花费巨资游乐招侑，不知书本为何物。如此种种令吴宓大为感慨：“呜呼，《留东外史》之作已久，昔固不知美国留学同人，其牛鬼蛇神之态，亦如此也。”②《留东外史》是武侠小说名家平江不肖生（向恺然）在1916年5月出版的黑幕小说，它反映了民初中国留学生在日学习、生活的状况，作者以亲闻亲见的事实为素材，塑造了周撰、黄文汉、郑绍畋、郭子兰等个性鲜明的人物，通过其日常活动刻绘了一个善恶交织、丑美共存、畸形复杂的留学生世界，无论是男学生还是女学生的道德沦亡现象皆触目惊心，无止境的财欲、肉欲是其人生的终极追求，即便时局动荡，他们也不图进取，不计学业荒废，终日沉迷于花酒、金钱和女色，做尽坑蒙拐骗、损人利已的卑鄙龌龊事。在社会公益或公德心的表现上，吴宓认为中国留学生不值一提，许多人贪婪地享用苦难的国人缴纳的赋税，不知珍惜民脂民膏，国家遭难了不愿捐寄，反而不断要求增加官费以供挥霍，造成的结果就是国家岁费巨帑培养留学生，不受其益，只增蠹贼。他批评这都是受了美国文化的影响，导致原本真诚纯正之人，一涉沧海就失去故我，熏染恶习③。

青年吴宓的婚恋观是与对美国的批判相辅相成的，他认为美国在社会风貌、

① 吴宓：《吴宓日记》第2册，生活·读书·新知三联书店，1998年，第114页。
② 吴宓：《吴宓日记》第2册，生活·读书·新知三联书店，1998年，第61页。
③ 吴宓：《吴宓日记》第2册，生活·读书·新知三联书店，1998年，第59页。

道德风气等方面均存在严重问题，国民性好追求刺激，终日沉浸于浅层次的享乐之中，如由小说改编的电影会增加一些情节，导致原作中本来作为道德惩戒、富有教育意义的片段成了关于狎邪之事的描述，究其原因是艺术被金钱绑架，如果不重狎邪猥亵之事难以畅行卖座，就如同嗜看“风月宝鉴”的贾瑞一样只照反面，终究害了自己。他觉得堕落已经侵袭到了美国人的道德层面，随着物质的渐次发达，昔日构筑起来的淡泊修养工夫不可复见，民众只知追求眼前的快乐，放纵欲望不检点，他以婚姻现状为例予以佐证，指出美国有很多不结婚或迟结婚的人，十之八九“皆有淫乱之事”，此为常态，“彼惟功利货财是图，无暇问及是非。一言以蔽之，则男子必须纵欲而不愿赡养室家，女子欲嫁而不得，则皆为溱洧之事”①。他痛心美国男女情事到了不堪境地，无论男或是女都缺乏责任意识，只重欲望的满足，不顾贞节与道德：要么不成家，要么试图通过夫妻关系达到不劳而获的目的，美女嫁老翁，美少年娶寡妇，不过皆欲得到财富以作进身之阶，或享福纵欲之助而已。据他判断，造成如此多堕落行为的原因在于美国人生活富裕，财货积聚过多，以致奢侈之风日盛，人欲横流。如果持续以这种方式追求快乐，直如缘木求鱼，必然导致更多社会问题。更让他忧心的是，这种风气会影响到本该卧薪尝胆的中国，假如青年们妄学美国，将会给中国带来毁灭性的影响②。

吴宓以道德楷模自我要求，反对男女社交公开、婚姻自决的理念。受传统道德和西方新人文主义影响，他主张节制，遵从礼教，追求发乎情而止于礼的状态，常对自认为不健康的男女关系加以抨击，或指责某些男生交际上的粗鄙，逢场作戏，以女生为玩物，或叹息某些女生不知自尊，在欲望中放纵。他申斥美国青年为情欲蒙蔽带坏了社会风气，转而肯定中国旧制为“最善之道”，要求抵制西方流毒，维护更纯正的旧俗。

① 吴宓：《吴宓日记》第2册，生活·读书·新知三联书店，1998年，第25页。
② 吴宓：《吴宓日记》第2册，生活·读书·新知三联书店，1998年，第163—164页。

三、结语

作为一种私人化的写作，书信往往能够展现出本真的人物性格和形象，在私语领域的倾诉中，写作者排除他人的干扰，恣意表达自己的感观、认知和见解，一旦被公布在公共空间则不免造成波及他人的事件，引发社会舆论，上述信件就经历了这样的过程，读者也由此知悉了事件背后蕴藏的时代背景和社会习气。

[作者单位：江西行政学院]

梁启超演说史料辑补①

□金传胜

【摘要】 2018 年中国人民大学出版社出版的《梁启超全集》第 15、16 两集收有大量梁启超的演说，但仍有失收的情形。兹辑得梁氏 1913 年在北京律师公会欢迎会上的讲话等八篇演说记录，以供学人参稽，兼补《梁启超全集》之遗漏。

【关键词】 梁启超；演说；司法储才馆；国文教育

2018 年中国人民大学出版社推出的《梁启超全集》是迄今为止梁启超论著的集大成之作，收录了目前学界已发现的梁氏全部著述文字，按文章类别分为论著、演说、诗文、译文、函电五类，共 20 集，每类再依时间排序，另附全集篇目索引及相关资料。其中演说类收入第 15、16 两集，另有若干演讲（如《司法储才馆开馆辞》等）辑入论著一类。笔者在查阅民国报刊时，发现梁启超的演说史料仍多有散佚，数篇他人笔录的演讲记录为新版《梁启超全集》所失收，《梁启超著述系年》《梁启超著述及学术活动系年纲目》等研究资料亦未著录。兹依发表时间为序，将这些演说汇为一编，略作说明，以供学人参稽，兼补全集之不足。

---

① 基金项目：本文为 2022 年度江苏省社科基金青年项目“综合性报刊与现代作家佚文整理与研究”（项目编号：22ZWC009）阶段性成果。

一、在北京律师公会欢迎会上的演说（1913）

今日司法界之困难，已如贵会颂词中所举诸端，甚为详要。然总之不外两大问题：一经费，一人才。曩者国家财政部，仰给于行政官之筹济，而司法行政混而为一，无独立所需之经费。自司法划分以后，夺司法权于行政官之手，此中遂多种种牵制之处。然此尚不足虞。刻下中央财政力谋统一，则此问题，自可解决。所难者即人才问题也。司法人才，不外两部，即法官律师是。目下人才缺乏，自属实情，若以程度不及之人，滥竽其中，则司法前途，危险殊甚。今欲谋救济之方，则惟有未设司法机关之处暂缓设立，已设者暂为裁撤，仅留省会中法院，择良好之司法人才为完善之组织用为模范，俟将来经费充足人才健全再行推设。至刻下人才救济之方，则惟有各法官律师先结合少数之人以道德相砥砺，久之则他之不道德者，亦皆为其感化，而人心风俗，胥以是为转移。北京为首善之区，甚愿司法中人恪遵道德，互相勖勉，为全国模范，区区之意在此。

按：本篇辑自上海《大共和日报》1913年10月31日“紧要纪闻”栏《律师公会欢迎梁任公纪盛》一文，原文无标点。据该文报道，“北京律师公会顷在长安饭店，欢迎司法总长梁任公，到会者百余人”。与会者有大理院院长章宗祥、法制局局长施愚等人。唐宝锷致欢迎词，梁启超、章宗祥、施愚相继演说。此次欢迎会应在10月间举办，具体日期尚待进一步考证。

二、在天津青年会的演说（1917）

今日来青年会演说，承诸君子之不弃，且其间又多会员，鄙人实为幸极，然亦愧极。查青年会之设，原为造就青年，俾成完全人格。故鄙人对于青年会尤欲其发达于无止境。盖国家之所以能存之者，在青年。青年不强，国焉何有？是以余盼青年会之强，即所以盼青年之强；盼青年之强，即盼望我中国之强也。鄙人见于今日青年有两大通弊，亟宜补救者。一曰补救自己之缺点；一曰希望之要点。比如自家有何项之缺点，不去补救其缺点，终必仍是缺点。至于希望为人生最要之事，青年人无希望心，则无前途矣。若欲有前途，非有希望心不可。既有希望心矣，尤非达我希望之目的不可。（鼓掌）盖人无论何事，非有希望心不可。以前种种事，每每落空，既因有各种之失过并各制度屡屡变更。职是之故，而人无标准之希望。即夫我国实业之不发达，未始非无希望心有以致之耳。人之对于希望心，如是之不坚固，我中国前途不其危欤？现在我国如此之倒运，皆因过去之青年不能造就社会。而现在之青年若仍不能造就社会，则国家前途仍是不堪设想。夫社会之窳败，实由老一辈者弄坏之。旧社会不良，尚无害新社会，新社会若不良，实属可惧一事。故吾谓今之青年补救其缺点，正可以改良不良之旧社会也。中国青年之缺点，果何在乎？约言之，计有两端：一由于多未受过朴实之教育，一由于无基础之学而好高尚之学。以上二端，最为青年极大之缺点者。一般青年出入社会之间，而社会犹欲其良，是真缘木求鱼之类也。是故鄙人对于诸君甚望去其缺点，皆存希望心。社会上希望高尚，则国家希望亦即高尚矣。此则余所最盼望者也。（鼓掌）

按：本篇辑自天津《大公报》1917 年 1 月 28 日第 7 版《梁任公演说追志》，是梁启超 1 月 20 日晚为天津青年会所作的演讲。梁启超于 1917 年 1 月 17 日同张君劢由京赴津。19 日天津《大公报》第 7 版曾刊登消息《梁任公演说要闻》，提前预告了 20 日的演说会。

梁启超在天津青年会做过多次演说。如 1921 年 12 月 3 日曾应邀到会演讲，同月 5 日天津《益世报》以《梁任公在青年会演说》为题进行了报道。《梁启超全集》第 15 集据《饮冰室合集 · 文集》辑入，题为《太平洋会议中两种外论辟缪》。1922 年 10 月 10 日在天津青年会讲演《市民的群众运动之意义及价值》，讲稿同日刊载北京《晨报》“双十节特刊”。天津《大公报》《益世报》均对演说做了报道（文字记录存在差异）。《梁启超全集》第 15 集据《梁任公学术讲演集》集辑入，题为《市民的群众运动之意义与价值》，内容与《晨报》版基本相同。

三、演说《先辈与后辈》(1922)

此次到南京，担任东大暑校功课，数日来所讲空话很多，今天亦随便谈谈空话，拟一题目，为《先辈与后辈》。凡一社会之进化如何，概视其社会之人。社会上人一排一排，甲乙丙丁新陈代谢，甲过去乙方来，前一班人因后一班不会做，带他去做；后一班人因前一班未做完，代他去做。所以社会组织，有同竹帘，联络不断。因时间有先后之分，遂起先辈与后辈之名称。先后辈同在舞台上活动，一方面固能令社会进化，一方面亦能令社会凌乱，以致破裂。尝见先辈之于后辈，每视为少不更事；后辈之于先辈，每视为顽固无能。其结果，消极则互相漠视，无形中令社会停滞不进；积极则先辈压制后辈，后辈反动，因革先辈之命。知先后辈之关系及责任，非谋先后辈之联络不可。欲谋先后辈之联络，非双方觉悟不可。小儿之动手动脚，其母止之，小儿必反动，虽无多大能力，亦必大哭一场。此无他，一因本性活泼，一因尚未经过规则。推而至于二十余岁之青年，先辈以为妄为者，其实一样，毫不足怪。青年心理，最易随社会风气流行，判断下得速，抛弃亦速。青年皆然，孔子当青年时亦然。所以谓三十而立，四十而不惑。故先辈对于后辈，当平心静气，采一种方针，加以指导。但如何够得上指导？究用何方法？我以为必须身为人范。所谓以身教者从，否则其所令反其所好，无论如何，总不足以服人。所以先辈要教后辈，第一须品行，第二须知识。譬如行路，先辈当带后辈行，倘至中途不能行，即当让人行，既不行又不让，如之何其可？名义上居指导地位，事实上不能指导，现在社会上先辈多犯此病，且多十几年前所得之知识，如何指导得动？某国有某大首领当其为首领时，已预备第二步人，逐渐将事交与其做，自己立在旁边，如同保护人一般。中国则不然。如江苏之省教育会，可谓为中国最有声名之团体。而早年举会长是张謇，及至现今仍是张謇，其实早应居指导地位矣。此先辈所当觉悟者也。至于后辈，现在多得新知识，将来多做些事业，本所当然。但须知现在所可学而知者，皆曾经先辈费多少心思力量，方发明一点学问。不能因多读几部现成书，即无顾忌，纵对于先辈之见解行为不以为然，亦当以血诚毅力，将我之见解行为，减少先辈之旧有，且须知自己心理现状不到三十不能立，不到四十不能不惑，刻刻以自己为未成熟之心理，恐怕自己走差了路。此则希望于后辈者也。总之一社会中，先辈与后辈，必如连环套，而不可画鸿沟，必衔接不断方好。今日在座者，有先辈亦有后辈，故随便谈谈如此。

按：本篇辑自1922年8月10日上海《申报》第10版《梁任公在宁之演讲题为〈先辈与后辈〉》，是本年8月8日下午梁启超在南京中正街公共演讲厅为东南大学暑期学校所做的演讲。同日上海《时报》第二张第三版亦刊出一则短讯："梁任公于初八日四时，在公共讲演厅讲演《先辈与后辈》，教育界及各校学生，均往听讲，数逾千人。"梁启超应东献学之邀，于8月5日抵达南京，为该校暑期学校做学术讲演。5日下午讲《教育家的自家田地》（讲演载8日上海《时事新报·学灯》，与7月29日在南开大学暑期学校的同题演讲内容相同），6日讲《学问之趣味》，7日起讲演《中学以上作文教学法》，在宁期间还为金陵大学演讲《教育应用的道德公准》。《学问之趣味》《教育应用的道德公准》已收入2018年版《梁启超全集》第15集，《中学以上作文教学法》收入第16集，《先辈与后辈》则失收。

四、演说《女子与教育之关系》（1923）

女子在社会上最大的贡献，就是使一般小国民，在多少年内，能受一种良好的教育，而社会上最需要的，也就是教育这种义务，否则从前的文化，不能传到现在；现在的文化，不能传与下一代。人类因为先辈后辈相传，而后辈的人，将上一辈传给他的文化，保守着，或尽力发挥，使社会一天一天的进化，所以比一切动物高尚些。

一个人受教育的时期，大概在廿五岁以前；此后就是服务社会的时期了。廿五岁前的生活，是受学校教育与家庭教育的时代。——常人但知教育专是读书，不知道凡学习一切事情，都叫做受教育。我们人才生出来第一天，就要受教育的，否则我们连东西也没有得吃了，所以不一定入学校，才算是受教育。试想我们进学校的时候，已七八岁了，那七八岁以前所受，完全是家庭教育。一个人受教育的时期，不过廿五岁，而家庭教育，已占去差不多三分之一了。诸君现在虽受的是学校教育，实在说起来，还是没有离开家庭，所以实际上家庭教育，在一个人受教育的时期内，占半数以上，因此家庭教育比学校教育为重要。

家庭教育，当然应由两性共同担任，不过现在社会组织，以女子担任的时候为多，故女子对于家庭教育之关系，比男子重要。人类社会进化，全视教育之程度，女子与社会进化之关系，就重在这一点。

从前许多大人物，因受良好之家庭教育，才能成功，如李二曲先生，年幼丧父，他母亲想他做一个有为的人物，常常将“孔孟亦无父儿耳”这句话，去激发他的志气，他后来果然成功了。顾亭林先生的母亲，未嫁过门就守节——这件事对不对，当然是另外一个问题，不合人道的名教，原来是我们反对的，但这是他个人的关系，我们且不必管他——顾亭林先生是过给他的，但他一生做人，都受了他母亲教育的影响，所以他的学问才那么好，气节那么高，这都可以说是他母亲家庭教育的成绩。

家庭教育，每能养成许多特出的人才——我们要知道，养成特别人材，不能专恃学校，当今所谓学校教育，对于那些学生，天分高的，低的，勤的，懒的，都施以同等的教育，将课程定成一条水平线，使那聪明的等着，愚笨的努力去赶，他的结果，不过养成许多平凡的人。我们试看古今伟人，都不出于学校，可见学校以外，一定要有其他的帮助，才能成功的，而这一类养成特别人才的贡献，就不能不倚赖女子了。

依我看现在所谓女子教育之最大方针，就是养成女子做教育家。——教育家，不一定在学校内，拿起粉笔，跑上讲坛，去写字教人，若能在家教育儿童，亦能使社会得到间接的利益。为女子的，倘能将他的特别天才，去尽力于家庭教育，养成许多特出的人才，那正是现在中国最大之要求。——我不是说女子于教育外，什么都不理会，就是好，如美术文学等，非绝对不能去研究，不过就中国的环境说起来，这些都不是最需要的。

中学本来是预备升学的，——或将来留学，但女子于中学毕业后能升学的，有多少人？诸君现在都存一个升学或留学的希望，但我大胆说，百人中不能有多少人完全能达到这个目的。还有因家庭的经济方面，有时也未必不发生障碍。所以我们不能不退一步想，倘若我们不能达到自己目的的时候，应该怎样呢？我想这是应该打算的。这些话并不是没志气话，皆是我经验之谈。我有好些姊妹在学时，都有那么样的思想，但结果都达不到本来的目的。最大的原因，就是女子结婚后，不能求学。诸君或者说，“我要持独身主义”，但到底一定不能不打破这个理想，因为习惯和环境的影响，使你不能如此的。我有好些朋友，是大学教授的太太们，都是去过外国留学的，他们或者学的是法律，或建筑，等等，但他们说，结婚后那些东西都用不着了，因为儿女的缘故，再没功夫去理会那些。至于那些从来未学过的家庭常识，倒很需要，我以为这都是很对的道理。不过有特别天才的女子，都有好高骛远的思想，而终究做不到。譬如有一个人，他对于英文都常肯用心，成绩非常之好，最后或者因为经济，或其他的关系，入不到大学，从前学的，不久都忘掉了，到后来常常悔恨，“我何不将学英文的脑力和时间，研究别的有用的科学呢？”这都是我姊妹中的经验之谈，我希望诸君不至于说我顽固。

诸君亦当知时间之宝贵，在学校时应该如何去利用他。第一，我们应该自己想想，家庭经济状况如何，再量力去做。倘若或是有求高深学问之可能，就应该竭力去预备，否则就当用经济的方法，去学最有用的科学；如像研究中国日用的常识，以备应用在家庭教育上面，正是应该的。现在中国学校的中文，都不很完备，若是无校外教育的补助，恐怕一定无好结果。所以能使儿童在入校以前，先有国学的基础，那末将来无论学什么都比较容易。我承认女生中间只有少数人，能求高深的学问，然则在女子中学时代，应该注重中学中国国学，如国文国史国地种种常识，使女子对于那些都有相当之了解程度，将来可以应用在家庭教育里面。其次还应该注重教育学，于担任教育和管理的方法，皆仔细研究。还有品格，也非常要紧。一个人的品格，十岁左右就定了，要改是不容易的，所以想待学校去陶冶一个人的品格，是做不到的。想使后一辈的人，成一个我们理想的人物，不能不靠家庭教育的帮助，不能不靠自己品格高尚做儿童的模范。所以诸君不应当过唱高调，因为时间甚宝贵，费在唱高调里面，是不值得的；应该自己预想自己应做的事情，充分去发展他。这些事虽然是极平常的事，而实在是非常重要。

最近所谓妇女运动，妇女解放，那些话，都非常流行，不只流行于外国，就连中国，也有这种新趋向。我以为妇女解放，是社会上很重要的一个问题，所以我非常赞成这种举动。不过因为女子解放，而使女子男性化，那是我绝对不赞成的。但现在世界大势，都有这种趋向，我以为这不但不能将女子人格抬高，反把女子人格看轻了。男子不以不如女子为羞耻，倘若女子不是看不起自己的人格，何必舍弃自己固有的人格而学男子呢？我并非顽固，而是我相信诸君都知道我是个新人物，我向来提倡彻底的改革，不赞成不彻底的。如像女子应该有参政权，也是我赞成的。但我可不赞成女子一定去做政客，好像我体格健全未犯过刑律故有充分的选举权，与被选举权，但我不去做议员，做政客，而愿去当一个学者。那末神圣的女子，何必与那些象坊桥的猪仔同事而一定去学他们呢？若以为男子既可做议员，于是女子也要去争，那一定会闹出乱子来的。因为社会要分工，所以不必混合为一。譬如我是个学者，不会拉车，若是一定勉强我去拉，一定做不到，因我只能尽我的本分。即使一个车夫来当我的地位，也是做不到的，所以我们只能尽我们的能力做事罢了。倘若社会上一切的事情，都勉强去做，那社会一定乱到不成样了。所以我以为女子解放，只应该将女子应有权争回来就是了。若不然只顾赶时髦，不务实际，那一定将本能应该发展的摧残了为止——“盲从”是社会上最不经济的事情，为个人打算，亦不是应当的。我这篇话，也许诸君以为顽固，但我总希望诸君去想一想！

按：本篇初刊1923年11月11日《北京女子高等师范周镌》第44期“讲演”栏，题为《女子与教育之关系梁任公先生讲演（在本校附属中学）》，署“附中三年级学生梁月梅、苏国才、罗素好笔记”。1924年6月又以《梁任公先生讲演〈女子与教育〉》为题，再刊北京女子高等师范附属中学校友会出版的《辟才杂志》第3号。同期“纪载”栏《本校大事记》中明确记载1923年10月27日“梁任公先生来校演讲《女子与教育》”，说明本次演说的时间是1923年10月27日。

五、在北师大校长范源廉就职典礼上的演说（1924）

今天躬与盛会，觉得异常荣幸，我自己对于学界情感，本来浓厚，对于本校尤觉特别亲爱。年来校长虚悬，校内校外，都很着急，本校筹备师大委员会为巩固师大基础起见，组织董事会，再由董事会推荐校长；诸君所渴望的范校长今已就职了。范校长是师大第一任的校长，我们很希望范校长永远伴着师大发展。范校长，不待言，当然是师范大学的理想校长。不过对于人的希望不可过奢；理想很快，转瞬间就可以到九天以上；可是就事实上说，却很慢的，无论哪种社会也是如此。现在我们受环境的压迫过甚，校长当然负责，为学校奋斗；可是不能靠一人，非大家一致努力不可。旁的不讲，单说经费，何等困难；现在教育当局很好，以后的变迁谁能担保，本校非扩充不可，预算也当然要增加的，可是现在的经费状况，我们还敢讲到预算的增加么？像这样的情形，怎能容易教我们的理想实现呢？不只经费一端，其余环境不良，都为进行的阻碍，所以我们要原谅他。我们的希望，尽管大，不过希望校长进行不要过快。不要贪虚面子，本校不图外表的放大，要图内容的充实。我们要表现出我们的特色来，把原来高师的精神再加上几倍的充实，有几部分办出特色来，可不辜负改大的本意。这是一点。

第二点希望全校人以学校利害为前提。本校教职员诸先生，一致的先本校的利害而后本身的利害。团体利害，与自己利害或者有时相冲突。要说完全不顾自己，这是没有的。自己利害关系，在他方面看很小；可是在自己看却很大，团体利害，与个人利害不能相容的时候，我们要以团体为重。诸先生历经艰辛，这种精神我们要继续扩充下去。学生方面，近来全国学校闹风潮，大家都感到些厌烦了。教员惹出学生的笑骂来。当然教员是有可笑骂的地方，不过学生为自己的利害关系，闹起风波来，往往把自己所爱的团体破坏。即以本校而论，在千人以上，个人利害关系那能一致？自己要没有牺牲无一时不可起风潮。一方面为个人利害，一方面要顾到团体的利害。清末那时学校闹风潮，多半是起于厨房调菜；近来风潮进步了，不只为舌头了，可是无意识的风潮，仍是不少。所以我们要常替别的各方面想一想！

旁的方面，个人当然最好是官费，考试还有奖赏；可是学校怎么办呢？因为从前奖励师范教育，所以是官费；可是我们想一想我们为什么享受这种权利呢。学校经费困难，我们要捐出一年费用，就可办出许多有益的事来。关于自身问题，最好自己提出来。教职员诸先生也最好自动。大家像一家一样，彼此互相体谅才好！

高等师范过去，师大新成立，我们当然振刷精神，互相谅解，一致努力。“能以礼让为国乎，何有？”“所恶于上，毋以使下！”我们希望能为全国造出最好的人才来，这种精神，不独用于学问，在品格上更要注意。大家作成一个完全互助前进的团体。我信的过，大家有这种精神，将来不特学识为全国人模范，品格也要为全国人模范。

按：本篇辑自1924年北京高等师范学校《教育丛刊》第4卷第8集《范校长就职典礼志盛》一文，是1924年1月10日梁启超在北京师范大学校长范源濂就职典礼上的演说，由李林昌笔记。文前有编者附识：“篇中所记梁任公先生，黄膺白先生演讲词，因急于付印，均未经本人修正。所记有不合原意之处，尚祈原鉴！”可知本记录未经梁启超本人审阅。

六、演讲《国文教学法十讲》（1925）

第一讲　从教材上比较文言文白话文适用之程度

我知道我不是个良好的教授，我也没有充分的教学经验。今天来讨论这个问题，不妥当的地方，一定会很多；况且又没有充分的准备，但凭我个人的感想来对诸君谈谈。

数年来因为白话文盛行的关系，学校的国文教材便成了一个待讨论的问题。（诸君是师范大学的学生，负有中学教育人才的使命，故讨论范围，仅以中学部为限。）有的主张尽用白话，有的主张要采用文言；但是我呢？——老实说，我是主张中学国文教材采用文言文的；可是诸君不要误会，以为我是因为现在的教育总长主张文言文，便学他“开倒车”的口吻。我两年前在南开东大学校讲演，已屡经提出这种主张，并不自从今日始。至于作文方面，我对于二者无轩轾，或者还要偏于白话一点也难说。孔老夫子曾说：“辞达而已矣。”这句话很可以说透我对于作文的主张，如自己用文言能达，便用文言；用白话能达，便用白话；只要能达便够了。至于用作学校教材，当然要经过客观的选定。我以为至少要具备以下三个原则：

（一）要与他科保有相当的联络学校功课虽名目殊异，并非绝对分离，其中含有联络贯穿的意义。如“数学”之于“物理”“化学”，“国文”之于“历史”“地理”等，都是互相关联的东西。中学“史”“地”因限于时间，仅仅教点大纲；若单靠两三本教科书，所得的史地知识，实在有限，故国文教材应选一部分与史地有联络关系的。其他各科常识，能借教授国文的机会给学生补充，愈多愈好。

（二）要具有陶冶心性和指导行为的功能中学生年龄尚轻，而判断力亦较弱，学校应授以正确而且稳健的知识；奇僻之论，琐碎沉晦之义，皆不相宜。含刺激性麻醉性的作品，切须慎择。正如培养初开的花朵，太干不行，太湿亦不可，肥料过多过少，过浓过淡都有害。因此之故，纯文学作品，如诗词曲本小说之类，合用的甚少。

（三）教材须长短适中大约一千字起四五千字止条理丰茂，结构谨严的文字，最为合用。太短的不成篇幅，无以为教授之资。例如《世说新语》文章之简洁有风趣，固极可爱；但以之教中学生则不相宜；因其文太简短，不适于一般思绪正在开展的中学生。又如太长也是同样的不行，如一部几十卷前后互相关联的作品，非读完后不能了解其中的情节，像这样冗长的作品，既不宜于讲坛上教授，亦不宜于一般功课繁重的中学生的自修。

我们的理想的中学国文教材，因要适合以上三个原则，故在白话文中找教材，很难找出几篇合格的来。并非白话文本身的缺憾，乃因其历史太短，尚未达到十分成熟的时期，诸君翻翻所有的语体文作品，便明白了。中国现有的白话文作品，大概不出下列三种：

1. 禅宗反儒家语体

2. 宋元以来小说

3. 近人白话文

以上三部分作品，我敢说都不能选作中学国文教材。禅宗语录体像打灯谜似的，其不合用无待言；至于宋儒语录，偶择几句为修养之助，虽未尝不可，然已觉得陈腐玄谈太多了。内容实质且不管他；专就外表形式论，语体乃随说随录而成，并无文章组织，如何可充教材？但现今提倡白话文的人，也是没有用语录当教材的主张，今无须多辨。

主张用白话文当教材的人，事实上当然不能不多取材于小说。他们主张的理由，大概（一）现在一般人之能识字及文理通顺，什有九是从看《三国演义》一类书得来，足见小说为学文利器。（二）《水浒》《红楼》等书，为中国最有价值之文学作品，宜令学生养成赏鉴能力。（三）这类小说书，从前禁学生看，学生总不免偷着看，何如公开的因势利导呢？

这些理由我以为都不充足。就第三点论，学生对于小说不劝自看，虽禁犹看，诚然是事实。既已有这种事实，然则让学生们多这一门课外自有这种事实，然则让学生们多这一门课外自修不更好吗？何必占正课的时间？须知学生在校中学文的时候本就不多，我们对于时间经济不能不顾虑，如何才能利用这时间令学生对于本科或与本科联络各科发生最大效力，正是我们的责任。

再论第二点，问题益复杂了。学生须相当的有欣赏美文的能力，我是承认的；但中学目的在养成常识，不在养成专门文学家，所以他的国文教材，当以应用文为主而美文为附。除却高中里头为专修文学的人作特别预备外，我以为一般中学教材，应用文该占百分之八十以上，纯文学作品不过能占一两成便了。此一两成中，诗词曲及其他美的骈散文又各占去一部分，小说所能占者计最多不过百分之五六而止。若把小说占教材中坚位置，稍有教育常识的人，谅来都不能赞成。

在这成数占得极少里头来选择适用的纯文学作品，那更难之又难了。老实说，凡绝好的文学总带几分麻醉性，凡有名的文学家总带几分精神病。我们以中学教课为立场，对于这些青春期的学生，虽然不可以过分的压抑他的情感，要不可不常常加以节制，令情感变为情操，往健全路上发展。所以偏于幻想及刺激性太重的文，总不能认为适当。诸君啊！我绝不像老学究们的头脑，骂《红楼梦》《水浒》为诲淫诲盗；我是笃嗜文学的人，这两部书我几乎倒背得出，其他回肠荡气的诗词剧曲。几乎终日不离口。但为教中学生起见，我真不敢多用这种醉药。晁盖怎样的劫生辰纲，林冲怎样的火并梁山泊，青年们把这种模范行为装满在脑中，我总以为害多利少。我们五十多岁人读《红楼梦》，有时尚能引起“百无聊赖”的情绪，青年们多读了，只怕养成“多愁多病”的学生倒有点成绩哩！

关于第一点，我们教中学学生作文，不但希望他识字及文理通顺便了，总要教他如何整理自己的思想，用如何的技术来发表他，简单说，我们要教他以作文的理法。《水浒》《红楼》固然是妙文，但总要通看全部，最少也拿十回八回作一段落，才能看出他的妙处。学校既没有把全部小说当教材的道理，割出一两回乃至在一回里头割出一两段，试问作何教法？用什么方法令学生在这一回或一段里领略全书的真价值且学得作文的技术？

或者说：学文以学叙事文为最要，小说正是绝好的叙事文，为什么不学他呢？我说：这种论点完全错了，叙事文的性质和小说的性质恰立于正反对的两极端：叙事文是印写客观的事实，小说是表现主观的想像力。（即使是最极端的写实小说，也不过用想像力摄取社会魂影。）作法根本不同。叙事文对于客观资料要绝对的忠实服从，受严格的束缚，技术在摄收整理；小说是要凭想像力去构造，绝对的自由，技术在迸发表现。所以有名的史家或叙事文大家，大抵不会做小说；而叙事文的技术，绝非从小说可以学得来。

总而言之，小说是大学文科里主要的研究品，用作中学教材，无论从哪方面看，都无一是处。

语录小说既都不适用，剩下的只有近人白话文了。近人白话文我看见不多，未敢轻下批评；但据我的忖想，最少也有三个缺点：第一，叙事文太少，有价值的殆绝无。第二，议论文或解释文中虽不少佳作，但题目太窄，太专门，不甚适于中学生的头脑。第三，大抵刺激性太剧，不是中学校布帛菽粟的荣养资料。我希望十年以后白话作品可以充中学教材者渐多，今日恐还不到成熟时期。

或者问：你既主张作文不拘文白，而且还有偏于提倡白话的倾向，今又主张中学教材要用文言文，将来中学学生都不会做白话文，怎么好？我说：这问题很容易解答：你看国内做白话文做得最好的几个人，哪一个不是文言文功夫用得狠深的？你怕学生们多读几篇《史记》《汉书》，便变成《镜花缘》里咬文嚼字的“君子国”吗？不会的。放心罢！

第二讲　论滥作论事文之弊

中学校专以论事文给学生做，我是极端反对的，尤其是前三年级的学生不宜做这种文章，后三年级的学生间或做做，尚无不可；但至多只得占作文全数十分之二三。总之，中学生的作文，应以记叙文为主。至记叙文之好处，下次再说。今专论滥作论事文的弊病：

人人都骂八股不好，八股的坏处，就在代圣人立言，没有自己，如今天做一题为《学而时习之》，则语语现出孔子的面目；明天做一题为《其为人也孝弟》，则句句显出有子的面孔；后天再做一《孟子见梁惠王》，则摆出梁惠王与孟子的面孔；俨若扮演古戏一般，真可笑之至！论事文之弊，也就是这样。历说其弊，约有六端：

奖励虚伪年轻的中学生，自己本无何种议论可发；但因先生既出下这一类的题目，不得不做。不得不东涂西抹的乱写一篇来应付先生。例如《论打倒帝国主义》一题，学生并不知道帝国主义是甚么，也没有感到帝国主义实在该打的明瞭观念；但是因为先生出了一个《打倒帝国主义》的题目，只得在这题目下写些帝国主义怎样该打怎样该打的话来。这个弊病，和做八股一样。从前做八股是代圣人立言，现在做论事文是代先生立言，二者都是没有自己的空论。久之，便养成了虚伪的习惯，这是论事文中的一个大毛病。

奖励勦袭如“为子当孝”“为父当慈”“人当爱国”“人当自立”“劳工神圣”类的话，本来是天公地道，无可辩驳，并且多为先圣先贤或今日之学者所尽量发挥。年轻的中学生，欲超出先圣先贤及今日之学者所已发之议论外，另开天地，怕不是容易的事罢。但既遇着这一类的题目，又不能超出前人议论的范围，最后的一条路，只有勦袭前人已发过的议论，或抄录先生在讲坛上所讲的话。孟子说：“非其有而取之者盗也。”勦袭前人作品，也是盗贼一样的行为啊！这并非学生本来的坏处，乃由环境所迫，不得不如此。如果先生见了学生勦袭成言而成的文章，不但不以为怪，反浓圈密点，提高分数；而学生因此更觉勦袭的得意，便专门去做勦袭的工作，其弊更由其作文而影响其为人了。

奖励轻率要想对于某一件事下一种确切的判断，非把客观的事实看得清清楚楚是不行的，那事未发生以前必有他的原因，正当发生时必有其引导，既发生以后又必有种种变化，他的前后左右都是互相关联的。明白了多方面的真相，然后所下的判断才有真正的价值。中学生既少实际考察的机会和能力，就让他们轻举妄动的来讨论另一世界的事实，结果只能引起学生的轻率。例如《论关税自主》一题，自主是我们同声赞同的，但是作此题者，至少要知道世界各国关税的情形，中国关税的情形，及关税是怎样的一种东西，不自主有什么妨害，自主又有怎样的利益。需各方面看清以后，方可来下判断，今日中学教员，大概见了新发生的问题，便要出给学生去做，不管学生知道不知道。如《金佛郎案不应该办》一题，办与不办都有理由，须从各方面考查金佛郎案的真相，才能下一个真确的判断。否则，是不行的。

奖励笼统作八股文的老前辈，说作文的妙诀，最好是说些不着边际的话。学生自己没有真知灼见，只得发些老生常谈的空论，让你左看右看都可以，都相像。假设修辞修得好一点，先生阅后，即不能给他最优等的分数，而普通分数总是少不了的。学生因此便养成不主客观，不重分析的习惯。这种不着边际的行为，以做人论，充其量也不过做一个孔子所斥的“乡愿”，凡事无可无不可，这样来不但不能做学问，而做人亦不能了。

奖励僻见此与笼统正相反，从前科举时代考八股时，每有因作翻案文字而著名的；平和的考官，爱笼统的文章；好奇的考官，便爱翻案。因此便有“出奇制胜”之称，如三苏之流，悉以作翻案文字著称。我所谓中学生不宜作翻案文字者，并非要学生死守遗训，陈陈相因；乃因学生多作此种文章，久之则一味抹杀客观，凡事只知有我而不知有人了。此种毛病，大概以有天才者容易干犯，虽其中亦有好处；但其抹灭真理的习气，且带有投机社会的心理，为害甚大。

奖励苛刻这一类的文字，三苏也是最会做的。例如《范增论》一篇，不管范增在当时所处的地位如何，只管用自己主观的刻薄的批评。人非上帝，谁能无错。可惜大苏非老范，不能亲历范增的窘境，所以任自己的严酷，鞭打古人的灵魂，为冤为直，是他所不顾的。宋元以来的文章，多不负责任的批评。他们作文时，摆起裁判官的面孔，说人该死便要死，该打便要打。若以这一类的苛刻文章去教中学生，结果作文的好处，恐未必可以学到，而“刻薄寡恩”的习气，倒要增加几分。

以上六种毛病，非常厉害，都是由作论事文来的。诸君今日是师大学生，将来便是中学校教师，其影响于教育界，影响于思想界，均甚大。以今日之中国社会，虚伪，轻率，笼统，僻见，苛刻的种种现象，以及国会省会议员之无条理无责任的捣乱；报馆主笔之瞎说；学生之轻易发言，轻易盲从；种种习惯，亦未尝非由作文教授法不良有以致之。因为他们不是八股出身就是在学校学这一派的论事文出身，当然要养成这些恶习。诸君啊！莫以为我在学堂上教一两点钟功课，无关国家之治乱盛衰，稍一不慎，恶果便已如此！我们纵令不能替国家做好事，最少也不要替国家做坏事。诸君须知当青年的师范，做好做坏的机会都特别多，何止国文一科为然，今不过因论作文而举其例耳。

第三讲　叙事文命题之商榷

要想明白某一种客观事实的真象，须对于某种事实及其前因后果先作详密的分析的研究，再作系统的整个的观察，然后方能澈透某种事实的中心。我所以主张中学生要多作叙事文，也就是要想养成中学生细密的系统的头脑；因为作叙事文不像作论事文那样的易发空论，非准诸事实是不行的。拿画像来说罢：其轮廓既须与其所描画的对象相符，还须显露其精神外烁的态象，方为毕肖。做叙事文亦然，先要把叙述的对象观察清楚；然后把观察的结果再作一度精密的考验和整理；然后依照脑中的印象丝毫不差的写到纸上，方为伟大的创作。不过这种手段不是人人能做得到的，就是中国数千年来的大文学家，其写实的手段能到这种地步的，也如凤毛麟角；然而就算不能做到那种地步，我们教学生向这条路上走去，终是一条康庄大道，终是有益无损的。所以我始终主张中学的作文，应以叙事文为主。教员应以全付精神去训练他们，万不可使他们多发空论。即或要发议论，亦需根据事实，并且要有责任。至于作叙事文的方法，容后再说，今暂先讲《叙事文命题之商榷》：

诸君对于叙事文的重要，大致都已感到了；但是要出些很适当的题目，恐怕又是一件难事，许多国文教员都感到出题目的困难，我也曾有过这样的感想；然而并非绝无办法。例如章实斋初作文时，还是十四岁，他以读《左传》所得的资料，仿司马迁作《史记》的办法，作为《传志表》等一类的文章。据他说，他后来史学的成功，大半由于幼时作文的影响；并且后来他还用此法以授其子弟，都很有成效。诸君去教中学生，也可以利用这种方法，使学生于作文时自动的经历以下四个阶段：

1. 搜罗材料

2. 选择材料

3. 整理材料

4. 修辞

材料与命题的关系非常密切，所以我们要想确定命题的范围，须先确定材料的范围，我以为中学叙事文的题材，可分为二：

（一）过去历史中的现成资料章氏以《左传》写作文的资料，就是这种办法。如今叫学生做一篇《子产传》，其关于子产的事略，尽载在《左传》，不待外求；但未作文之先，应使学生明了郑国的情形，和子产对于外交内政在当时所发生的影响，并说明自某卷起至某卷止可以得到这种资料。然后由学生自己去搜取，其所搜罗的材料，是否可靠，固属另一个问题；但至少他们总要用一翻①工夫。

资料既搜集好了，应指导学生怎样去整理它，不能随随便便把些杂乱无章的材料全盘承受。继成文之后，由学生从这许多客观的事实中找出可靠的系统，下

① “翻”今作“番”。

一正确的判断。这样的判断，至少总是比较有价值的，绝不是捕风捉影的空论。《史记》太史公于传后附“论曰”数语，我们读后，每觉聊聊①数十字，能把一篇洋洋大文的精华，全盘吐出。他所以有这种本领，也就是因为他对于那种事实，曾经过多少客观的研究，才能得到那几句正确的判断。一二年级的中学生，如正在读《左传》时，可以让他们去摹仿顾栋高《春秋大事表》的体例，各自创作《晋楚交兵年表》或《吴越交兵年表》等一类的东西，其采集材料和支配材料，悉由学生自动，教员不过加以指导而已。这样，不但可以使学生养成从散漫的材料中找出系统的习惯，并且可以使学生从森罗万象的事变的河流里找到更伟大更真确的人生。可是，也许有人要说：“这样的工作，恐非中学生所能胜任。”我以为这并不难为，只要先生能尽量的去训练他们，就是初中的学生也可以尝试这种工作。

又如《资治通鉴》里所描写的《赤壁之战》《淝水之战》等篇，人人都说是空前杰作，不知司马温公作《资治通鉴》时，所搜罗的材料的稿件，堆积十九房子之多，可知他的杰作也是经过几多客观的研究才成功的。赤壁之战的材料，全散见于《三国志》中，但我们读了《三国志》后，只能得到一点零碎的概念，没有深刻的整个的“赤壁之战”印在我们脑里。在这些比较的情形之下，又可以找到多少有趣味的叙事文的题目。譬如：就出一《赤壁之战》给学生作吧，先指示学生在《三国志》中某篇可以得到这种材料，学生作好后，再以司马温公的《赤壁之战》示之，两相比较，更可使学生得到更深刻的教训，屡次练习，定大有进步。又如在《史记》《汉书》中《汉与匈奴之关系》一题，先生可以指给学生搜集材料的范围，如《匈奴传》，《高帝以后帝纪》，及《大宛传》，卫青霍去病等传都可以使学生去自由搜集关于汉与匈奴相互间的资料，然后作成整篇的文章，至于汉武征伐匈奴时，分兵多少路，阵势怎样，亦可教学生从史汉中考其痕迹，令作图表。若能这样，教员出题目的困难也可以免除大半，只要一部《左传》便可以找出几十个题，《史记》《汉书》更不用说了。这种方法，既可以免除学生的

① “聊聊”应作“寥寥”。

惰性，更可以养成分析的条理的习惯。

（二）亲身经历以及现时报章所载的资料以现在的资料来作叙述的描写，更较重要，而且有用。小之如旅行记，运动会记；大之如战争记等，均属于此类。但是对于这一类材料的收集，应加以预告。就作运动会记来说吧：应于学校未开运动会之先，便须告诉学生，使他们处处留意，在当时当地便能得到许多重要的资料，然后所作的记，方能逼真。若在当时一语不提，等到事后偶出此题，那么运动会一切重要的活动和事实，大阪都在学生的记忆中消去了。学生虽索枯肠似的去探寻过去的形影，结果仍是遗下一点模糊的回忆。又如旅行记之类，亦须先期预告，即不明示其题，亦当用他种方法使学生注意观察，不至如烟云过眼，转瞬即空。至于战争的叙述，以及描写国家重大事件发生的情节，如湘鄂之战，直奉之战，以及最近的五卅惨案之类，更需经过多少客观的研究，方能包罗无遗，透彻其中的隐秘。今日国文教员，每令学生当堂交卷，我认为是徒劳无益的办法。就是诸君给我一个重大的问题，要我当堂交卷，恐怕也会要打零呢！所以我们见了重大问题发生，应考察及内容之复杂程度如何，以定交卷的期限，或三月或两月都可以，在这期限内使学生继续不断的去搜罗关于这事件的资料，如新闻纸，或实际考查等，如果学生能继续不断的去注意报纸杂志上的记载，久之便可以自主地辨别记载的真伪。如五卅惨案问题，何以外警敢禁止中国人的游行运动，何以外人敢在中国领土内枪击中国人，若令学生从各方面去考察，考察租界情形及数十年来中外的外交关系等，便可以明白了。一年之内，至少有几个值得注意的问题发生，在发生之初，就令学生注意观察，以训练学生观察的能力。这样，不但使学生对于研究学问，养成细密的头脑，即于处理事务上亦可以养成真确的判断，不过在这儿我对于国文教员有个小小的要求，就是教员自己要有忠实的思想，和充分的预备，方能领导年青的学生，方能开展和陶冶他们幼稚的心灵。

按：本篇是梁启超1925年在北师大的系列演讲，题为“十讲”，实际《北京师大周刊》仅登出三讲。“第一讲”1925年11月1日载该刊第272期，由黄铸卿、吴炜、彭云谷、饶郡光笔记。“第二讲”11月8日载该刊第273期，记录者同第一讲。“第三讲”12月6日载该刊277期，由黄如金记录。“第一讲”自“主张用白话文当教材的人”至结尾部分即2002年陈平原披露的手稿《中学国文教材不宜采用小说》。本讲义参考与延续了梁氏此前《中学以上作文教学法》等文的基本观点，但在中学国文教材的编选原则、叙事文的命题思路等方面有新的思考。关于讲义中体现的语文教育思想，笔者另有专文《梁启超讲义〈国文教学法十讲〉考述》（载《成都师范学院学报》2021年第4期）予以讨论。

七、梁漱溟《人心与人生》介绍词（1927）

我们在学校内，为的是求知识，这固是不错，然而还要得求知识之根源，就是要得一安身立命的地方，然后才能求学，这是现代青年所同感到的劈头大问题。因此青年在校内，自己的生活，不要太自苦，要自乐，自信，才能感生活的意味，和乐趣。此外更进一层，我们还要有“本钱”，所谓“本钱”便是“心的力量”，亦即孟子所谓“浩然之气”，然后做事始成功。中国儒家，自孔子以后，孟子、程朱、陆王都是发挥这个道理的。他们所供献的至少是世界上解决这种问题的方法的一种，这种是要自己去求，别人不能助你的。不过师友的接触亦可给的指示、鼓励，不能看轻。因为先辈许多用功的人拿他的经验来指导我们，是最有益的。

梁先生是巨川先生之公子，学是家传的，定能与我们以许多助力。今天他来为我们讲学，实是一不易得的机会。

按：本文原载1927年2月22日天津《大公报》第1版《梁漱溟讲演题目〈人心与人生〉（在清华学校研究院）附梁启超氏介绍词》。《人心与人生》23日、24日续载。同年济南《山东教育月刊》第6卷第1号（目录页标注出刊时间为1月，实则愆期）转载。因《人心与人生》文后落款“二，十八，晚”，可知梁漱溟首次讲授《人心与人生》的日期为1927年2月18日，开讲前由梁启超介绍。本年4月29日《清华周刊》第27卷第11号（第408期）《学校之部·研究院现状》中提道："本年度，则有梁漱溟先生之长期演讲《人心与人生》。"①

八、演说《经济生活之非唯物的部分》(1927)

今天本来想讲《人类之精神生活》，嗣因题目过大；短促时间，恐怕讲不好，只好将范围缩小，改为《经济生活之非唯物的部分》。就题面看来，就可知对马克思唯物史观表示不满；不过纯粹就学理讨论，不含政治意味。我向来最反对"唯"字的，凡天地无论何种学理，均是相对的，不会是唯一绝对的。我虽是反对唯物论，同时也不赞成唯心论。《中庸》有云："万物并育而不相害，道并行而不相悖。"一刚一柔，一阴一阳，无往而非对待，偏于一隅，都是不通的。现在讲经济学，因苏俄宣传影响，"唯物论"势甚猖獗，人人觉着马克思的立足点甚强。人类生活，我承认经济是重要的；但人类生活要点，不仅在经济，经济以外的尚多。即就经济而论，专限物质享用，以为物质提高，经济生活便解决，这也是靠不住的。欧洲历史上有一段趣闻——或者可一说是神话，谓马克思飘零海外，穷愁潦倒，德相俾士麦遣人遗金数百万马克，马克思正欲收领，其人吞吐间——露出系俾士麦的遗赠，遂勃然大怒，峻拒不受。同一金钱，为什么不要俾士麦的？可见人类生活，于金钱以外，另有其他要素。这是否谐语神话？姑不必问，总见人生生活不是专靠物质——享受，可以解决的。

现在世界重要问题，在于贫富不均。资本家横暴，对劳工剩余的掠夺，就是劳工问题之起点。要想解决这问题，工人工资提高，时间减少，这话我们是承认的；但是单是提高工资，减少时间，谓工人生活便告解决，那仍然是不能的。欧美各国劳动情形，互有不同。今举一资本最发达的美国来作代表。美国工人生活最高，也可以说劳工生活，比一般人都好。他的收入，平均起来，普通工人每星期可得美金三〇元；能有专门技术的，每星期可得八〇元达一〇〇元上下。美金

① 《学校之部·研究院现状》，《清华周刊》第27卷第11号（第408期），1927年4月29日。

一〇〇元，以现在金价折合我国银币，可达二〇〇元。美国大学正教授薪金虽高，但帮教授的收入，还比不上在工厂熟练的工人。此种工人生活，衣食住的精美——尤超过我国上流阶级社会的人们；至少要与我梁某个人相等。照说：他们总可得到人生最美满的生活了；但是帮教授的收入虽少，精神上是很舒服的；工人收入虽丰，生活仍是痛苦的。这是什么缘故？因为工人变成机械，对于生产计划，不能参与，对于劳动结果，不能支配，这是人类最痛苦的事。

我三十年前漫游新大陆，箸《新大陆游记》，曾记得一日参观屠宰厂，见一高大肥胖的工人，司宰牛的机器，机动牛死，行所无事，大有“用志不纷，乃凝于神”之概，再不会错的。我当时便问这人技术神妙的缘故？机厂中人说：这人已在厂十二年，一日未间断，他的工资，每星期可得美金七〇元。据新近由美国回来，谈及那人依旧在屠宰厂，每星期工资已增至美金一二〇元之多，他的收入确是很丰富的；不过这种机械生活，我们若替他想想：他们精神是很痛苦的。所以他劳动过度，脑筋麻木，便要从事看电影，休息，饮酒，赌博的消费。为什么他要这样？因为他作机械生活，所以取寻刺激性强的娱乐，来资调剂。足征工人工资，无论加至怎样高，物质享用，怎样丰富，精神生活，终究是没有的。

据生物学家观察：人类躯干的进化，已在五十万年以前，五十万年以后，便是脑浆的进化。——道德宗教文艺美术等，固属精神生活；经济生活，也要运用脑力来经营才好。例如小农家经营几亩薄田，施多少肥料，用多少资本，自己预先打算一番；纵使收获的结果，与原来计划相反，——或者是归于失败的，但他自己的精神，总觉的很快活。推而至于手工业的工人，——与卖水果的小商人，也是这样。只要是运用自己脑力，作出来的，无论成功失败，都是高兴的。农家不幸遇了水旱风灾，可希望次年丰稔；商人生意亏本，可以重张旗鼓再干；只要生产时，用自己脑力，经营擘画；劳动结果，无论多少，可以完全自己处分，始终不受他人干涉，所以他的精神很自由，乡间农民有一句话：“这东西是我的。”这句话威权多大，也就可以看得出他精神上的快活！

人生精神生活——在那几点？如宗教文艺美术等，我们可以不讲；专从经济部分来讲，生产能自己计划，收入能自己处分，便觉得快活；不然收入虽多，仍然是苦恼。以我国乡下小农人，与美国屠牛工比较，我国农人一年的收入，还比不上他一星期的收入，两下距离简直不可以道里计；但我国农夫，黄发垂髫，怡然自得；屠牛工则生活枯燥，乐趣毫无，这是什么缘故呢？数年前英哲学家罗素Lussell①到中国来，回国后作许多批评中国的文章，我记的他仿佛说过："中国乡下的劳农，完全是美术的，"我想他的观察点，不外刚才说过的两种：（一）生产由自己计划，（二）结果可以自己处分。这种在中国人眼光中，没有什么奇怪；确是在外国看来，觉得再舒服没有，他究竟为什么舒服？衣食住的粗陋单简，与外国劳动者比起来，简直相距不啻千万里，何以一个觉舒服——一个感受烦恼呢？据我看来，就在精神生活之一点。

现在世界经济，变动日剧，所酿成的烦闷苦痛——以及将来危机，非设法补救不可，然最大的补救之点，不徒在物质生活的光裕，尤须谋精神生活的自由。在政治工业革命以前，经济状况，以个人或家庭为单位，人人可以有机会支配自己的经济行为，单位越多，支配平均，所以社会比较安宁；自工业革命后，经济单位便集中起来，甚至每一国家将所有每行产业，都集中归一二大托辣司（即公司）支配，把一切资本家劳动家都变成机械，如美国屠宰工人一般，终岁劳动，无所用心，这自是烦闷痛苦的。一切资本家劳动家都变成机械，资本主义的国家，固然是这样；就是现在要与资本主义对抗的共产主义，又何尝不是这样？不过国家资本主义，是把资本集中于少数资本家之手；共产主义，则集中于国有之下；我恐怕共产主义集产的力量还要更大，可以说是代托辣司而起的，也可以说是变相的托辣司。生活这种经济组织下的人们，衣食住的程度，尽管提高，他的生活痛苦，依旧不能解决的。就现在情形观察，非特别设法不可。苏俄鉴于贫富不均，故实施共产以资救济；但能收多少效果，殊未敢必；因为他最大的弊病——就是使人类变成机械。好比作学生一样，每星期仅二十几点的功课，并不算多；每日按时上堂，按时下课。总嫌呆板一点。不然我们自由研究，爱读自己所爱的书籍，就是每日十几点钟，也不觉得疲劳；一是在讲堂上课，每日五点

① 应作Russell。

钟，就要想设法调剂，这是什么缘故？就是因为精神受他力压迫，变成机械的缘故。工厂中工人的生活，精神烦闷，其病根亦即在此。所以我们知道——我们经济生活，不问资本大小，总要自己打算自己支配，宁可作二个铜元的老板，不愿作工厂中烦闷苦恼的机械生活。所以我们要想救活社会，应如何设法将经济单位化分得多？一方面保存中国小农固有近状，或发展固有近状；一方面妨资本主义——或社会主义经济单位的集中才好。因为这两种都是把人类变机械，使人类不能安宁。

仅物质生活丰富，生活便算满足，上面已经说过；现在且举实例说说：前到欧洲见一养老院，内容设备甚完备，不但衣食住，粗有可观，就娱乐器具——电影音乐书书画，也甚精良；依理这里面的老叟老媪，精神总很快活；实在考察起来，他的精神，还比不上乡下衣服褴褛吃窝窝头——含饴弄孙的白发老人生活，这是一定的情形。好比绘画一般，一个老人手携一个小孩，画出来甚美观；如果仅有数十个老人聚处便觉得极丑；我准此类推，想这极讲究的养老院，孤独伶仃的老人生活，一定是很痛苦的。尤足征我们人类的生活全部分，不仅在物质；是要于此以外，更有精神安慰之一点。所以我想改造经济，不仅得物质的充满，还要于此外图经济精神生活的安慰与发展，才可以得着快乐。这种救济办法，在此世界未受资本主义（国家资本主义在内）压迫最烈时，旧社会经济生活中，当有一部分精神生活存在，趁此全世界经济没法解决时，我们要创造一个新经济生活，来作全世界人类的模范，使世界人类都得到精神的安慰，这才算尽了我们的责任哩！关于此点，曾数次同朋友谈及具体计划，还没想好；希望我同学们共同努力，以图实现，今天不过大概的发端罢了。

按：本篇刊于 1927 年 5 月 8 日出版的北京《法律评论》第 4 年第 45 期，题为《经济生活之非唯物的部分》，题下注明：“本篇系司法储才馆馆长梁任公先生在该馆所讲”，由彭时笔记。1927 年 4 月 20 日北京《晨报》第 6 版曾登有短讯《梁启超星期六讲演》，预告梁启超将于 23 日下午二时在司法储才馆大讲堂做公开演讲《非生产集中》。《经济生活之非唯物的部分》可能即 23 日的演说。

《法律评论》创办于 1923 年 7 月，创刊号曾刊有梁启超的题词。彭时还曾与司法储才馆学员李良共同记录梁启超1927年2月5日在司法储才馆的演讲《陆王学派与青年修养》（刊同年《司法储才馆季刊》第1期，亦刊4月17日《法律评论》第4年第42期）和3月5日在司法储才馆的演讲《学问的趣味与趣味的学问》（刊同年《司法储才馆季刊》第1期）以及5月14日的演讲《法官之修养》（刊5月29日出版的北京《法律评论》第4年第48期）。《陆王学派与青年修养》《学问的趣味与趣味的学问》现已收入2018年版《梁启超全集》第16集。《法官之修养》未见《梁启超全集》收录，但曾收入何勤华、李秀清主编，法律出版社2004年版的《民国法学论文精萃》（第五卷诉讼法律篇）。

［作者单位：扬州大学文学院］

后学衡

·现当代文学·

揣论国民党当局对《鲁迅全集》送审“各书审查意见”背后的理由

□北　塔

【摘要】国民党内政部批文、国民党中央宣传部复函，尤其是国民党中央宣传部对第一部中文版《鲁迅全集》“各书审查意见表”——对于我们研究其在20世纪30年代如何贯彻他们公布的各种有关出版物的法规、如何看待并审查鲁迅的诸多作品，诸如原则为何、依据在哪里、尺度如何把握等，具有非常重要的史料价值。“御用诗官”们提出大量删改要求，为了尽量不留下历史罪证，他们却几乎没有说出理由。笔者尝试从其他历史材料中，尤其是鲁迅的作品中，替文字刽子手们找到许许多多理由。毕竟不是他们自己留下的，所以只能称为“揣论”。

【关键词】第一部中文版《鲁迅全集》；国民党中央宣传部；书刊审查

一、国民党中央宣传部的“御用诗官”们要求删改，却没有说出理由

为了合法出版第一部中文版《鲁迅全集》，许广平委托鲁迅的学生李秉中，李又委托一个叫何珏的人，于1937年2月15日①左右，帮忙将鲁迅著作《呐喊》等36种送到南京国民政府内政部并办理登记手续；约一个半月之后，国民党内政部在4月30日初审完毕，两种准予注册，三种不准。根据权属规定，国民党内政

① 北塔：《第一个中文版〈鲁迅全集〉送审之后》，《博览群书》2022年第2期。

部旋即将余下的31种图书函请国民党中央宣传部审查。又一个多月之后，国民党中央宣传部才审查完毕，给国民党内政部复函（附“各书审查意见表”）。6月8日，国民党内政部做出正式批文（附国民党中央宣传部复函文字及“各书审查意见表”）。6月21日，李秉中给许广平写信，附以国民党内政部批文（附国民党中央宣传部复函文字及“各书审查意见表”）等所有材料①。

这几样材料——国民党内政部批文、国民党中央宣传部复函，尤其是国民党中央宣传部“各书审查意见表”——对于我们研究国民党当局在20世纪30年代如何贯彻他们公布的各种有关出版物的法规、如何看待并审查鲁迅的诸多作品，诸如原则为何、依据在哪里、尺度如何把握等，具有非常重要的史料价值。

这些材料均作为李秉中信之附件，收录于《鲁迅、许广平所藏书信选》一书②。极少有学者注意这几种史料，更没有人专门做过比较系统的研究。

这几个官方文件列举了诸多要求删改或禁止的鲁迅作品，但国民党内政部和国民党中央宣传部的“检查老爷们”傲慢而蛮横、无理又无礼，只说“未便准予注册”“不妥，应删去”“不能用”或“应全部禁止”等，却没有说出理由——无论是正当或不正当的理由都没说，或许他们是怕给自己留下历史耻辱的把柄和证据。这是这些法西斯文化专制统治者懦弱和胆怯的表现。鲁迅早就针砭过这一点。他曾在1935年2月4日致杨霁云的信中愤怒而不屑地写道：“……禁止，则禁止耳，但此辈竟连这一点骨气也没有，事实上还是删改，而自己竟不肯负删改的责任，要算是作者或编辑改的。”③ 也许这些营造文字狱的刽子手正是害怕被大家骂没有骨气、不负责任，因为理亏而没有在他们所审查的书或书稿上留下遗臭万年的名字等身份信息。我们甚至很难知道躲在黑幕后面对《鲁迅全集》具体操刀的人是谁。

不过，据倪墨炎披露，1934年6月1日，国民党中央宣传委员会图书杂志审查委员会正式在上海粉墨登场。5月30日，《中央日报》提前透露了这个消息，

---

① 周海婴编：《鲁迅、许广平所藏书信选》，湖南文艺出版社，1987年，第378－379页。
② 周海婴编：《鲁迅、许广平所藏书信选》，湖南文艺出版社，1987年，第378－380页。
③ 鲁迅：《鲁迅全集》第13卷，人民文学出版社，2005年，第370页。

并说：国民党中央宣传委员会聘定李松风、潘公展、吴醒亚、吴开先、丁默邨、孙德中、胡天册、项德言、方治9人为图书杂志审查委员会委员，李松风、潘公展、方治为常务委员，项德言兼任秘书。该审查委员会下设三个组：总务组组长高荫祖，副组长唐天恩；文艺组组长王新命，副组长何双璧；社会科学组组长朱子爽，副组长戴鹏天。该会审读员先后有变化，最后为项德言、朱子爽、张增、戴鹏天、王修德、刘民皋、陈文熙等7人①。1935年7月8日，国民党中央宣传委员会因为迫于日本人的压力，曾下令撤销图书杂志审查委员会。然而，图书杂志审查工作并没有取消，而是由明到暗；因此，这7个人或者其中某些人很可能留用，名义上属于国民党中央宣传委员会下属别的机构，但干的还是老本行。笔者推断，这之后的一年多，在审查《鲁迅全集》时，上列这些人中或有参与其事者。退一步说，哪怕这些人没有参与审查《鲁迅全集》，从1934年6月1日到1935年7月8日一年多里，他们参与审查并禁、删了大量进步作品（包括鲁迅的）。也因此，笔者特地在本文所参与营造的历史耻辱柱刻上他们的大名。

二、国民党当局查禁书刊的7大理由

笔者尝试从其他历史材料中，尤其是鲁迅的作品中，揣摩着替文字刽子手们找到他们要求删改鲁迅作品的理由。为了让未来从现实的丑恶中吸取教训，或者把某些人的丑恶行径永久地记录在历史中，鲁迅有时会故意地在他的书中原封不动地抄录一些反动当局的罪证。比如，《且介亭杂文二集·后记》中就照录了一篇级别很高的公文，即“中国国民党上海特别市执行委员会批答执字第一五九二号”。后来，倪墨炎根据档案原件，做了补正。其中涉及查禁理由的是第二条和第三条，即“二、《政治经济学批判》等三十种，内容宣传普罗文艺，或挑拨阶级斗争，或诋毁党国当局，应予禁止发售。三、《浮士德与城》等三十一种，或系介绍普罗文学理论，或系新俄作品，或含有不正确意识者，颇有宣传反动嫌

① 倪墨炎：《现代文坛灾祸录》，上海书店出版社，1996年，第227页。

疑。在剿匪严重时期内暂禁发售”①。

这份公文原先登载于《出版消息》第33期（民国二十三年4月1日出版）——是反动当局主动露丑的罕见的一次。恰恰从这里，我们可以归纳出他们查禁书刊的几大理由。其中明说的有：1. 宣传普罗文艺（无产阶级文艺）及其理论；2. 挑拨阶级斗争（尤其是工农对压迫者、剥削者的反抗意识和抗议行动）；3. 诋毁党国当局（尤其是领袖的言行）；4. 推介新俄（即苏联）的作品。其中暗指的是：“含有不正确意识者，颇有宣传反动嫌疑”。笔者以为，其所指是另外三条，即：1. 说共产党的好话；2. 说友邦的坏话（如揭露并批判帝国主义的侵略或法西斯统治）；3. 说审查委员的坏话（直接嘲讽或谴责书刊检查员的阴暗心理和卑劣行径）。鲁迅戏称审查委员为“御用诗官”。被“御用诗官”列上黑名单的禁词大概有以下这些：普罗、无产阶级（无产者）、阶级斗争、工农、苏联、卢布、共产党、卢布、红色、红军、赤色、赤军等。据说，那些法西斯文化鹰犬审查书刊的本事很大，速度很快，黑词会很快从白纸上跳出，奔到他们的眼皮底下。笔者注意到，鲁迅很多作品被删的内容都涉及书刊检查制度和行为主体问题，也就是说，文字刽子手们把这样的文字当作鲁迅的手指，直接戳到他们的鼻梁骨乃至脊梁骨，让他们有“芒刺在背”的不快感乃至痛感；所以他们大笔一挥，“删删删”，以示他们有权报仇。

纵观民国政府查禁书刊的理由，主要就是上面这7个。下面笔者来替他们把这些理由落实于《鲁迅全集》申报的作品。

三、“御用诗官”们把这些理由落实于要求删改鲁迅作品

首先，我们来看看国民党内政部批文和国民党中央宣传部审查的具体内容。为了行文方便或便于读者了然起见，笔者按照全然发行、不予发行和修改后放行三种情况分三个部分来谈。

---

① 倪墨炎：《现代文坛灾祸录》，上海书店出版社，1996年，第200页。

（一）全然准予发行的有11种

包括《两地书》《坟》《鲁迅自选集》《故事新编》《小说旧闻钞》《十月》《俄罗斯的童话》《桃色的云》《小约翰》《死魂灵》和《表》。其中，前两种是国民党内政部初审时就通过的，因为“曾经呈准注册”①，照例放行。再者，其中《十月》《俄罗斯的童话》《桃色的云》《小约翰》《死魂灵》《表》等六种为译著，超过一半；这说明译著通过的比例比较高。

全然准予发行就意味着没有查禁，也就谈不上查禁的理由，所以不在本文论析之列。

（二）不予发行的共有4种

包括《南腔北调集》《二心集》《毁灭》和《不三不四集》。其中三种是国民党内政部初审时就被禁止的，其批文所说的理由是：“曾经通行查禁，未便准予注册。”② 意思是这三本书曾经被查禁过，现在还是不能解禁。这不是真正的理由。我们来一一读析这四部禁书中犯禁的文字。

《南腔北调集》被开始查禁的时间是1934年5月3日，是国民党上海特别市执行委员会发布的查禁令。倪墨炎说，他从“解放前上海市书业同业公会档案中查到反动派查禁此书的禁令”，并“全抄于”《现代文坛灾祸录》。在这份“中国国民党上海特别市执行委员会训令”中，有国民党当局查禁此书的主要理由，即“言论偏激，显系宣传反动”③。这一说法比较空泛。我们来看更加具体的。

这部集子被禁的第一个理由应该是诋毁国民党当局，尤其是鲁迅揭露了领袖即主子外强中干、欺软怕硬、欺内怕外的心态和作态。集子中作品的一个大主题是主子与奴才的关系。鲁迅认为，主子与奴才的关系不是一成不变的，主子也有可能变成奴才。当主子是专制独裁者时，他高高在上、睥睨天下、耀武扬威，但一旦失势，则立即蜕变为奴才，比本来是奴才的还要听话、安命、配合、示弱、怕死。比如，《谚语》一文说：“专制者的反面就是奴才，有权时无所不为，失势

① 周海婴编：《鲁迅、许广平所藏书信选》，湖南文艺出版社，1987年，第377页。
② 周海婴编：《鲁迅、许广平所藏书信选》，湖南文艺出版社，1987年，第379页。
③ 倪墨炎：《现代文坛灾祸录》，上海书店出版社，1996年，第103页。

时即奴性十足。孙皓是特等的暴君，但降晋之后，简直像一个帮闲；宋徽宗在位时，不可一世，而被掳后偏会含垢忍辱。做主子时以一切别人为奴才，则有了主子，一定以奴才自命：这是天经地义，无可动摇的。"① 鲁迅还认为，主子和奴才的身份往往是在某一个特定的关系场里确定的，随着关系场的变迁或颠覆，他们的身份也会变，有的由主子变为奴才，有的由奴才变为主子。当时很多单位里的上下级就是如此。有些官员，对于下级他是主子，颐指气使；对于上级，他是奴才，点头哈腰。如《我们不再受骗了》一文说，国民党统治者在人民面前是飞扬跋扈的主子，但在帝国主义面前则是屁都不敢放的奴才。

这本书被禁的另一个理由是鲁迅肯定苏联的性质、成就，并且在帝国主义及其走狗污蔑苏联时为苏联辩护（当时由于信息不对称，尤其斯大林对外严密封锁苏联的负面消息，鲁迅对苏联了解得不全面，尤其对苏联的负面消息知之甚少）；而当局自认跟欧美是一伙儿，当欧美打压苏联时，也跟着起哄——包括哄骗老百姓，说苏联如何如何坏——其矛头所指当然是中国共产党，因为众所周知，中国共产党早期曾受到苏联巨大的帮助，尤其是资助；而共产党政权的性质就是苏维埃式的；如果能让中国人憎恶苏联，那么他们对共产党也就不会有好感，也就不会轻易相信共产党会以善政代替国民党的恶政。鲁迅揭露并批评了当局的这一险恶用心并提醒人们不要上当："帝国主义和我们，除了它的奴才之外，那一样利害不和我们正相反？我们的痈疽，是它们的宝贝，那么，它们的敌人，当然是我们的朋友了。它们自身正在崩溃下去，无法支持，为挽救自己的末运，便憎恶苏联的向上。谣诼，诅咒，怨恨，无所不至，没有效，终于只得准备动手去打了，一定要灭掉它才睡得着。但我们干什么呢？我们还会再被骗么？"②

《二心集》是鲁迅自己比较满意的一部集子。1934 年 1 月 26 日，上海市教育局发布命令查禁该书。本书收录了鲁迅 1930 年到 1931 年所作的杂文 37 篇，另有

① 鲁迅：《鲁迅全集》第 4 卷，人民文学出版社，2005 年，第 557 页。
② 鲁迅：《鲁迅全集》第 4 卷，人民文学出版社，2005 年，第 440 页。

译文 1 篇及附记。其中被“御用诗官”们认为问题比较严重的，有 8 篇之多（接近五分之一），即：《“民族主义文学”的任务和运命》《“友邦惊诧”论》《“丧家的”“资本家的乏走狗”》《对于左翼作家联盟的意见》《中国无产阶级革命文学和前驱的血》《黑暗中国的文艺界的现状》《上海文艺之一瞥》，另外是本书的《序言》。这 8 篇后来全部由瞿秋白收入其编选的《鲁迅杂感选集》一书。在国民党中央宣传部对《鲁迅杂感选集》的审查意见中，也是“以上各篇，应全篇删去”①。

可以说，查禁这 8 篇的理由也是查禁《二心集》的理由。倪墨炎说，他在上海档案馆发现了查禁此书的密令，并“全抄于”《现代文坛灾祸录》。这份“上海市教育局密令”说：“《对于左翼作家联盟的意见》《中国无产阶级革命文学和前驱的血》《‘民族主义文学’的任务和运命》等篇，内容确多不妥之处，应即取缔。”② 其查禁理由仅仅是泛泛的“确多不妥”。前面所引的“第一五九二号”文件说：“《对于左翼作家联盟的意见》《中国无产阶级革命文学和前驱的血》《‘民族主义文学’的任务和运命》等篇，均为宣传无产阶级文艺之反动文字。”③ 可见，“宣传无产阶级文艺”被视为查禁这三篇文章的具体理由。至于其他理由，让我们逐一揣摩。

鲁迅在《序言》的开篇就揭露批判国民党当局的书刊审查制度，尤其是对期刊的限制和迫害。他愤恨地说：“当三〇年的时候，期刊已渐渐的少见，有些是不能按期出版了，大约是受了逐日加紧的压迫。《语丝》和《奔流》，则常遭邮局的扣留、地方的禁止，到底也还是敷延不下去。那时我能投稿的，就只剩了一个《萌芽》，而出到五期，也被禁止了。”④ 行文中好几次出现了“共产党”和“卢布”等“禁词”，如“有一位勇敢的青年在政府机关的上海《民国日报》上给我批评，说我的那些话使他非常看不起，因为我没有敢讲共产党的话的勇气。谨案

① 周海婴编：《鲁迅、许广平所藏书信选》，湖南文艺出版社，1987 年，第 381 页。

② 转引自倪墨炎：《现代文坛灾祸录》，上海书店出版社，1996 年，第 99 页。

③ 转引自倪墨炎：《现代文坛灾祸录》，上海书店出版社，1996 年，第 203 页。

④ 鲁迅：《鲁迅全集》第 4 卷，人民文学出版社，2005 年，第 193 页。

在‘清党’以后的党国里，讲共产主义是算犯大罪的，捕杀的网罗，张遍了全中国，而不讲，却又为党国的忠勇青年所鄙视。这实在只好变了真的蜗牛，才有‘庶几得免于罪戾’的幸福了”①。鲁迅怀疑那位“勇敢的青年”心怀鬼胎，故意用激将法，想让鲁迅公开“讲共产党的话”（即替共产党讲话），从而让国民党当局以共产党同谋的借口，治罪于鲁迅。还好，鲁迅没有上当，没有跳出壕沟，赤膊上阵，去无谓地迎受敌人的冷箭。不过，他内心同情共产党是真的，从字里行间一眼就可以看出。在这篇《序言》中，他大义凛然地为“无产者”张目、呐喊：“原先是憎恶这熟识的本阶级，毫不可惜它的溃灭，后来又由于事实的教训，以为惟新兴的无产者才有将来，却是的确的。”

《友邦惊诧论》是鲁迅骂国民党政府骂得最直接最痛快的文章，集中火力揭露和抨击了国民党卖国媚外的罪行和帝国主义的侵略野心。文章开头就指出政府的软弱无能，“这回学生的请愿，是因为日本占据了辽吉，南京政府束手无策，单会去哀求国联，而国联却正和日本是一伙”②。这里揭露的事实是：1931 年“九一八”事变之后，中国人民的反日呼声一浪高过一浪。12 月，全国各地学生为反对政府的不抵抗政策，到南京向政府请愿，要求出兵抗日；12 月 17 日，当各地学生联合向国民党中央党部请愿时，蒋介石命令军警逮捕和枪杀学生，当场打死二十余人，打伤一百余人；18 日，政府还电令全国紧急处置请愿事件。鲁迅紧接着指出政府对请愿抗日的学生极尽污蔑抹黑之能事。这充分暴露国民党当局欺软怕硬、欺民怕帝的反动本质和丑恶嘴脸。文中还揭露了人民遭受的种种灾难和国民党当局造就的种种罪愆：“中国国民党治下的连年内战，空前水灾，卖儿救穷，砍头示众，秘密杀戮，电刑逼供。”③ 鲁迅握笔如枪，字如子弹，射向当局的大小魑魅，令他们魂飞丧胆。

《中国无产阶级文学和前驱的血》的写作背景是：1931 年 2 月 7 日夜，国民党当局将“左联”青年作家殷夫、柔石、李伟森、胡也频、冯铿杀害于上海龙华

① 鲁迅：《鲁迅全集》第 4 卷，人民文学出版社，2005 年，第 194 页。
② 鲁迅：《鲁迅全集》第 4 卷，人民文学出版社，2005 年，第 369 页。
③ 鲁迅：《鲁迅全集》第 4 卷，人民文学出版社，2005 年，第 369 页。

警备司令部。鲁迅怀着悲愤，写下此文。因此，几乎全篇都有使统治者恐怖的战叫和劳苦大众自己的反叛的叫声。不过，最触怒或触痛“御用诗官”们的应该是这一段：“统治者也知道走狗的文人不能抵挡无产阶级革命文学，于是一面禁止书报，封闭书店，颁布恶出版法，通缉著作家，一面用最末的手段，将左翼作家逮捕，拘禁，秘密处以死刑，至今并未宣布。”① “走狗的文人”是文字狱最初的推手或黑手；统治者想要整治作家，首先会让他们用鼻子去嗅出“异议”，然后再动刀动枪。

《黑暗中国的文艺界的现状》一文被查禁的理由比较多：诋毁当局，尤其是国民党当局的书刊审查制度，为左翼作家鸣不平，为“红”和“俄国”辩护。文章的题目开头两个字就让统治者不服、不舒服。本篇第一段就开骂：“属于统治阶级的所谓‘文艺家’，早已腐烂到连所谓‘为艺术的艺术’以至‘颓废’的作品也不能生产，现在来抵制左翼文艺的，只有诬蔑，压迫，囚禁和杀戮；来和左翼作家对立的，也只有流氓，侦探，走狗，刽子手了。”② 统治阶级不仅自己无能无才，写不出像样的作品，而且阻挠别人创作；其角色是“流氓，侦探，走狗，刽子手”，害人不浅，杀人不眨眼。接着，鲁迅攻击书刊查禁制度：“统治阶级的官僚，感觉比学者慢一点，但去年也就日加迫压了。禁期刊，禁书籍，不但内容略有革命性的，而且连书面用红字的，作者是俄国的……都在禁止之列。”③ 这些骂文让“御用诗官”老爷们的脸丢到外国去了，怎能不禁?!

《上海文艺之一瞥》是鲁迅最具学术价值的演讲之一，通篇比较理性；不过，也对当局颇多不敬之词。如“国民党以‘清党’之名，大戮共产党及革命群众，而死剩的青年们再入于被压迫的境遇，于是革命文学在上海这才有了强烈的活动。”④ “现在的统治者也神经衰弱到像这武官一样，什么他都怕，因而在出版界上也布置了比先前更进步的流氓，令人看不出流氓的形式而却用着更厉害的流氓

---

① 鲁迅：《鲁迅全集》第4卷，人民文学出版社，2005年，第289页。
② 鲁迅：《鲁迅全集》第4卷，人民文学出版社，2005年，第292页。
③ 鲁迅：《鲁迅全集》第4卷，人民文学出版社，2005年，第293页。
④ 鲁迅：《鲁迅全集》第4卷，人民文学出版社，2005年，第303-304页。

手段：用广告，用诬陷，用恐吓；甚至于有几个文学者还拜了流氓做老子，以图得到安稳和利益。”① 这指的历史事实是：1927 年 4 月，蒋发动“四一二”反革命政变，对共产党人和革命群众举起屠刀。鲁迅说统治阶级有三种人，最高统治者是神经病，其下属多为流氓，更下作的是为虎作伥、甘当流氓跟班的文人。鲁迅这几句话不仅骂得狠，而且也很广。“以图得到安稳和利益”“拜了流氓做老子”的文人学者，可以说就包括“御用诗官”们。

《“丧家的”“资本家的乏走狗”》一文表面上是在驳斥梁实秋一个人，但事实上，鲁迅棒头所指也包括资本家，而国民党政权基本上是资本家的天下，所以，鲁迅骂梁的同时也在骂当局。另外，文章中多次出现扎眼的字眼，比如“卢布”“共产党”和“苏联”等。最严重的是：梁在之前的文章里曾污蔑鲁迅从苏联领取卢布，相当于向当局告密或告发，给当局提供迫害鲁迅的证据或子弹。这样的用心是极其险恶卑劣的。鲁迅说：“在梁先生，也许以为给主子嗅出匪类（‘学匪’），也就是一种‘批评’，然而这职业，比起‘刽子手’来，也就更加下贱了。”②

《民族主义文学的任务和运命》一文被禁的理由应该也是诋毁当局。此文深刻揭示了国民党当局所捣鼓和鼓吹的“民族主义文学”具有一仆二主的属性，即御用文人打着民族主义的旗号，甘做反动当局的奴才和帝国主义的炮灰。鲁迅生动地把“民族主义文学”比作帝国主义的走狗，说走狗的“这‘叫’和‘恶臭’有能够较为远闻的特色，于帝国主义是有益的，这叫做‘为王前驱’，所以流尸文学仍将与流氓政治同在”③。蒋介石色厉内荏，在帝国主义面前甘当“儿皇帝”，唯帝国主义马首是瞻。鲁迅创造性把民族主义文学称作“流尸文学”——已经死去并腐烂，但还在长江黄河里流动，污染整个中国文化生态的生命之水。他还洞察到，民族主义文学配合当局，以“假反帝”和“假抵抗”的表演——富于仪式感的真假难辨的痛哭干号来扰乱视听，从而掩饰当局的不抵抗主义和卖国

① 鲁迅：《鲁迅全集》第 4 卷，人民文学出版社，2005 年，第 309 页。
② 鲁迅：《鲁迅全集》第 4 卷，人民文学出版社，2005 年，第 252 页。
③ 鲁迅：《鲁迅全集》第 4 卷，人民文学出版社，2005 年，第 320 页。

行径的真相。他说："否则不抵抗主义，城下之盟，断送土地这些勾当，在沉静中就显得更加露骨。必须痛哭怒号，摩拳擦掌，令人被这扰攘嘈杂所惑乱，闻悲歌而泪垂，听壮歌而愤泄，于是那'东征'即'西征'的第一步，也就悄悄的隐隐的跨过去了。落葬的行列里有悲哀的哭声，有壮大的军乐，那任务是在送死人埋入土中，用热闹来掩过了这'死'，给大家接着就得到'忘却'。"① 这些文字触及蒋介石统治集团的最痛处。

《毁灭》被查禁的情形有点复杂。《毁灭》是苏联作家法捷耶夫的长篇小说。1930年初，鲁迅根据日译本（名为《十九人》）开始翻译，并以《溃灭》的译名在刚创刊的《萌芽》月刊上连载。不久，《萌芽》被国民党当局查封，覆巢之下没有完卵，《溃灭》的连载也就中断。当然，《毁灭》被查禁的理由应该是法捷耶夫的身份，他不仅是苏联作家而且是苏联代表性的革命作家。

许寿裳最初希望鲁迅生前被禁的书能够解禁，他到处托人的用意也在此；但是，不仅之前的没有解禁，这次送审的书中还有自投罗网的一种，那就是《不三不四集》。国民党中央宣传部在其所列审查表的最后一格中说此书"内容多属不妥，应全部禁止"②。李秉中在给许广平的信中之所以说"《不三不四集》可暂时抽出"，可能就是因为他看到了这条意见。《不三不四集》的封面上除了中文书名，还有一个拼音书名，即"WEI ZJU SHU"（"伪自由书"）。的确，《不三不四集》就是1933年出版的《伪自由书》的翻版，即两本书内容一样。国民党当局于1934年2月将《伪自由书》列入149种查禁文艺书目，理由是"内共有杂感文40余篇，多讥评攻讦政府当局之处，以《伪自由书》为书名，其意亦在诋毁当局"③。

---

① 鲁迅：《鲁迅全集》第4卷，人民文学出版社，2005年，第328页。

② 周海婴编：《鲁迅、许广平所藏书信选》，湖南文艺出版社，1987年，第382页。

③ 倪墨炎：《现代文坛灾祸录》，上海书店出版社，1996年，第102页。

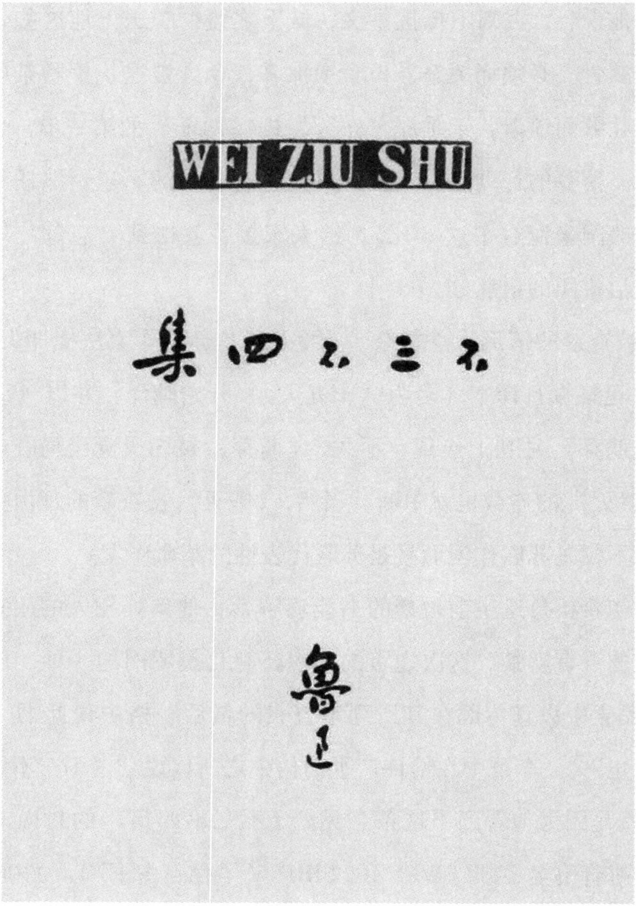

（三）要求删改的多达 21 种

其中又分改和删两类情况。

要求改的有 13 种，改的内容极为简单，就是要用所谓国历即中华民国纪年法标出出版的年月，而不能用西元公历，此间用意大概是为了突出国民党统治的“特色”吧。

要求删的有 8 种，即《华盖集》《坏孩子》《而已集》《花边文学》《准风月谈》《三闲集》《鲁迅杂感选集》和《壁下译丛》。有的被要求删除一篇，有的被要求删除多篇。让我们具体来看看被删的可能的理由。

《华盖集》被要求删除的是《十四年的读经》。其缘由应该是诋毁领袖，即讽刺蒋介石主张读经。正如论者所言，“南京政府成立后，蒋介石为了巩固自己的合法性统治，极力主张读经，并且在庐山军官训练团上登台讲经，成为民国历史上第一位公开登台讲经的政府最高首脑。蒋介石的提倡读经和庐山讲经，对当时的文化界教育产生了很大影响”①。鲁迅反对读经，就是拂逆最高领袖的指示，当然要被“御用诗官”们的火眼金睛发现，并被他们的利爪删除。

《坏孩子》一书（全名是《坏孩子和别的奇闻》）之《译者后记》被要求删除达4段。这里鲁迅直接骂“中宣会图书杂志审委会”的成员——“御用诗官”：“何况是出于我的译作，上有御用诗官的施威，下有帮闲文人的助虐，那遭殃更当然在意料之中了。”② 他提到《新生》事件，更是揭了“国民党中央宣传部”的疮疤。1935年，上海《新生》周刊发表艾寒松化名“易水”所写的《闲话皇帝》一文，其中一段文字涉及日本天皇，说他是“一个古董”，是日本政府用来“缓和一切内部各阶层的冲突，和掩饰了一部分人的罪恶”的工具。6月24日，日本驻上海总领事石射猪太郎突然向上海市市长吴铁城递交照会，提出六条要求。其中第三、第四两条都涉及国民党中央宣传委员会暨“中宣会图书杂志审委会”。第三条要求惩办负责审查人员，第四条要求国民党中央宣传委员会及沪市府书面道歉。那次事件弄得“国民党中央宣传部”灰头土脸——暂时取消了“中宣会图书杂志审委会”。但是，换汤不换药，“审委会”中的不少人暗地里依然干着审查书刊的勾当。其中有些人这回可能还参与审查许广平送审的鲁迅作品，当然不会给予通过。因此，《坏孩子》之《译者后记》被要求删除的理由应该是诋毁当局即国民党中央宣传部和国民党中央宣传委员会，尤其是其下属的图书审查委员会。

《而已集》被要求删去的是“《扣丝杂感》《革命文学》两篇及书末之附言”。

《扣丝杂感》揭露了国民党当局（尤其是邮局）经常扣留《语丝》一类书刊的恶行。其中有一段揭示检查人员的变态心理，极为生动而泼辣。如“终日检查

---

① 罗玉明、陈新征：《蒋介石与20世纪30年代的读经运动》，载《怀化学院学报》2008年第4期。

② 鲁迅：《鲁迅全集》第10卷，人民文学出版社，2005年，第451页。

刊物，不久就会头昏眼花，于是讨厌，于是生气，于是觉得刊物大抵可恶——尤其是不容易了然的——而非严办不可"①。在邮局检查书刊的和在国民党中央宣传部检查的人，是一路货色、一种心态。他们看了这段描写肯定都气炸了，肯定要求删除《扣丝杂感》。

在《革命文学》一文中，鲁迅批判了两种革命文学现象："于是不得已，世间往往误以两种文学为革命文学：一是在一方的指挥刀的掩护之下，斥骂他的敌手的；一是纸面上写着许多'打，打'，'杀，杀'，或'血，血'的。"② 真正让"御用诗官"们头痛的，应该是鲁迅对第一种伪"革命文学"的揭露和痛骂，因为这种革命文学家是统治者的帮凶、枪手、刀斧手，他们助纣为虐，替领袖对真正的革命文学捅刀子。从某种程度上可以说，检查书刊者是这样的指挥刀掩护之下的文字刽子手。

《扣丝杂感》一文另一个被删的理由应该是鲁迅在里面不止一次提到了共产党，而且还抱着同情："'命'自然还是要革的，然而又不宜太革，太革便近于过激，过激便近于共产党，变了'反革命'了。所以现在的'革命文学'，是在顽固这一种反革命和共产党这一种反革命之间。"③ 鲁迅惯于说反语，这是在模拟国民党当局的口吻，斥责共产党为反革命，其实是在骂国民党当局为真正的反革命。

"书末之附言"指的是"附录：大衍发微"。鲁迅在这篇附录的开头说："3月18日段祺瑞，贾德耀，章士钊们使卫兵枪杀民众，通缉五个所谓'暴徒首领'之后，报上还流传着一张他们想要第二批通缉的名单。"④ 这是揭露北洋政府的倒行逆施和反动嘴脸的，照理说，国民党当局是通过推翻北洋政府而掌权的，似乎两者势不两立。但事实上，推翻老子的儿子的血管里流着的就是老子的血。国民党当局和北洋军阀在本质上没有什么区别，"城头变幻大王旗"而已。"大衍发微"的最后将矛头从段祺瑞执政府转到国民党当权派，鲁迅说："但现在情势，

① 鲁迅：《鲁迅全集》第3卷，人民文学出版社，2005年，第506页。
② 鲁迅：《鲁迅全集》第3卷，人民文学出版社，2005年，第567页。
③ 鲁迅：《鲁迅全集》第3卷，人民文学出版社，2005年，第507页。
④ 鲁迅：《鲁迅全集》第3卷，人民文学出版社，2005年，第600页。

却已不同，虽然其中已有两人被杀，数人失踪，而下通缉令之权，则已非段章诸公所有，他们万一不慎，倒可以为先前的被缉者所缉了。先前的有几个被缉者的座前，现在也许倒要有人开单来献，请缉别人了。”① 随便通缉持不同见者甚至公报私仇，这是所有专制统治者的通例。这篇附录被删，可能还有一个更加直接的理由，那就是鲁迅揭露痛骂专制政府迫害进步报刊的两个事实：“丁，逼死两种副刊：1.《京报副刊》；2.《国民新报副刊》。戊，妨害三种期刊：1.《猛进》；2.《语丝》；3.《莽原》。”② “御用诗官”们所干的主要的事不就是迫害进步报刊吗？在他们的“自知之明”里，这相当于鲁迅变相地骂到他们头上了。

《花边文学》被要求删的是“序言”，原书名也不准用。序言的大部分内容是对官家的书报检查的挞伐，然后呼吁“保护正当舆论”③ 和要求言论自由。如这几句：“在这种明诛暗杀之下，能够苟延残喘，和读者相见的，那么，非奴隶文章是什么呢？我曾经和几个朋友闲谈。一个朋友说：现在的文章，是不会有骨气的了，譬如向一种日报上的副刊去投稿罢，副刊编辑先抽去几根骨头，总编辑先抽去几根骨头，检查官又抽去几根骨头，剩下来还有什么呢？我说：我是自己先抽去了几根骨头的，否则，连‘剩下来’的也不剩。所以，那时发表出来的文字，有被抽四次的可能。”④ 从作者到编者到检查者，这种钳制言论的绳子和割裂文章的刀子无所不在。没有言论自由的后果是充斥在全中国报刊上的没有骨头的“奴隶文章”、溜须文字。原书名之所以不准用，当然是“花边”二字带着绝妙的反讽口吻。鲁迅在“序言”中对“花边”一名的由来做了三个解释：“一，因为这类短评，在报上登出来的时候往往围绕一圈花边以示重要，使我的战友看得头疼。二，因为‘花边’也是银元的别名，以见我的这些文章是为了稿费，其实并无足取。”⑤ 这两个无关痛痒，使战友看得头疼的不是反而让敌人神清气爽吗？检

① 鲁迅：《鲁迅全集》第3卷，人民文学出版社，2005年，第606页。
② 鲁迅：《鲁迅全集》第3卷，人民文学出版社，2005年，第604页。
③ 鲁迅：《鲁迅全集》第5卷，人民文学出版社，2005年，第439页。
④ 鲁迅：《鲁迅全集》第5卷，人民文学出版社，2005年，第438页。
⑤ 鲁迅：《鲁迅全集》第5卷，人民文学出版社，2005年，第437页。

查者们高兴还来不及呢。既然“并无足取”，那么有什么担惊受怕的呢？“银元”是圆的，并无锋利可言，不可能是投枪。我们再来看第三条，“我的投稿，目的是在发表的，当然不给它见得有骨气，所以被‘花边’所装饰者，大约也确比青年作家的作品多”①。“不给它见得有骨气”不是真的没有骨气，而是这骨气是藏着的，被“花边”所装饰着的。那么，这“花边”就如同藏着“针”的棉，包着“匕首”的图，检查者们不是普通的读者，他们的嗅觉更灵敏，视觉更灵光，是能从棉看到针、从图看到匕首的，于是胆寒，于是急喊“删”。

《准风月谈》被要求删的比较多，即《华德焚书异同论》《中国的奇想》《踢》《“中国文坛的悲观”》《新秋杂识（二）》《同意和解释》《礼》《双十怀古》《前记》《后记》，总共10篇。《准风月谈》收录了鲁迅在1933年所写的全部杂文64篇，其中被要求删除的比例高达六分之一，可谓惨不忍睹。

《华德焚书异同论》被禁的理由应该也是诋毁国民党当局。鲁迅通过批判希特勒执政后所实行的独裁政治文化专制政策，咒骂国民党对文化战线上进步力量的“围剿”做法。他义愤填膺地称国民党法西斯主义者为希特勒的“黄脸干儿们”（这个称呼在这篇短文中出现了两次），他说：“连这里的黄脸干儿们，也听得兴高采烈，向被压迫者大加嘲笑，对讽刺文字放出讽刺的冷箭来。”②“御用诗官”们读到这里，想必会想象自己是“黄脸干儿们”的“黄脸干儿”，他们的黄脸上着实被鲁迅的吐沫喷了个一塌糊涂，于是放出“删除”的冷箭。

《中国的奇想》被禁的理由应该是“诋毁当局的财政政策”。鲁迅批判了中国人的四种奇想：狂赌救国、纵欲成仙、袖手杀敌、造谣买田。这属于他几十年如一日所作的“国民性批判”思想范畴。其中“狂赌救国的奇想”隐含着当时当局欺骗人民的财政政策。政府从1933年起发行“航空公路建设奖券”，报纸宣传购买奖券是“既爱国，又获奖”。鲁迅针锋相对地说：“然而我们新近又有了一个大奇想。那是一面救国，一面又可以发财，虽然各种彩票，近似赌博，而发财也不

① 鲁迅：《鲁迅全集》第5卷，人民文学出版社，2005年，第438页。
② 鲁迅：《鲁迅全集》第5卷，人民文学出版社，2005年，第224页。

过是‘希望’。不过这两种已经关联起来了却是真的。固然，世界上也有靠聚赌抽头来维持的摩那科王国，但就常理说，则赌博大概是小则败家，大则亡国。”①他的意思是购买彩票的本质是赌博，赌博的结果必然是败家亡国。这是跟当局尤其是国民党中央宣传部唱对台戏，揭穿了他们的骗局。而这骗局在很大程度上是靠国民党中央宣传部给社会大众营造的。因此，国民党中央宣传部系统的“御用诗官”们害怕广大“韭菜”读了鲁迅的文章之后，不去买彩票了，从而断了政府的财路。于是，他们使出“删”的撒手锏。

《踢》之所以要求被删，应该是因为这一段：“如果大家来相帮，那就有‘反帝’的嫌疑了，‘反帝’原未为中国所禁止的，然而要预防‘反动分子乘机捣乱’，所以结果还是免不了‘踢’和‘推’，也就是终于是落浦。”② 鲁迅批判了当局软弱的外交政策——表面上是“反帝”（或者至少不反对“反帝”），实质上是“媚帝”，帝国主义者到中国来“踢”老百姓，当局以预防“反动分子乘机捣乱”为借口，对受害者不仅不予保护，还进行污名化、二次伤害。这可以看作是蒋介石“攘外必先安内”的反动政策的具体表现。这跟鲁迅的另一篇名文《友邦惊诧论》里所揭露的是同样的问题——显现的是国民党当局的根本观念。

《“中国文坛的悲观”》最扎眼的应该是“文字之狱”和“出卖人肉馒头的小盗”③ 等语句。“文字之狱”恐怕不是“御用诗官”们自己所能“兴起”甚或“大兴”的。不过，他们是颇能为维护专制统治帮忙或帮闲的。他们的最大特点就是鲁迅在这里所概括的：他们是曾经弄过笔墨的人，对文学界有所了解的人；但“并不完全是文人，十中之九，乃是挂了招牌，而无货色”④。他们往往挂着作家的乃至著名作家的头衔，但很少见他们的作品尤其缺乏力作，所谓“空头文学家”者也。当他们一旦意识到自己在文学创作上没什么出息之后，就会挖空心思在文学体制里钻营，弄个一官半职，戴起主编副主编、主任副主任的帽子，干

① 鲁迅：《鲁迅全集》第5卷，人民文学出版社，2005年，第253－254页。
② 鲁迅：《鲁迅全集》第5卷，人民文学出版社，2005年，第261页。
③ 鲁迅：《鲁迅全集》第5卷，人民文学出版社，2005年，第264页。
④ 鲁迅：《鲁迅全集》第5卷，人民文学出版社，2005年，第264页。

起名为服务指导实为限制戕害文学的勾当。他们成了专制统治者在文学领域里的鹰犬。因此，笔者揣摩，当“御用诗官”们读到这段文字时，不免要设身处地，对号入座，想起“他自己的没落”，从而恼羞成怒，嫉恨如仇；于是，他们会气呼呼地喊着“删删删”。

《新秋杂识（二）》中让“御用诗官”们胆怯的应该是：鲁迅巧妙地把中国比喻为“月亮”，把“日本侵略者”比喻为“天狗”，把蒋介石这个最高统帅比喻为“酋长”（愚昧、专横、自私、野蛮而且狭隘的部落头领）；然后直接揭露和嘲讽了国民党统治者对日本侵略的不抵抗主义，非但自己不抵抗，还不准人民抵抗；谁有抵抗的言行，谁就会面临危险，会被以反动之名禁止乃至打压。本文最后一段则是直接骂上门去：“现在的侵略者和压制者，还有像古代的暴君一样，竟连奴才们的发昏和做梦也不准的么？……”① 这绝对是皇军和国军都不能答应的。“御用诗官”们深知主子的心思，就替主子做主掐灭了这段文字。因此，本文被删的理由应该也是“诋毁当局”。

《同意和解释》写于 1933 年 9 月 3 日。那时，蒋介石已经开始决定效仿法西斯主义，树立个人威权，类同封建君王。文中触及国民党中央宣传部底线的应该是这一段：“据说现在的世界潮流，正是庞大权力的政府的出现，这是十九世纪人士所梦想不到的。意大利和德意志不用说了；就是英国的国民政府，‘它的实权也完全属于保守党一党’。‘美国新总统所取得的措置经济复兴的权力，比战争和戒严时期还要大得多。’大家做动物，使上司不必征求什么同意，这正是世界的潮流。懿欤盛哉，这样的好榜样，哪能不学？”② 一党专政、大权独揽、战时管制等等都是高度集权的统治形式，其另一面的表现就是视民如刍狗、如草芥，只要领袖认为有必要，那么人权、民权，甚至生存权都可以被剥夺。鲁迅这段文字触及了国民党当局统治的反动实质，杀伤力是很强的。

《礼》一文写得比较温和委婉，但也有实质性的现实所指所刺。例如：在记

① 鲁迅：《鲁迅全集》第 5 卷，人民文学出版社，2005 年，第 298 页。
② 鲁迅：《鲁迅全集》第 5 卷，人民文学出版社，2005 年，第 304 页。

述了北京追悼抗日英雄邓文的事情之后，鲁迅感叹道：“凡纪念，‘礼’而已矣。”① 这是在嘲讽当局玩纪念抗战的礼仪把戏，代替真刀真枪的抗战，以蒙骗人民。其结果是：“静静的等着别人的‘多行不义，必自毙’。”② 文章最后的这句话嘲讽了国民党当局消极抵抗日本侵略的嘴脸，日本鬼子打了中国的脸，他们手握权柄的人却没有组织兵力还手，却干等着侵略者自己悔过、自行退兵。这是奴隶主义和受虐狂心态。因此，这些文字导致全文被删。

《双十怀古》在收入《准风月谈》前未能在报刊发表过。这是鲁迅所有的文章中最不像文章的一篇，其副标题是“——民国二二年看十九年秋”，署名为“史癖”。文章的主体内容是中华民国十九年10月3日到10日上海各种大报小报上的报道的标题，以日为单元抄录。问题就出在10月10日的这些被罗列在一起的标题上：

> 叛逆削平，全国欢祝国庆，蒋主席昨凯旋参与盛典。
>
> 津浦路暂仍分段通车。
>
> 首都枪决共犯九名。
>
> 林埭被匪洗劫。
>
> 老陈圩匪祸惨酷。
>
> 海盗骚扰丰利。
>
> 程艳秋庆祝国庆。
>
> 蒋丽霞不忘双十。
>
> 南昌市取缔赤足。
>
> 伤兵怒斥孙祖基。
>
> 今年之双十节，可欣可贺，尤甚从前。③

民国十九年是1930年，“叛逆削平”指的是1930年5月初至11月4日，以

① 鲁迅：《鲁迅全集》第5卷，人民文学出版社，2005年，第322页。
② 鲁迅：《鲁迅全集》第5卷，人民文学出版社，2005年，第323页。
③ 鲁迅：《鲁迅全集》第5卷，人民文学出版社，2005年，第340－341页。

蒋介石集团为一方，晋军、西北军、桂军组成的反蒋（即“叛逆”）联盟为另一方，双方总计出动140万大军，在河南、山东、安徽和江苏等省进行了一场大混战，因为这次战争主要在中原地区进行，史称“中原大战”。最后蒋介石一方获胜，所以报纸上说“蒋主席昨凯旋”，似乎可喜可贺；但是，从“林埭被匪洗劫”“老陈圩匪祸惨酷”和“海盗骚扰丰利”这三条来看，社会并不安宁。更何况，在定鼎中原之后，蒋介石回过身来，腾出手来，从1930年1月到1933年9月，先后5次调集176万兵力围剿共产党的中央根据地。可见，蒋介石始终为了一统天下，穷兵黩武。鲁迅在文章的最后加了一个“结语”，但只是重复了他所列举的1930年10月报纸标题中的最后一个：“我也说今年之双十节，可欣可贺，尤甚从前。”① 这隐指的是写作此文时的1933年双十节了。在过去的三年里，蒋介石多次发动战争，不知道有多少人直接间接死于战争，家破人亡，造成巨大的人道主义灾难，跟3年前相比，没什么变化。因此，这个结语类似于戏仿，鲁迅所嘲讽的是蒋介石指挥刀下生灵涂炭、百姓遭殃的现实。鲁迅这个指控直指“伟大领袖”，是国民党中央宣传部所最忌讳的。

《前记》和《后记》都提到了检查员，当然是以厌恶的嘲讽的口吻，尤其是在《后记》里，鲁迅戏称他们为“检查老爷”。如《前记》中说：“这删改，是出于编辑或总编辑，还是出于官派的检查员的呢，现在已经无从辨别，但推想起来，改点句子，去些讳忌，文章却还能连接的处所，大约是出于编辑的，而胡乱删削，不管文气的接不接，语意的完不完的，便是钦定的文章。”② 《后记》中说：“这六十多篇杂文，是受了压迫之后，从去年六月起，另用各种的笔名，障住了编辑先生和检查老爷的眼睛，陆续在《自由谈》上发表的。”③ 尤其是“胡乱删削”和“压迫”等字眼，像拳头一样擂在老爷们的脑门上。《前记》中还有一段说：“日本的刊物，也有禁忌，但被删之处，是留着空白，或加虚线，使读者能够知道的。中国的检查官却不许留空白，必须接起来，于是读者就看不见检

① 鲁迅：《鲁迅全集》第5卷，人民文学出版社，2005年，第341页。
② 鲁迅：《鲁迅全集》第5卷，人民文学出版社，2005年，第200页。
③ 鲁迅：《鲁迅全集》第5卷，人民文学出版社，2005年，第402页。

查删削的痕迹，一切含胡和恍忽之点，都归在作者身上了。这一种办法，是比日本大有进步的，我现在提出来，以存中国文网史上极有价值的故实。”① 这不仅揭露了“御用诗官”们恶劣做法的细节，而且还把他们钉上了历史的耻辱柱。这个是他们所无法消受的！

《三闲集》被要求删除的内容也非常多，而且审查意见是具体到语句的。

《序言》被要求删掉，可能是因为其中的这些句子：“我是在二七年被血吓得目瞪口呆，离开广东的，那些吞吞吐吐，没有胆子直说的话，都载在《而已集》里。”② “去年的‘左翼作家都为了卢布’说，就是老谱里面的一着。”③ “二七年”让鲁迅吓得目瞪口呆的“血”指的是蒋介石发动的“四一二”反革命事变和“四一五”反革命事变。后者指的是 1927 年 4 月 15 日，广州当局执行蒋介石的“清党”指示，搜捕共产党员等革命人士 2000 多人，杀害 200 多人。这都是“血流成河”的惨案和教训。鲁迅离开广东还有内在的原因。当时他在中山大学担任教务主任兼文学系主任。“四一五”反革命事变发生后，他积极组织营救被捕的学生，但却无效，因此愤而辞去一切职务，于 9 月底赴上海。因此，这两句揭露的是蒋介石对革命犯下的不可饶恕的血罪。

《头》一文被要求删除的是以下这段：“以上的话不大‘谨饬’，因为梁教授不过要笔伐，并未说须挂卢骚的头，说到挂头，是我看了今天《申报》上载湖南共产党郭亮‘伏诛’后，将他的头挂来挂去，‘遍历长岳’，偶然拉扯上去的。可惜湖南当局，竟没有写了列宁（或者溯而上之，到马克斯；或者更溯而上之，到黑格尔，等等）的道德上的罪状，一同张贴，以正其影响之罪也。湖南似乎太缺少批评家。”④ 此文犯忌的应该是揭露国民党当局迫害共产党员到丧失基本人性的地步。1928 年 3 月 29 日，中共湖南省委书记郭亮在长沙壮烈牺牲，年仅 27 岁。《申报》4 月 10 月刊载《郭亮在湘伏诛续闻》，说：“郭亮首级之转运、郭首用木

① 鲁迅：《鲁迅全集》第 5 卷，人民文学出版社，2005 年，第 200 页。
② 鲁迅：《鲁迅全集》第 4 卷，人民文学出版社，2005 年，第 4 页。
③ 鲁迅：《鲁迅全集》第 4 卷，人民文学出版社，2005 年版，第 5 页。
④ 鲁迅：《鲁迅全集》第 4 卷，人民文学出版社，2005 年，第 92 页。

笼装置、悬在司门口者数日矣、兹铲共法院、因郭系铜官人、在该地作恶更多、特于昨日将郭首运往铜官、示众3日、期满再解往岳州示众、是郭之首级、将遍历长岳矣。"① 鲁迅此文由梁实秋的"借头示众"作为由头，落到对国民党当局暴行的控诉，同时为共产党叫屈。

《现今的新文学的概观》被要求删除的是这一段：

> 从这一阶级走到那一阶级去，自然是能有的事，但最好是意识如何，便一一直说，使大众看去，为仇为友，了了分明。不要脑子里存着许多旧的残滓，却故意瞒了起来，演戏似的指着自己的鼻子道，"惟我是无产阶级！"现在的人们既然神经过敏，听到"俄"字便要气绝，连嘴唇也快要不准红了，对于出版物，这也怕，那也怕；而革命文学家又不肯多绍介别国的理论和作品，单是这样的指着自己的鼻子，临了便会像前清的"奉旨申斥"一样，令人莫名其妙的。②

神经过敏的恰恰就是那帮对文字握有生杀予夺大权的"御用诗官"们，他们听到"俄"字和"红"字便要气绝，因为"这也怕，那也怕"，所以"这也删，那也删"。

《叶永蓁作〈小小十年〉小引》被要求删除的是这一段：

> 我觉得最有意义的是渐向战场的一段，无论意识如何，总之，许多青年，从东江起，而上海，而武汉，而江西，为革命战斗了，其中的一部分，是抱着种种的希望，死在战场上，再看不见上面摆起来的是金交椅呢还是虎皮交椅。种种革命，便都是这样地进行，所以掉弄笔墨的，从实行者看来，究竟还是闲人之业。③

《小小十年》是叶永蓁的一部自传体长篇小说。鲁迅在这篇小引说，虎皮交椅属于山大王，所谓"寇"，而金交椅呢，属于由"寇"而"王"者。其实，

---

① 鲁迅：《鲁迅全集》第4卷，人民文学出版社，2005年，第93－94页。
② 鲁迅：《鲁迅全集》第4卷，人民文学出版社，2005年，第139页。
③ 鲁迅：《鲁迅全集》第4卷，人民文学出版社，2005年，第151页。

“成王”与“败寇”在对待人民的态度上，并没有本质的区别。比如，他们都把青年作为自己“成王”之路的炮灰，哪怕这炮灰被炮制成了“革命的炮灰”也还是“炮灰”。鲁迅在这里提醒广大被洗脑的青年，要认清所谓革命的本质，尤其是伪革命家的用心，不要做无谓的牺牲，不要被大王们当枪使。鲁迅在这里热讽大王们，也在微讽很多青年盲目参加革命。1929 年蒋介石集团已经“成王”，但还是一副“寇”相；他们的革命过程其实就是夺权的过程。他们以革命之名笼络了大量替他们卖命的青年，那些青年到最后也不知道革命到底是怎么一回事儿。鲁迅此段文字的用意就在于要点醒他们，让他们不要再执迷不悟。假如广大青年看了此段，看穿了统治者身上的皇帝新衣，他们就不再盲从。这是国民党统治者所无法承受的。

《太平歌诀》被要求全删。此文深刻揭露了国民党政府与国民之间的隔膜。国民党号称是为国民谋福利的党。但孙中山作为党的领袖，他的陵墓行将竣工的时候，南京突然出现了一首民谣，曰：“你造中山墓，与我何相干？一叫魂不去，再叫自承当。”① 老百姓认为，国民党也好，领袖也好，都跟他们没什么关系。如果谁想以老百姓的魂魄去为领袖献祭或“压坟”，那么，让他拿自己的魂去献祭吧。这首歌谣本身就深刻而生动地揭示了国民党政府脱离群众到了何等样的程度?! 再经过鲁迅嬉笑怒骂地阐发，让国民党所有党员包括检查老爷颜面扫地！

《铲共大观》也被要求全删。按照“御用诗官”们的评判标准，这可能是鲁迅所有被删文章中最应该删的。一看标题就涉及“共产”，“铲共”者“铲除共产”也。此文的重点是鲁迅一生思想一以贯之的主题之一，即对看客心理和看客丑行的批判，他们把杀头当作戏曲甚至游戏，热心参与其中是为了自己找乐子或谈资。所谓“大观”就是看客们感觉中的刺激的杀人场面。此文暴露了反动当局杀害青少年革命者的暴行，一开始就说：“仍是四月六日的《申报》上，又有一段《长沙通信》，叙湘省破获共产党省委会，‘处死刑者三十余人，黄花节斩决八

① 鲁迅：《鲁迅全集》第 4 卷，人民文学出版社，2005 年，第 104 页。

名'。"① 所以，这是"御用诗官"们千方百计所要遮掩和避忌的。

《鲁迅杂感选集》被要求删除的文章也很多。由于本书选了不少《华盖集》《而已集》《二心集》和《三闲集》等集子里的文章，所以被要求删除的大部分都跟上面讨论过的一样。比如，来自《华盖集》被要求删除的是其中的《十四年的读经》；来自《三闲集》被要求删除的有《铲共大观》《太平歌诀》《〈小小十年〉小引》《现今的新文学的概观》；来自《而已集》的是《扣丝杂感》和《革命文学》；来自《二心集》的是《序言》。关于这些文章被要求删除的可能的理由，笔者上文已经推断。

让我们来分析《鲁迅杂感选集》中其他被要求全篇删除的文章。

《序言》。众所周知，《鲁迅杂感选集》是瞿秋白用何凝的笔名编选的，上海青光书局1933年7月出版。瞿秋白并作了长篇序言。审查意见表上说"惟该书系何凝所编，内容已见鲁迅其它各书，并非鲁迅自编"②。笔者推断，检查员要删除此序的原因并不是因为它是瞿秋白写的，而是因为里面的内容犯了他们的忌。比如，序文中多次痛骂蚊子苍蝇。"可是，正因为一些蚊子苍蝇讨厌他的杂感，这种文体就证明了自己的战斗的意义。"③ 普通读者会因为这样的句子而解气甚至欢呼，统治者的爪牙尤其是在宣传系统的读到这里，可能会有种代入感，从而觉得受到侮辱。序文中还有多处指斥当局。比如，"残酷的强暴的压力，又不容许作家的言论采取通常的形式"④。瞿秋白认为，正是当局"残酷的强暴的压力"，戕害了言论自由，使作家们不能畅所欲言，不能进行从容的艺术创作。再如，"在日本帝国主义动手瓜分，英美国联进行着共管，而中国的绅商统治阶级要着各种各样的戏法零趸发卖中国的时候"，这是在痛斥统治阶级的卖国行为，他们在卖国的时候还演戏给国人看，试图掩盖和粉饰。还如，"中国的统治阶级特别善于虚伪，他们有意的无意的要把虚伪笼罩群众的意识；他们的虚伪是超越了全世界

① 鲁迅：《鲁迅全集》第4卷，人民文学出版社，2005年，第106页。
② 周海婴编：《鲁迅、许广平所藏书信选》，湖南文艺出版社，1987年，第382页。
③ 鲁迅著，何凝选编：《鲁迅杂感选集》，青光书局，1933年，第2页。
④ 鲁迅著，何凝选编：《鲁迅杂感选集》，青光书局，1933年，第2页。

的记录了”①。瞿秋白揭露统治阶级的极端虚伪，而且在中国，因为上行下效的习惯思维，这种虚伪风气还毒害了广大民众，中国整个就是一个虚伪的国度。另外，更加厉害的是，瞿秋白总结出了鲁迅的针对统治者的战斗精神和战斗策略。

《壁下译丛》是鲁迅在1924年至1928年间翻译的文艺论文的结集，书中的文章不牵涉中国的现实，但是由于统治者神经过敏而衰弱到了妄想狂的地步，竟然连外国作家的作品都要删。本书中被检查员要求全删的是后面连着的7篇，即《北欧文学的原理》《阶级艺术的问题》《“否定”的文学》《艺术的革命与革命的艺术》《关于智识阶级》《现代文学的十大缺陷》和《最近的戈理基》。被删的比例达到六分之一至七分之一之间。其主要原因是这些作者都是俄苏文学的研究者和苏联政策的拥护者，他们的文章多多少少在声援苏维埃政权。

《北欧文学的原理》的作者片上伸（1884—1928）是日本文艺评论家。本文主要论述的是托尔斯泰和易卜生这两位作家，但中间穿插讲述了布洛克及其长诗《十二个》：“而在这里，则有劳动者出身的十二个显着可怕的脸的赤军，到处巡行着。”“这诗的意思，大概是在说，赤军虽然做了种种破坏的事，然而这破坏却是为打出真理起见，也就是为造出新的世界起见，必不可少的建设的工作。”② 首先，《十二个》“系新俄作品”，这是国民党当局在取缔联俄政策之后所要防避的。其次，“赤军”者“红军”也，这个词就是忌讳的。再次，布洛克或者片上伸同情“劳动者出身的十二个显着可怕的脸的赤军”，并且肯定他们的“破坏”行为。这似乎是在鼓动阶级斗争。

《阶级艺术的问题》也是片上伸的文章。此文探讨的主题是“第四阶级即无产阶级的艺术”。这个主题就会让当局犯怵。片上伸在文中说：“无产阶级的艺术是否先以反抗的、破坏的、咒诅的形式内容出生，作为最初的表现的样式倾向，

---

① 鲁迅著，何凝选编：《鲁迅杂感选集》，青光书局，1933年，第25页。

② 鲁迅先生纪念委员会编：《鲁迅全集》第16卷《壁下译丛》，人民文学出版社，1973年，第199页。

骤然也难于断言。"① 虽然"难于断言"，但过敏而脆弱的检查员肯定会认定此文鼓吹的是"反抗的、破坏的、咒诅的形式内容"。此文也鼓动阶级斗争。

《"否定"的文学》也是片上伸的作品。他首先高度肯定了"否定"，然后肯定俄罗斯文学，因为"俄国文学是发源于否定的"。他进而解释说："怀疑和否定，要而言之，就是个人和社会的分离的意思；也是个人和国家的分裂的意思。"②"怀疑"和"否定"恰恰是鲁迅思维或立场的两个最重要支柱。在当局看来，这话无疑是在鼓动人们怀疑社会、否定国家。这与他们喜欢提倡的融个人于社会或合个人于国家的主张背道而驰。

《艺术的革命与革命的艺术》是日本左翼学者青野季吉的作品。本文讨论的是"无产阶级的艺术"。文章开篇就自信地说："无产阶级的艺术运动也颇为进展了……纵使怎样用了资产阶级批评家的斜视敌视也不能推掉这事实了。"③ 文章的主体是归纳性地论述了无产阶级的艺术所应该具备的三种精神：革命的精神、非个人主义的精神和世界主义的精神。该文也倡导阶级意识，如说"未来派、表现派等作为艺术革命的前驱，我们是承认其贡献的，但作为革命的艺术的无产阶级的艺术，却必须有他们所缺的强固的阶级意识"④。青野季吉客观地说，"无产阶级所支配的世界，也依然是丑恶的功利精神的世界罢"，但我们不能"以此作为反对阶级斗争的理由"⑤。意思是，在无产阶级支配世界之前、之后，我们都要讲阶级斗争。而"阶级意识"和"阶级斗争"都是当局所忌惮的概念。

《关于智识阶级》一文也是青野季吉的作品。文章一开头就引用法国共产党

---

① 鲁迅先生纪念委员会编：《鲁迅全集》第 16 卷《壁下译丛》，人民文学出版社，1973 年，第 209 页。

② 鲁迅先生纪念委员会编：《鲁迅全集》第 16 卷《壁下译丛》，人民文学出版社，1973 年，第 236 页。

③ 鲁迅先生纪念委员会编：《鲁迅全集》第 16 卷《壁下译丛》，人民文学出版社，1973 年，第 241 页。

④ 鲁迅先生纪念委员会编：《鲁迅全集》第 16 卷《壁下译丛》，人民文学出版社，1973 年，第 245 页。

⑤ 鲁迅先生纪念委员会编：《鲁迅全集》第 16 卷《壁下译丛》，人民文学出版社，1973 年，第 247 页。

员作家亨利·巴比塞（Henri Barbusse）的一句“咬着白刃”说的话：“智识阶级——我是以此称思想的人们，不是以此称知趣者、吹牛者、拍马者、精神的利用者。”① 文章中也提到无产阶级文学运动，不过跟片上伸的乐观肯定“无产阶级的艺术运动也颇为进展”相反，青野季吉说是“很减色”②。而不增反减的原因就在于从事文艺的人中多为知趣者（amateur，即爱好者）、吹牛者、拍马者、精神的利用者。此文是难得的对无产阶级文学运动的反思之作，几乎没有具体的触怒国民党当局的字句。国民党当局反感它的理由应该是青野季吉和亨利·巴比塞的左派身份。

《现代文学的十大缺陷》一文也是青野季吉的作品。《关于智识阶级》是作家批判，而《现代文学的十大缺陷》则是对日本现代文学的全面批判。虽然青野对无产阶级文学不是鼓吹，而是颇有微词；但国民党当局视无产阶级和阶级斗争等字眼为病毒，所以就禁止了。

《最近的戈理基》是日本左翼学者升曙梦的长文，是对苏联、苏联文学和高尔基的颂歌。如作者称赞苏维埃政权的成立为“俄国的劳动阶级颠覆了资本家和地主的政权，开始建设起新生活”。然后，他赞扬高尔基与新政权的关系：“他虽然不免有些游移，但终于将进路和劳农民众结合了。”③ 此文写于 1928 年，其缘起是那年 3 月 29 日是高尔基六十大寿，苏联政府动用全国性的力量，进行空前的庆祝。作者认为，这样的纪念活动是苏维埃政府记得“高尔基对于劳动阶级革命事业的伟大的援助，向他表示满心的感谢”④。高尔基呢，也懂得感恩，“他从苏

---

① 鲁迅先生纪念委员会编：《鲁迅全集》第 16 卷《壁下译丛》，人民文学出版社，1973 年，第 253 页。

② 鲁迅先生纪念委员会编：《鲁迅全集》第 16 卷《壁下译丛》，人民文学出版社，1973 年，第 254 页。

③ 鲁迅先生纪念委员会编：《鲁迅全集》第 16 卷《壁下译丛》，人民文学出版社，1973 年，第 275 页。

④ 鲁迅先生纪念委员会编：《鲁迅全集》第 16 卷《壁下译丛》，人民文学出版社，1973 年，第 276 页。

维埃文学感到异常的喜欢，将这列在欧洲文学之上”①。这话肯定让骄傲的斯大林心花怒放，但会让敌对的国民党当局酸溜溜的甚至满腔怒火，因为在中国的民间文化界，大家是把与当局敌对的鲁迅比作高尔基的。这篇文章肯定会被国民党所忌惮。

四、意外的结局：审查意见未被采纳

在送审之前和之初，许寿裳和许广平等辗转托了许多人，包括陈布雷、蔡元培等军政高层官员，甚至包括荆有麟等已经蜕变为特务的鲁迅的学生。后来，时任国民党中央宣传部部长邵力子与副部长方希孔联合下了批示：“关于政治小品，如有与三民主义不合之处，稍为删削外，其余准出版全集，惟印刷时，须绝对遵照修改之处印刷，一俟印刷稿送审与删改无讹，即通令解禁。”邵力子还另外下了一道手谕：“对此一代文豪，决不能有丝毫之摧残。”② 当时，得到这个消息时，许广平他们还特别高兴，以为能够出版《鲁迅全集》，而且是相当全的全集。

但是，这两位当时宣传系统最高领导的指示并没有得到全面贯彻。经过他们手下按照国民党有关法规的严格审查后，在许广平所报送的36种鲁迅著译中，只有11种顺利通过；而《不三不四集》（实际上是《伪自由书》一书的改名）等4种直接不准出版，其余21种被要求删改，而且有的删改的幅度非常大，可以说会变得面目全非。虽然碍于两位部长的批示，“御用诗官”们恩准出版《鲁迅全集》，但对鲁迅作品进行了乱砍滥伐。假如出版这样残缺不全的全集，一代文豪被如此大规模摧残，会成为历史的笑柄和耻辱。

许广平收到批文和审查意见之后，非常失望和愤怒，曾和许寿裳一起商量对策。随着“七七卢沟桥事变”和“八一三淞沪抗战”的爆发，中日进入全面战争

---

① 鲁迅先生纪念委员会编：《鲁迅全集》第16卷《壁下译丛》，人民文学出版社，1973年，第280页。

② 见荆有麟1937年5月21给许广平写的信，载于周海婴编：《鲁迅、许广平所藏书信选》，湖南文艺出版社，1987年，第379页。

状态，11 月 12 日日军占领上海，12 月 13 日又占领南京。国民党政府逃离华东，疲于奔命。上海成了日占区，国民党当局的法律法令泰半废止。而日本占领当局立脚未稳，文网未密。趁此权力缝隙，许广平他们把国民党当局的批文和意见当作一纸空文，未予理睬，按照他们之前的编辑计划，加班加点劳作，终于在 1938 年 6 月将二十大卷《鲁迅全集》出版并发行。幸乎？不幸乎？抑或“国家不幸诗家幸”之又一例欤？

［作者单位：中国现代文学馆］

魔幻叙事与儒家文化

——对20世纪80年代以来中国小说的一个侧面的考察①

□曾利君

【摘要】 20世纪80年代以来，中国小说的“魔幻叙事”有着丰富的传统文化内涵，除了佛、道文化与民间传统文化，也不乏儒家文化的演绎。在魔幻叙事中，作者或者借灾异之变、鬼事怪事来反映对世道时局、国事人事的忧患，或者在离奇事件中彰显仁义、齐家、修身的思想，或者塑造具有儒家人格理想的人物形象，多方透露出儒家思想文化的印记，体现出关注社稷民生、教化人心、明晰善恶、弘扬正气的积极意义。

【关键词】 中国小说；魔幻叙事；儒家文化；现实意义

本文所说的“魔幻叙事”，指的是在叙述和描写中纳入神奇而怪诞的人物和情节以及各种超自然现象，借以反映现实或表达特定的主题。20世纪80年代以来，中国作家在拉美魔幻现实主义和中国志怪文学传统的双重影响下纷纷走向魔幻叙事，使得魔幻叙事成为一个引人瞩目的创作现象。但魔幻叙事绝不是博人眼球的单纯炫技，它有着现实的底色与历史的镜像，也包含着丰富的民族文化内涵。考察20世纪80年代以来中国小说魔幻叙事的传统文化内涵，我们不难发现

① 基金项目：本文为国家社科基金项目“1980年代以来中国小说的‘魔幻叙事’与传统文化的关系研究”（项目编号：16BZW150）、中央高校基本科研项目“中国当代小说与古代文学传统”（项目编号：SWU1909210）之阶段性成果。

其鲜明的佛道文化与民间文化元素，也不乏儒家思想文化的义涵。

儒家文化是中国传统文化的一大核心，也是中国文学的重要思想资源。自古以来，中国文学的主题内容中都不时有儒家思想文化的展现。无论是《诗经》对“家国之和”“上下之和”“男女之和”的咏唱，还是杜甫诗歌中“穷年忧黎元”的心声以及唐宋以来的“悯农诗”“伤农诗”对民生疾苦的关注，范仲淹《岳阳楼记》中的“先天下之忧而忧”的忧患意识等，都或隐或显地体现了儒家的思想意识。

在进入20世纪以后的现代文学时期，儒家思想文化一度被视为民族觉醒和启蒙救国的障碍，曾经遭到抨击与否定，一些现代文学作品“将儒学与封建宗法制度和宗族制度联系起来，进行了猛烈的批判”①。从“五四”到“文革”时期，虽然儒家文化传统中的思想意识包括忧患意识、群体意识、仁爱精神等在文学中仍不时有所闪现，并作为基本的价值观影响着作家的文学表达，但总体来看，在社会思想文化领域，儒家思想文化依然处于被批判否定的地位。

不过，在“文革”以后，儒家文化得到了重新认识和价值肯定。在20世纪80年代以来的一些小说中，就体现出对儒家思想文化的思考和张扬。比如，王润滋的《鲁班的子孙》对义利之辨的思索，王安忆的《小鲍庄》对“仁义”精神的彰显，路遥的《平凡的世界》对父慈子孝、兄友弟悌等儒家亲情伦理的文学演绎，张炜的《秋天的愤怒》对民本精神的展现，陈忠实的《白鹿原》对儒家理想人格的推崇，贾平凹的《秦腔》对农耕文化以及以仁、义、礼、智为核心的儒家道德伦理在现代化冲击下失落消亡的忧虑等，无一不体现着新的历史时期中国作家对儒家思想文化的追寻、汲取和思考。

值得注意的是，20世纪80年代以来，中国作家在小说中还常常以“魔幻叙事”的方式来演绎、张扬儒家文化。其神秘事象、奇人奇事的叙写包含着强烈的忧患意识和“仁义”“齐家”“修身”等思想意蕴，阐扬着儒家的精神信念与理想人格，体现出作家对儒家文化的认同，亦有着价值观引导与教化人心的积极意义。

---

① 张卫中：《新时期小说的流变与中国传统文化》，学林出版社，2001年，第14页。

一、魔幻叙事与儒家的忧患意识

20世纪80年代以来的中国小说的魔幻叙事常常涉笔各类神秘事象，包括灾异之变、鬼事怪事等，传达出儒家悲天悯人的情怀和忧国忧民的思想意识。

在古代，儒家的谶纬神学多用灾异现象来解释社会现象，进行政治关怀，影射的是与国家、社会、统治者密切相关的方方面面。比如，董仲舒认为，“国家将有失道之败，而天乃先出灾害以谴告之；尚不知变，又出怪异以警惧之”①，在董仲舒看来，“天”具有赏善罚恶的神威，能够通过自然界的变异向君主提出警告。当代作家不一定相信古代那些谶纬之说，但在其小说中有时也会纳入灾异现象的描写，以此丰富作品的主题内涵或传达作者对世道时局、国事民情的忧患之情。

在古人看来，每当社会发生变乱前，就会出现一些非正常的现象，这些异象传递出动乱将临的信息。比如，在古代志怪文学作品中，“雌鸡化雄”“木生人状”“狗作人语”等都是天下时局将发生变化的征兆。在当代小说的魔幻叙事中，也有不少将灾异现象与世道时局相联系的神秘描写。比如，韩少功的《鼻血》就通过一些神秘异象，来预示世道的变化、“文革”劫难及其对乡村生活的冲击：“这一年，坡上的竹子全开了花；挖山时又挖断一条碗口粗的冬蛇”“有人还搞下的，在水井边屙下一堆臭粪。总之，世道有些不正经了。‘开边’一些干部和学生跑到马坪寨贴大字报，打狮子，揭下杨家二小姐的照片，并朝四处瞪眼睛恶狠狠一番。”② 这里，作家将竹子开花、冬蛇被挖断等灾异现象与“文革”社会危机相联系，隐含着对社会时事政治的判断与观照。

在贾平凹的《古炉》中，古炉村人疾病缠身的异象则映射着“文革”时期的病象与乱象。小说写到，古炉村人在“文革”时期得了各种怪病：“秃子金的头

---

① 转引自李中华：《谶纬与神秘文化》，中央编译出版社，2008年，第31页。

② 韩少功：《西江月》，四川文艺出版社，2016年，第21页。

发是一夜起来全秃了的，而且生出许多小红疮”“而马勺又是哮喘”“来运的娘腰疼得直不起”“田芽她叔黄得像黄表纸贴了似的”“几乎上年纪的人都胃上有毛病”“后来是护院的大瘫在炕上”① ……古炉村人群体性的疾患病态隐喻着社会与国家的病象，“他们身上潜伏的各种病症，就成为道德失范、伦理失序、危机四伏的信号”，正因如此，“作品中的患病、疗病、‘说病’所形成的叙述链条，实际上包含着作家对于中国历史、文化、道德、伦理问题的洞察和思考”②。

儒家文化是一种“入世”文化，它鼓励社会成员关心社稷民生与民族兴衰，体现出强烈的忧患意识。比如，孟子提出要像先贤那样以天下为己任，“禹思天下有溺者，由己溺之也；稷思天下有饥者，由己之饥也”③。还说，统治者应该把百姓的利益放在首位，因为“乐民之乐者，民亦乐其乐；忧民之忧者，民亦忧其忧。乐以天下，忧以天下，然而不王者，未之有也”④。这种源自儒家心忧天下、民惟邦本等思想的忧患意识在当代作家余华、阎连科等人的小说中也有所体现。余华的《第七天》、阎连科的《炸裂志》在魔幻叙事中表达了对社会腐败不公的批判与忧患、对现代化演进过程中的弊病的反思和忧虑。

与心忧天下、关注社稷民生的儒家相似，余华也“把忧患的对象、内容放在关注他人、社会和国家上”⑤，体现了忧国忧民的情怀。余华的《第七天》以鬼事怪事即“从死者的世界看活着的世界”的方式来进行现实批判，体现其忧患意识。小说采用“亡灵叙事”的方式，让鬼魂来担当故事的叙述者，借助死者杨飞的见闻与经历展现了触目惊心的现实：交通拥堵、贫富分化、医院弃婴、毒大米等造成一幕幕惨剧，李月珍、伍超等人的死亡让人感到痛心。面对现实世界的种种弊病与底层人民的疾苦，余华“眼睛想闭都闭不上”⑥。余华在书中“以鬼眼

① 贾平凹：《古炉》，人民文学出版社，2012 年，第 53 页。
② 姜彩燕：《〈古炉〉中的疾病叙事与伦理诉求》，《西北大学学报（哲学社会科学版）》2013 年第 1 期。
③ 杨伯峻译注：《孟子译注》，中华书局，2008 年，第 153 页。
④ 杨伯峻译注：《孟子译注》，中华书局，2008 年，第 24 页。
⑤ 许凌云：《儒家文化与忧患意识》，《齐鲁学刊》2000 年第 2 期。
⑥ 于一爽：《余华：面对人民疾苦眼睛想闭都闭不上》，凤凰文化，2015 年 3 月 24 日。

观人世”，写下中国的疼痛，也写下了自己的疼痛，这在一定程度上延续了儒家那种心忧民生疾苦的传统，表现出关心国计民生、忧患世事的精神情怀。

阎连科对现代化发展过程中的乱象尤为关注并抱有警惕，其长篇小说《炸裂志》以不无荒诞色彩的魔幻叙事来展现孔家兄弟的命运史，进而牵引出炸裂村从村升级到乡、县、市，又从市升级为大都市的高速扩张与非常态发展状貌，来体现作者对中国当代政治经济的发展逻辑的忧虑与人性扭曲的反思。

小说开篇就写到神秘的命道或预兆。在一个夜晚，出狱的孔东德把四个儿子叫到床边秘语，让他们出门朝东、西、南、北四个方向走，遇到什么就捡起来，那就是他们一辈子的命运。其中，老二孔明亮出门后遇到了村长的女儿朱颖，还捡到“一枚四方四正的长状公章”，这似乎注定了他随后与朱颖结婚并一步步走上权力高位的命运。

发展、富强的诉求和个人的欲望使孔明亮等炸裂人处于癫狂之中。为了“改天换地”，孔明亮不择手段。他先是从火车上扒煤当上万元户，进而娶了老村长的女儿朱颖当上新一任村长。之后为了脱贫致富、“发展经济”，他让炸裂村的姑娘们进城去出卖肉体。在炸裂村从市升级为大都市时，孔明亮又利用朱颖的特殊女子技校培养的800多名姑娘，去攻克评审专家们的司机、秘书和厨师等，通过他们让评审专家投炸裂的赞成票。从他的所作所为中，我们看到了一种扭曲和荒诞：炸裂村的发展是从男盗女娼开始的。

炸裂的“炸裂”式发展也引发了种种诡异反常的现象。当炸裂赢得专家投票，将成为超级大都市时，植物、天气都为之发生巨变：“这年六月间，槐树、榆树、杏树、桃树都第二次开了花”“所有的时令水果都从听到炸裂得了三分之二的赞成票，即将成为直辖市开始迅速成熟膨大着”“七月将来的雷阵雨，都又挪到了八月、九月”①，植物、天气的异象映衬着炸裂的非正常发展。

作家满怀忧患意识，将寓言性和现实性相结合，用带有魔幻叙事特征的“神实主义”手法来描绘炸裂的现实，表达了作者对中国城乡“炸裂”式发展的忧患

① 阎连科：《炸裂志》，河南文艺出版社，2016年，第330、333页。

之情，也揭示了不断膨胀的欲望所带来的灾难性后果。

贾平凹也是一个极富忧患意识的作家，其作品无论是发表于20世纪80年代的《浮躁》，还是90年代的《高老庄》《土门》，新千年以后的《秦腔》《古炉》《带灯》等小说，始终贯穿着一条思想线，那就是关注乡土中国的时代巨变，及其对人们的生活与思想观念所带来的深刻影响，忧思现代性弊病和传统的道德理想的失落。对此，贾平凹有夫子自道，他说，"关怀和忧患时下的中国是我的天职"①，这种关注乡土中国的情感及其忧患意识在《秦腔》中有突出的表现。《秦腔》虽然穿插了通灵、幻化、算卦、预言应验等魔幻情节，但整体上是一部极具现实主义精神的作品，它主要以疯疯癫癫的引生为叙述视角，通过清风街纷繁的人事，展现经济转型时代乡土中国在土地和文化上的双重危机：市场经济浪潮侵入农村后，猛烈冲击着传统的乡村社会，越来越多的土地被侵蚀或荒芜，越来越多的农民疏离土地与故乡而进城务工，传统意义上的乡土已不复存在，夏天义及其死亡就隐喻着传统农民和传统农业生产方式的没落。与此同时，传统乡村文化中道德的、伦理的、精神的、艺术的方方面面都随之逐渐瓦解，儿女不孝、邻里不和、男女偷情、秦腔被流行歌曲取代等都说明传统乡村文化在日渐衰落。从《秦腔》中我们可看到贾平凹面对这一巨变的矛盾焦虑与痛苦感伤。从某种意义上说，《秦腔》是以思考乡土中国的问题"作为思考中国问题的一个窗口"②，作者把乡土中国遇到的问题和整个中国遇到的问题关联起来了，这是作品大境界的一个表现，更是作家关切国家、民族命运前途的思想大境界的体现。

从上述小说作品中，我们可以看到当代作家在魔幻叙事中所包蕴的强烈忧患之情。

---

① 贾平凹：《高老庄·后记》，云南人民出版社，2002年，第376页。

② 贾平凹、郜元宝：《关于〈秦腔〉和乡土文学的对谈》，《上海文学》2005年第7期。

二、魔幻叙事与儒家的仁义、齐家、修身思想

当代作家也不时通过魔幻叙事来阐发儒家的仁义、齐家、修身思想，并肯定其在当代社会生活中的价值意义。这在王安忆的《小鲍庄》、韩少功的《白鹿子》、贾平凹的《古炉》等小说中表现尤其突出。

何谓“仁”?《论语·颜渊》中有多种说法，包括“克己复礼为仁”“己所不欲，勿施于人”“爱人”，等等。依礼而行，仁爱待人可以说是孔子“仁”的思想的核心。何为“义”?《孟子》说：“羞恶之心，义之端也”①，按照朱熹的解释，即“羞，耻己之不善也。恶，憎人之不善也”②，也就是说，以做不善之事为耻，且不认同他人所做的“不善”之事，这就是义。“义”体现为自己之向善和与人为善，有论者因此认为，可以把孟子的“羞恶之心”理解为“是对自己或他人不当行动的一种本能的情感反应”③。如果说孔子重仁，孟子则仁、义并重，其“恻隐之心，仁之端也；羞恶之心，义之端也”之说就将仁义并举。在儒家文化中，“仁义”也就是“爱人”和合宜合度的行为，它既是一种内在品质，也是调节人们态度行为的道德尺度。

依照儒家思想来讲，人们就应该按照仁义的原则来处理人与人之间的关系，并在现实生活中身体力行地践行仁义这一原则。王安忆的《小鲍庄》中的小鲍庄人就做到了这一点。《小鲍庄》以洪水神话和小鲍庄起源的远古野史为引子，在神秘幽远的氛围中追寻传统文化的流脉，并从民族生活中发掘和彰显“仁义”之根的价值。在作者笔下，“小鲍庄是个重仁重义的庄子，祖祖辈辈，不敬富不畏势，就是敬重个仁义”④。作为儒家文化的核心要素，“仁义”观念已内化到小鲍

① 杨伯峻译注：《孟子译注》，中华书局，2008年，第59页。

② 朱熹：《四书章句集注》，中华书局，1983年，第199页。

③ 陈乔见：《羞恶、义与正当——孟子“羞恶之心，义之端也”详解及其理论内涵》，《中山大学学报（社会科学版）》2016年第2期。

④ 王安忆：《王安忆自选集》，天地出版社，2017年，第54页。

庄人的精神、行为中。比如，鲍秉德对没有生育的疯妻不离不弃，鲍彦山一家收留了逃荒要饭的外乡人小翠，小鲍庄人从没让孤老头鲍五爷饿着冻着，等等。小孩捞渣更是堪称儒家仁义精神的化身，他不仅对所有生灵充满仁爱之心，还为救鲍五爷而牺牲了自己的生命，人们不免感慨，“捞渣人虽小，行的却是大仁义”。《小鲍庄》通过一个村庄寓言化的历史和现实故事，试图让人们相信，深植于小鲍庄人头脑中的那种仁义精神正是我们民族的优良之根，它在今天仍然有存在的必要和延续下去的理由。

但在现实的欲望利益面前，人有时会丧失仁义之心。人如果丧失了仁义会怎样呢？韩少功的小说《白麂子》借助带有神秘色彩的故事，对此展开了思考。小说通过仁义的季窑匠、李长子与不仁义的村民的对比，在魔幻叙事中肯定、张扬了儒家的仁善与信义，并谴责那些背信弃义的行为。

《白麂子》讲到，季窑匠为人厚道、乐善好施，他的砖瓦价格总是比别人的便宜，发货时又不计小数，“三十五十顺手相送”。季窑匠对人也极为仁义，“碰到什么人有急难之事，前来开口借钱，只要他手上有，他从来不说二话，你借八角他甚至还掏一块”①。可这个仁善的好人却意外溺水身亡，村长李长子热心为季窑匠操办后事，并提议向季窑匠借过钱的村民还钱给季窑匠的远方姐姐。李长子是个信奉仁义的人，在他看来，“人生在世，只有两块金字招牌，一个是仁，一个是义”②，借钱还钱就是涉及信义的大问题，所以“李长子说，你们谁借了他的钱，赶紧还回来，一起给他姐姐捎过去，也算是活人不欠死人账，阴阳有界两相安”。可是“只有茂爹出面认了一笔账”，其他借过季窑匠钱的友麻子和辉矮子等人不是矢口否认，就是推脱不想还钱。随后村中发生了一系列变故，都神秘地应验在了欠债未还的村民身上，“这些年村子里老是出病人，而且很多人一病就说昏话，说话的声音和口气都像某个人，准确地说，像当年的季窑匠”③，辉矮子家的孩子高烧说昏话时就高喊“坯泥还没踩熟!”仿佛季窑匠的鬼魂附身，那孩

---

① 韩少功:《韩少功作品系列·赶马的老三》，上海文化出版社，2017 年，第 324 页。
② 韩少功:《韩少功作品系列·赶马的老三》，上海文化出版社，2017 年，第 326 页。
③ 韩少功:《韩少功作品系列·赶马的老三》，上海文化出版社，2017 年，第 327 页。

子最终不治而亡。对此人们不禁联想到“阴魂附体”、报应之类的事，认为是季窑匠的鬼魂回来了。恰在此时，一只白麂子出现了，白麂子在深夜的叫声悠长而尖利，“附近村子里更有叫声中的瓦片突然开裂或者油灯突然熄灭”的诡异现象，于是白麂子被认为是季窑匠化身，这只白麂子“成了人们心中最大的恐惧”。

其实人们之所以恐惧季窑匠的鬼魂和白麂子，是因为他们做了“亏心事”，丧失了“社会交往过程中最基本的价值尺度”，这才“心中有鬼”。《白麂子》在神秘叙事中对“仁义”与“不仁义”之人进行了对比，张扬了儒家的仁善与信义，谴责了那些背信弃义的行为，道明了持守信义与仁善的重要性，对世人不无警示意义。

除了讲求仁义，修身、齐家也是儒家的重要思想，这些思想在《中庸》《大学》《论语》《孟子》等儒家经典中有反复的论说。比如，《大学》中说：“古之欲明明德于天下者，先治其国；欲治其国者，先齐其家；欲齐其家者，先修其身；欲修其身者，先正其心”①；孟子也有相近的说法，他说：“天下之本在国，国之本在家，家之本在身”②，这就是说，正心、修身、齐家、治国、平天下是彼此密切关联的，这也表明了儒家文化的突出特点，即是把人放在家庭、社会、国家中加以定位，将修身、齐家作为实现自我价值、治理国家的出发点。当代作家在魔幻叙事中，对儒家的这些重要思想也有所认同和阐发。贾平凹在《古炉》《秦腔》中，就曾以善人“说病”、疗病的奇言奇行和夏天智的“埋药”之举，形象地阐发并肯定了儒家修身、齐家的文化思想。

修身是儒家学说中关于个人修养的最为核心的内容，儒家的修身之道包括养心、慎独、立志、自省、改过、反求诸己等，“儒家的这一修身传统，充分体现了中国文化的伦理精神与人文精神”③。《古炉》通过善人给跟后说病、疗病的故事，揭示了修身的重要性。小说写到，跟后个人修为不好，脾气暴躁爱生气，不是在家里骂老婆，就是三天两头在外和人吵架，结果不仅生不了儿子，还得了一

---

① 朱熹集注：《论语·大学·中庸》，上海古籍出版社，2013 年，第 249 页。
② 杨伯峻译注：《孟子译注》，中华书局，2008 年，第 125 页。
③ 马军海、胡海波：《儒家的修身传统及其精神价值》，《广西社会科学》2014 年第 10 期。

种发嗝的病，善人替他找到了问题的症结，指出了解决问题的办法，跟后随即认错改过，与家人邻里和睦相处，很快就祛除病症并如愿得子。这一不无神奇色彩的故事，实际上是借魔幻叙事来张扬儒家修身的道德伦理及其重要性。

儒家不仅强调个人修身，也讲究“齐家”，“儒家的道理基础，就在‘家’和‘礼’上面”①，家（或家庭）是人类赖以繁衍、生存与发展的最基本空间，也是构成社会的细胞，“齐家”思想可谓儒家在家庭问题方面的重要建树。所谓齐家，用通俗的话说，就是整治家庭，端正家风，和谐家庭关系。儒家齐家思想的要旨包括“父慈子孝”“夫妇和”“兄弟睦”，以及家庭成员在为人处世、待人接物方面的道德素养。或许是痛感于传统的家道伦理在时代变迁中的衰退与消亡，贾平凹在《秦腔》中聚焦于家庭伦理，花费不少笔墨描写了夏天义儿子们的纷争失和与不孝，以此反思传统文化在乡土的失落，否定、批判人们丧德败家的言行。夏天义虽然有庆金、庆玉等五个儿子，儿子们却自私不孝，不愿赡养父母，还常常为金钱利益而争吵，儿媳们也闲言碎语不消停，致使父子翻脸、兄弟成仇。为了力挽夏家人丁不强与家风衰颓之势，看在眼里、急在心里的夏天智有了神秘的“埋药”之举——他在自家院墙和兄长夏天义的院墙角落埋下一个个滋补的药包，希望以此能“给夏家壮阳气”。当然，如果庆金、庆玉们不自省、不悔改，夏天智埋再多的药包也无济于事。

面对现代社会人们丧德乱性、不讲家道伦理的现象，阎连科也有所揭露和批判。阎连科的小说《黄金洞》以一个傻子（二憨）的视角讲述了一家人在黄金和欲望面前的伦理撕扯与道德沦陷：为了争夺金钱和女人，父亲想要儿子死，儿子也想要父亲死，父子兄弟之间人伦不再。大哥、“我”和爹为了金洞的金子和争夺性感火辣的“桃”而反目。在私欲的驱使下，“我”弄残了爹，爹则故意制造金洞垮塌事件弄死了大哥，爹后来也死了。爹死后，他的鬼魂指引“我”摆脱桃的追赶，试图让“我”背他的尸首到废弃的金洞，因为那洞里有金子，还有他早已藏好的棺材。这里，至亲之人的算计和残杀，使得这个家庭丧失了应有的礼法

① 葛兆光：《古代中国文化讲义》，复旦大学出版社，2015年，第37页。

人伦，金洞的垮塌实际上反映着伦理秩序的违逆和垮塌。小说通过叙写在金钱和女色的诱惑面前家庭纲常伦理的败坏，表达了作者对现代人“齐家”之风不再的忧虑和批判。

无论是在古代社会还是现代社会，奉行仁义、修身、齐家等思想准则都极为重要，保持稳定有序的人伦关系更是家国和安与构建理想社会的前提。当代作家在小说的魔幻叙事中所传递出来的这种重仁义、重家国、重人伦的思想观念，延续了传统儒家文化的精髓，直到今天依然有着积极的意义。

三、魔幻叙事与儒家的人格理想

儒家极为推崇人的人格品德，其“内圣外王”的理想人格模式强调的是自我道德的完善和经世济民的道德实践。“儒家的理想人格主要包括了这样几种内涵：以‘仁’为本的忠恕之道和博施济众的精神、以天下为己任的忧患意识、安贫乐道的处世态度、矢志于道的追求精神，对义利关系的正确把握以及在危难之时敢于杀身成仁的勇气和胆识。”① 在20世纪80年代以来中国小说的魔幻叙事中，描绘了一些具有理想人格品德的人物形象。比如，《白鹿原》中的朱先生、《古炉》中的善人、《桃源梦》中的龙居正等，他们无疑是儒家人格理想的化身与道德楷模。

在20世纪80年代以来的中国小说中，《白鹿原》是在儒家文化的开掘上较有代表性的作品，被视为“新时期第一部规模较大又集中探讨儒家文化的作品”②。《白鹿原》中的朱先生形象，更是凝聚着儒家的人格理想。

朱先生自幼聪灵过人，十六岁应县考中秀才，二十二岁赴省试又以精妙的文辞中了头名文举人。因才学高深，巡抚方生多次委以重任，都被朱先生谢绝。为躲避官场叨扰，他游学四方，开办白鹿书院，传道授业，成为受人尊敬的乡间圣

① 张卫中：《新时期小说的流变与中国传统文化》，学林出版社，2001年，第25页。
② 张卫中：《新时期小说的流变与中国传统文化》，学林出版社，2001年，第37页。

人。但朱先生绝不是社会时代的旁观者和不问世事的隐者，而有着心怀天下、情系苍生的高尚人格：在战争一触即发之际，他曾力劝清廷巡抚方生罢兵撤军，以免屠戮百姓；他也曾带头禁绝烟土，赈济灾民，表现出以民为本的思想；朱先生也看重民族国家大义，在民族危亡的时刻，他写下《抗战宣言》，表现出凛凛气节。《白鹿原》中，作为“关中大儒”的朱先生无疑是儒家理想人格的“一个参照系，一个价值尺度”①。

朱先生不仅是儒家精神人格、道德伦理上的美的化身，更是白鹿原上的智慧之神，小说借种种轶事奇闻着意渲染了他超常的洞察力和未卜先知的能力。比如，他能够“看透凡人的隐情隐秘”，从白嘉轩画下的奇异之物，他判断出那是一只鹿，使白嘉轩知道了坡地里蕴藏着白鹿精灵的秘密。朱先生的超凡之处还表现在他通晓天文地理，充满神机妙算，他随便脱口一句“今年成豆”，当年豆子果然就获得了丰收。他还为丢失黄牛的青年预测找牛的方向，告诉他“要得黄牛有，疾步朝南走”，青年果然在朝南的坡下找到了丢失的黄牛。朱先生也能解梦，当白嘉轩和嘉轩娘同时梦见流泪的白鹿和白灵后，朱先生就知道白灵没了。多年以后得知，白灵果然于那晚被活埋。朱先生也像白灵那样，是和白鹿精魂合一的人物，死后化身为白鹿飘然而去。

在小说中，朱先生是个带有魔幻色彩的圣贤式人物，“他时而让人想起伯夷、叔齐，时而让人想到超现实的神仙”②，他既是一个料事如神的奇人，更是善与美的白鹿精魂的化身和儒家精神的象征。在朱先生形象的描绘上，可看出陈忠实对儒家文化的体悟理解和对儒家精神人格的推崇。

除了《白鹿原》中的朱先生，贾平凹在《古炉》中所着力塑造的善人形象，也是个富有神秘色彩、感时忧世的智者、贤人形象，他试图以儒家的道德伦理教化世人，并广泛播撒儒家思想的种子。

善人本是洛镇广仁寺里的和尚，社教时期强制僧人们还俗，公社就把他分

---

① 王仲生：《〈白鹿原〉：民族秘史的叩询和构筑》，《小说评论》1993 年第 4 期。

② 雷达：《废墟上的精魂——〈白鹿原〉论》，《文学评论》1993 年第 6 期。

配、落户到了古炉村。他不供佛诵经了，却能行医治病。小说以带有神秘色彩的“魔幻叙事”来讲述善人的奇闻轶事：善人的超常本领一是能行医接骨，二是能给人“说病”。所谓说病，即通过语言开解病人，以达到治病的目的。善人尤其擅长替人“说”病，且“说”而能愈。古炉村人每当病痛缠身、心生苦恼之时，就会来找善人“说病”。善人曾经为护院说病，为跟后说病，为开石说病，为霸槽说病，在解释他们身体的病症、病因时，往往能触及其灵魂。其实善人“说病”的最大诀窍就是，他总是在说病中不失时机又不露痕迹地向对方灌输儒家的道德伦理与仁善思想，以端正病人的心性。比如，他叫护院不要老挑别人的毛病，而要多看人家的好处，这样心里才会快活起来；他教育跟后要讲究孝道，要善待友邻及家人；告诉开石要和谐家庭关系，让父母子女各居其位；当霸槽卷入“文革”时期古炉村的腥风血雨中、带领“榔头队”与“大刀队”武斗火拼时，善人也给了他“处方”与规劝，“他仿佛是一个布道者，又如一个启蒙者，他试图不断地唤醒人们沉沦的心灵”①，并竭力维护儒家仁善孝悌的道德伦理，维护古炉村的和谐秩序。善人这一形象体现了儒家的精神人格，也寄托着作者的道德人伦理想。

在推崇善道、宣扬善道方面，莫应丰的《桃源梦》中的龙居正也是一个颇具代表性的人物，作品在魔幻叙事中凸显了他的天赋异禀、传奇经历及其对善道的践行。

龙居正出生时便有不凡的异兆，他的母亲梦到一条巨蛇盘踞在台阶下，老年人认为，“这个梦非同小可，那随梦出生的孩子必将成为人主，或登朝称帝，或踞地而王”。龙居正 5 岁时父母就去世了，他是吃百家饭长大的。他是一个天赋异禀的“怪人”，能沟通天地鬼神和自然万物，以至于“那些家畜也与他有着特别的感情，在他面前显得十分温顺”。而龙居正最大的创举是，面对土匪横行、民不聊生的社会现实，他带领走投无路的村民们来到天外天，在那里建立起一个善化之邦。

---

① 吴义勤：《〈古炉〉阅读札记》，《当代作家评论》2013 年第 2 期。

作为天外天这个道德理想王国的创始人和天外天部族的灵魂，龙居正以善化原则来管理事务、维持秩序，用仁与礼来教化众人。龙居正相信“人之初，性本善”，在天外天，他确立了“以善为本”的信条，并施行善道。在他看来，“善道”就是“重仁义，轻钱财，兴道德，废邪恶，抑豪强，扶弱小，阴阳和顺，人人温饱”之类。值得注意的是，龙居正不是以空泛的大道理来教化人们，而是以鬼神祸福之说和自己的言行示范来安定人心和促人向善。比如，他把人们误杀的两个孩子封为“大善童子”，说他们是天上的仙童，并自称得大善童子神示而编出《童子经》，并告诫乡民说：“猪吃糠，牛吃草，有了良心总是饱”“雾蒙蒙，雨蒙蒙，起了恶心天不容”。这些神神鬼鬼之说不乏迷信色彩，但在民间，龙居正这种宣扬善道的方式也许更能为普通百姓所接受。

龙居正不仅以鬼神之说来引导人们向善，希望人们“把惟真惟善作为祖传要义百代不移”，而且常常以自我牺牲的方式来感化众人。比如，当人们移居天外天之初因争夺土地、食盐而发生内讧时，龙居正被混战中的村民砍断胳膊，他故意拒绝治疗，目的是要以“独臂人”的形象来警戒众人，最终他以断臂为代价力挽狂澜，让人们停战。龙居正还尽心编唱《童子经》《盘古经》《善眼经》来教化乡民，并让栀妹善人办学教孩童传唱三经，希望人们知道部族的过去、以善眼来看待世间万物。

通过种种举措，龙居正在天外天建立起一个人人友爱互助的理想社会。他的仁善、自我牺牲精神也让天外天的人们感佩尊崇，人们称他为“活祖宗”。

当代作家的这些描写，显示了对传统儒家文化的亲近，体现出认同、推崇儒家思想文化的价值取向。从某种意义上说，作家描写朱先生、善人等形象是在为儒家的精神理想造型立传，朱先生、善人、龙居正等形象无疑凝聚了中国儒家文化中最具特色又最具力量的部分，成为人们为人行事的标杆。

四、结语

在20世纪80年代以来众多带有魔幻叙事特征的中国小说中，儒家传统文化思想的浸润是值得重视的。从某种程度上可以说，丰富的儒家文化意蕴构成了这些小说的重要思想基质，这不仅有助于“加持”作品内涵，弘扬中国传统文化，也极富现实意义。

当代作家在小说创作中流露出的对儒家传统文化的浓厚兴趣，绝不能简单地视之为“向后看”的保守，而是为了揭示古老的文化遗存，并发现它们在现代社会的价值意义。对于今天的社会而言，儒家文化有着多种价值，面对着与物质文明相伴而来的价值失衡与精神堕落，儒家思想文化对于人们的思想意识、价值观念的引导和行为模式偏差的纠正将起着重要的作用。韩少功、贾平凹等作家的小说对儒家的忧患意识、仁爱、“齐家”“修身”思想以及“父慈子孝”“兄友弟恭”“夫妻和敬”“邻里和睦”等伦理观念的推崇和现代诠释，培养着人们关注家国、人伦的情怀。

当代作家不仅通过魔幻叙事重新“发现”了儒家传统文化的价值，也应和着当今时代的文化诉求。儒家文化思想和儒家人格理想的张扬，使得当代小说在强化中华民族的文化自信、推动当代文化建设方面，以及在启发今人应用儒家文化培育并践行社会主义核心价值观方面，显示出了不可忽视的作用。

当然，作家们也告诉我们，在面对儒家传统文化的精神遗产时，我们应该求其神而不是求其形，在践行儒家的思想理念时，我们应力戒“为善而善”、压抑人性等道德偏执，无论是《白鹿原》中白嘉轩对黑娃、田小娥爱情的排斥，还是《桃源梦》中浪子瓜青被善人们“劝善而死”，都表征着善道被推到人性对立面时的偏颇，对此，我们应多加警惕。我们必须以正确的态度汲取和利用儒家文化，以此养德养心，和谐家国社会，这是至关重要的。

［作者单位：西南大学文学院］

文学史视野外的重庆小说家董时进

□林建刚

【摘要】 在农学家、知识分子、政党领袖这三种身份之外，作为重庆垫江人的董时进，还是位被遗忘的小说家。而他的小说之所以被遗忘，很大程度上源于时代的遮蔽与董时进的在美华人身份。董时进在20世纪六七十年代一口气创作了《硖口怒潮》《两户人家》《阿宝放牛记》《宋林远征记》四部小说，展现了蓬勃的创作力。身在异域的董时进，其小说的创作动因很大程度上源于对故乡的深情与故土的依恋。这一文化乡愁，促使董时进的小说创作呈现出三大特点：一是浓厚的自叙传色彩，二是明显的川渝特色，三是深情的底层叙述。

【关键词】 文学史；重庆小说家；董时进

一、董时进其人其事

董时进（1900－1984），重庆垫江人。新文化运动时期，求学于北京农业大学，后留学美国，1924年获康奈尔大学农业经济学博士学位，是民国时期非常活跃的农学家。

作为知识分子的董时进，一直笔耕不辍，是一位被遗忘的作家。20世纪20年代，他与章士钊有过书信往来，并在章士钊主编的《甲寅》杂志发表过文章；30年代，他与胡适在《大公报》有过论战，并在胡适主编的《独立评论》发表多篇乡居随笔；40年代，他与储安平有过交往，并在储安平主编的《观察》发表多篇政论；50 年代，他与雷震有过交集，并在雷震主编的《自由中国》发表了多篇社论。除此之外，董时进发表文章最多的阵地，还有《现代农民》月刊。40 年代，董时进是《现代农民》的主编，在这份刊物上，他以“退思”的笔名，发表了一系列文章，在全国有一定的影响力。49 年后，董时进赴美不归，后入籍美国，逐渐为人所遗忘，成为农学史与文学史上的双重失踪者。

改革开放后，董时进再次引起学界关注，有三位学者不能不提。首先是谢泳。他在 90 年代致力于《观察》研究，发表了《董时进：一个被遗忘的知识分子》，让不少人记住了董时进。后来谢泳编辑出版《〈独立评论〉文选》一书，将董时进在《独立评论》上发表的所有文章全部选入，再一次让董时进进入学界视野。其次是熊培云。民国时期，董时进在江西办过农场。作为江西人的熊培云，在撰写《一个乡村里的中国》时，通过胡适主编的《独立评论》，讲述了董时进对农村问题的思考。熊培云的这本书畅销一时，很多人由此知道了董时进。不仅如此，董时进的自传体小说《两户人家》，也在熊培云的大力推荐下，在内地出版。第三是熊景明。她是香港中文大学中国研究中心的主任，利用这一学术平台，她发掘了一些关于董时进的新史料。董时进小说《两户人家》出版时，熊景明还特地撰写了具有介绍性的序言，讲述了重庆垫江董氏家族的来龙去脉。

现在学界对董时进的研究，主要从三个方面展开。第一，董时进的农学思想。作为农学家，董时进有大量农业方面的学术著作问世，因此，有学者从农学角度来研究董时进的农业主张。第二，40 年代，董时进创办了中国农民党，发表了党纲，发展了一些党员，因此有个别学者从政党史的角度，研究董时进的政治主张。第三，作为美国留学归来的博士，董时进在当时的许多媒体上发表了一系列文章，在当时是有一定影响力的知识分子，因此，也有学者从知识分子的角度研究他的思想主张与言论诉求。

农学家、农民党领袖、知识分子，这三种身份集于一身的董时进，在引起学界关注的同时，也遮蔽了他作为小说家的身份。之所以出现这一情况，很大程度上源于董时进的小说大都在港台出版，在内地出版较少，读者相对少。再加上董时进的在美华人的身份，也限制了他的小说阅读受众。随着时间的推移，作为小说家的董时进逐渐被人遗忘，也就不足为奇了。

二、董时进的四本小说

终其一生，董时进创作并出版了四部小说。第一部小说《硖口怒潮》，是他于20世纪50年代初期在香港时完成的，1953年10月由香港自由出版社出版。第二部小说即自传体小说《两户人家》，1981年先在台湾出版，2012年5月又由学林出版社出版，这也是他在内地出版的唯一一部小说。第三部小说《阿宝救牛记》，1982年3月由台湾商务印书馆出版。第四部小说《宋林远征记》，1983年2月由台湾时报文化出版事业有限公司出版。可以说，80年代是董时进小说创作的爆发期，在短短三年时间里，他连续出版了三部长篇小说。

第一部小说《硖口怒潮》，主要描述了重庆解放前后重庆峡口场这一乡村一隅的历史变迁。小说以果园经理熊亮一家的生活变迁为主线，叙述了解放军进城后人民生活水平的变化。作者在描写地方士绅之余，还将视角聚焦于重庆乡村的底层斗争，成功塑造了跟风投机的高大嫂与争权夺利的曾树青这两个人物。可以说，两人虽然都是底层民众，但在权力与财富的双重诱惑下，抛弃了乡村中淳朴善良的品性，成了峡口场民众的祸害者。耐人寻味的是，这一对男女，在狼狈为奸无恶不作的同时，也发生了奸情，这不禁让人想起古华《芙蓉镇》中的李国香与王秋赦这两个人物典型。也就是说，在权力与欲望的异化之外，小说还呈现了欲望的沉沦，在欲望书写的背后，也呈现了作者对两人的道德审判。最终，两人的奸情被高大嫂的丈夫高屠夫撞破，在一种夹杂着愤怒的迷狂状态下，高屠夫将两人杀害，借此实现一种“复仇式的正义”。不过，在塑造高大嫂这一反面典型时，作者也是同情悲悯的。当高大嫂忙于跟风而高屠夫忙于杀猪时，两人放养不管的孩子因之死亡时，作者写道：“高屠夫到家时，他的孩子已经僵硬在床上，一条幼嫩的生命，就像一根擦过的火柴，已经成了无烟也无火的残烬，再也不能复燃了。”① 这一细节，可见作者深厚的人道主义底色。

第二部小说《两户人家》，是作者所写的关于董氏家族的自传体小说，虽为

① 董时进：《硖口怒潮》，香港自由出版社，1953年，第153页。

小说，实为自传。董时进的儿子董保中在序言中说：“《两户人家》可以作为小说欣赏，也更可以作为历史真实的参考。”① 熟悉董氏家族的人，完全可以通过小说考证出里面的真实人物。小说中的可生是董时进，可大是董时进的堂兄董时厚。熊景明在《序言》中认定小说中的可法是50年代的右派董时光②，其实不对，可法乃是北平朝阳法学院毕业的董时敏，小说中的可志与可立对应的分别是董时光与董时恒。这部小说讲述了黄章氏（董时进的祖母）带领黄正纶（董时进的伯父）与黄正绪（董时进的父亲）努力振兴家族的前尘往事。小说讲述了重庆垫江武安桥地区乡民的奋斗史与堕落史。从这本小说中，读者既可以看到鸦片如何在晚清时期的垫江成为最重要的商品的过程，又可以看到乡村女性在传统社会中地位的卑微程度。这本小说，一方面展示了晚清民国时期乡村社会残忍的一面，如杀人抢劫的土匪、四处泛滥的鸦片、倾家荡产的赌博；另一方面也展示了教育如何让黄氏家族重振家业，如置产买地、经商致富、教育救民，等等。可以说，这部小说展示了从晚清到民国再到共和国时期重庆垫江的乡村画卷，是一部现实主义的力作。

这部小说也是董时进农业思想的集中呈现。作为农学家，董时进非常关注地主与佃户之间的关系，他对阶级斗争的反思，很大程度上源于董氏家族中地主与佃户良好关系的亲身经历。董时进的祖母是位寡妇，全靠忠诚可靠的佃户老陈帮助，她才能完成家族振兴。董时进去上海求学，一路上全靠另外一位古道热肠的佃户老刘照顾。他的这些亲身经历，对他思考地主与佃户之间的关系非常重要。他对中国农业的转型，也有过通盘思考。借《两户人家》这部小说，作者写道：“世间事物，都有整套性，必须能够配合。……中国的农业乃是中国环境的产物，是整个社会和经济结构的一部分，是历代经验演变出来的成绩。要使农业方法和农业用具发生重大的改变，必须市场、运输、工商业，以及土地与人口的比率等，都有改变，才能办到。”③ 关于劫富济贫，作者也有一番精辟之论。小说中，黄正纶出外经商，要坐轿子。对于要不要坐轿子，黄正绪与其妻熊氏有过一番议

---

① 董时进：《两户人家》，学林出版社，2012年，第1页。
② 董时进：《两户人家》，学林出版社，2012年，第7页。
③ 董时进：《两户人家》，学林出版社，2012年，第235－236页。

论。作者写道：

> 熊氏诧异地问道："你要你的哥哥走路么？要打富济贫吗？"
>
> 正绪迟疑了下下，喝了一口茶，答道："要他走路，就会夺去两个轿夫和一个挑夫的生意。打富济贫么？打了富还是济不了贫。就以我们这地方的情形而论，一千人之中能做烟商的，不会超过三五个，要下力的恐怕不少于三五百。即使把三五人的家产，全部拿给下力人，也属无济于事。"①

在董时进看来，发展经济，关键的问题不在于"不患寡而患不均"，而是如何将经济发展的财富蛋糕做大。他认为，建立在均富基础上的平均主义思维，很有可能导致贫穷，经济会因此崩溃。也就是说，劫富济贫的理想，容易导致你死我活的"零和游戏"，最终导致普遍的贫穷。因此，发展经济的关键在于如何将财富的蛋糕做大，只有财富蛋糕做大了，才有可能实现共同富裕。

第三部小说《阿宝救牛记》，讲述了 12 岁少年陈阿宝救牛的故事。阿宝和他的父亲陈兴、母亲李氏住在长江下游南岸的杏花村。村子里有一位屠大爷，是开碾米店的。为了碾米，他买了一头牛，名叫"大肚皮"。阿宝与这头牛同月同日生，此后他又经常放牛，于是与"大肚皮"有了深厚的感情。然而，此时的"大肚皮"年纪大了，无力碾米，屠大爷决定将其卖掉。对此，阿宝坚决反对。于是，他立志买下这头牛。身无分文的阿宝怎么办呢？他听说外国的洋鸡"来航鸡"能生蛋，一天可以生一个蛋，于是就从家里带了八只土鸡蛋，前往县城的农业学校，找到了学校的许教员，提出用土鸡蛋换洋鸡蛋的请求。许教员听了阿宝的请求后，不仅没要他的土鸡蛋，反而无偿奉送了六只洋鸡蛋，并为他详细讲解了孵卵与养鸡的方法。回家之后，阿宝历经各种波折，终于将洋鸡孵了出来，并逐渐喂养长大。由此，阿宝逐渐通过卖鸡蛋积攒了 5 块大洋，然而，屠大爷的"大肚皮"，需要 24 块大洋。如果卖给阿宝，屠大爷愿意以 20 块大洋的价格卖给他。即便如此，阿宝也无能为力。他眼睁睁看到很多买牛人来看牛，总是害怕牛被卖掉，被宰杀。幸而，由于阿宝饲养"来航鸡"成功，让父老乡亲对洋鸡刮目相看。于是，许教员又无偿赠送他两头洋猪饲养。年底的时候，阿宝因为推广

---

① 董时进：《两户人家》，学林出版社，2012 年，第 94－95 页。

“来航鸡”，获得了农业学校一年一度的农业展览会的特等奖，奖金有10块大洋。于是，阿宝就有了15块大洋，最终，通过欠债5块大洋的方式，他买下了“大肚皮”，成功实现了救牛的目标。在阿宝救牛这条主线之外，作者还写到了阿宝父亲陈兴的奋斗史，尤其是他攒钱买地的情形。作者详细描述了买地成功后陈兴的兴奋之情。作者写道：“我不是常说有志者事竟成么?”陈兴接下去道。“我从小立定志向，在你那样年纪就立定志向，要……要……要……啊，我以为我这辈子办不到了，有志也不成了。没想到……”①

陈兴语无伦次的背后，是拥有土地的感激与兴奋。而在买了牛之后，陈兴一家顺便把屠大爷的碾米店买了下来。于是，陈阿宝一家，既养鸡养猪，又有了牛、田地、碾米店。可以说，这个农家的日子真是越过越红火了。这部小说描述了中国农村中乡村少年通过个人奋斗实现了梦想，是一部振奋人心的乡村恋歌。

第四部小说《宋林远征记》，讲述了20世纪50年代农家子弟宋林在漫游路上的所见所闻。小说中，宋林有两次漫游经历。第一次是借着贩猪的名义将狗运到广州，第二次是跟随耍猴戏的黄二爷去武汉寻亲。宋林是徐家埠禹王庙附近的农村人，他在陪父亲宋发祥卖菜回来的路上，捡到了一只可爱的小黑狗，于是收养了它，取名“财喜”。然而，好景不长，此时国内掀起了打狗运动，“财喜”在劫难逃。嗜狗如命的宋林，为了拯救爱犬的生命，在父母的支持下，偷偷带着“财喜”追随秦大爷去广州，希望将“财喜”从广州送到香港。秦大爷以前是个猪贩子，现在是贩猪的国家干部。于是，宋林将“财喜”混在一百多头小猪群里，追随秦大爷、用骡子驮猪饲料的陈老幺、老实巴交的赵四等人，一起踏上了南下广州之路。路上，他们见证了当时地方政府推行的扒坟运动。走到一半路程时，他们赶着猪崽在隧道中行走，结果遇上了疾驰而过的火车，不少小猪崽被压死，“财喜”不知所踪。这种情况下，秦二爷只好联系隧道附近太平镇上太平客栈的廖老板娘，让她通知全村来吃猪肉。全村宴上，失掉“财喜”的宋林郁郁寡欢，宴会结束后，忽发疟疾，身体忽冷忽热。于是，秦大爷一行人继续赶路去广州，留宋林在客栈休息。身体痊愈之后，宋林又在周围不断寻找“财喜”，他偶

---

① 董时进：《阿宝救牛记》，台湾商务印书馆，1982年，第74页。

然听人说耍猴戏的人有一只黑狗也叫“财喜”，于是就去找寻耍猴戏的人。为此，他甚至寻到了县城，结果发现县城的人都忙着“除四害”，全城人都在“打麻雀”。他再也找不到“财喜”了。此后，回到太平客栈的宋林，在跟秦大爷汇合后，闷闷不乐地坐上了回家的火车。当他们到达徐家埠的时候，发现徐家埠恰好逢集，而在集市上，宋林看到了耍猴人的猴戏，而与猴子相配合的就是“财喜”。宋林本想要回“财喜”，却被秦大爷劝阻了，因为灭狗运动，“财喜”只有在马戏团才有活路。当宋林回到家之后，惊讶地发现，随着大搬家运动的实施，他的家已经由其他人入住，他的父亲被转到鄱阳湖挖沙子，母亲被转到汉口第一纱厂工作。在这种情形下，宋林只好寄食于秦大爷家里，农忙时帮秦大爷干活。过了一段时间，耍猴戏的黄二爷找到宋林，说“财喜”见到他之后，不太愿意耍猴戏了，希望宋林可以加入猴戏班子，管吃管住。不仅如此，黄二爷还想到处去耍猴戏，从徐家埠出发，一直耍到武汉。为了跟“财喜”在一起，更为了去武汉找母亲，宋林决意追随黄二爷耍猴戏。一路上，他们风餐露宿，颠沛流离。到了鄱阳湖畔时，两人看到了数以万计的农工在鄱阳湖边挖沙，黄二爷将此举称之为“愚公移山”。后来，他们终于到了汉口，目睹这座城市正忙于大炼钢铁运动，而当他找到纱厂时，他的母亲因为要参加农业合作社，已经回家了。于是，宋林只好告别了汉口，坐上火车，再一次回到了徐家埠。最终，在“多快好省”的标语口号声中，母子终于团聚了。可以说，作者借着宋林的眼睛，向人们展示了20世纪50年代中国内地的各种运动以及在运动中小人物的悲欢离合与命运变迁。

三、董时进小说的重庆特色与底层叙事

董时进的这四本小说呈现出典型的自叙传色彩。《硖口怒潮》中的熊亮是果园农场的经理，而董时进在民国时期曾经在多个农场工作过，因此，小说主人公熊亮，浓缩着董时进自身的经历。《两户人家》是董氏家族的兴衰史，小说主人公可生就是董时进本人，小说中出现的文学地标“母安桥”，即现在重庆垫江的武安桥。《阿宝救牛记》中的许教员是一位致力于农业下乡的教授，跟董时进农学教授的身份密不可分。而《宋林远征记》中宋林对狗的深厚感情，与董时进对

狗的热爱也一一对应。众所周知，“五四”新文化运动时期，不论是郁达夫的《沉沦》，还是丁玲的《莎菲女士的日记》，都带有浓厚的自叙传色彩。董时进也是“五四”时代思潮影响下的作家，因此，他的小说创作大都呈现出自己人生经历，带有浓厚的自叙传色彩。

与自叙传色彩息息相关的是他小说中所展现出的巴渝风情。作为重庆垫江人，董时进对故乡充满眷恋，他的小说中理所当然地呈现出浓厚的重庆地域色彩。小说中，不论是语言上“要得”“龟儿子”“袍哥”等重庆方言的使用，还是嗜辣嗜火锅的饮食描述，都带有浓厚的重庆特色。可以说，董时进的小说创作源于他的乡愁意识。50 年，在社会变革之际，他选择离开内地，前往香港，后来又移居美国。在远离故土之后，人性中本能的乡愁意识，成为他小说创作的源泉。每个人在童年时期就已经形成了对故乡的眷恋，随着年龄的增长，许多人大都会离开故乡，去远方找寻自己的人生道路。于是，每个人就会在远方思念故乡。从文学作品的角度来讲，西方文学史上的《奥德赛》，是一部主人公奥德修斯克服种种艰难险阻、荣归故乡的英雄记。中国古代文学史上，不论是《古诗十九首》中的“还顾望旧乡，长路漫浩浩”，还是白居易《夜雨》中的“我有所念人，隔在远远乡”，都是乡愁主题的经典呈现。从现当代文学史的角度来讲，鲁迅走异路去异地，身在远方不断思念家乡，于是就有了他文学世界里的“S 城”“鲁镇”“咸亨酒店”等文学地标。小说家老舍，在英国伦敦思念故乡北平，于是就有了《二马》与《赵子曰》，并逐渐形成他小说中的“北平世界”这一文学地标。离开湖南凤凰的沈从文，来到北平当北漂，逐渐创作了一系列以“湘西世界”为文学地标的文学作品。为了摆脱贫穷，选择去当兵的莫言，在逃离了家乡山东高密之后，在遥远的异地创作了以“高密东北乡”为文学地标的红高粱小说系列。可以说，董时进小说中的险滩猪儿石、朝天门码头、武安桥、沙坪坝等，都是重庆很有名的地点。身在异国他乡的董时进，在不能回国的岁月中，只好用文字的力量，在小说的世界里，重新塑造自己的家乡，以此来慰藉乡愁。因此，我们可以说，董时进的这些小说，在很大程度上，体现了海外游子心底深处的家国情怀。

自叙传与巴渝风情之外，董时进的小说几乎都是乡土小说。缘何如此呢？原因是多方面的。首先，从家庭出身来看，董时进出身农家，不论是生活阅历，还是学习经历，都与农村密不可分。其次，从时代思潮来看，“五四”新文化运动时期，在鲁迅的影响下，文学研究会的作家在题材上大多以乡土小说为主。当时，董时进深受这一时代思潮的影响，并以知识分子的视角进一步拓宽了这一乡土世界。第三，从身份上来讲，董时进是农学家，他的大半生都在农场中度过，对农民生活最是熟悉，写起农民生活自然得心应手。

董时进乡土小说的创作，决定了他小说中的底层关怀。这种底层关怀，典型体现在三个方面。第一，在他的小说中，故事的背景以农村为主，小说中的人物以底层农民为主。《硖口怒潮》中，拯救熊亮一家的是机智勇敢的童克勤，他是佃农出身。《两户人家》中的人物，绝大多数都是农村出身，几乎每个人都对土地有一种深情眷恋。《阿宝救牛记》中，陈阿宝与他的父母一家都是农村人。《宋林远征记》中，宋林的父母也都是老老实实的本分农民。第二，底层农民之外，董时进的小说中，多会出现农学家这一类的知识分子形象。《硖口怒潮》中，有致力于果园种植与推广的熊亮。《两户人家》中，弟弟可生与哥哥可大都是赴美学农的学生，学成归国后，一直致力于将先进的农业思想传播到中国乡村。《阿宝救牛记》中的许教员，也是致力于推广洋鸡的农学教授。小说的这一安排，典型地体现了董时进“农业救国”的思想主张。第三，小说中的人物，不论是底层农民，还是知识分子的农学教员，都对动物充满了怜惜之情。在《硖口怒潮》中，他穷形尽相地叙述了农民对耕牛的疼爱；在《阿宝救牛记》中，他淋漓尽致地描写了阿宝对牛的热爱；在《宋林远征记》中，他不遗余力地阐释了宋林对狗的怜爱。这种对动物的热爱，对底层民众的热爱，体现了作者对底层民众的深厚情谊。东晋时，陶渊明给儿子送了一个仆人。在给儿子的家书中，他写道：“汝旦夕之费，自给为难，今遣此力，助汝薪水之劳。此亦人子也，可善遇之。”董时进对底层农民的情感，恰恰就建立在“此亦人子也，可善遇之”这一人性共情之上，恰恰建立在鲁迅“无穷的远方，无数的人们，都和我有关”的人间情怀之上。与此同时，董时进小说中对动物的爱，也让人想起当代诗人的一首《杀牛》：

临近过年，他几乎每天都要宰一头牛

人们见证了他的残忍，小路边
他高举斧头，使出全身的力气
一锤锤砸向牛脑袋
直到牛慢慢趴在地上，嘴角流血
偶尔动弹几下
目光依旧瞪着旁观者
他才远远地望着牛

大家都说看到了牛的眼泪

并决定从此少吃牛肉
仿佛只有那位杀牛人是一个屠夫
接连几天
牛皮和牛肠被随意扔进沟里
我迅速地绕过它们
想象春日来临，梅花飘落
覆盖了人间的不安①

［作者单位：重庆文理学院文化与传媒学院］

① 李田田：《有只狐狸看月亮》，广东人民出版社，2020 年，第 92 页。

后学衡

·古代文学与域外汉学·

《远游》诸问题的再反思①

□付佳奥

【摘要】《远游》与《离骚》有较多相似点，但通过细节处的对照可发现，《远游》在模仿的基础上对《离骚》做出了叙事重构。《远游》精心撰构上升的过程，设置远游之前的延宕，是为了使代言叙事拥有“作为屈原”的合理语境。在这一基础上，《远游》让主人公形神分离，自由地通过阊阖进入帝宫，在怀乡时得到神灵的抚慰，从而改变神游路线，经营四荒并最终实现神的长生。二者创作心理有很大的差异，《远游》应非屈原所作而为《九辩》之后的悼屈之作。它的出现是骚赋作品述志、忧生思想分流的节点，对后世有关精神行旅的各类作品产生了广泛的影响。

【关键词】《远游》；叙事重构；述志；忧生

《远游》系《楚辞》中的一篇，开游仙之风，秦汉以降，模仿之作不绝。《远游》的作者归属存在争议，有学者认为并非屈原所作，其中又有唐勒所作、西汉

① 基金项目：本文为西南大学中央高校基本科研项目“永明至大历时代的诗学问题研究”（项目编号：SWU1909742）阶段性成果。

人所作、两汉间人所作等多种看法，至今仍众说纷纭①。《远游》在楚辞系统中究竟处于何种位置，有着什么样的创作目的？相对《离骚》而言，结构是否同中有异？其表现出的黄老思想与《离骚》之间的矛盾对于后代文人的创作有何影响？《远游》的艺术价值又应得到何种评价？这一系列问题迄今尚未完全解决。笔者认为，对《远游》进行持法测意、以意逆志的细读，可发现它在模仿中完成了对《离骚》的叙事重构，作意已完全改变。《远游》具有伤悼亡者的性质，故其不应为屈原所作，它的出现是《楚辞》系统中一个思想分流的节点。《远游》本于《离骚》，而又独立地领起一条新的支脉。

一、明修栈道：《远游》上升之前的延宕

《远游》是一首以虚构叙事进行抒情的诗歌，对叙事手法的考量可以窥见诗人之作意，进而判断所抒之情的特性。因此，不妨先搁置有关作者身份的争议，先认识《远游》本身的文本特征。

首先，《远游》与《离骚》神游情节有公认的相似处，但《远游》不同于《离骚》剖白自我、从出生到面向死亡完整一体的抒情诗结构，它紧紧围绕着神

① 清人胡濬源在《楚辞新注求确》中首先对《远游》的作者产生了怀疑，此后吴汝纶、胡适、陆侃如、游国恩、刘永济、谭介甫等一系列学者都否定《远游》的作者是屈原，赵逵夫则认为是唐勒作。与此相反，姜亮夫、姜昆武、徐汉澍、杨义、力之等则仍坚持《远游》是屈原所作。争议集中在两个方面：其一是《远游》中反映出来的神仙思想，反对屈作者认为这种思想与屈原《离骚》等其他作品中的情志有较大差别，不似出自一人之手，支持屈作者则认为屈原可能从齐之稷下受道家思想影响，或认为战国时期的楚国已有黄老思想流行。张秀华、徐广才 2021 年发表《〈远游〉屈原作补说》（《北方论丛》2021 年第 4 期），即称“怀疑者从思想层面否定《远游》为屈原所作的理由皆不能成立”。其二是《远游》文辞、神游路线上，皆存在值得深究的问题。例如文辞的套用，王乔、赤松、韩众等传说的出现时间，都有学者做过专门辨析，但仍有商榷空间。尽管屈原有受道家思想影响的可能，《远游》与屈原其他作品的貌合神离以及文辞上所带的汉人特征是无法忽视的。从文本结构上看，也可见《远游》对《离骚》之神游做出了模仿基础上的叙事重构。在《楚辞》内部，《远游》对排列在它之后的作品（洪兴祖所见的《楚辞章句》今本、释文本，《远游》排列顺序皆在《九章》后，在《惜誓》《哀时命》等汉代作品之前）也有明显的影响。因此，在前人观点的基础上，笔者仍认为《远游》并非屈原所作，之所以托名屈原，是因其本属代屈设言的伤悼之作，详见后文。

游情节展开，以诗人所处的空间线索，代替了《离骚》中的时间线索。空间位置的转变，是理解这首诗意蕴的切入口。

在开始远游之前，诗人先做了大量的铺叙。诗的开端为“悲时俗之迫阨兮，愿轻举而远游。质菲薄而无因兮，焉托乘而上浮”①，一、二句用高度精炼的语言点明诗人所处的环境与期望的解脱：他处在俗世中，措辞为“迫阨”，这是两个用来形容空间经验的字，合起来即窄小、逼仄意，意味着生存空间上的矛盾冲突。正如段义孚所言，“对于人类而言，空间是一种心理需要，一种社会特权，甚至是一种精神属性”②，文学家将生命中的情感体验转化为空间经验并予以表达。相对《离骚》而言，《远游》没有进一步解释“迫阨”形成的种种前因，而是以“迫阨”二字包括了《离骚》中屈原所罹受的忧患，此后便将主题快速地导向“远游”，在第二句即点明题旨。然而，诗人并没有直接超脱俗世之外，在三、四句，他面临着“无因”的难题。没有托举上升的媒介，远游的希望被迎面泼来一盆冷水，诗人因此郁郁寡欢：

> 遭沉浊而污秽兮，独郁结其谁语。夜耿耿而不寐兮，魂营营而至曙。惟天地之无穷兮，哀人生之长勤。往者余弗及兮，来者吾不闻。步徙倚而遥思兮，怊惝怳而乖怀。意荒忽而流荡兮，心愁凄而增悲。神倏忽而不反兮，形枯槁而独留。③

这一段是对“悲时俗之迫阨”的补充说明。远游既不可得，心中耿耿难平，所以一夜不寐，愁肠百转。在他即目所能见到的无穷天地中，诗人个体是渺小的，不得不承受着人生的辛劳。“徙倚”和“轻举”相对，是被羁留在世俗空间的无奈。直到愁悲无可遏止之际，诗人实现形神的分离，给了“焉托乘而上浮”一个合理解释，也意味着诗人的精神得以挣脱现实世界，朝远方飘荡。“无因”的难题被克服了，可是诗人仍然没有就此展开他的远游，再度开始内心独白：

---

① 洪兴祖：《楚辞补注》，中华书局，1983 年，第 163 页。

② ［美］段义孚：《空间与地方：经验的视角》，王志标译，中国人民大学出版社，2017 年，第 47 页。

③ 洪兴祖：《楚辞补注》，中华书局，1983 年，第 163－164 页。

内惟省以端操兮，求正气之所由。漠虚静以恬愉兮，澹无为而自得。闻赤松之清尘兮，愿承风乎遗则。贵真人之休德兮，美往世之登仙。与化去而不见兮，名声著而日延。奇傅说之托星辰兮，羡韩众之得一。①

首四句昭显神游预备的状态，但诗人没有即刻出发，用了八句诗来铺陈自己“闻赤松”“贵真人”“奇傅说”“羡韩众”，向往四位仙人的心理活动。此后又以“离人群而遁逸”“忽神奔而鬼怪”“终不反其故都”“世莫知其所如”数句，反复说明游仙之超群脱俗，王逸注称“自此以上，皆美仙人超世离俗，免脱患难”②，即想象仙人的逍遥，以坚定远游的决心。因有这些美好的向往，诗人遂准备付诸“耀灵晔而西征”的实施。正当读者以为在反复数十句之后，终于要展开神游上浮之旅的瑰丽画卷时，诗人却再度将笔锋一转：

微霜降而下沦兮，悼芳草之先零。聊仿佯而逍遥兮，永历年而无成。谁可与玩斯遗芳兮？晨向风而舒情。高阳邈以远兮，余将焉所程。③

诗中的视角并未能够上升，所见无非霜降草凋、荒野莽莽的人间景象，远游再度遇到了曲折。因为“高阳”的邈远，诗人缺乏远游的方向，还是没有完全摆脱现实世界加诸于其身的影响，也就无法摆脱作为“帝高阳之苗裔”所自发形成的强烈责任意识，所以不能舍弃现实世界。在“历年”的矛盾和无成之后，诗人猛地意识到时间的流逝，内心再度发出强烈的呼喊：

重曰：春秋忽其不淹兮，奚久留此故居。轩辕不可攀援兮，吾将从王乔而娱戏！④

《远游》的叙事进行到这个位置，才真正结束了神游之前漫长的准备。王逸注云：“愤懑未尽，复陈辞也。”⑤ 揣摩“春秋”二句诗意，当是诗人徘徊再三，

① 洪兴祖：《楚辞补注》，中华书局，1983年，第164页。
② 洪兴祖：《楚辞补注》，中华书局，1983年，第165页。
③ 洪兴祖：《楚辞补注》，中华书局，1983年，第165－166页。
④ 洪兴祖：《楚辞补注》，中华书局，1983年，第166页。
⑤ 洪兴祖：《楚辞补注》，中华书局，1983年，第166页。

恐时岁忽逝，所以做出第二次决定，不再留恋“故居”。“故居”一语，与“高阳”呼应，说明诗人仍然心念故国，其行动不可避免地还在现实范围内徜徉反复。只有明白“轩辕不可攀援”，他才离开“故居”，走向“从王乔”这一空间上的突围，由此生出后面“餐六霞”“漱正阳”“保神明”“顺凯风”数句，将彷徨求索变化为颐养人生。“故居”既指所居之地，更指自己枯槁的形体，向诗人申说无为思想的王乔是另一片空间的接引者，即后来惯称的王子乔，此人常与赤松子齐名，并称松、乔，是求神仙、学行气、欲轻举的代表人物。留侯张良就曾自言“愿弃人间事，欲从赤松子游耳”，甚至“乃学辟谷，道引轻身”①。

《远游》的发端部分用了很大的篇幅描写诗人在现实世界中的犹豫和反复，铺垫部分长达54句。上升之前的过程可以总结如下：

> 时俗迫阨，发愿远游→徙倚遥思，形神分离→彷徨不去，历年无成→重下决心，离开故居

显然，这不是一个基于现实地理的反复过程，所有用语都富有精神上的象征意味，通过“故居”“故都”与“远游”“遁逸”之间抉择的艰难，反映诗人的“神”不能遽去的眷恋不舍和这种不舍背后更深层的生命意识与生存空间之间的矛盾。如果将《远游》视作是带着黄老思想的后人对《离骚》一次拙劣的模仿，甚至如谷口洋所认为的那样“娱乐化”②，势必不能深入到《远游》的谋篇布局之中探求作者的思想与微意。假若《远游》只是无为思想的重复申述，诗人也不

---

① 司马迁：《史记》卷五五，中华书局，1982年，2048页。关于王乔形象的考证，可参［日］大形徹：《松乔考——关于赤松子和王子乔的传说》，《复旦学报》1996年第4期。

② ［日］谷口洋：《试论早期辞赋中的神怪与悲哀——从“游行”主题看战国秦汉宗教情感的蜕变》，载南京大学中文系编《辞赋文学论集》，江苏教育出版社，1999年，第102－111页。陈洪也认为从“神游”向“游仙”转变，是从积极地为国家、宗族的命运而游，转变为消极地为个人的解脱而游，见其《论〈楚辞〉的神游与游仙》，《文学遗产》2007年第6期。这些观点或夸大了《远游》中的消极性，而未能结合时代和文体评价其思想。唐景珏认为，“《远游》虽然模仿了《离骚》中天国游历的描写，却用仙语话语系统置换了《离骚》中的巫术话语系统，用游仙精神置换了屈原平治天下的巨人精神，从而成为文学史上的第一首游仙诗。它标举了一种与《离骚》完全不同的人生价值观。”见唐景珏：《两汉远游文学研究》，北京语言大学2009年5月博士论文，第5页。

必费如此多的笔墨来书写内心之煎迫和下定决心之前的曲折。

在对西方名著《哈姆莱特》的研究中，常用“延宕（Delay)”一词指称在尖锐冲突和紧张的戏剧剧情中，丹麦王子的复仇行动出现暂时而表面的缓和。1736年，英国批评家托马斯·汉莫最早对哈姆莱特为何对复仇犹豫不决提出疑问①。莎翁用大量的内心独白塑造出了一个看似优柔寡断的哈姆莱特，将《远游》中的主人公与哈姆莱特做一对比，可以发现他们二者具备某些共通之处。诗人开篇即言愿游，但愿游而未游，始游而又彷徨，内心煎迫、孑然无友，不断地反问自身。正是这些内心独白和一波三折的情节设置，使神游不是黄老话语的简单转述，而与屈原的遭际、情志密切相关。王逸便认为这是屈原“履方直之行，不容于世。上为奸佞所谗毁，下为俗人所困极，章皇山泽，无所告诉。乃深惟元一，修执恬漠”② 的作品。然而，延宕情节的设置，也正说明《远游》相对《离骚》而言，并非姊妹篇，而是另起炉灶。

《离骚》中虽然也有神游情节，却并没有在神游前展现出去与留的矛盾，神游是在“亦余心之所善兮，虽九死其犹未悔”的情志主导下“路漫漫其修远兮，吾将上下而求索”的自然行动。“上下”“求索”四字为《离骚》之游的纲领，说明屈原是为了探寻人生的真理而周游的，神游本身并不突兀，“驷玉虬以椉鹥兮，溘埃风余上征”③ 的借力上升也不困难，产生叙事冲突的是神游所遇之不谐而不是神游行动本身。《远游》则不同，它并没有像《离骚》一样做长篇自我陈述，而欲赋予诗人弃世投向另一片空间的合理性，为此反复申说抉择之艰难，至于时俗究竟如何“迫阨”，诗人为何不容于世，因有《离骚》在前，反而不是《远游》的描述重点。先读《离骚》，再读《远游》，自然会以《离骚》为《远游》之注脚，以《远游》为《离骚》之演绎。因此，《远游》这段延宕叙事只借屈子之情，不写屈子之事，将其视为代言体是十分合理的。

---

① Sir Thomas Hammer. *Some Remarks on the Tragedy of Hamlet Princeof Denmark*, *Written by Mr. William Shakespeare*, London: M, DCC, XXXVI, 1736, P33.

② 洪兴祖：《楚辞补注》，中华书局，1983年，第163页。

③ 洪兴祖：《楚辞补注》，中华书局，1983年，第25－26页。

《离骚》中屈原关于家世、遭际的自我陈述没有出现在《远游》中，《远游》眷恋故居的延宕也极少反映在此后远游文学的继承者中。正因《远游》的延宕叙事赋予了形神分离的合理性，后代模仿《远游》的作品不必再描写上升前的反复。《大人赋》是其中的代表，它在文辞上与《远游》有明显的相似之处，但上升之前的叙事非常简略，只有短短六句，在“悲世俗之迫隘兮，朅轻举而远游”之后便直接进入“载云气而上浮”的神游过程①，弃世十分果决。在前后沿用同一叙事母题（Motive）的文本结构中，因写作重心发生变化，母题叙述或由繁而趋简，或由简而趋繁，在不需要迭出新意的地方往往取前者而非后者。《故事形态学》中，普罗普指出不是所有的故事都要具备全部“母题链”，缺少几项“母题链”并不影响母题的延续性②，指的就是这样的情形，即这种延续性已经在前后积累中展现出来，为读者所普遍认知，未必需要再次耗费文笔去填满。在文学史上这种情况并不少见。例如，“下凡”的母题，在《石头记》中便成了一个引子，石的下凡以及回归叙事都十分简略（相对于红尘历劫而言，简略得有些冷酷）。因为这一母题已经有了广泛的影响，读者们早已有接受的心理基础，便无需再强调其合理性了。从《远游》到后来的《大人赋》等仿作，文学层面上正经历了这样一个过程。《远游》对轻举上升母题的描写详细、完整，《大人赋》弃其延宕，专取神游，与《大人赋》时代相近的《哀时命》则与《大人赋》相反，专门描写去留之间的矛盾心理，缩短其娱乐部分。这说明司马相如、庄忌（即严忌）都受到了《远游》的影响，进行再创作时又寄寓了不同的情志，对《远游》的结构也有不同的继承。不管《远游》的作者是谁，它所描写的远游之人是以屈原为原型无疑，所以作者要使并不复杂的情节产生延宕，为屈原代言，并使读者相信远游有其必要性、合理性。在代言的基础上，作者重新建构了屈原的神游空间，从而彻底改变了神游的性质，为自己的诗歌意旨服务。

---

① 司马迁：《史记》卷一一七，中华书局，1982年，第3056页。

② ［俄］普罗普：《故事形态学》，贾放译，中华书局，2006年，第78－82页。

二、暗度陈仓：《远游》对《离骚》的叙事重构

文学作品的特点在于意与法相表里，持法可以测意，进而以意逆志。如果说延宕情节的设置是一种“明修栈道”，对一系列关键细节的叙事重构则是“暗度陈仓”。《远游》在行文之中，尽管处处显露与《离骚》相似的痕迹，力图使读者相信远游代言语境之真实，以至于不惜袭《离骚》旧句，意图接近屈原的真实心态，但在某些细节处却呈现出全新面貌，留下了异同给读者寻味。其中最重要的改变有两处，一为上天之后对“帝阍”形象的描写，一为游仙中忽然见到旧乡，从而怀乡心悲的结局。这两处改变，牵起了《远游》独立于《离骚》之外的叙事线索。

首先，关于“帝阍”形象的描写，《离骚》云：“吾令帝阍开关兮，倚阊阖而望予”①，《远游》云：“命天阍其开关兮，排阊阖而望予”②，前者言“倚”，后者言“排”，一字之差，所关者大。在《远游》句下，王逸注：“立排天门而须我也”，洪兴祖补注：“排，推也”③，这句讲的是帝阍推开天门放诗人进去，而《离骚》中的意思则截然相反，讲的是帝阍倚天门望而拒我，使我不得入。后世沿袭《远游》诗意的，如《大人赋》“排阊阖而入帝宫兮，载玉女而与之归”④，袭《离骚》诗意的，如李白《梁甫吟》：“阊阖九门不可通，以额叩关阍者怒”⑤，李商隐《寄令狐学士》：“钧天虽许人间听，阊阖门多梦自迷”⑥，所指向的情志是完全相反的。《离骚》与《远游》在这里只是一字之差，但内涵已被完全改变，后代文人并没有混淆这一点，因而有截然不同的继承方向。《离骚》中屈原被拒

① 洪兴祖：《楚辞补注》，中华书局，1983 年，第 29 页。
② 洪兴祖：《楚辞补注》，中华书局，1983 年，第 168 页。
③ 洪兴祖：《楚辞补注》，中华书局，1983 年，第 168 页。
④ 司马迁：《史记》卷一一七，中华书局，1982 年，第 3060 页。
⑤ 李白撰，王琦注：《李太白全集》，中华书局，1977 年，171 页。
⑥ 刘学锴、余恕诚：《李商隐诗歌集解》，中华书局，1988 年，第 814 页。

绝进入帝宫，只好“结幽兰而延伫”①，《远游》的主人公历经上升前的种种艰难之后，在阊阖处却没有受到阻碍，“召丰隆使先导兮，问大微之所居。集重阳入帝宫兮，造旬始而观清都”②。同样的空间位置，因为一个动作的不同，带来了截然不同的后续发展。

《远游》有意将延宕放置在上天入帝宫之前，将屈原为帝阍所阻，不得诉于天帝的深沉痛苦取消了，把大部分的痛苦集中在游仙之前的去留抉择，而非时时萦绕在游仙过程中不能拂去。“阊阖”是分割两片空间的要津，同样是神游，《远游》与《离骚》也就产生了质的差异，主人公轻而易举地进入了天门，一片祥和、阔大的理想空间就此展开。他还召唤来云师做向导，延宕至此一变为酣畅，将此前积攒的痛苦用游仙作为出口消释了。因此，二者虽然同样都设置了“帝阍”情节，《远游》却悄然进行了叙事上的重构。

第二，《离骚》与《远游》在篇章末尾处同样都有怀乡心悲的情节，语词相似。《离骚》将这一情节设置在正文结束处，只用了“仆夫悲余马怀兮，蜷局顾而不行”③ 二句，便转笔写“乱曰”，堪称全篇点睛之所在，意在说明诗人上下求索，终不能忘怀故国，情志不变。反观《远游》，除了说仆夫与马，尚添了两句：“思旧故以想象兮，长太息而掩涕”④，主人公亦为此感到悲伤。但神游没有就此结束，而是将《离骚》目睹旧乡之前观神灵舞乐的娱乐情节转移到了目睹旧乡之后。诗人仍然停留在天界，并没有回到“形”所羁留的故国，《离骚》中最终那种回归现实的无奈通过娱乐情节得到了一定程度的消解。将娱乐后置与将痛苦提前的叙事安排用意是一致的，目的是为所代言的屈原寻找灵魂的出口，拯救他的命运。

寄托还暗寓在出游路线的改变中。《离骚》中有两次出游，一次是发轫苍梧，上天庭、游东方、求女、回归；另一次是朝发天津，夕至西极，走流沙、过不周，

① 洪兴祖：《楚辞补注》，中华书局，1983 年，第 30 页。王逸注：“长立有还意也。”
② 洪兴祖：《楚辞补注》，中华书局，1983 年，第 168 – 169 页。
③ 洪兴祖：《楚辞补注》，中华书局，1983 年，第 47 页。
④ 洪兴祖：《楚辞补注》，中华书局，1983 年，第 172 页。

在仙乐中怀乡，结构统一，为凸显最后的怀乡心悲、回到现实服务。《远游》则是先登天庭，然后再东征、西遇，欲忘归而见旧乡，正要心悲之际，又南行、北征。《远游》中“阊阖”是向主人公敞开的，这就导致神游线路和所处空间的变换顺序必然不同，主人公在望见故乡之后也并没有像《离骚》中那样清醒，选择继续远游，在南方先欣赏娥皇、女英和湘水之神奏出的博雅宽平的音乐，抚慰心伤，才北向前往寒门，保证经营四荒的过程完整。这也为进入道家理想的虚无冥漠的泰初之境做了充足准备。《远游》的叙事可以从整体上划分为以下阶段：

形神分离，犹豫不决→决心上升，神游天界→经营四荒，消解怀乡→无见无闻，与泰初为邻①

如果《远游》是屈原所作，完全不应该出现上述细节处似是而非的重构。“帝阍”与“怀乡”在《离骚》之中是与屈原之不得志却眷恋故国、九死不悔一以贯之的，两个关键的情节象征着他既不能忘怀现实，又不能实现理想，无路可去，最终只能指向“彭咸之所居”。“阊阖”的敞开，使诗人在《远游》中拥有了与“迫阨”完全相反的另一重精神空间，也就为诗人打开了一条生路。“怀乡”之后诗人将前往何处意味着全篇作意所在，从《远游》与《离骚》细节处的叙事重构，以法测意，可以确信《远游》并非屈原所作，而是后人为屈原而作。

那么，《远游》为何要打开天门，神游天界、四荒？屈原死后，从宋玉开始，便有悲悼其人、依而作词的传统。《史记》载：“屈原既死之后，楚有宋玉、唐勒、景差之徒者，皆好辞而以赋见称；然皆祖屈原之从容辞令，终莫敢直谏。”②王逸称：“宋玉者，屈原弟子也。闵惜其师，忠而放逐，故作《九辩》以述其志。至于汉兴，刘向、王褒之徒，感悲其文，依而作词，故号为‘楚词’。”③按照王逸的说法，《九辩》实际上是代言之祖。《九辩》全篇以“余”的视角展开，

---

① 朱立新归纳为“远游的缘起、远游的准备、远游的过程、远游的归结”四大板块，见其《试论楚辞远游系列的结构模式及其对游仙诗影响》，《上海师范大学学报》2001年第5期。

② 司马迁：《史记》卷八四，中华书局，1982年，第2492页。

③ 洪兴祖：《楚辞补注》，中华书局，1983年，第182页。

“余”即屈原①。宋玉也深入到屈原所处的情境之中，谓“岂不郁陶而思君兮？君之门以九重。猛犬狺狺而迎吠兮，关梁闭而不通”，“何时俗之工巧兮，背绳墨而改错”②，和《远游》一样，都模仿《离骚》中的文辞，来书写屈原的志向。《九辩》因悲秋而闻名，悲秋之因，实是“岁忽忽而遒尽兮，恐余寿之弗将”③的生命忧患，这种忧患在“生之不时”的遭遇中被放大了，因此宋玉最终也选择以神游结尾，“愿赐不肖之躯而别离兮，放游志乎云中”。可以说从宋玉开始，已将“别离”与“游志”视为一种哀悼方式，相沿成了惯例，这是对已死之人的“闵惜”与“感悲”，希望屈原能够以另外一种形式得到慰藉。不过，《九辩》中不仅神游的情节较为简略，还没有构造出完整的神仙世界，亦没有说明形神如何分离的过程。《九辩》和《离骚》一样，并未将神游明确地和现实躯体之游相区别：

驷玉虬以桀鹥兮，溘埃风余上征。(《离骚》)④

愿赐不肖之躯而别离兮，放游志乎云中。(《九辩》)⑤

载营魄而登霞兮，掩浮云而上征。(《远游》)⑥

《离骚》《九辩》中的神游乃跟随众神，作天界之游，本质上来说是凡人行游的扩大化，或者可以视为一种“巫游”。《远游》中的神游，明确指出是“营魄”之游，“抱我灵魂而上升也”⑦，而主人公的“形”已经“枯槁而独留”，它开始的是纯粹的精神之旅。形神二元关系是道家着重关注的问题，非巫术所有。《庄

---

① 在王逸所说的从宋玉《九辩》到汉兴之后如《九叹》《九怀》之类的感悲作品中，作者都采用了“余”或“予”的第一人称写作，亦即与《离骚》保持同样的人称视角。从写作的方式上说，是以屈原设言，故有代言的性质，但为其代言并不是为了复制屈原的内心世界，而是借代言发挥述志与伤悼的功能。悯人者自悯，当然也会杂入作者自身的思想情感，因此也有论者认为《九辩》为宋玉“自伤”之作。

② 洪兴祖：《楚辞补注》，中华书局，1983年，第188页。

③ 洪兴祖：《楚辞补注》，中华书局，1983年，第187页。

④ 洪兴祖：《楚辞补注》，中华书局，1983年，第25－26页。

⑤ 洪兴祖：《楚辞补注》，中华书局，1983年，第196页。

⑥ 洪兴祖：《楚辞补注》，中华书局，1983年，第168页。

⑦ 洪兴祖：《楚辞补注》，中华书局，1983年，第168页。

子·天地》："泰初有无，无有无名。一之所起，有一而未形……留动而生物，物生成理，谓之形。形体保神，各有仪则，谓之性。"①《鹖冠子·泰录》："流分而神生，动登而明生，明见而形成，形成而功存。"② 战国时期的道家认为，一开始并没有"形"，"形"是随着"泰初"的流动，为了保有"神"而生成的。既然"形"在"泰初"不存在，那便可以舍弃它，向"泰初"回归。所以《鹖冠子》进一步称："不见形脔，而天下归美焉。"③ 所谓"形"之独留，实即人生的死亡，在战国晚期的一部分思想家看来，"神"离开"形"之后还有永存的方法，从而演变为王乔、赤松之教，目的是通过一些修炼的法门，完成形解，轻举上升④。上升的终点就是《远游》所说的"留不死之旧乡""与泰初而为邻"⑤。

这与《楚辞》中另外的一些伤悼之作所体现的招魂传统既有联系，又有区别。在《招魂》《大招》中，诗人用佳肴、音乐、美人等方式吸引灵魂回归故乡、回归形体，抚慰它的伤痛，较符合楚巫传统，而《远游》将娱乐上移至天界，不再让灵魂为故乡、形体感到困扰，用游仙取代了招魂。形神分离之后，因为神不会死亡，也就再未重新聚合。陈洪指出，"游仙以仙话为主体，神游以神话为主体；游仙的目的是企求不死，神游的目的是寻求美政"⑥，斯为有见之言，但他进

---

① 郭庆藩：《庄子集释》卷五上，中华书局，2012年，第430页。

② 《鹖冠子集解》，广益书局，1936年，第35页。荀子所论则相反，他认为"形具而神生"（《天论》），见王先谦《荀子集解》卷一一，中华书局，2012年，第302页。

③ 《鹖冠子集解》，广益书局，1936年，第34页。

④ 马王堆三号墓竹书《十问》："能者必神，故能形解"，形与神的分离是不死成仙的起点。参考姜生《马王堆帛画与汉初"道者"的信仰》，《中国社会科学》2014年12月。

⑤ 洪兴祖：《楚辞补注》，中华书局，1983年，第167、175页。《鹖冠子》对《远游》可能颇有影响。《远游》明确提到了"神明"一词，云"保神明之清澄兮，精气入而粗秽除"，又提到了"壹气孔神兮，于中夜存"，这与《鹖冠子》中《泰鸿》《泰录》《夜行》持有的思想十分接近。李剑虹指出《老子》无"神明"一词，"神明"始多见，《庄子》一书凡8见，到战国中晚期《管子》《鹖冠子》等书，"神明"出现频繁，成为基本概念，可参其《〈太一生水〉"神明"考释》，《安徽大学学报》2011年第2期。贾谊的《鹏鸟赋》曾参考《鹖冠子》中的《世兵》篇，以致后人误以《鹖冠子》为伪书（参见杨兆贵《〈鹖冠子·世兵〉篇非抄袭贾谊〈鹏鸟赋〉辨》，《中国文学研究》2009年第3期）。《远游》的作者能够看到并参考《鹖冠子》也是合理的。

⑥ 陈洪：《论〈楚辞〉的神游与游仙》，《文学遗产》2007年第6期。

一步推论“可以明确的是，从‘神游’到‘游仙’的转变，意味着抒情主体思想境界的转变，即从积极地为国家、宗族的命运而游，转变成消极地为个人的解脱而游”，则仍未注意到《远游》的抒情性质在于伤悼亡者，并非自我求救。从伤悼的创作视角出发，《远游》要表达的就不是个人解脱，而是希望屈原的精神能够得到长生。马王堆汉墓出土的系列帛画可以印证汉初人对灵魂升天的期许，并且能够从中看到当时对九阳、接引、天门和守门人的想象①。《远游》改动了“帝阍”情节，由王乔及众神为接引，就使屈原的灵魂成功地通过了这道天门，停留在广阔无垠的乐土，最终出有入无。

三、《远游》在《楚辞》系统中的位置

由于关键材料的缺失，有关《远游》作者问题的争论从清代胡濬源始，一直持续到当下。思想史、词汇史的研究方法，也都没有能够提供直接证据②。其实胡濬源所提出的质疑，依据的方法本于严羽《沧浪诗话》提出并为古人所广泛使用的辨体之法，今天反为人所忽视。严羽谓“大历以前，分明别是一副言语；晚唐，分明别是一副言语；本朝诸公，分明别是一副言语。如此见，方许具一只眼”③“唐人与本朝人诗，未论工拙，直是气象不同”④。胡濬源认为“屈子一书，虽及周流四荒，乘云上天，皆设想寓言，并无一语说神仙事”⑤，是从风格气象上立论，并非认为屈子绝无受到神仙思想影响的可能。在文献学证据不足的情况下，对文学作品本身的文法分析是不可忽视的。《远游》结构上的改变所带来的与《离骚》《九歌》《天问》诸篇作意、风格上的巨大不同，以及它与汉人继

① 姜生认为“马王堆汉墓证明，由死到仙的生命转换乃是汉墓的最高宗旨”，见其《马王堆帛画与汉初“道者”的信仰》，《中国社会科学》2014 年 12 月。

② 吴晓云：《本世纪〈远游〉作者争论之众说》，《云梦学刊》2021 年 3 月。

③ 郭绍虞：《沧浪诗话校释》，人民文学出版社，1983 年，第 139 页。

④ 郭绍虞：《沧浪诗话校释》，人民文学出版社，1983 年，第 144 页。

⑤ 胡濬源：《楚辞新注求确》，《楚辞文献集成》第 17 册，广陵出版社，2008 年，第 11842 页。

作的接近，才是否定它为屈原所作最重要的因素。

综合上述，《远游》既非屈原所作，也不是一篇旨在模仿《离骚》的作品，模仿和延宕只是使它代言合理化的一种手段。它一方面通过“以述其志”的代言来伤悼屈原；一方面通过神游升天来调和屈原所遭遇的人生痛苦，对“帝阍”“怀乡”情节的改造，都是这种调和在文法上的反映。

在《楚辞》系统中，《离骚》为《远游》所本，《远游》是《九辩》影响下《离骚》之变，很可能《远游》的作者所见的，便是汤炳正推测的《楚辞》的第一个版本①。据《楚辞章句》古本的排序，汤炳正考证《楚辞》成书经历了一个长期编纂的过程，《远游》当属淮南小山或刘安本人编纂《楚辞》时辑入的作品。《淮南子》主张形神二者相互依存的形神观与《远游》有较大不同，故《远游》也不应为淮南王宾客所撰②。淮南小山自作附入者，已见《招隐士》。这次编纂收入了《九歌》《天问》《九章》《远游》《卜居》《渔父》六种屈赋，“凡是当时所认为是屈原的作品，几乎被全部收入”③，但编纂者和其他人的见解可能并不一致，所以司马迁“虽然采用了《渔父》的原文，但只作为资料用”④，且言“余读《离骚》《天问》《招魂》《哀郢》，悲其志”⑤，不及《远游》，而以《招魂》为屈原所作。这说明在汉初，一些骚赋的作者问题已经出现了。将追随者的作品题以屈子之名传之后世，亦属当时子书编纂的常见做法。

《远游》在《九辩》述志的基础（即内心延宕部分）上扩大了作者自身的关怀（即轻举神游部分），性质和《离骚》不同，故不可谓《远游》的作者即持娱乐、消极的态度，只能说该作者希望屈原的灵魂进入到泰初境界中，与天地同寿，代表的是作者对屈原的感悲和同情。它已然杂入大量黄老神仙之说。这种道

---

① 即只包含影响力最大的《离骚》和宋玉所作《九辩》的最初结集，见汤炳正：《〈楚辞〉编纂者及其成书年代的探索》，《江汉学报》1963 年第 10 期。

② 马汉钦：《中国形神理论发展演变研究》，福建师范大学 2005 年博士论文，第 36－38 页。

③ 汤炳正：《〈楚辞〉编纂者及其成书年代的探索》，《江汉学报》1963 年第 10 期。

④ 汤炳正：《〈楚辞〉编纂者及其成书年代的探索》，《江汉学报》1963 年第 10 期。

⑤ 司马迁：《史记》卷八四，中华书局，1982 年，第 2503 页。

家、神仙家相杂的思想趋势在战国后期至汉初一直较为流行，难以说《远游》是受到某家观念的产物，但可以肯定的是《远游》对继作者产生了较大的影响，它的出现是骚赋作品思想分流的节点。

首先，受到《九辩》影响的，有王逸谓之“感悲其文，依而作词，故号为‘楚词’”① 的刘向、王褒之徒的《九叹》《九怀》，也包括题为东方朔作的《七谏》，以及王逸“窃慕向、褒之风”② 所作的《九思》。这一系列作品都分若干短篇记录屈原的遭际及情志，从不同角度伤悼屈原，可视为“述志”一类。其文辞以杂拟《离骚》《九章》为主，又因视《远游》为屈作而兼拟《远游》。如《七谏》中的《自悲》一章，“哀独苦死之无乐兮，惜予年之未央。悲不反余之所居兮，恨离予之故乡”，讲的就是其寿不永，死后灵魂无归，只能“苦众人皆然兮，乘回风而远游”③。《自悲》单拟神游之事，较为简短，只是七章中的一部分，且尽管达到“含沆瀣以长生”的永恒境地，这章还是以“哀居者之忠贞”收束，接下来转笔回归现实，又写“伤楚国之多忧”④。这说明，《七谏》的作者和宋玉一样，希望述屈子之志，但它将《远游》也视为屈子所作，所以专用一章来写神游。《远游》与《离骚》《九辩》有别，《七谏》用文法予以调和，没有在神游的道路上越走越远。

王褒《九怀》分九章，每章单独能够成篇，自有其结构，合起来又是一个层层推进式的整体。《匡机》章始言乘日月兮上征，以“念君兮不忘”收束；《通路》章再言假寐远游、上行，以“惆怅兮自怜”收束；《危俊》章复陈“余何留兮中州”“将去烝兮远游”，以“永余思兮怞怞”收束；《昭世》章再陈“高回翔兮上臻”，以“横垂涕兮泫流”收束；《思忠》章继续“登九灵兮游神”，以“心怫郁兮内伤”收束；《陶壅》章说“伤时俗兮溷乱，将奋翼兮高飞”，在神游之后，仍不免“思尧舜兮袭兴”；《株昭》章总结前文，游仙已经“余私娱兹兮，孰

① 洪兴祖：《楚辞补注》，中华书局，1983 年，第 182 页。
② 洪兴祖：《楚辞补注》，中华书局，1983 年，第 314 页。
③ 洪兴祖：《楚辞补注》，中华书局，1983 年，第 248－249 页。
④ 洪兴祖：《楚辞补注》，中华书局，1983 年，第 250 页。

哉复加”，然而，主人公还是“还顾世俗兮，坏败罔罗。卷佩将逝兮，涕流滂沱”①。《九怀》有七章描写上升和神游，但这七章的结尾都回归了悲伤的现实，合成一个整体，说明在王褒眼中，无论神游多么壮观，多么快乐，都不能改变屈子的情志。

刘向《九叹》中有《远逝》《远游》各一章。《楚辞章句》于《远逝》题下注“逝一作游”，《远游》题下注“游一作逝”②，盖古人曾于此二章名目有所混淆，这是因为远游往往意味着离逝。但在这里，“逝”不能作“游”，“游”亦不能作“逝”。《远逝》章用意在模仿《涉江》。“服云衣之披披”“垂明月之玄珠”“建黄纁之总旄”，一如《涉江》中对于冠服的描写，正欲高洁其姿态；“惜往事之不合兮，横汨罗而下沥”往下则说的是人世之放逐，所处空间皆在现实世界，是屈原经历过的事情。《九叹》最后一章《远游》则不然，讲的是“周流览于四海兮，志升降以高驰”“排帝宫与罗囿兮，升县圃以眩灭”的畅快神游，通过了阊阖，正极乐之际，怀想旧邦，一样面临最后选择。《九叹》的回答是“譬彼蛟龙”“升虚凌冥，沛浊浮清，入帝宫兮。摇翘奋羽，驰风骋雨，游无穷兮”。在这个理想天国中，游于无穷的蛟龙登天门可以无阻无拦。美好愿望既然有所寄托，主人公的痛苦也得到了一定的缓解。王逸注云：“想升贤君之朝，斥去贪佞之人”“言己亦愿奋竭智谋，以辅事贤君，流恩百姓，长极无穷也”③，此言并未逆得其志。相对于《七谏》《九怀》，《九叹》思想情感上偏向于《远游》的显然要更多一些。

王逸自作《九思》，和《九怀》一样，诗中的主人公亦进入了天帝居处，“谒玄黄而纳贽，崇忠贞兮弥坚。历九宫兮遍观，睹秘藏兮宝珍”“与织女兮合婚”“食元气兮长存”，在畅快的神游后仍以“守志”“自怜”④收束。综上，这几位

---

① 洪兴祖：《楚辞补注》，中华书局，1983年，第268－280页。

② 洪兴祖：《楚辞补注》，中华书局，1983年，第281－312页，下引《九叹》原文不再一一出注。

③ 洪兴祖：《楚辞补注》，中华书局，1983年，第312页。

④ 洪兴祖：《楚辞补注》，中华书局，1983年，第326－327页。

继作者虽然模仿的是《九辩》的体例，却将《远游》视为屈作，因此不免兼拟《远游》，以抒发对屈原的感悲之情。又因《远游》和屈原的情志本有龃龉处，所以他们处理的方式又互有差异。

其次，《远游》以黄老神仙思想赋予了屈原精神上的出路，它又脱离了《离骚》《九辩》，独立地领起了另外一条有关于生命忧患意识的文学脉络，可视为“忧生”的一类。率先参与进来的是较晚编入《楚辞》的《惜誓》和未编入《楚辞》的《吊屈原赋》。较之《远游》，《惜誓》衍生出新的特点。它只用了四句话叙述上升之前的过程：“惜余年老而日衰兮，岁忽忽而不反。登苍天而高举兮，历众山而日远”①，点明题旨。王逸认为“惜者，哀也，誓者，信也，约也，言哀惜怀王，与己信约，而复背之也”②，是为了维护《楚辞》收诗体例的统一，将简单的问题复杂化了。“誓”与“逝”同音通假，《诗经·魏风·硕鼠》：“逝将去女，适彼乐土”③，逝即誓意。反过来，《惜誓》之“誓”即年老岁衰之意，与首句相合。《惜誓》亦由忧生发端，用二十八句详细铺叙游仙之事，接着说“念我长生而久仙兮，不如反余之故乡”④，到怀乡心悲这一情节，尚不过全篇之半。《远游》是伤悼劝慰之作，《惜誓》始添入议论的成分，剩下的四十余句，与其说是抒发“余”的感慨，不如说是作者借着屈原的形象横发了一通对仁人罹难、不得其时的见解。他引比干、箕子为例，认为“非重躯以虑难兮，惜伤身之无功”⑤，与《离骚》之意相去甚远。结尾有云：

> 已矣哉！独不见夫鸾凤之高翔兮，乃集大皇之野。循四极而回周兮，见盛德而后下。彼圣人之神德兮，远浊世而自藏。使麒麟可得羁而系兮，又何以异虖犬羊？⑥

---

① 洪兴祖：《楚辞补注》，中华书局，1983 年，第 227 页。
② 洪兴祖：《楚辞补注》，中华书局，1983 年，第 227 页。
③ 《毛诗正义》卷五之三，《十三经注疏》，上海古籍出版社，1997 年，第 359 页。
④ 洪兴祖：《楚辞补注》，中华书局，1983 年，第 229 页。
⑤ 洪兴祖：《楚辞补注》，中华书局，1983 年，第 230 页。
⑥ 洪兴祖：《楚辞补注》，中华书局，1983 年，第 231 页。

在作者眼中，麒麟、鸾凤之才不应被世俗所羁系。盛德之世，圣人不妨入世，浊世则应自藏。这段议论被贾谊檃括入《吊屈原赋》，文辞略有差异①。贾谊“闻长沙卑湿，自以寿不得长，又以适去，意不自得。及渡湘水，为赋以吊屈原”②，创作动机即担忧自己年寿不永，从而引用了《惜誓》中的话来自宽。但《吊屈原赋》之后又说“般纷纷其离此尤兮，亦夫子之辜也！瞝九州而相君兮，何必怀此都也”，明显是一种反语，比《惜誓》要沉痛得多。贾谊在《鹏鸟赋》中有齐死生的议论，称“释知遗形兮，超然自丧；寥廓忽荒兮，与道翱翔”，同属自遣悲怀，并不能真正实现。当贾谊被重新起用后，他虽因具言鬼神之状而受到文帝的“前席”，却没有选择和光同尘，以蒙得恩宠，仍数次上疏进谏，最终还因梁怀王负疚而死。司马迁“观屈原所自沉渊，未尝不垂涕，想见其为人。及见贾生吊之，又怪屈原以彼其材，游诸侯，何国不容，而自令若是。读《鹏鸟赋》，同死生，轻去就，又爽然自失矣”③，贾谊与屈原人生上是相似的，文字上却是矛盾的，这不能不令司马迁感到茫然。

环绕着仁人生死去就问题，汉人普遍感到矛盾。时代稍后的严忌《哀时命》，也提出了“身既不容于浊世兮，不知进退之宜当”④ 的疑惑，出发点正在与短暂的生命与时俗迫阨之间的错位。这种矛盾到极致时便产生了扬雄《反离骚》所代表的“君子得时则大行，不得时则龙蛇，遇不遇命也，何必湛身哉”⑤ 的观点。然而扬雄对《离骚》的反驳，并不是对屈原的否定，同样是对他的敬仰和哀悼，

---

① 或谓《惜誓》即贾谊所作，据赵逵夫考证，贾谊好摄取、套用他人文字，《惜誓》应在《吊屈原赋》之前，见其《论〈惜誓〉的作者与作时》，《文献》2000 年第 1 期。他又将《远游》《惜誓》归为唐勒所作，可备一说。力之在 2001 年发表了商榷文章，认为赵文证据不足，见其《〈惜誓〉非唐勒所作辨——与赵逵夫先生商榷》，《内蒙古师大学报》2001 年第 6 期。楚骚影响汉赋写作的例子甚多，《惜誓》之于《吊屈原赋》，《远游》之于《大人赋》，《九辩》之于《七发》，《对楚王问》《渔父》之于问答体皆是。故《汉书·艺文志·诗赋略》以屈原赋为首，下列 20 家 361 篇。

② 司马迁：《史记》卷八四，中华书局，1982 年，第 2492 页。

③ 司马迁：《史记》卷八四，中华书局，1982 年，第 2503 页。从这里也可看出司马迁没有读过题为屈原所作的《远游》，否则不必等到读《鹏鸟赋》才“爽然自失”。

④ 洪兴祖：《楚辞补注》，中华书局，1983 年，第 261 页。

⑤ 班固：《汉书》卷八七，中华书局，1962 年，第 3515 页。

所以他将《反离骚》投江中以吊屈原，同时还模拟屈赋，又作《广骚》《畔牢愁》。可见，司马迁对屈原的“怪”和“悲”是相表里的，在汉代是一种普遍的接受心理，这种心理也赋予了《惜誓》《吊屈原赋》《反离骚》等作品以反语衬托、哀悼屈原的独特气质。金荣权便认为，“《远游》全文可称为第一篇反《离骚》的作品”①。所谓“反”，可以“对话”视之，在“对话”中完成对《离骚》精神的体认，而不能作“反对”理解。《远游》所领起的反《离骚》对屈原同样寄寓了深刻的人文关怀，和面对真正的现实抉择做出消极选择性质上是不同的。

四、“远游”母题的延续

从《远游》到《反离骚》的一系列作品突出反映了《离骚》之后，文人们对不合时俗的精神个体是否能够拥有一条出路的新思考。文学史上这种反思并不乏类似的案例，如秦殉三良、《黄鸟》赋哀，人共惜之，魏晋诗人多为之作慷慨之歌，至唐代李德裕则断然反言三良非殉君而是殉荣乐，宋代苏轼晚年亦认为三良不足取法。时代不同、际遇不同，对于君臣关系的思考也会有明显的差异。元散曲之中，陶潜成为常常和屈原并举的历史人物，而散曲作家们称“任三闾笑我，我笑三闾”②“不达时皆笑屈原非，但知音尽说陶潜是”③，取法于陶，退居林下，作反语于屈，以愤世嫉俗，表面相异，内中其实将屈、陶合一。

《远游》作为《楚辞》中的一个分流节点，它的影响力本于《离骚》，又脱离了《离骚》，形成独立的支流。首先，其神游主题旁及楚辞系统以外的赋作，如司马相如《大人赋》、班固《幽通赋》、冯衍《显志赋》、张衡《思玄赋》。这一系列作品，都继承了《远游》忧世忧生、形神分离、轻举神游、顺天长生的母题链，不过因创作目的不同，对各个要素的侧重也就不同。《大人赋》是献给汉武帝的劝百讽一之作，对神游部分大加渲染，其他部分则较简短，故“天子大

① 金荣权：《〈楚辞·远游〉作者考论》，《中州学刊》2005年第6期。
② 卢挚《〔双调〕殿前欢》，隋树森：《全元散曲》，中华书局，1964年，第134页。
③ 白朴《〔仙吕〕寄生草》，隋树森：《全元散曲》，中华书局，1964年，第193页。

说，飘飘有凌云之气”①；班固“弱冠而孤，作《幽通》之赋，以致命遂志”②，在赋作中用了大量的笔墨铺叙家世、征引古事，以史家的方式证明“幽通”之理，最终达到遗形、不朽，“魂茕茕与神交兮”③后的神游部分反而简略且无娱乐性，这是因为《幽通赋》自述己志，既非劝百，也非伤悼；《显志赋》为“虑时务者不能兴其德，为身求者不能成其功”④而作，用绝大部分篇幅来铺叙不逢于时的伤悲，最终愿远离尘垢，保全灵芬；张衡“常思图身之事，以为吉凶倚伏，幽微难明，乃作《思玄赋》，以宣寄情志”⑤，《思玄赋》的结构与《远游》最为接近，主人公最终通过神游达到出入阊阖，驰于虚无的境界。在这些作者笔下，“远游”是他们讽劝帝王或是自我表达的工具、途径，作者不再拘泥于《楚辞》系统的表述范围。“远游”这一手段离开了《楚辞》中那些为屈原而作篇章的预设语境之后，可以抛开语词的模拟，纵情表达作者的个人志趣，这也就是许结教授所指出的巡游主题在西汉末以及东汉之世“转向个人心志”⑥。

经过汉人的创作，远游或者说神游，就成了一种可以自由变化的文学手段，它作为母题延续的内在依据便是对现实空间的超脱和现实空间之外的寄托，这同时也意味着精神对形体的超越。从这个意义上说，远游之“远”和神游之“虚”具有同样的性质，和征行纪实类作品有别。郭璞《游仙诗》便直接承继了以神游宣寄情志的做法，往后到孙绰《游天台山赋》、慧远《庐山诸道人游石门诗序》等篇章中，精神上的寻远、悟远也成了文人寄托玄思的重要主题，并不一定要保留王乔、赤松遗教中轻举上升的修炼痕迹。

此外，《远游》本身具有伤悼、告慰亡者的作用，在后世亦得到继承。三国时缪袭《挽歌辞》有残句云：“令月简吉日，启殡将祖行。祖行安所之，登天近

① 司马迁：《史记》卷一一七，中华书局，1982年，第3063页。
② 班固：《汉书》卷一〇〇上《叙传》，中华书局，1962年，第4213页。
③ 班固：《汉书》卷一〇〇上《叙传》，中华书局，1962年，第4214页。
④ 范晔：《后汉书》卷二八下，中华书局，1965年，第985页。
⑤ 范晔：《后汉书》卷五九，中华书局，1965年，第1914页。
⑥ 许结：《赋体文学的文化阐释》，中华书局，2005年，第159页。

上皇”①，以死为登天之游。李商隐为李贺作传，先录天帝成白玉楼，召李长吉为记故事，云：“呜呼！天苍苍而高也，上果有帝耶？帝果有苑圃宫室观阁之玩耶？苟信然，则天之高邈，帝之尊严，亦宜有人物文采愈此世者，何独眷眷于长吉而使其不寿耶？”② 可见时人对李贺早亡的痛惜。明人冯梦龙纂辑《醒世恒言》，中有《马当神风送滕王阁》，以王勃之死为登仙，亦此类也。清代王士禛悼亡友云：“分明一笑凌云去，撒手灵芝殿上行”③，袁枚自挽“千金良药何须购，一笑凌云便返真。倘见玉皇先跪奏，他生永不落红尘”④，一笑凌云、返璞归真，成为挽诗甚至自挽诗写作之法。在《红楼梦》第七十八回，晴雯死后，贾宝玉作《芙蓉女儿诔》，也用了模仿楚辞、虚设神游的大段文字来为之伤悼。类似的例子尚多，此不一一。

《远游》最终达到的泰初境界是人和仙的分隔，如果不能达到无见无闻的境界，即不能实现精神长生，但这种源于道家的神仙观念对普通民众而言，反而意味着舍弃世俗的快乐。在魏晋神仙故事中，当主人公无法超脱对世俗的眷恋时，则多吸收《远游》的怀乡情节，设置游仙与回归的矛盾冲突。如刘义庆《幽明录》记载了刘晨、阮肇采药遇到仙女的故事，这二人停留半年，结果归思甚苦；又如《搜神后记》记载会稽袁相、根硕二人历绝壁、入赤城与仙女相遇，结果二人思归并偷偷潜回。这类故事都有一个共同元素：异域思归。田晓菲引用这些文本，并与《桃花源记》并举，归纳出“失乐园”主题，并朝前追溯到《离骚》中的怀乡情结⑤，但她未注意到从《离骚》到魏晋之世的种种“失乐园”故事之间，存在《远游》对神游主题的重要改变。《远游》强调的是人超脱现实的另一

① 骆玉明、陈尚君：《〈先秦汉魏晋南北朝诗〉补遗》，《文学遗产》1987 年第 1 期。

② 王琦等：《李贺诗歌集注》，上海古籍出版社，1978 年，第 8 页。

③ 《忆公勇吏部》，王士禛：《带经堂集》渔阳续诗卷一五，《清代诗文集汇编》第 134 册，上海古籍出版社，2010 年，第 290 页。

④ 《病剧作绝命词留别诸故人》，袁枚：《小仓山房诗文集》卷三七，上海古籍出版社，1988 年，第 1079－1080 页。

⑤ ［美］田晓菲：《神游：早期中古时代与十九世纪的行旅写作》，生活·读书·新知三联书店，2015 年，第 105－109 页。

种选择，只有在可以选择时，游仙和思归所代表的人生意义才成为对立面，而《离骚》中屈原的情志无比坚定，从无选择余地。在这些传说故事中，异域历程为怀乡所终止，体现出羁留形体与现实的另一种世俗思想。作为传说故事而言，神游的娱乐性并没有削弱，反而使“乐园”更富有神秘色彩①。《远游》带来的影响，也广泛地存在于有关精神行旅的各类作品之中。

［作者单位：西南大学文学院］

① 能够体现这种情节魅力的还有《法显传》。法显东西南北四方游览佛国胜迹，其乐无穷。令人称奇的是，法显最后在狮子国目睹一柄白绢扇，潸然泪下：“法显去汉地积年，所与交接悉异域人，山川草木，举目无旧；又同行分披，或留或亡，顾影惟己，心怀常悲。忽于此玉像边见商人以晋地一白绢扇供养，不觉凄然，泪下满目。”（章巽：《法显传校注》，上海古籍出版社，1985 年，第 153 页）显然，对于执笔记述者而言，这犹如一次寻仙之旅，但他毕竟回归了现实。所以作者设置一“白绢扇”情节压轴一转，使读者览之，不觉穿越时空，遥为慨叹。

申维翰《海游录·闻见杂录》和汪鹏《袖海编》比较研究

□姚诗聪

【摘要】 申维翰《海游录·闻见杂录》和汪鹏《袖海编》作为属于“异域之眼”——“从别国看日本”视角的同时代重要文献，作品整体不仅都体现着作者对于日本的认识，由此也足以反观当时朝鲜文人与中国文人的自身特质与情况及其所处的朝鲜时代与清朝的时代特质与情况。以二者作为研究材料进行前所未有的比较研究，既能比较申维翰和汪鹏各自日本认识的异同性，也能比较申维翰和汪鹏各自的自身特质与情况及其所处的时代特质与情况的异同性。两者的比较研究对于日本学研究、韩国学研究、中国学研究乃至于东亚文化交流及比较研究都无疑具有较高的学术意义和研究价值。故而笔者撰写本论文试作探究，以期能收抛砖引玉之效。

【关键词】 申维翰；《海游录》；汪鹏；《袖海编》；日本认识；时代特质；异同性

进行国别研究的研究视角，一般认为有三种，即由自身看自身；由自身和他者的比较而反观自身；近年来在学界蔚然成风的“异域之眼”视角，即以异域人观察本国之眼来反观自身。作为属于“异域之眼”——“从别国（韩国）看日本”视角的重要文献——《海游录》，是由朝鲜时代后期著名文臣、文章家申维翰于1719年担任通信使制述官，使行日本，留下记载其此次往来日本情况的生平著名作品，在学界被认为是最重要的朝鲜通信使文献之一。尤其是作为其附录部分的《闻见杂录》，体现着作者申维翰对于日本的认识，具有极高的史料价值。无独有偶，在同时代的中国亦存在着同类重要文献。在申维翰日本之行45年之后的1764年，以清朝商人身份访问日本的徽商汪鹏在长崎唐馆中创作出了在中日关系史、中日交流史上占有重要地位的《袖海编》，是清代尤其是清代中前期最重要的日本研究史籍之一。

《海游录》的作品整体体现着作者申维翰对于日本的认识，而作为其附录部分的《闻见杂录》则是申维翰对日本认识的集中体现，其学术意义不仅仅限于此，由此也足以反观当时朝鲜文人的自身特质与情况以及申维翰所处的朝鲜时代的特质与情况，而《海游录》作品的整体学术意义也是如此。和《海游录》的作品整体一样，作为其附录部分的《闻见杂录》不仅是日本学研究的重要文献材料，更是韩国学研究乃至于东亚文化交流及比较研究的重要文献材料。《袖海编》的作品整体体现着作者汪鹏对于日本的认识，其学术意义不仅仅限于此，由此也足以反观当时中国文人的自身特质与情况及其所处的清朝的时代特质与情况，故《袖海编》不仅是日本学研究的重要文献材料，更是中国学研究乃至于东亚文化交流及比较研究的重要文献材料。以作为《海游录》附录部分的《闻见杂录》和《袖海编》作为研究材料进行比较研究，既能比较申维翰和汪鹏各自对日本认识的异同性，也能比较申维翰和汪鹏各自的自身特质与情况其所处的时代特质与情况的异同性，对于日本学研究、韩国学研究、中国学研究乃至于东亚文化交流及比较研究都无疑具有较高的学术意义和研究价值，值得不断探究发现。就笔者视野所见，尚未见有专门研究，故而撰写本论文试作研究，以期能收抛砖引玉之效。

一、申维翰其人与其《海游录》

1. 宁海申氏与申维翰其人

申维翰（1681－1752），字周伯，号青泉，晚年号伽倻樵叟，朝鲜时代后期著名的文臣、文章家。本贯宁海申氏。

申氏乃朝鲜半岛大姓，据韩国2000年人口普查结果，申姓是韩国288个姓氏中排名第13位的大姓，人口总计698171人①。自得姓以来，文风鼎盛，人物辈出，声名显赫，最著名的本贯家族莫过于高灵申氏、平山申氏。其中尤以高灵申氏最为荣显，有九人诗作入选韩国文学史上汉诗规模最大的诗歌总集——《箕雅》，是姓氏单一本贯中入选诗人中人数最多的家族之一，足见其文学世家之盛，堪称是朝鲜时代数一数二的文学世家②。彪炳韩国文化史册，负有盛名的申叔舟、申润福、申采浩等重要人物均是出于此族，其他著名人物尚有申檣、申公济、申景濬、申光汉、申光洙等，高灵申氏足以跻身朝鲜时代十大文化名门之一。除朝鲜王室——全州李氏之外，高灵申氏的宗族人才涉及领域最广且在各个领域皆有较大成就，堪称朝鲜时代第一文化名门。不仅限于朝鲜时代，就是置于整部韩国文化史，也毫无疑问是数一数二的文化名门。平山申氏历史较高灵申氏悠久，也是朝鲜半岛历史上的名门望族，然不及其文名显赫，有五人诗作入选《箕雅》，朝鲜时代中期四大文章家之一的申钦，以“诗书画三绝”闻名的李朝末叶诗坛名手——申纬，为朝鲜民族诗歌及戏剧发展做出杰出贡献的说唱文学整理改编者——申在孝皆出自此族。而宁海申氏便是平山申氏的分支，“申氏本壮节公讳崇谦之裔，有文贞公讳贤，封宁海，子孙因贯焉”③，其本贯地在今天韩国庆尚北道盈德郡。宁海申氏远不及前两大申氏本贯家族显赫，长期沉寂，名人寥寥，申维翰便是其间最著名的族中人物。申维翰生于密阳，“高祖讳应龙，以学行闻；曾祖讳龟年，以孝闻，拜礼宾佥正，至南原府使；祖讳省吾，进士；考讳泰始，生考讳泰来，并以文章屡解不利。本生妣金海金氏，宣务郎硕玄女”④，从其族系

① 摘录自 의성김씨대종회（义城金氏大宗会）：성씨별인구순위（姓氏人口顺位）. kim25. net/.

② 姚诗聪：《朝鲜王朝时期高灵申氏文学世家考——以〈箕雅〉为中心》，《黑龙江史志》2016年第2期。

③ ［朝鲜］申维翰：《青泉集》，《韩国文集丛刊》，首尔：韩国民族文化促进会，2000年，第539－562页。

④ ［朝鲜］申维翰：《青泉集》，《韩国文集丛刊》，首尔：韩国民族文化促进会，2000年，第539－562页。

来看，高祖以下，四代之内，并无以文名著于世者，仅祖父一人有科举功名，故其家学底蕴绝称不上深厚，甚至可谓惨淡。其家族世系在始祖申贤以下只能上溯至高祖申应龙，中间失载，多是早已名讳不详，可见其家族并不显赫。高祖以下，四代之内，入仕人数仅有一人，根本就谈不上是仕宦显赫，明显与墓志铭中所谓“世列冠冕”不相匹配、名不副实，可见该赞誉只不过是属于墓志铭文体范式的空疏套语而已。申维翰母族金海金氏虽是大族，但其母所属的该支金氏并非显族。

有着三世之旧交、童年受学于申维翰的朝鲜后期文臣李弥（本贯德水李氏）在为其所作的墓志铭中说“科宦则乙酉司马，癸巳龙头。内而正字，博士，著作，校检，佥正，判事。外而县则茂长，涟川，延日，扶安。郡则平海。所到皆有声绩”①，简要概括了申维翰的科举及仕宦人生经历。申维翰二十五岁考中进士，三十三岁被擢为状元，但因自身出仕意愿不强及得罪权贵等原因，其仕途并不顺畅。1719 年，申维翰以当时公认的诗才被选为赴日通信使制述官，在日期间不仅以诗才震服日本人，更以拒不跪拜对马岛主之举彰显朝鲜文士气节。归国后，他被授予承文院副正字之职，并历任成均馆典籍、奉常寺判官等，但因为不容于朝廷勋贵，不久就被派往地方，历任县监、郡守等职十余年，颇有赈灾、兴学、平寇等政绩。五十三岁时丁生母忧回乡，之后一度无心出仕，其间朝廷多次任命京内外官职，他均未赴任，甚至拒绝了燕行使书状官一职的授命，直至五十九岁才重新出仕。此后十余年，在历任官职的同时，他将主要精力放在讲学和著书上。1752 年，申维翰留下平生未得北游中国的憾叹离世，时年七十二岁②。

申维翰一生著述颇丰，除大量诗文作品通过后世整理的《青泉集》存世外，他还曾创作了如《簸遯录》《拱辰录》《经学略说》《易理粗解》《文章衮钺》等

---

① ［朝鲜］申维翰：《青泉集》，《韩国文集丛刊》，首尔：韩国民族文化促进会，2000 年，第 539 - 562 页。

② 复旦大学文史研究院编：《朝鲜通信使文献选编》（第三册），复旦大学出版社，2015 年，第 239 页。

专著，而《海游录》便是其生平最著名的作品①，从“至如海游录，家藏户诵，纸贵久矣”② 可见其影响力之广。

2. 申维翰的通信使之行与《海游录》

1718 年（清康熙五十七年，朝鲜肃宗七年，日本享保三年），日本德川幕府第八代将军德川吉宗即位，朝鲜王朝援例派出通信使致贺，以洪致中为通信正使，黄璇为副使，李明彦为从事官，使臣一行自 1719 年农历四月十一日出发，九月二十七日抵达江户，次年正月二十四日回京复命③。

一般通信使的出使路线为：从朝鲜王城汉城出发——经陆路或水路——釜山——对马岛——相之岛（蓝岛）——下关——上关——濑户内海东——鞆浦、牛窗、室津、兵库——大阪——京都——大垣、名古屋、静冈——箱根——江户。通信使乘船从朝鲜出发，最后从日本返回，一次至少需要五个月，有时长达七八个月④。

申维翰在该次使行活动中担任制述官，他在《海游录》开篇介绍了通信使行中制述官一职的来历，并指出其职责为“管一行文事”“接应彼人言语，宣耀我国文华，必责于制述官，是其事繁而责大”。以诗才闻名的申维翰，将当选制述官视为一次重要的施展才华的机会。出行前，他专程登门拜访昆仑学士崔昌大，获得了后者的宝贵建议和鼓励。在日本期间，他恪守制述官职责，力求最佳表现，《海游录》记述了整个过程，为我们留下了大量宝贵的文献资料⑤。

《海游录》在内容上大致分为两个部分：第一部分为正文部分，以日系事，

① 复旦大学文史研究院编：《朝鲜通信使文献选编》（第三册），复旦大学出版社，2015 年，第 239－240 页。

② ［朝鲜］申维翰：《青泉集》，《韩国文集丛刊》，首尔：韩国民族文化促进会，2000 年，第 539－562 页。

③ 王鑫磊：《同文书史——从韩国汉文文献看近世中国》，复旦大学出版社，2015 年，第 137 页。

④ 王鑫磊：《同文书史——从韩国汉文文献看近世中国》，复旦大学出版社，2015 年，第 129 页。

⑤ 王鑫磊：《同文书史——从韩国汉文文献看近世中国》，复旦大学出版社，2015 年，第 137－138 页。

全程记述使行的经过；第二部分是一篇题为《闻见杂录》，长达两万余字的附录，分类记述了作者所了解的有关日本的知识。在韩日学界，申维翰《海游录》被认为是最重要的朝鲜通信使文献之一，相关研究也最为丰富。作为朝鲜通信使文献中最著名的文本之一，韩日两国学界对于《海游录》的研究有大量的成果问世①。然而，中国学界对于该重要文献的研究成果却几乎空白②。

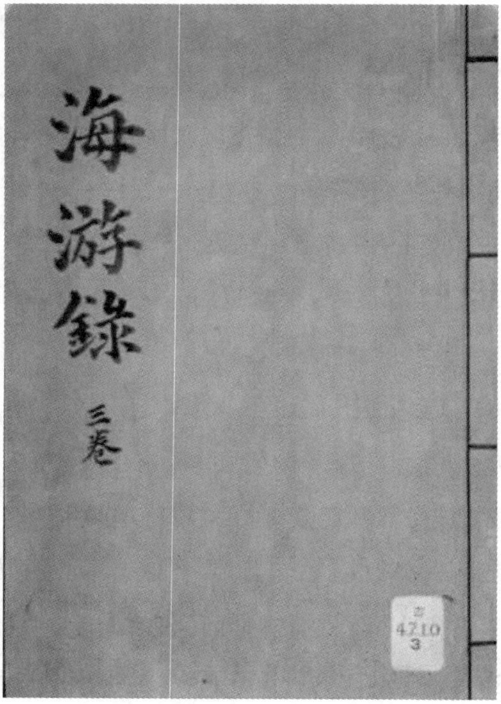

首尔大学奎章阁韩国学研究院所藏申维翰《海游录》

---

① 韩日学界关于申维翰《海游录》的研究著作有如姜在彦日文译注本《海游录朝鲜通信使の日本纪行》，［日］平凡社，1974年；김찬순韩文译注本《해유록（조선선비일본을만나다）》，［韩］보리，2006年；강혜선韩文译注本《조선선비의일본견문록（대마도에서도쿄까지）》，［韩］해유록，2008年；이마고文译注本《이효원（조선문인의일본견문록）》，［韩］해유록，2011年。

② 王鑫磊：《同文书史——从韩国汉文文献看近世中国》，复旦大学出版社，2015年，第137－142页。

二、汪鹏与《袖海编》

1. 汪鹏与日本

在中日两国源远流长的交往史中，频率最高、人数最多、最为重要的当属民间往来，这构成了中日交往的主体和基石。江户时代中日两国间并无正式官方交往，故该时期便唯有通过民间往来实现中日文化交流。1639 年，日本江户幕府通过发布诏令，“将长崎作为与中国和荷兰交往的窗口，并通过对马与朝鲜交往，其他各地禁止一切对外往来”，正式确定锁国策略。由于锁国政策的实施，极大限制了外国人的赴日交流，日本民众也无法前往海外贸易。江户时代中日两国间并无正式官方交往，1684 年，清朝废海禁令“迁界令”，颁布“展海令”，允许沿海居民从事海外贸易，故该特殊时期的中日交流仅通过民间贸易来维持。日本历史上把这一时期的中日贸易称作“长崎贸易”，当时的日本人把驶抵日本的中国船称作“唐船”，正是这些“唐船”构建起了中日两国文化交流的大桥梁。也正是不计其数的民间使者——中国商人，为中日文化交流立下了丰功伟绩，但作为个人，他们很少能留下姓名和事迹。在历史悠久的中日文化交流史中，有幸青史留名者，绝大多数都是功在向日本传播中国文化，而能以亲身所见所闻向中国人介绍日本情况的，可谓凤毛麟角。清代杭州商人汪鹏便是中日文化交流史中向中国人介绍日本情况的“民间使者”，为中日文化交流做出了杰出的贡献。

汪鹏，字翼沧，号竹里山人，浙江钱塘人。《杭州府志 · 义行 · 汪鹏传》载：“慷慨好施与，朋好中孤寒者，助膏火以成其名。亲串中有婚嫁不克举者，成全之。”《清代传记丛刊》称：“以善书，客游日本垂二十年，岁一往返，未尝或辍。”李濬之《清画家诗史》称其“喜购日本古书籍，归呈四库馆，或付鲍渌饮（鲍廷博）、阮云台（阮元）传刻行世”。由此可见，汪鹏是为人慷慨仗义的海上贸易商人，同时也是具有一定文化修养的儒商。

汪鹏在中日文化交流史上虽然称不上居功至伟、彪炳千秋，但也算是做出了杰出的贡献。汪鹏之所以在中日文化交流史上拥有一定的地位，主要是因为两大贡献：其一是他曾受著名藏书家鲍廷博的委托，在日本访求汉学书籍，并带回中国；其二是他著有《袖海编》，记述他在长崎的亲身见闻，以及对于日本社会的感想。作为中日学者研究清代中日关系史、中日贸易史、中日文化交流史的必读文献和研究对象，如时培磊《明清日本研究史籍探研》《临海东观——明清史学中的日本研究与认识》，松浦章《清代帆船与中日文化交流》《明清时代东亚海域的文化交流》等研究著作中，都有相关章节是对汪鹏及其《袖海编》的研究。由此可见，汪鹏《袖海编》在中日文化交流史上的学术价值和研究意义早已广为学界所公认。

汪鹏在日本访书的成果，目前已知的，有在中国早已失传的《古文孝经孔氏传》和南梁皇侃的《论语义疏》，以及日本学者山井鼎据日本足利学校所藏珍籍校订中国经书的成果——《七经孟子考文补遗》。这三部文献在中日两国学术界都有很大影响，也是中日学术交流史上的珍贵文献。前两种由鲍廷博呈献给四库馆，被收入《四库全书》，又被鲍廷博刻入《知不足斋丛书》中，因此汪鹏的名字也就随之留在了这两部重要的丛书之中。

这三种文献，既是国内早已不可得见的珍奇古本，又都经过日本学者的整理校订，重新刊行，并附有日本学者的序跋，是日本学者研究中国经学的新成果。在经学和考据、校雠之学盛行的乾隆中叶，它们受到中国学者的重视，并引起中国学者进一步了解日本学术文化的兴趣，是可想而知的。从汪鹏颇得编纂《知不足斋丛书》的作者、著名藏书家鲍廷博的信赖因而受托在日本访书，可见他是一位学识颇厚的人①。

2.《袖海编》概述

汪鹏所著《袖海编》，是其作为清朝海商在日本长崎的见闻记录，是其对于中日文化交流的另一杰出贡献。《袖海编》为笔记体，一卷，除小序外共五十条，全文五千字左右。卷首有序，“东坡云：‘我持此石归，袖中有东海’……是坡所袖者，以石为海；吾所袖者，以海为石。今姑就其所见闻略为记识，名曰《袖海

① 周迅：《汪鹏事辑》，《文献》1997年第2期。

编》……或云：昔有波斯持宝石入中国，其值千万。吾子他日言归，藉得如波斯之所挟持，岂非快事……乾隆甲申重九日竹里漫识于日本长崎唐馆”。苏轼有《取弹子涡石养石菖蒲》一诗，诗中有句曰：“我持此石归，袖中有东海”，《袖海编》书名即取其意。诗人苏轼取东海之石置于家中，以象征东海气魄与意蕴，此处汪鹏即效仿名家所言所为，称自己作此书是意在将海外日本见闻带回国内，广而传之。在为个人著作增添一抹浓厚的文人传奇和传承色彩的同时，也体现出其对于个人作品的珍视，期待此著作能为赴日本从商的国人有所裨益和参考，而“吾子他日言归，藉得如波斯之所挟持，岂非快事”更表明了他对于此书的深深期许和厚望。乾隆甲申即乾隆二十九年（1764），这篇自序对此书的内容、宗旨、撰作时间和地点都交代得清清楚楚。

乾隆年间，正值日本锁国期间，对中日贸易多有限制。乾隆二十九年前后，每年到日本的中国商船不过十三艘上下。中国商人到达日本以后，他们的活动范围被限制在长崎唐馆之内。因此，汪鹏的见闻不能不受到局限。但汪鹏常年奔走于中日之间，替清代著名藏书家鲍廷博在日本搜求古籍善本的特殊身份和经历，使得他能够从独特的视角介绍日本，记录下了不少有价值的情况，为后人留下了珍贵的史料。鸦片战争前，历数清朝人所著有关日本介绍的书籍，包括《袖海编》在内也不超过五本。其中写于清初的《日本乞国记》，还因作者黄宗羲鼓吹反清复明思想而被列为禁书，剩下的四本书中，只有陈伦炯《海国闻见录》和汪鹏《袖海编》乃是亲历纪闻，其他两本郁永河《稗海纪游》和童华《长崎纪闻》都是道听途说之辞。《袖海编》是汪鹏根据自己在长崎的经历撰写而成，汪鹏长期旅居日本长崎经商，其所见所闻所感因此成为难能可贵的第一手资料。此外，以清朝商人视角下的日本社会及长崎风貌褪去了浓重的政治色彩，因而《袖海编》可谓是研究江户时代长崎、日本社会面貌以及清代中日交流不可多得的民间珍贵史料，是清代尤其是清代前中期最重要的日本研究史籍之一，在中日关系史、中日交流史上占有重要地位。

《袖海编》稿本最初归于著名藏书家鲍廷博，同时代人多曾得见。梁玉绳从中摘取了十六条，后来编入自己的文集《清白士集》中，附于第二十四卷之末，题名《日本碎语》，梁玉绳还为之作序。乾隆五十一年（1786），苏州震泽人杨复吉从鲍廷博处得到《袖海编》，将其收入他正在编辑的《昭代丛书续编》中。杨复吉还为《袖海编》写有跋文。光绪年间，《袖海编》又被收入王锡祺所辑《小方壶斋舆地丛钞》第十帙。“校此三本，《清白士集》所辑是摘记，不足一千字，行文次序完全不同于另两本，字句也多有不同。”①

《袖海编》主要记述了唐馆、清人外出管理、日常管理、交易管理、与长崎游女的交往、长崎寺庙、日本人生活起居、习俗信仰、文风学风、荷兰人的长崎贸易、长崎四季气候、常见动植物等，可谓是一本关于长崎乃至日本社会生活的实用书籍。概括而言，《袖海编》中关于长崎以及日本的珍贵史料大致可归纳总结为地理、文化交流、文学与学术、日常生活与风俗、贸易五大方面。

三、申维翰《海游录·闻见杂录》与汪鹏《袖海编》的比较

申维翰的日本之行，是作为朝鲜通信使的制述官随行出访日本，故申维翰的日本之行是属于官方层面的韩日文化交流活动。申维翰在该次使行活动中担任制述官，他在《海游录》开篇介绍了通信使行中制述官一职的来历，并指出其职责为“管一行文事”“接应彼人言语，宣耀我国文华，必责于制述官，是其事繁而责大”。制述官的职责虽是与文学相关，但显然是承担着政治重任、富有浓重政治色彩的官职。正是由于申维翰在该次使行活动中担任制述官的身份和职责，又鉴于申维翰拥有较高的文学素养，这就决定了申维翰在《闻见杂录》中是从朝鲜高级知识分子与文人士大夫的视角描述日本，也就决定了《海游录》的政治性，决定了《闻见杂录》在体例上显得相对严整和正式，按内容分门别类依次排开。从内容上看有明显的分类，依次记述了日本的地理、历法、节气、物产、饮食、服饰、建筑、职官、兵制、田制、婚丧、技艺、音乐、书画、诗文、文学、学人、学术、佛法、医学、淫俗等多方面的内容。很明显，这篇文献是申维翰在阅读了

---

① 周迅：《汪鹏事辑》，《文献》1997 年第 2 期。

前人有关日本著述的基础上，结合自身亲身经历所了解的有关情况而写成的，可以看作是对当时朝鲜人所了解的日本知识的一次系统梳理。朝鲜时代文人士大夫对于日本的认知，最早的系统性梳理始自申叔舟的《海东诸国记》，其后每次朝鲜通信使往来，几乎都有参照申氏记载并予以补正的情况，不少通信使文献中都留下此类文字，而申维翰《闻见杂录》是目前所见篇幅最长、最具代表性的有关朝鲜时代文人士大夫对日本认知的作品①。《闻见杂录》的最后还附有《使行水陆路程记》，其中更包含有朝鲜国王写给日本德川幕府将军的国书，更加增添了《闻见杂录》内容的严肃性。故可以说，正是由于申维翰的日本之行是属于官方层面的韩日文化交流活动，申维翰是以担负着政治重任、政治色彩浓重的制述官的使臣身份随行出访日本，所以《闻见杂录》的性质其实更像是一份既全面严整又正式严肃的关于日本的情报搜集或者说是日本国情报告。读过《闻见杂录》的倒数第二段中有关日本君臣的评价：

> 而所谓君臣者，虽黄口痴儿，晏然在位，高宫丽榭锦帐绮食之娱，世传而不绝，其心习于安乐，岌岌焉事变之是惧，何计之可图。以余揆之，自非天人遘厄，秀吉清正之贼复生于其地，则我国家边疆之虑，万无一矣。第自关市以来，马岛之狡诈无限，馆驿之受侮多端，而朝廷每加恩厚，使区区一岛之长，必竞毫厘务胜而后已。识务者当有所见。②

可以认为是申维翰对其日本之行一路走访观察体认日本的总结和概括，以此作为《闻见杂录》的收尾，从中显见申维翰以制述官的使臣身份出访日本担负着政治重任，政治色彩浓重，并怀揣着政治目的观察、体认日本，才会发出对于日本君臣如此的评价，因此也就更会觉得《闻见杂录》的性质更像是一份关于日本的情报搜集或者说是日本国情报告。至于同属于该段的申维翰对于日本人的不堪差评更能看出申维翰对于日本的总体评价和情感基调，对于日本根深蒂固的文化

---

① 复旦大学文史研究院编：《朝鲜通信使文献选编》（第三册），复旦大学出版社，2015年，第243页。

② 复旦大学文史研究院编：《朝鲜通信使文献选编》（第三册），复旦大学出版社，2015年，第382页。

自豪与优越感表露无余、溢于言表。

汪鹏的日本之行，是以商人和船主的身份多次出访日本，而江户时代中日两国间并无正式官方交往，故汪鹏的日本之行是属于民间层面的中日文化交流活动。商人的身份决定了汪鹏在《袖海编》中是从清朝商人的视角描述日本，也就决定了《袖海编》的非政治性。又因为汪鹏的文学素养自是远不能与申维翰相提并论，故《袖海编》无论是从体例上还是内容设置及篇幅编排方面都显得要比申维翰《闻见杂录》拥有更多的自由性和随意性，而非严整性，性质上为典型的笔记体。《袖海编》正文共5753字，共计51条，书中条目体例并不如申维翰《闻见杂录》有明显的分门别类，前后还偶有重复，可见并非依照事先安排好的条目一一完成，而是穿插写作，并逐一增添完成①。在内容设置及篇幅编排上也显得很自由，书中有关唐馆描写、清朝商人的日常管理与贸易管理、清朝商人与长崎游女的交往的描述多达2164字，近乎全书篇幅的四成，故在内容设置及篇幅编排上具有明显的商人属性的倾向性，生活气息较浓，这自然是与汪鹏商人以及平民的身份无疑密切相关。而申维翰在《闻见杂录》中的内容设置及篇幅编排上虽然也有详略之分，但远不如汪鹏《袖海编》明显，其中记叙最多的部分便是有关日本文字、文学、学术、学人的内容，也不过仅占全文篇幅的两成左右，故并无明显的倾向性。汪鹏《袖海编》中虽然也有涉及日本多方面内容的记叙，如日本的地理、节气、物产、饮食、服饰、建筑、职官、丧俗、贸易、技艺、宗教、文学、妓女、日常生活等多方面的内容，但不如申维翰《闻见杂录》之广博，其中有关贸易程序方面的史料是汪鹏《袖海编》中的特色部分，在申维翰《闻见杂录》中不曾涉及。除了有关唐馆描写、清朝商人的日常管理与贸易管理、清朝商人与长崎游女的交往的描述，《袖海编》中其他条目的记叙都较为简略，申维翰在《闻见杂录》中有关日本各分门别类的情况的记叙相较于汪鹏《袖海编》各条目的记叙大多数都显得深入细致得多。如在申维翰《闻见杂录》中篇幅最多的是有关日

① 吴秋红：《他者之镜：〈袖海编〉中的长崎形象》，《兰州教育学院学报》2018年第7期。

本文字、文学、学术、学人的内容，多达5000余字，而在汪鹏《袖海编》中，有关该部分内容的记叙不过寥寥300字而已。

申维翰作为朝鲜通信使制述官，使臣一行自1719年农历四月十一日出发，九月二十七日抵江户，次年正月二十四日回京复命。其间“五月初一日到釜山，六月二十日辛酉乘船开洋”，当晚即抵达位于对马岛西北隅的佐须浦，也就是说在六月二十日申维翰即入境日本，“九月初四日癸酉次大阪城就陆，同月二十七日抵江户。十月十五日复路，十一月初四日还次大阪城，复乘船，庚子正月初六日癸酉回泊釜山”①，可见申维翰使臣一行滞留日本的时间约为六个半月，从对马岛佐须浦入境日本，终点为德川幕府首都江户，沿途停留之处多达四十六处，对于当时日本最重要的城市如江户、大阪、京都、名古屋以及风景名胜如富士山、箱根岭、琵琶湖，申维翰在《海游录》中都留下了细致的描写。可以说，日本自然地理和人文地理的首善之区，申维翰全部有幸到访。正是由于申维翰在日本滞留时间之长以及在日本到访地区之广，才为申维翰深入细腻观察和全面了解、认知日本各方面的情况奠定了基础，因此申维翰眼中的日本才能是多方面的相对全面的形象。申维翰一路到访日本多地，宛如一页页内容丰富、色彩绚丽的连环画册在申维翰眼前依次展开，在其脑海中留下了真实、多样、深刻而饱满的印象，融合了日本多地印象的立体形象也随之建立。也就是说，申维翰是通过观察一路走过的日本各地的不同风貌从而体悟与感知一个多样而全面的日本。相对而言，如此而来的申维翰眼中的日本形象无疑是具有相当程度的可信度和代表性。也正是得益于申维翰在日本滞留时间之长以及在日本到访地区之广，因此才为申维翰在《闻见杂录》中能够对于日本各分门别类的情况留下深入细致的记叙提供了可能性。再加上申维翰作为朝鲜通信使制述官的身份和职责，促使其饱含记录意识，在日本期间，力求最佳表现，所以申维翰才会对使行途中的经历和见闻的记载十分详尽。整部《海游录》记述了该次使行活动的整个过程便是其恪尽职守和富有

① 参见复旦大学文史研究院编：《朝鲜通信使文献选编》（第三册），复旦大学出版社，2015年，第382页。

记录意识的最佳体现，也因此同时留下了作为《海游录》附录写作的长达两万余字的《闻见杂录》，也是目前所见篇幅最长、最具代表性的有关朝鲜时代文人士大夫对日本认知的作品，为我们留下了和日本相关的大量宝贵的文献资料。

相比之下，汪鹏的日本之行就远不如申维翰般幸运。汪鹏是以商人和船主的身份多次出访日本，面对的是一个处在严密锁国体制之下的日本。《袖海编》作于汪鹏首次访日的1764年，但此时的日本已经严格执行锁国策略长达一个多世纪。从1633年开始，德川幕府一再下达锁国令，到1639年，指定长崎为唯一的对外贸易港，只允许中国人和荷兰人在此经商。1689年，唐馆修建完工后并规定，所有来长崎的清朝商人一律居住于此。在唐馆内，清朝商人的活动受到严密的监管，不得擅自外出。由于清朝商人到达长崎即被困在馆内，唐馆周围又修建了围墙，故清朝商人把唐馆形象地称为“土牢”“土库”，其中不难看出充满着深深的无奈与讽刺之情。汪鹏的日本之行，因为锁国令的严格执行，故其所能到访之处被限定在长崎一地，然而就算是只能到访长崎一地，汪鹏都不能在长崎随意自由走访，其活动范围在大部分时间里都被严格限制在唐馆之内，所以汪鹏的《袖海编》只能通过长崎一隅、以唐馆为中心来有限地了解和认知日本，因此也就不难理解《袖海编》为何会在内容设置及篇幅编排上具有明显的商人属性的倾向性，即书中有关唐馆描写、清朝商人的日常管理与贸易管理、清朝商人与长崎游女的交往的描述为何会多达近乎全书篇幅的四成。也正是因为汪鹏在日本的活动范围在大部分时间里都被严格限制在唐馆之内，所以其在日本的经历与见闻无疑严重受限，故为何汪鹏《袖海编》中虽然也有涉及日本多方面内容的记叙，但不如申维翰《闻见杂录》之广博，以及除了有关唐馆描写、清朝商人的日常管理与贸易管理、清朝商人与长崎游女的交往的描述，《袖海编》中的其他条目的记叙为何都较为简略，也就不难理解了。汪鹏和申维翰遇见的虽然都是处在严密锁国体制之下的日本，但因为各自身份的不同，以及访日活动性质的不同，故他们在日本受到的待遇可谓天壤之别。日本锁国令的严格执行，成功隔绝了中国人窥探其内部的可能性，但作为朝鲜通信使臣的申维翰，显然是并没有受到这一时代背景以及历史条件的严重制约。《袖海编》虽然是见证着汪鹏日本之行这一民间层面的中日文化交流活动的不可多得的民间珍贵史料，更是清代尤其是清代中前期最重要的日本研究史籍之一，在中日关系史、中日交流史上占有重要地位，但不能不说，正是由于当时的日本正处在严密锁国体制之下的时代背景以及历史条件的严重制约，汪鹏在日本的活动范围严重受限从而使得《袖海编》被蒙上了一层充满时代悲剧色彩的阴影甚至是带有一定的局限性。但汪鹏在活动严重受限的情况下，还能写出《袖海编》这样不可多得的珍贵史籍，显得更加难得、殊为不易。也正是因为日本处在严密锁国体制之下的时代背景以及历史条件的严重制约，鸦片战争前，历数清朝人所著有关日本介绍的书籍，才会少到仅有屈指可数的五部，这也正是在清代中前期中国有关日本的研究长期惨淡不兴的根本原因之一。然而申维翰的日本之行不仅是明显未曾受到日本处在严密锁国体制之下的时代背景以及历史条件的严重制约，相反之下，可以说是完全摆脱了这一明显历史局限性的桎梏，因而使得申维翰的《海游录》包含着某种喜剧色彩，包括申维翰在内的朝鲜通信使使团无疑是历史的幸运儿。因为在德川幕府锁国时代的日本，外国人能够大规模地进入日本国内腹地到处走访，一路观察感知日本，并且活动都能相对自由，且备受礼遇，只有朝鲜通信使才有此殊荣。试想若汪鹏当时便知道这一情况，不难想象他该会有多么艳羡朝鲜通信使。汪鹏的《袖海编》是通过长崎一隅、以唐馆为中心来有限地了解和认知日本，申维翰的《闻见杂录》是通过观察一路走过的日本各地的不同风貌从而体悟与感知一个多样而全面的日本，认知日本途径的截然不同是二者最明显与最本质的差异。

在申维翰《闻见杂录》和汪鹏《袖海编》中，有许多方面的内容皆可相互印证，可见申维翰和汪鹏对于日本的关注点具有一定的相似性。如将烟草都称为“淡麻古（一作菇）”。“我国所谓南草，本自东莱倭馆而得来，俗谚呼为淡麻古，即倭音多叶粉之讹也，倭人所呼亦如我国之谚，而其义则取多叶草而细粉故云尔①。”（《闻见杂录》）“坐定，主人则以烟盘置于客前，听客自取，盘列火炉、

① 复旦大学文史研究院编：《朝鲜通信使文献选编》（第三册），复旦大学出版社，2015年，第353－354页。

烟盒、唾壶各一，呼烟为淡巴菇。”（《袖海编》）① 如有关日本葬俗：“人死则取尸趺坐于木桶中，筑石为坎，立木为标，贵人侯家乃有碑石，立棹楔以表其地。”（《闻见杂录》）②“死人无棺椁，殡殓用一木桶，将尸趺坐其中，实以藿香，翌日而葬，贵贱一体，子若妇仅守孝二十五日，送死之事毕矣。”（《袖海编》）③ 如有关日本剃发：“男子则未冠者只削中央头发，留顶前脑后，有室之后，并削顶前而存脑后一撮，长可四寸许，以纸绳括之，屈曲向上，此为成人之仪。而或见全头不剃总发于脑后而为屈曲者。”（《闻见杂录》）④“男女俱不薙胎发，男至长成，将顶发削去，只留两鬓及脑后者，总梳一角，泽以蜡油，用白纸捻扎之。”（《袖海编》）⑤“日本人求得我国诗文者，勿论贵贱贤愚，莫不仰之如神仙，货之如珠玉，即舁人这厮卒目不知书者，得朝鲜楷草数字，皆以手攒顶而谢。”（《闻见杂录》）⑥“唐山书籍，历年带来颇伙。东人好事者，不惜重价购买，什袭而藏，每至汗牛充栋。然多不解诵读，如商彝汉鼎，徒知矜尚而无适用也。……如和泉王家者，颇知宝贵宋元人妙翰，每向客求得其一二件，珍如珙璧。”（《袖海编》）⑦ 无论是日本人向申维翰求得朝鲜诗文或是向使团随从人员求得字迹，抑或是从中国购回中国书籍，向客人求得宋元书法，体现的其实无非都是日本人对于拥有巨大向心力和影响力的汉文化以及中华文明的由衷向往与仰慕，但日本人的过度慕华难免会显得不切实际、华而不实，可谓是到了盲目崇拜的程度。

---

① （清）王锡祺辑：《小方壶斋舆地丛钞、补编、再补编》（第十册），杭州古籍书店，1985 年，第 328－338 页。

② 复旦大学文史研究院编：《朝鲜通信使文献选编》（第三册），复旦大学出版社，2015 年，第 362 页。

③ （清）王锡祺辑：《小方壶斋舆地丛钞、补编、再补编》（第十册），杭州古籍书店，1985 年，第 328－338 页。

④ 复旦大学文史研究院编：《朝鲜通信使文献选编》（第三册），复旦大学出版社，2015 年，第 362 页。

⑤ （清）王锡祺辑：《小方壶斋舆地丛钞、补编、再补编》（第十册），杭州古籍书店，1985 年，第 328－338 页。

⑥ 复旦大学文史研究院编：《朝鲜通信使文献选编》（第三册），复旦大学出版社，2015 年，第 365 页。

⑦ （清）王锡祺辑：《小方壶斋舆地丛钞、补编、再补编》（第十册），杭州古籍书店，1985 年，第 328－338 页。

申维翰《闻见杂录》和汪鹏《袖海编》中对于日本的整体评价和情感基调也是截然不同的，申维翰《闻见杂录》中对于日本的整体评价和情感基调是否定远多于肯定。申维翰《闻见杂录》记叙最多的部分便是有关日本文字、文学、学术、学人的内容，而申维翰对日本人诗文水平的总体评价是“拙朴可笑”“多不成语”“尤不足观”“粗疏遁塞，语无伦序”，对于日本学术的总体评价是“日本性理之学，无一可闻”①。至于对于日本风俗的整体评价便更是持完全否定的态度，如丧俗：“丧制则君亲之丧亦无举哀服丧之节，饮食言语一如平人。”② 如婚俗、淫俗：“婚姻不避同姓，从父兄弟妹相与嫁娶。兄嫂弟妻寡居，则亦为率畜。淫秽之多便同禽兽。家家必设浴室，男女同裸而浴。白昼相狎，夜必设灯而行淫。各齐挑兴之具，以尽欢情。即人人贮画轴于怀里，华笺累幅，各写云情雨态，百媚千娇。又有春药数种，助其荒惑云。”③ “僧舍在闾里，观光女子与僧徒杂坐。是其貌粗而行薄，或有食肉行淫。”④ 除了对于日本直接的否定评价，申维翰《闻见杂录》中对于日本的情感基调还呈现出带有明显的自认为是日本文化恩人意识的特征，即坚持日本文化多是源自朝鲜的固有见解。如“倭国旧无文字，百济王遣文士王仁阿直岐等，始教文学，经年讲习，粗有所传”⑤ “世传日本钦明天皇时，百济圣明王贡佛经，日本之有佛法自此始”⑥ “世传日本旧无衣制，人皆裸体，而晋武帝时，百济王阿花以裁缝女工之法贡遗，日本始有服色云”⑦。至

① 复旦大学文史研究院编：《朝鲜通信使文献选编》（第三册），复旦大学出版社，2015年，第376页。

② 复旦大学文史研究院编：《朝鲜通信使文献选编》（第三册），复旦大学出版社，2015年，第362页。

③ 复旦大学文史研究院编：《朝鲜通信使文献选编》（第三册），复旦大学出版社，2015年，第377页。

④ 复旦大学文史研究院编：《朝鲜通信使文献选编》（第三册），复旦大学出版社，2015年，第376页。

⑤ 复旦大学文史研究院编：《朝鲜通信使文献选编》（第三册），复旦大学出版社，2015年，第367页。

⑥ 复旦大学文史研究院编：《朝鲜通信使文献选编》（第三册），复旦大学出版社，2015年，第376页。

⑦ 复旦大学文史研究院编：《朝鲜通信使文献选编》（第三册），复旦大学出版社，2015年，第354页。

于关系到人们衣食住行、日常生活的社会史方面，在申维翰笔下，也基本上是凡是日本有的，朝鲜都有，甚至日本没有的，朝鲜也有的论调，总之在申维翰《闻见杂录》中，日本没有什么可稀奇的，朝鲜绝不会比日本差。申维翰在《闻见杂录》中对于日本的整体评价和情感基调，明显体现出了当时朝鲜人在日本面前，普遍带有根深蒂固的文化自豪和强烈的文化优越感。

对于汉文化以及中华文明强烈的文化自豪与优越感在汪鹏的身上虽然也有体现，相对申维翰的情感基调而言，只能说是隐性含蓄的，汪鹏《袖海编》中对于日本认知的整体评价和情感基调是肯定远多于否定。对于日本正面而肯定的评价，在汪鹏《袖海编》中随处可见。“长崎一名琼浦，风土甚佳，山辉川媚，人之聪慧灵敏，不亚中华男女。”① 对于长崎美景以及日本人聪慧灵敏的由衷赞美可谓溢于言表，在汪鹏眼中的长崎，无疑是人杰地灵的宝地。“日本为海东富强之国，长崎孤骞海隅，素称穷岛，然贫窭者绝少，每家资十万，夜悬一灯于门，倍者灯亦倍之，以示无敢私有之意。”② 不难看出，汪鹏对于日本富强之赞誉与叹服，在日本“素称穷岛”的长崎都尚且富裕如此，日本其他重要城市之富裕自是不难想象。其他对于日本的赞美，有如对唐馆周围景色的赞美，“允为巨观，不同凡境”③“诚欲界仙都，为海门增图画者也”④ “从馆内望四山逼近，仄径参差，衡宇褰云，田畴入绘，冬树不凋，春烟如织”⑤；亦有对于长崎贸易程序的肯定，“亦交易之良法也”⑥；还有对于在日本生活中的美好的怀念，“后有小圃，

① （清）王锡祺辑：《小方壶斋舆地丛钞、补编、再补编》（第十册），杭州古籍书店，1985 年，第 328 - 338 页。

② （清）王锡祺辑：《小方壶斋舆地丛钞、补编、再补编》（第十册），杭州古籍书店，1985 年，第 328 - 338 页。

③ （清）王锡祺辑：《小方壶斋舆地丛钞、补编、再补编》（第十册），杭州古籍书店，1985 年，第 328 - 338 页。

④ （清）王锡祺辑：《小方壶斋舆地丛钞、补编、再补编》（第十册），杭州古籍书店，1985 年，第 328 - 338 页。

⑤ （清）王锡祺辑：《小方壶斋舆地丛钞、补编、再补编》（第十册），杭州古籍书店，1985 年，第 328 - 338 页。

⑥ （清）王锡祺辑：《小方壶斋舆地丛钞、补编、再补编》（第十册），杭州古籍书店，1985 年，第 328 - 338 页。

遍莳名花，摊饭之余，日涉成趣”①，“若敖寺僧每年植名菊百余本，花时具斋觞，客临轩一赏之，后即任其所爱者分送携归，殊为韵事”②。作为儒家知识分子、身处文人士大夫阶层的申维翰始终是立足于自身一向所秉持的儒家礼法观念与文化优越论的立场，明显是以道学家自居，一副卫道者的面孔，表现出文化强者的姿态，对于日本的婚俗、淫俗极尽批判之能事，一言以蔽之，便是“淫秽之多便同禽兽”，将日本人定位为不知羞耻的禽兽之民③。而作为平民和商人的汪鹏便与之截然不同，汪鹏受儒家礼法观念影响不深，身上的道学气息和说教色彩远不如申维翰般浓厚，自是身份的差异性使然，故其在《袖海编》中对于日本婚俗、淫俗的记载几乎不见，自然也就不会存在对之的强烈批判，相反《袖海编》中对于清朝商人和长崎游女交往的描写着墨颇多。《袖海编》篇幅虽不长，但汪鹏在表达对长崎游女的赞美之情时却不惜笔墨，称她们貌美又工于修饰，唐人大多难以抗拒，花费重金亦在所不惜。在汪鹏的笔下，长崎游女显得亲切而美好，绝非是如申维翰笔下所严厉批判的不知羞耻的不堪形象，由此也不难看出二人在个人修为气度和胸怀格局方面的明显差异。

四、结语

以《海游录》附录部分的《闻见杂录》和《袖海编》作为研究材料进行比较研究，既能比较申维翰和汪鹏各自对日本认识的异同性，也能比较申维翰和汪鹏各自的自身特质与情况及其所处的时代特质与情况的异同性。两者的比较研究对于日本学研究、韩国学研究、中国学研究乃至于东亚文化交流及比较研究都无疑具有较高的学术意义和研究价值，值得不断探究发现。若是将研究进一步拓展

① （清）王锡祺辑：《小方壶斋舆地丛钞、补编、再补编》（第十册），杭州古籍书店，1985年，第328－338页。

② （清）王锡祺辑：《小方壶斋舆地丛钞、补编、再补编》（第十册），杭州古籍书店，1985年，第328－338页。

③ 徐东日、金禹彤：《朝鲜通信使眼中的日本形象——以〈海行总载〉为中心》，人民出版社，2018年，第98－101页。

延伸下去，将以申维翰《海游录》、汪鹏《袖海编》为代表的东亚交流文献，与其他属于“异域之眼”视角的文献或其他东亚国别研究史籍等东亚交流文献进行比较研究，无疑意义更大，收获更多。希望本文可以起到抛砖引玉的作用，能有更多志同道合的学人为东亚国别研究和东亚文化交流及比较研究添砖加瓦。

[作者单位：韩国岭南大学韩国汉文学科]

·文艺理论·

《马列文论研究》与新时期中国马克思主义文论研究的历史变迁

□阎方正

【摘要】 全国马列文艺论著研究会的会刊《马列文论研究》是中国当代文艺学学术史上创刊时间最早的一本马克思主义文论研究刊物，40 年时间里总共出版的 15 集刊物承载了丰富的学术史、文化史信息。通过实证研究的方式对刊物展开分析，能够看出该刊的发文作者经历了一个由本领域权威专家向后辈学人、由男性学者向女性学者进行优化调整的变化过程；在发文内容上，涵盖了经典马克思主义文论、苏联马克思主义文论、中国马克思主义文论与西方马克思主义文论等多个领域，涉及文艺基础理论、美学理论、文艺批评、综述书评等多重话题，开拓出新时期以来中国马克思主义文论研究不断深化成熟的建设之路。在编辑出版上，该刊采取一种非定期出版、学术组织与高等院校通力协作、专题组稿与自由约稿相结合的策略，反映出中国特色的学术组织与刊物发展模式。

【关键词】《马列文论研究》；中国马克思主义文论；全国马列文艺论著研究会；学术史

马克思主义是中国共产党行动的根本指南，是新中国社会主义事业建设的根本依规和出发点，如此关键的地位使得马克思主义及其相关理论成为新中国人文社会科学界聚焦的重要学术对象，马克思主义文艺理论研究便是其中之一。相较民国时期，相对零散、缺乏系统性的马克思主义文论研究，1949 年后，在国家文化部门的大力引导扶持下，中国的马克思主义文论开始进入到一个快速发展阶段。20 世纪 50 年代初，“美学大讨论”“现实主义论争”以及对毛泽东《在延安文艺座谈会上的讲话》的持续解读学习，奠定了中国当代马克思主义文论研究的基本格局。60 年代中后期，由于特殊的社会政治语境，国内马克思主义文艺研究进入到一个停滞时段，直至 1978 年“十一届三中全会”召开过后，才陆续恢复正常。

1978 年，伴随着“解放思想、实事求是”这一新时期社会主义建设核心指导思想的确立，文艺界很快迎来了春天。不仅中断多年的“文联”制度重新恢复实施，而且大量以文艺研究作为中心任务的学术组织纷纷成立，新中国第一个从事马克思主义文论研究的专业组织“全国马列文艺论著研究会”（以下简称“研究会”）也在该年 12 月诞生于武汉。自“研究会”成立初期开始，便通过各种方式努力推进新时期中国马克思主义文论研究事业，1981 年创办的组织刊物《马列文论研究》①（以下简称《研究》）是第一本国家级的马克思主义文论研究集刊。通过实证研究的方法针对发文作者、发文内容、编辑出版等信息进行完整梳理，能够基本勾勒出新时期中国马克思主义文论研究的历史变迁轨迹。

一、《马列文论研究》刊载过哪些学者的文章

作为国家级学术组织所主办的刊物，能够在《研究》上面刊发文章自然是对作者学术眼光与治学能力的一种高度认可。尤其是在中国特殊的文化语境下，从事马克思主义文艺理论研究更被视作是崇高而值得敬佩的事业，因此能够被“研究会”组织刊物选中的稿件不仅需要具有坚定的共产主义立场，而且对于马列文论的学术价值也必须要有精准、独到且深刻的挖掘。那么，究竟有哪些学者曾在

① 1981 年第 2 期《华中师院学报（哲学社会科学版）》就已刊发了李中一的《〈马列文论研究〉创刊》一文，实际上该刊直到 1982 年 1 月才正式公开出版发行，在此特别加以说明。

该刊发过文章呢？经过笔者细致地整理①，截至2010年出版的第15集，《研究》共刊发过以下学者的文章：

发文次数	发文作者
1次	《马列文论研究》丛书编委会、阿·阿维尔岑柯、阿萨杜尔拉耶夫、艾斐、白少玉、白生学、包忠文、蔡仪、陈传才、陈春莉、陈定家、陈辽、陈牧、陈世雄、陈孝信、陈艳梅、陈越、陈泽翠、陈竹、程代熙、程继田、褚朔维、崔卫平、大会秘书处学术组张威、大会学术组徐达执笔、代迅、翟鹏玉、丁国旗、董国尧、董希文、范继增、范九生、范玉刚、冯贵民、冯黎明、甘当炎、高起学、高迎刚、高长印、耿恭让、弓惠英、顾祖钊、郭志今、郝明远、何国瑞、何开府、贺铭华、胡垲、胡有清、黄力之、黄世瑜、黄万机、黄赞梅、嵇山、加里·索尔·莫尔森、贾益民、贾越、姜东赋、姜洪真、蒋晓波、金海林、金向东、金元浦、寇相法、赖大仁、雷成德、雷蒙·威廉斯、冷铨清、李安平、李辉凡、李健吾、李岭、李丕显、李胜清、李熏风、李长富、李志雄、李中岳、林清奇、凌建英、刘宝端、刘保端、刘崇义、刘光俊、刘江、刘介民、刘宁、刘一沾、刘中望、柳和勇、楼昔勇、卢政、麓云、罗如春、洛谢夫、马达、马希尧、毛宣国、孟方、孟宪法、牛玉秋、彭必成、邱克、屈雅军、全国马列文论研究会、全国马列文论研究会理事会、冉铁星、沙野、邵一伍、舍斯塔科夫、申家仁、史家健、宋文钊、孙世华、孙书文、孙文宪、孙媛、谭好哲、谭善明、谭志图、唐正序、特罗菲莫夫、涂途、王慧青、王家骏、王洁群、王克华、王克林、王磊、王连功、王燎荧、王南、王齐建、王睿、王善忠、王世德、王之望、韦于杞、温文认、温玉林、闻兵、乌兰汉、吴惠芳、吴鹏毅、吴世常、吴晓都、吴秀琴、吴翊南、吴章胜、武生、夏放、向锦江、向彤、谢德琳、谢斯达柯夫、熊培粹、徐放鸣、徐缉熙、徐汝霖、徐肖楠、许鹏、许奕谋、许振田、薛纯华、杨柄、杨曾宪、杨春忠、杨嘉、杨平、杨世强、杨守森、杨向荣、杨星辰、杨振铎、杨治经、姚大如、叶舒宪、印锡华、应必诚、尤战生、于朝贵、于为一、云岩涛、张国民、张皓、张怀瑾、张开焱、张磊、张利群、张仁香、张维麟、张伟、张卫霞、张岩冰、张泽忠、章炯林、章俗、赵建军、赵凯、赵文、赵宪章、周建萍、周兴杰、周长鼎、周舟、朱存明、朱辉军、朱慧珍、朱克玲、朱立元、朱志荣、邹德雄（共212人）

① 笔者在统计至今为止公开出版的全部15集《马列文论研究》作者时，是以该刊目录标注文章作者作为依据，包括第1集何洛所作《前言》等未被收录于目录里的文章，不在统计范围内。在此过程里，为了完整呈现，即便共同署名相同文章的两位作者也是算作各发文一次。特加以说明。

续表

发文次数	发文作者
2 次	边平恕、柴自生、陈池瑜、邓占中、杜书瀛、段文耀、傅树声、傅腾霄、高明霞、顾道弟、何洛、黄裳裳、纪怀民、李戎、李欣复、李新风、李益荪、连铗、林宝全、林焕平、刘谦、刘伟林、刘秀兰、陆梅林、罗中起、马新国、毛庆其、欧阳友权、石文年、时晓丽、孙铭有、田文信、王朝元、王开国、王钦韶、王志强、吴德辉、吴岳添、吴兆武、萧君和、肖君和、修倜、燕世超、杨晓新、姚鹤鸣、张弼、张怀久、张平、张玉能、周兰苣（共 50 人）
3 次	曾簇林、曾庆元、杜东枝、冯宪光、顾凤威、计永佑、季水河、蒋国忠、赖世和、李寿福、李万武、潘天强、孙子威、王尔勃、王先霈、王向峰、巫育民、吴元迈、叶伯泉、叶纪彬、张凌、朱印海、邹贤敏（共 23 人）
4 次	蒋培坤、李希贤、李衍柱、潘必新、王春泽、赵晓光（共 6 人）
5 次	董学文、刘庆福、刘文斌、吴介民（共 4 人）
6 次	马驰（共 1 人）
7 次	李中一（共 1 人）
8 次	陆贵山（共 1 人）
9 次	李思孝（共 1 人）
16 次	周忠厚（共 1 人）

《研究》从 1982 年正式创刊距今总共出版过 15 集，以公开署名方式发表文章的作者达到 300 人次。在这之中，外国学者共有 8 位，除此以外的 292 人均是国内学者。包括熊培粹、连铗、程继田、刘宝端等在内的 20 余位作者是以编译、翻译、整理、编辑等不同原因而登上该刊，其余大多数学者还是通过撰写马克思主义文论相关研究性论文成为本刊作者。

根据以上统计能够看出，新时期以来国内从事马克思主义文论研究的大多数重要学者均曾有过在《研究》发文的经历。这充分显示出，“研究会”作为新时期最具有影响力的马克思主义文艺理论研究组织，由其主办的学术刊物同样对于学界学人们的研究活动产生了极其深远的影响。当以上这些熟悉的学者姓名呈现于眼前，似乎整个新时期中国马克思主义文论研究事业的总体格局与趋势都完整地被描绘出来。在《研究》上发表 1 次文章便相当不易，想要发表 2 次、3 次，甚至更多次则对研究者选题论证的创新性、周密性有着更高的要求。吴介民、刘文斌、刘庆福、董学文等曾经5次于《研究》发文，马驰、李中一、陆贵山、李思孝则分别发过6次、7次、8次和9次，周忠厚发文最多，他曾先后16次将自己的马克思主义文论研究成果刊发于此，可见其在马克思主义文论领域的治学功力之深。如果详细考察这些发文作者的身份，可以看出当中经历了一段相对显著的变化过程。

创刊初期，《研究》便形成了相对清晰的办刊理念。“因此，本书就是站在社会主义民主的立场，运用辩证唯物论和历史唯物论的观点，强调理论联系实际的方法，遵守文艺的双百方针，主要面向高等院校文学专业师生以及其他文艺工作者，力图准确地、完整地来研讨和普及马克思主义文艺理论并使马克思主义本身得到进一步的充实和发展为目的的……欢迎一切有志于文艺理论教学、研究和批评的工作者们，大力支持，共同来为本书发热发光。”① 能够看出，负责主办该刊的“研究会”是希望借此向全国文论研究者提供一个畅所欲言的发声平台。1982年出版的第1集内，除了刊载李健吾、何洛等自民国起就开始涉猎文艺理论研究学者的文章，也有朱立元、张玉能、修倜等当时在读或毕业不久研究生的作品。总体上看，起初出版的几期刊物中，权威学者的发文数量显著多于年轻学者。造成这种情况的原因主要是历经“十年动乱”，包含文艺学在内的全国人文社会科学人才培养制度均遭受严重破坏，符合新时期要求的人才培养制度尚待重新恢复和完善。因而，只有少数优秀的年轻学者才能获得于《研究》发文的机会。这充分反映出，老一辈文艺学专家在新时期马克思主义文论研究事业发展初期所扮演的重要角色。伴随着中国当代马克思主义文论研究事业向前推进，《研究》的作者构成开始出现变化。2007年出版的第14集里，不仅收录了谭好哲、季水河、马驰等中年学者的文章，更是刊发了张岩冰、陈春莉、尤战生、赵文等一批青年学者关于马列文论的最新科研成果。文艺学界的知名权威与年轻后辈在《研究》

---

① 何洛：《前言》，全国马列文艺论著研究会主编：《马列文论研究（第一集）》，中国人民大学出版社，1982年。

中占有的比重开始朝相对均衡的方向进行调整，中青年学者刊文数量的提升揭示出中国马克思主义文论研究后备力量的不断增强，这得益于整个新时期文艺学人才培养制度和方向的确立，马克思主义文论始终是中国学术语境下一个重要的文艺学问题对象。

如果围绕作者性别展开考察，会发现早期能够在《研究》上发文的大多是男性学者。以第 1 集、第 2 集为例，男性作者和女性作者数量分别为 29 位与 2 位，刊文女性学者的数量竟然只有男性学者的十五分之一，可谓是相差悬殊。随着新时期社会教育制度的优化完善，越来越多的女性开始接受高等教育，并且乐意挑战从事文艺学研究。2007 年、2010 年出版的《研究》第 14 集、15 集中，男性作者和女性作者数量分别为 75 位与 14 位。尽管男性作者依旧显著占据多数，但双方间的差距已然出现缩小。由此可知，越来越多女性知识分子加入研究行列是新时期以来中国马克思主义文论研究者身份重要的变化方向。

在整个 40 年间《研究》所出版的 15 集里，总共刊发过 8 位外国学者的作品。1985 年出版的第七集以附录形式刊发了俄国小说家阿维尔岑柯的作品《插到革命背上的十二把刀子》部分章节的中文译文。这也是该刊创立以来，首次刊发国外学者的作品，而刊发这一无产阶级革命反动分子作品的原因，译者指出“为了更好地领会列宁的光辉文艺思想，特把《插到革命背后的十二把刀子》全文译出，以便参考”①。之所以刊发阿维尔岑柯小说选段其实是为了帮助国内学者更好地认识理解列宁的文艺思想。此后，包含洛谢夫与舍斯塔科夫共写的《美学范畴史》、特罗菲莫夫的《马克思、恩格斯、列宁的学生和追随者著作中的美学思想》、谢斯达柯夫的《论文艺复兴时期的美学与哲学的关系》、阿萨杜尔拉耶夫的《社会主义现实主义美学的整体性》4 篇文章均是选自苏联文艺理论家的作品。这说明，中国文艺学界在进入新时期后相当长的一段时间里依旧没有彻底摆脱中华人民共和国成立后形成的“以苏为师”的思维定式，还是偏好将苏联学界成果充当为自

① ［俄］阿·阿维尔岑柯：《插到革命背上的十二把刀子》，乌兰汉译，全国马列文艺论著研究会主编：《马列文论研究（第七集）》，中国人民大学出版社，1985 年，第 488 页。

身主要的学习对象。当然，随着对外开放程度的不断加深，这种观念势必发生转换。《研究》第 11 集、14 集先后刊载了美国学者莫尔森、英国学者雷蒙·威廉斯的文章，90 年代起以往长期遭到忽视的西方马克思主义文论研究成果逐渐传入国内文艺学界，这也预示着中国当代马克思主义文论研究的“西马”转向由此正式开启，并且将极其深刻地影响中国未来文艺学的发展走向。

二、《马列文论研究》所刊文章的内容格局

《研究》在公开出版的 15 集里，总共刊登文章 436 篇。从数量上看，刊文最多的是第 13 集，共 52 篇，刊文最少的是第 6 集，只有 11 篇，平均各集刊文约为 29 篇。其中，第 1 集至第 4 集，刊文数量均为 15 篇，而自第 5 集起，各期刊文数量则呈现出较为明显的起伏状态。从内容上看，《研究》所刊文章主要涉及经典马克思主义文论、中国马克思主义文论、苏联马克思主义文论、西方马克思主义文论在内的四大主题的研究性论文与书评、综述、编后记等非研究性论文。具体分析可知，经典马克思主义文论研究共 196 篇，占发文总数的 45%；苏联马克思主义文论研究共 28 篇，占发文总数的 6.4%；中国马克思主义文论研究共 70 篇，占发文总数的 16.1%；西方马克思主义文论研究共 34 篇，占发文总数的 7.8%；以上四者存在交叉的研究共 80 篇，占发文总数的 18.3%；书评、综述、后记等非研究论文共 28 篇，占发文总数的 6.4%。可见，《研究》是将马克思、恩格斯两位马克思主义创始者的文艺思想作为刊物最重要的一个板块加以经营。经过统计，能够发现该刊内容板块变化的另一个信息，即中国马克思主义文论、西方马克思主义文论相关主题的文章自 20 世纪 90 年代中期开始不断呈现攀升态势，21 世纪所出版的第 13 集至 15 集里，二者分别有 34 篇、24 篇，在数量上甚至超过此前 12 集的总和。与之截然相反，苏联马克思主义文论研究相关的文章则呈现出不断回落的态势，第 14 集与 15 集未曾再刊发相关内容。这种变化趋势说明：新时期以来，中国马克思主义文论研究对于理论的“原创性”“主体性”“多元性”等价值追求不断强化，由此围绕“中国化”“当代化”两条线索持续推动理论研

究的深入发展。那么，40 年来《研究》各版块聚焦过哪些学术话题呢？

经典马克思主义文论是《研究》最重要的板块之一①，主要可以分为《1844 年经济学哲学手稿》研究、“典型”与“现实主义”问题研究、马恩文艺批评观研究以及其他话题研究四个部分。以《手稿》为中心的话题在该板块内占有最突出的比重，全部 15 集里都有刊发直接标明以《手稿》作为研究对象或是讨论“美的规律”等出自《手稿》问题的论文。其中，要数 1987 年出版的第 8 集单集刊发《手稿》相关研究成果最多，全部 40 篇文章，涉及《手稿》的共有 25 篇，占有本集全部文章的近六成，这指向的是 20 世纪 80 年代发生于全国文艺学、美学研究界内的“手稿热潮”。作为新时期文艺学学术史上的一个关键性文本，自 1979 年《手稿》被重新编译出版以来，学界正是在对其进行阐释解读的过程中引发了新时期第一波美学研究的高潮。有学者甚至认为“实际上，新时期的美学热，是与《手稿》热同步产生和发展的，没有《手稿》热的研究发展，也就没有美学热的兴起”②。身为国家级学术组织的“研究会”透过其所主办的组织刊物，同样对此问题进行了持续讨论。无论是第 2 集里，陆贵山从宏观上详细探讨了《手稿》研究的意义、几个“疑难问题”，还是第 15 集里顾凤威联系当下建设生态文明的社会风尚重新对《手稿》蕴藏着的马克思“自然观”与“自然美”思想做出的全新解读。可以说，《手稿》始终是 40 年时间里，中国马克思主义文论研究的核心话题。

如果说，《手稿》研究风尚的兴起是新时期经典马克思主义文论研究表露出的新特征，那么有关“典型”“现实主义”两大话题的研究则是同 50 年代研究热点存在着历史承续关系。第 6 集作为马恩现实主义理论研究专集，本集的绝大多数文章均围绕马恩两人的现实主义理论或“典型”观所展开。相较中华人民共和国成立初期这一问题的讨论中夹杂了过多的“苏联因素”，《研究》中的相关文章则是努力通过回到马恩原作，就其理论意涵进行分析和阐释。在这当中，学者边

---

① 有关“经典马克思主义”的具体内涵，学界始终存在争议。本文所认定的“经典马克思主义文论”是指马克思、恩格斯两位马克思主义创始者的文艺理论。

② 朱存明：《情感与启蒙 20 世纪中国美学精神》，文化艺术出版社，2017 年，第 253 页。

平恕的观点较具有代表性，“建国三十多年来，革命现实主义的发展曾经历了几次曲折……这些错误的观点是建立在对革命现实主义的误解和歪曲之上的。把这些错误同马克思、恩格斯的观点联系起来，把恩格斯关于现实主义的论断当作一个需要破除的公式，这种显然错误的做法，实际上不是使我们的文学前进，而是倒退”①。努力破除建国后存在错误偏差的理论观点正是当时关注“现实主义”“典型”两大话题学者的普遍诉求。与此同时，《研究》对马恩文艺批评观同样给予了高度重视，这可以看作是理论界对“第四次文代会”上提出的新时期中国文艺前进方向与重点任务的回应。周扬在大会所作《报告》里将加强马克思主义文艺批评建设视作是新时期文艺工作六大任务之一②，这使得理论界重新聚焦马恩文艺批评观，力求从中挖掘能够推动新时期文艺批评发展的有益经验。根据研究视角的差别可以分成两类，一是关于“历史的”“美学的”两大马克思主义文艺批评原则的阐释。程代熙的《谈谈马克思主义文艺批评的标准问题》、张玉能的《论马克思恩格斯的美学的批评》、曾庆元的《论文学批评中的“历史的观点”》等文章都属于这类。二是关于马恩聚焦某一文艺个案的批评实践研究。麓云的《马克思恩格斯对革命诗人的论述》、吴世常的《马克思恩格斯评论〈济金根〉的启示》、李中一的《马克思、恩格斯关于爱情描写的一些论述》等均属于这类。正是在针对马恩核心文艺批评原则以及开展文艺批评个案特点进行细致研讨的过程中，中国学界开始克服中华人民共和国成立后狭隘化、机械化认识理解马克思主义文艺批评原则的缺陷，逐渐回归经典作家的原意，由此组织开展符合科学要求的文艺批评。当然，除了上述三大较为集中的话题，《研究》还先后就马恩思想同费尔巴哈、黑格尔学说间的继承发展问题、《资本论》所牵涉的异化劳动问题等进行了关注。整体而言，正是在这种围绕马恩文艺思想所进行的多元讨论过

① 边平恕：《马克思恩格斯现实主义的特点及其意义》，全国马列文艺论著研究会主办：《马列文论研究（第六集）》，中国人民大学出版社，1984 年，第 52 页。

② 周扬：《继往开来，繁荣社会主义新时期的文艺——在中国文学艺术工作者第四次代表大会上的报告》，中国文学艺术联合会编：《中国文学艺术工作者第四次代表大会文集》，四川人民出版社，1980 年，第 48 页。

程中，进一步深化了中国学者有关经典马克思主义文论的认识，这对整个新时期中国文艺学研究正确道路的形成具有重要的意义。

除了经典马克思主义文论相关的文章，《研究》中较多投以关注的便是中国马克思主义文论问题。针对历代党和国家领导人文艺思想的阐释评价成为其中的一个重点话题，毛泽东、周恩来、陈毅、邓小平、江泽民等人的文艺观均成为观照对象。例如：《歌颂、暴露、批评及其他——学习周恩来、陈毅同志文艺论著的体会》《毛泽东文艺思想的形成和发展》《深入学习研究邓小平文艺论著繁荣新世纪社会主义文艺》《按照“三个代表”要求建设有中国特色社会主义文艺》等文章都对国家政治领导人的文艺思想进行了比较详尽的分析阐释。当然，如果专门分析这些研究，会发现前期文章主要侧重于确立新时期学界研究领导人文艺思想的原则态度，旨在破除“动乱十年”间极端政治化的阐释原则，尤其是以毛泽东、周恩来、陈毅等作为重要的对象。后期则是回归到学术谱系的层面，以符合学术研究规范的方式深入解读邓小平、江泽民等新时期党和国家领导人的文艺思想。除了考察领袖文艺思想，《研究》还刊发了大量学界成员围绕中国特色文艺理论与文艺学建构话题的文章，尤其是以第12集最具有代表性，本集内刊发了陆贵山、李衍柱、徐缉熙、唐正序等一批国内权威学者针对上述话题的相关看法和建言。这种转变，反映出的是新时期以来中国特色社会主义事业不断向前推进的历史趋势，同时也彰显出包括文艺学界在内的整个中国哲学社会科学界文化自信力的显著增强，如何建立真正体现“中国特色”的文艺理论、文艺学开始成为文化界的迫切愿望。除了理论研究，《研究》还刊载了相当多聚焦本土文艺、文化个案的批评文章，较有代表性的包括《客家人与少数民族文化的多元共生》《巴马农村老人的“诗意栖居”：马克思主义视野下的民族文化生态个案分析》《族群文化边际：马克思主义视野下的多元文化生态个案解析》等。这些研究成果将反映揭示文艺审美普遍规律的马克思主义文论应用在针对当代中国某一具体现象的批评阐释之上，有效实现了马克思主义文论与中国当代文艺及文化的互动对话，继而有效揭示出当代中国文艺和文化的某种倾向与品格，由此为文艺政策、文化政策的调整创新提供直接有效的历史经验。能够看出，《研究》所涉及的中国马克思主义文论相应话题较好地实现了宏观视阈下的理论建构与微观视阈下的思想个案、文化个案解读分析两方面的整合统一，正是这种理论与批评间的良性互动，实现了新时期中国马克思主义文论的健康发展。

苏联马克思主义文论同样是《研究》内容里可堪构成独立板块的一个部分。根据关注领域的差别，相关研究主要涉及中国学者对苏联理论家文艺思想的阐释以及苏联学界最新成果译介两大主题。前者当中以针对列宁文艺思想的阐释占据最高比重，包括列宁对托尔斯泰文学创作采取的批评方法以及与高尔基交往重要事件的梳理考证、列宁的喜剧美学观、艺术反映论、社会主义文学创作规律等相关内容。这充分证明，列宁是中国文艺学界认识苏联马克思主义文论过程里最主要的理论家。除列宁外，高尔基、普列汉诺夫等其他对苏联马克思主义文论做出过突出贡献的思想家同样也获得了部分学者的关注。除了投以这些苏联文论史上重要作家充分的考察，《研究》中的部分文章选择译介刊发当代苏联理论家的研究成果。洛谢夫、舍斯塔科夫的《美学范畴史》虽然仅是采取节选的方式刊登了包含“优美”“寓意”“善美”三大美学范畴的历史演变，但这无疑是为当时中国美学史的研究提供了全新的思路。如同后来担任舍斯塔科夫《美学范畴》翻译工作的学者涂途在谈及苏联美学范畴研究价值时所指出的“要揭示中国美学的发展规律，把握在一系列问题上显然不同于西方的中国古代美学独具的特色，只有深入地、透彻地理解了这些建构美学体系的‘细胞’才有可能。而且，毫不夸大地说，对于中国古典美学范畴进行科学的整理和研究，应当是建立具有中国特色的马克思主义美学的必要的前提”①。由此可见，随着研究的加深，中国学界不再只是将学习的目光对准那些在苏联文论史上最富有影响力的理论家，转而开始向当代学人汲取经验。当然，特罗菲莫夫、阿萨杜尔拉耶夫研究列宁或社会主义现实主义问题的文章也都呈现出当代苏联学界反思总结自身文论发展史的某种态度，这些都对引导中国文艺学界更理性客观地认识苏联理论家的文艺思想或某些文艺问题起到了相对积极的功用。

---

① 涂途:《美学范畴研究系统化和深化的尝试》,《文艺理论与批评》1988 年第 1 期。

以当代重要文艺思潮之姿而存在的西方马克思主义文论从80年代中期起才开始陆续获得国内学界的系统审视，《研究》里也有相当一部分成果隶属此类。这类成果在内容上呈现出围绕具体理论家思想展开阐释与宏观整体层面进行思潮介绍相结合的特点。前者先后涉及萨特、葛兰西、卢森堡、卢卡契、马尔库塞、詹姆逊、阿尔都塞、本雅明等在内的诸多西方马克思主义理论家。能够看出，几乎最具知名度的“西马”学者都被囊括进来。这说明，《研究》对“西马”文论思潮的关注已经到达了系统化的高度，旨在透过对不同理论家思想进行阐释，继而相对完整地把握这一当代文艺思潮所具有的内涵。后者则是致力于从宏观层面概述西方马克思主义文论的历史流变、整体特征、当下格局等相关信息。第7集里王齐建的《“西方马克思主义”文艺批评概述》、第12集里徐汝霖的《他山之石可以攻玉——关于西方马克思主义文艺学的借鉴性的思考》、第14集里吴元迈的《关于国外马克思主义文论的思考》都属于这类研究。当然，王、吴二人论述的出发点截然不同。王文写作于中国学界开始尝试进行西方马克思主义文论研究的初期阶段，介绍的意图相对更强；吴文则写作于中国文艺学界“西马”研究近30年之际，反思总结的意图比较强烈。值得注意的是，伴随着研究的深入，还有部分学者已经开启了运用“西马”文论分析21世纪中国本土文艺现象的尝试。第13集里欧阳友权的《网络文学与西方马克思主义后现代文化诗学》便是一例，该文捕捉到21世纪发生于中国本土的网络文学“井喷式”成长格局，于是透过借用“西马”的文化研究方法，构建出足以阐释网络文学现象的理论，弥补以往文论在针对网络文艺开展批评上的不足缺失，从而真正实现推动本土网络文学理论生发的目标。总体而言，《研究》所刊登的有关“西马”文艺思潮的相应文章，还是为中国文艺学界以何种态度对待这一同经典马克思主义存在千丝万缕联系的当代西方思潮提供了可供借鉴学习的典范。

需要特别指出的是，以上四大板块的研究性论文有时候并不是以绝对壁垒分明的方式进行区隔，恰恰相反彼此间时常处于交叉融合的状态下。例如，蒋国忠的《略论文学的世界性与民族性》、吴翊南的《文艺特性问题探讨》、叶纪彬的《艺术反映论初探》等文章均属这类。这是因为马克思主义文艺理论本身就处于一个动态发展的过程，经典作家的思想势必会影响后世的马克思主义学说，东西方马克思主义研究者彼此间的交流互动增多，势必也会在研究时参照对方研究进行互比。笔者之所以选择将《研究》中的研究性论文划分成四大板块，只是为了更清晰地呈现该刊所发文章主题上存有的差异，并不意味着某一文章在绝对意义上隶属哪类。如果过度片面机械地理解笔者划分文章内容的原则，反而背离了《研究》刊发文章时的最初意图。

最后，在整个15集《研究》中，还有相当一部分非学术论文性的文章，具体可以分成三类。一是有关国内重要马克思主义文论学术会议的综述。主要是以“研究会”主办的会议为主，从第1集里有关“人性论”“人道主义”学术讨论会的综述到第15集里第23届、24届年会暨“马克思主义与文化研究”“马克思主义文艺理论中国化”学术研讨会的综述，可以说，《研究》对于记录留存、公开传播自身组织的会议活动信息发挥了极其关键的功能。二是针对国内重要马克思主义文论著作、教材所撰写的书评。第11集内，就曾对1982年由“人大”中文系编著的《马克思主义文艺论著选讲》与周忠厚编著的《美学教程》发表了相应的评论，能够在《研究》上刊发的书评，的确在于这些论著或教材本身被认为影响力较大、价值较高，故而借由刊发评论，能够达到一种宣传推广的效用。三是代表“研究会”或《研究》编辑部所发声的《后记》《编后记》《志庆》等内容。这些文章比较详尽地传达了“研究会”与《研究》编辑部的某些特定意图，是考察“研究会”日常组织活动及刊物出版活动最直接的证据，考虑到本文第三部分将就此专门展开论述，故不再赘言。根据《研究》这40年时间里所刊发的文章内容，我们能够大致地把握新时期以来中国马克思主义文艺理论研究领域所关注的学术话题、研究侧重点的动态变化以及新时期文艺学研究达到的高度与深度，这本身也是文艺学界担负建设中国特色社会主义这一时代任务所递交出的一份答卷。

三、《马列文论研究》采取的编辑出版策略

作为一本国家级学术组织主办的集刊，《研究》所采取的编辑出版策略势必

不同于《中国社会科学》等其他采取单独立社方式而存在的学术期刊，而是需要根据组织运作的实际状况，制定符合自身要求的编辑出版策略。如果完整地回顾40年间所出版的15集《研究》，能够看出，“研究会”已然摸索出一套饶有特色的编辑出版制度，其所采取的编辑出版策略主要呈现出以下三大特征，这同样是与新时期中国马克思主义文论研究的动态发展有着密不可分的关系。

第一，编辑队伍遴选同“研究会”组织成员变动保持高度的一致性。“研究会”作为合法规范的国家级学术组织，在建立初期便已形成了制度化的组织运营规范。这从1998年孙子威在“研究会”成立20周年学术研讨会上所做的发言总结里就可见一斑。“1980年4月，由华中师范学院牵头，在武汉召开了学会第一次理事会，选举周扬同志为顾问，成仿吾同志为名誉会长，吴介民同志为会长，王燎荧、孙子威、何洛、应必诚等同志为副会长，理事共28人，孙子威同志兼秘书长，李中一、李思孝、周忠厚等同志兼副秘书长；并决定主办会刊《马列文论研究》，由何洛同志任主编，孙子威等同志为副主编。”① 这充分说明，在“研究会”成立初期阶段便已围绕组织选举、日常运营管理以及刊物出版等各个环节建立了相对完善的制度。作为组织刊物，《研究》从第1集出版开始就组建了编委会，由何洛任主编，孙子威、蒋培坤任副主编，王燎荧、李中一、李希贤、李思孝、周忠厚、张孟恢任编委。负责《研究》相应编辑工作的委员会成员事实上也是负责统筹管理“研究会”主要事务的领导者，如果完整梳理此后《研究》的出版情况，能够将这种趋势看得更加清楚。在明确刊登编委会的第11集、12集内，编委会成员相较第1集而言，主编改由周忠厚、李中一担任，编委则是增加了孙文宪、张本楠、陆贵山等人，原主编与编委则转任顾问。这种变化是因为在第二届理事会成员中，原本任副会长的何洛、王燎荧转任为顾问，而原先未能进入理事会的陆贵山与孙文宪、张本楠则被推选为副秘书长，周忠厚与李中一则由副秘书长转任秘书长。正是这种理事会内部的成员调整，才影响到《研究》编委会成

① 孙子威：《全国马列文论研究会20年之回顾与展望》，全国马列文论研究会、中国人民大学中文系主办，周忠厚、李中一主编：《马列文论研究（第12集）》，中国人民大学出版社，2001年，第527页。

员的组成。这充分表明，身为“研究会”组织刊物的《研究》同负责组织领导管理工作的理事会间的紧密联系。第 13 集主编变为傅腾霄、周忠厚，第 14 集主编变为徐放鸣、周忠厚，第 15 集主编变为季水河、周忠厚，同样都是理事会核心领导者改选调整的结果。可以说，《研究》依循组织理事会主要领导干部任职情况动态优化调整主编、编委，充分反映出带有显著中国特色的学术组织刊物编辑出版的模式。

第二，充分发挥“研究会”的组织优势，形成了多所高校通力合作筹办同一学术集刊的格局。自第一届理事会筹建成功起，“研究会”的驻扎单位便是在华中师范学院（后更名为华中师范大学），然而自第 1 集到第 13 集，《研究》都是由中国人民大学出版社负责出版发行工作。如果深入考察《研究》的编委，则是广泛涵盖了来自北京大学、华中师范学院、中国人民大学、武汉大学等在内多所不同高校的权威学者。《研究》的直属管理单位、出版单位与编辑单位同时分属多所高校，这是其呈现出来的重要特色。而且伴随着时间的推移，越来越多的高校参与到《研究》编纂工作之中。前 11 集，该刊所署名的主编单位都是“全国马列文艺论著研究会”，而从第 12 集起则发生变化，中国人民大学中文系、深圳大学师范学院、徐州师范大学文学院（今江苏师范大学文学院）、湘潭大学文学与新闻学院与“研究会”联合署名为该刊的主编单位。原本由“研究会”成员独自参与的编辑工作开始向外拓展，经由会员的牵线，实现了国家级学术组织同高等院校合办刊物的新制度。这一制度的形成，不仅有利于带动当前国内高等院校中文系或文学院从事马克思主义文论研究的积极性，同时也为“研究会”影响力的持续提升创造出具体可行的操作路径。新时期以来高等院校中国语言文学学科尤其是文艺学学科建设的大幅推进是导致这一情况发生的重要因素，越来越多的高校成功设立文艺学硕士学位点，诸多文艺学专业人才的引进，整体带动了本校文艺学学科建设水平的提升。出于继续优化自身学科的目的，他们积极响应“研究会”的刊物出版编纂工作。第 13 集内，《研究》独立刊发了“深圳大学师范学院简介”“深圳大学中国古代文学硕士点简介”两大带有宣传性质的文章，事实上对高校中文学科知名度的扩大发挥了较为明显的效用。在学术组织引领下，多所高等院校协同参与的刊物编辑出版制度，无疑成为新时期中国学术刊物编辑出版制度的又一显著特色。

第三，刊物采取了专题文章与非专题文章、自由来稿与特定约稿相结合的编辑策略。全部15集《研究》中，相当一部分拥有明确的内容主题。第2集为“马克思主义文艺论著专题讲稿”、第3集为“艺术规律专集”、第5集为“纪念马克思逝世一百周年”、第6集为“马克思恩格斯现实主义理论研究专集”、第8集为“马克思主义美学与文艺学专集”，除此以外的其他集数则没有显著的主题，这就证明该刊采取的是一种专题、非专题相结合的编辑策略。当然，这些主题的遴选并非编辑部任意为之的产物，而是包含着某些特定的考量。第5集的《编后记》就曾对此进行过专门的说明：“今年三月下旬，全国马列文艺论著研究会于昆明召开第五次学术讨论会，以纪念科学共产主义创始人、无产阶级革命导师马克思逝世一百周年。会议共收到学术论文一百五十余篇，许多同志还在会上作了发言。这次的论文和发言，无论从数量还是从质量上看，都比上几届年会有较大进展。为了反映学会活动的情况和广大会员学术研究的成果，学会理事会和《马列文论研究》编委会研究决定，按论文类别选择其中质量较高者分四个集子编辑出版。”① 根据这段编辑部直接的发言，能够得出几个信息。首先，《研究》专题文章主要来自“研究会”所主办的专题性学术研讨会上的论文，会议与刊物编辑出版二者间存有某种联动性。其次，《研究》专题文章的主体是“研究会”的会员，基本不涉及非会员的文章。最后，并非所有会员在学术研讨会上的文章都能入选，还是必须要经历编委会一个严谨细致的稿件审阅环节。当然，这种专题性文章主要出现在20世纪80年代所出版的集数之中，90年代后所出版的刊物几乎不再采取这种专题形式。编辑部采取的专题与非专题相结合的编排策略，直接影响了该刊的征稿制度。由于专题文章源自“研究会”组织开展的学术研讨会，这就使得该刊专题文章的来稿实际只是停留在内部会员，基本难以涉及非研究会成

---

① 《马列文论研究》丛书编委会：《编后记》，全国马列文艺论著研究会主办：《马列文论研究（第五集）》，中国人民大学出版社，1984年，第426页。

员。在80年代初，整个新时期中国马克思主义文论研究尚处于起步阶段，“研究会”基本代表着该领域的最高研究水平。故而编辑部采取以约稿为主的征稿形式，能够保证刊物刊登文章的质量。但是，90年代后，尤其是21世纪以来，中国文艺学科研人才培养体系日趋成熟，越来越多非隶属“研究会”的学者在马克思主义文论领域日益取得不俗的成绩，如若继续采取内部约稿，可能导致其他未加入“研究会”学者较高水平的研究成果被排除在外。这种情况下，该刊降低了专题组稿的频次，增强了对外征稿的力度。在第12集的《编后记》里，担任主编的周忠厚直言“本集所选稿件大多是全国马列文艺论著研究会学术研讨会上会员提供的论文，也有一部分是自由来稿。……在编辑本集时，我们采取百花齐放、百家争鸣的方针，稿件只要言之成理、持之有故就可以刊登。我们也欢迎争鸣的文章”①。这充分说明，该刊已然建立起内部约稿与接受外部投稿相结合的征稿制度。从该刊编辑出版采取策略的变化过程，我们也能够直观地感受到新时期40年间中国马克思主义文艺理论研究发生的历史变迁。

经过长时间的摸索尝试，“研究会”逐渐确立起学术组织筹办学术集刊这种编辑出版模式，这对此后中国文学类学术组织刊物组建模式的选择产生了极其深远的影响。早在建国初期，就已诞生了以《文学评论》为代表的文学类学术期刊，然而这段时期里，学术集刊这种刊物形式并未出现。1981年问世的《研究》采取的不定期出版模式，对当时国内文艺学乃至整个文学研究界刊物出版观念都具有开拓创新的重要意义。可以说，作为中国最早建立的一批文艺学学术集刊，《研究》对整个新时期文艺学、美学期刊的发展都产生了持续性的影响。概而言之，即学术组织筹办学术集刊已然成为一种约定俗成的制度性规范。例如，1980年成立的“中华全国美学学会”相继组办的《美学》《外国美学》《美学译丛》，1985年建立的中国比较文学学会所推出的《文学人类学研究》，1994年成立的“中国中外文艺理论学会”所主办的《中外文化与文论》《中外文论》等，这些

① 周忠厚：《后记》，全国马列文论研究会、中国人民大学中文系主办，周忠厚、李中一主编：《马列文论研究（第12集）》，中国人民大学出版社，2001年，第537页。

学术集刊的出版，极大地推动了新时期中国文艺学、美学研究的进程。学术集刊的筹办已然成为新时期中国特色编辑出版制度的重要表征，从《研究》这批最初的文艺学集刊到现如今琳琅满目的文学类集刊，这种显著区别于传统期刊的出版制度在40年间的延续发展，折射出的是中国文学研究不断向前的进步趋势。

《马列文论研究》作为一本国家级学术组织负责筹办的高水平文艺学集刊，虽然其所关注的是同中国当代政治紧密关联的马克思主义文论相关问题，但是它与那些直接承担政治宣传工作的刊物还是有着本质上的区别。该刊透过科学规范的学术话语，较为完整地呈现了当代中国文艺学界对马克思主义文论的深刻思索，有效推进了新时期中国马克思主义文论知识谱系建设工作的成熟完善，也充分揭示了文学组织、文学期刊等制度化产物对当代文学研究生态产生的深刻影响。所谓识微知著、一叶知秋，透过选取《研究》作为考察切口，新时期40年间中国马克思主义文论研究动态发展的整体历史面貌基本得以呈现，这本集刊已然成为中国马克思主义文艺学学术史不可忽略的重要组成部分。

［作者单位：西南大学文学院］

《旧式地主》意蕴新探

——王元化与果戈理《旧式地主》的评价问题

□何建委

【摘要】 对于果戈理名篇《旧式地主》的主旨意蕴与主人公旧式地主夫妇，受别林斯基以及苏俄文论的影响，国内学界长期以来持批判态度。这遮蔽了小说《旧式地主》意蕴的多义性，忽视了地主夫妇所蕴含的“旧式人物的温情”。对此，本文梳理国内外对《旧式地主》的不同解读，立足文本实际，结合著名学者王元化的认识与理解，着重探讨《旧式地主》的意蕴，考察地主夫妇所蕴含的“旧式人物的温情”，分析王元化观点对文学批评和文学理论的历史与现实价值。

【关键词】《旧式地主》；王元化；评价问题

一

作为经典作家，俄罗斯文学的代表人物果戈理在中国享誉盛名。果戈理作品的中国之旅，始于1920年，该年瞿秋白翻译了他的《仆御室》。之后，果戈理受到了中国作家的广泛推崇，鲁迅、瞿秋白等人不仅肯定其“含泪的笑”，还从中汲取资源进行创作，鲁迅的名作《狂人日记》即是一例。对于果戈理在中国的广泛传播，满涛的贡献不可忽视。20世纪50－70年代，满涛翻译了果戈理的代表作，包括首次从俄语直接翻译《死魂灵》，翻译《狄康卡近乡夜话》《彼得堡故事》《五月之夜》《塔拉斯·布尔巴》等作品。满涛的翻译，涵盖了果戈理的最重要作品，一直流传至今。

《旧式地主》是果戈理小说集《密尔格拉得》中的一篇。《密尔格拉得》出版于1835年。《旧式地主》问世后，俄罗斯评论家斯坦凯维奇认为这篇小说表达了“美好的人类感情是如何在空虚的、卑微的生活中被吞噬殆尽”。在此基础上，别林斯基进行了充分详细的解读。别林斯基不但肯定了果戈理的表达“有力和深刻”，而且赞赏《旧式地主》引人入胜，能够让读者真正进入小说，在分担小说人物忧伤的同时，又不免对之“愤恨”。相较斯坦凯维奇，别林斯基的批评较为严厉，既批评了“两个不像人样”“两个蠢物”的地主夫妇，又批评了无赖承继人①。后来的俄罗斯学者多从社会批评的角度对《旧式地主》进行解读，对“旧式地主夫妇”批评更为严厉。俄国学者卡普斯金认为：“旧式地主是两个不像人样的人……他们实质上过着同牲畜一样的生活。”② 一定程度上，卡普斯金的批评是对别林斯基观点的进一步发挥，不但否定了地主夫妇生活的意义，而且否定了他们思想与兴趣的意义，并斥责他们的生活与“畜生”无异。另一位俄罗斯学者赫拉普钦科尽管注意到了果戈理《旧式地主》的主题、叙述形式与讽刺笔法，但观点与卡普斯金并无本质区别。赫拉普钦科认为，表面看来，《旧式地主》对安逸淳朴的田园生活进行了突出强调与美化，而实际上作者借助朴直的叙述形式进行了讽刺表达，反衬地主夫妇“离群索居的生活的令人厌倦和平淡乏味”③。

遗憾的是，类似的批评，在中国学界长期占据主导位置。满涛1963年在《密尔格拉得》译后记中批评道：“《旧式地主》描写一对老夫妇整天吃、喝，连谈话的内容也离不开吃喝。他们从来都没有被‘强烈的激动烦扰过’，促使他们相敬相爱地生活在一起的，只是一种‘长时期的、缓慢的、几乎是麻木不仁的习惯’。”④ 如果说满涛的观点尚有一点温情的话，比如他认为地主夫妇“相亲相

① ［俄］别林斯基：《别林斯基选集》（第一卷），满涛译，上海译文出版社，1979年，第185页。

② ［俄］卡普斯金：《十九世纪俄罗斯文学史》（上），北京大学俄语系文学教研室译，高等教育出版社，1958年，第228页。

③ ［俄］赫拉普钦科·尼古拉：《果戈理》，刘逢祺、张捷译，上海译文出版社，2001年，第151－153页。

④ 陈子善编：《海上文学百家文库　满涛　包文棣　周煦良卷》，上海文艺出版社，2010年，第103页。

爱”，那么易漱泉等学者的观点则只剩下严厉的批判了。1986 年出版的《俄国文学史》指出：“两个地主的生活琐屑而又空虚，除了吃喝和睡觉外，再没有别的内容。这是两个地地道道的寄生虫。”① 进入 21 世纪后，对于《旧式地主》，国内学界仍大多沿用类似的观点。作为国内影响较大的教育部重点教材，曹靖华主编的《俄国文学史》（初版于 20 世纪 80 年代，修订于 21 世纪）认为：“作品不以生动的情节吸引人，但是读者可以从朴素真实的描绘中深刻地感受到地主生活的全部空虚、无聊和愚蠢。纵使两个老人心地善良、真诚，但是他们的寄生性决定了他们的生存是毫无价值的。果戈理形象地揭示出地主生活的全部内容就是吃了喝，喝了吃，可怕地、无穷尽地消耗，直至最后地主本身也无声无息地从人间消失为止。果戈理在作品的细节的真实中揭示出了封建社会中真正可悲的典型现象，用对生活的忠实描绘震撼人心。”② 尽管这本《俄国文学史》肯定了果戈理“忠于生活的现实主义手法”，注意到了地主夫妇生活的各种细节包括吃喝、待人出世，但它基本上沿袭了别林斯基、卡普斯金、赫拉普钦科、满涛等人的观点，认为地主夫妇生活的全部就是吃喝，毫无意义可言。再比如 2013 年 8 月出版的《外国文学史新编》（陈建华主编）仍未突破这些观点，该书认为“《旧式地主》用平实但略带感伤的笔调描写了一对老年地主夫妇庸俗空虚的灰色人生”③。这些批评，从其所用措辞来看——“寄生虫”“在封建社会中具有典型性、深刻性”，基本沿用了苏俄文论的社会批评。

对于这些观点，俄国文学史家德·斯·米尔斯基并不认可。米尔斯基在其 20 世纪 20 年代在美国出版的《俄国文学史》中说：“果戈理对‘寄生生活’的态度摇摆于同情的自得和轻蔑的嘲讽之间。这种感伤、同情的态度在《老式地主》（载《米尔哥罗德》）中体现得最充分，小说中对老夫妻的寄生心态、他们的慵懒、贪吃和自私，均被理想化和感伤化了，读者被唤起的主要情感是怜悯的同

① 易漱泉等著：《俄国文学史》，湖南文艺出版社，1986 年，第 189 页。
② 曹靖华主编：《俄国文学史》（上卷），北京大学出版社，2007 年，第 129 页、130 页。
③ 陈建华主编：《外国文学史新编》，高等教育出版社，2013 年，第 169 页。

情。"① 相较之下，米尔斯基的观点比较中立，措辞较为温和。米尔斯基虽然不满意地主夫妇的"寄生心态"与"慵懒贪吃"性格，但他敏锐地觉察了作者较为复杂的感情，即果戈理并不是简单地批评地主夫妇，而是对他们有感伤、有怜悯，有自己的理想寄托。俄罗斯学者季莫菲耶夫也持类似的看法，他认为："在描写这些过着空虚无聊生活的普通人时，果戈理又善于找出他们身上相亲相爱的深厚人类感情，引起读者心中对他们怜悯的感情。"② 可见，在季莫菲耶夫看来，地主夫妇的生活虽然沉闷无聊、不无粗俗之处，但果戈理的着重点在于刻画他们的"相亲相爱的深厚人类感情"，目的在于引起读者的怜悯之情，而非厌恶或批判之情。季莫菲耶夫认为，《旧式地主》的这种双重性，既对"家长式地主制度"忧伤，又对"这一家长制的某些方面表示同情"，是俄罗斯许多学者"一味地从社会政治方面立论，而且过于拔高，有点脱离作品实际而过度阐释"的重要原因③。

二

事实上，国内学者王元化早在40年代就对《旧式地主》有了不同的认识。王元化接受果戈理，始于上海"孤岛"时期。在其文艺生涯中，王元化的文章直接以果戈理为主题的有《谈果戈理》（1946年）、《别林斯基和果戈理》（1952年）、《老年爱》（2005年）等；将果戈理与其他艺术家进行对比的文章有：《谈卓别林》（1943年）、《关于阿Q》（1945年）、《再谈卓别林》（1946年）等；用果戈理的作品进行举例论证的文章有：《"无巧不成书"的"巧"》（1951年）、《追求真理的热忱》（1980年）等。受果戈理《旧式地主》的影响，王元化于1944年创作了短篇小说《舅爷爷》。王元化的这些文章，从写作时间上来看，始于1943年，止于2005年，跨度超过60年；从写作内容来看，在《谈果戈理》这

---

① ［俄］德·斯·米尔斯基：《俄国文学史》，刘文飞译，商务印书馆，2020年，第210页。
② ［苏］季莫菲耶夫主编：《俄罗斯苏维埃文学史》，殷涵译，上海文艺出版社，1962年，第212页。
③ ［苏］季莫菲耶夫主编：《俄罗斯古典作家论》，蒋路译，人民文学出版社，1958年，第504页。

篇文章里，王元化畅谈了自己对《死魂灵》《旧式的地主》《外套》《塔拉斯·布尔巴》《钦差大臣》等作品的认识与理解，赞赏了果戈理以“纯正严肃”文学旨趣与崇高理想对庸俗文学潮流、“死魂灵”挑战与反抗的勇气。王元化认为，这些既与他创造《死魂灵》密切相关，又是《死魂灵》的魅力所在；《别林斯基和果戈理》一文，主要是通过文学评论家别林斯基与作家果戈理的互动之典型案例，阐释了评论家别林斯基之于俄罗斯文坛特别是扩大果戈理作品影响的作用与价值，并强调了优秀作家具有提高评论家水平的作用。作为王元化的晚年之作，《老年爱》展示了王元化对《旧式地主》的新认识。通过《谈卓别林》（1943年）、《再谈卓别林》（1946年）等文章，王元化谈论了自己对卓别林的认识，并对卓别林与果戈理进行了对比；通过《关于阿Q》（1945年），王元化就“别人对于《阿Q正传》任意涂改、歪曲、误解”进行了辩驳，并较早地注意到鲁迅与果戈理的关联；通过《“无巧不成书”的“巧”》，王元化以果戈理的作品作为典型例子，表达了自己“向着真实”的文艺观；通过《追求真理的热忱》（1980年），王元化用果戈理的作品进行举例，论证果戈理等人在创作的过程当中有着“追求真理的热忱”。当然，对于果戈理，王元化并非完全赞同，他也针对某些细节，表达了自己的不同意见：“果戈理描写安德莱的恋爱，刻意地要抒情、要美化，人物就变成剪贴的纸人一样呆板。”“觉得其中（《钦差大臣》）被人称颂的读信的一场，听壁角的一场，似乎过于夸大，追求趣味性，这也许是他还多少受了当时的戏剧界的风气的影响罢。”① 王元化对果戈理作品中某些细节的批评，与他信奉的文艺观是相一致的。在他的文艺观里，文学作品重在“写真实”，要在平淡中蕴含无穷意味，而非追求抒情化、趣味性。对此，其《散文的悲剧》（1943年）、《曹禺的“家”》等文章，有详细的论述。然而无论如何，果戈理对王元化的影响是长期的、多方面的。

王元化对果戈理的认识与理解，与国内主流既有相同之处，又有着一定差异。从瞿秋白、鲁迅等人开始，国内较多关注的是其“为人生”的写实主义和

---

① 王元化：《王元化集》（第1卷），湖北教育出版社，2007年，第216－218页。

“批判性”的风格，以及其作品“含泪的微笑”与“揭露性”特征①。作为左翼人士，王元化也难以完全超越时代的局限，他的一些观点也沿袭了现代批评家的观点与视野，比如他也关注果戈理“为人生”“批判性”风格，以及“含泪的微笑”特征，他的《谈果戈理》（1946 年）、《别林斯基和果戈理》（1952 年）、《“无巧不成书”的“巧”》等文章，无不如此。不过，在某些方面，王元化对果戈理有着独特的认识，不乏锐见。譬如，他于 40 年代便通过《谈卓别林》（1943 年）、《关于阿 Q》（1945 年）、《再谈卓别林》（1946 年）等文章，将果戈理与卓别林、鲁迅进行了对比，这些文章无疑在相关领域“先着一鞭”。国内将鲁迅与果戈理进行比较，始于 1980 年王富仁的《鲁迅与俄罗斯文学》，此后，学术界比较了《死魂灵》与《儒林外史》中的讽刺艺术、鲁迅与果戈理的《狂人日记》、鲁迅与果戈理的生命体验。而对于卓别林与果戈理这两位讽刺大师，目前国内仍无人将他们的讽刺、“笑”加以对比分析。再如，以别林斯基与果戈理为例探讨批评家与作家的互动，国内的相关研究也滞后王元化的著述多年，王元化 1952 年的文章《别林斯基和果戈理》中说：“如果不是他（别林斯基）以摧枯拉朽的力量彻底地击败了迷漫在当时文坛上些烦琐主义、感伤主义、神秘主义……的旧学派，转变了公众的文学口味，使他们在冷淡、毁谤、辱骂中认识了果戈理的真正价值，那么，果戈理是不是还可能在当时获得文学上的巨大影响，是值得考虑的。”② 相隔 60 余年后，李建军在《重读别林斯基》文章中，也特别指出了别林斯基与果戈理等作家的互相促进作用。

王元化对果戈理的独特理解，还体现在他对《旧式地主》的认识上。1945 年，青年王元化便已觉察到了《旧式地主》不一样的意蕴与内核，他在与学生的信中说：“果戈理在旧式地主中，他在一群穿燕尾服的人士当中，常常想到已经消逝的那些可敬的老人面孔。”在王元化看来，《旧式地主》绝非“一个没有爱、没有感怀只是冷眼旁观”或“违背自己良心的作者”所能写得出来的，《旧式地

① 高付真：《中国现代批评家眼中的果戈理（1919－1949）》，首都师范大学 2012 年比较文学与世界文学硕士论文，第 29－31 页。

② 王元化：《王元化集》（第二卷），湖北教育出版社，2007 年，第 65 页。

主》向我们展示作者“多么向往于那种善良的、纯朴的灵魂，同时又是多么强烈地鞭挞了埋藏在尘封里的灰色人物”①。可见，在王元化的视域下，果戈理对地主夫妇是充满爱与深情的，是认可地主夫妇的善良与淳朴的，而非“冷眼旁观”或讽刺批评。与其推崇的别林斯基相比，王元化同样注意到了果戈理对无赖继承人等灰色人物的“鞭挞”，但与别林斯基视地主夫妇为“不像人样的人”“两个蠢物”不同，王元化则认为他们是可敬可爱的。可知，王元化对《旧式地主》的意蕴内涵有着自己独特的理解与深刻的认识。

值得注意的是，王元化初读《旧式地主》，与许多批评家一样，“觉得这对老夫妻的生活是沉闷、枯燥、庸俗的。果戈理用充满柔情的含笑微讽的笔调，去写他们之间的感情生活……这对老夫妻的生活当中，最重要的一件事就是吃……我每次读到这里，都忍俊不禁”②。但在1944年前后，如前文所述，王元化已经改变了自己的看法，转而向往这些“善良、淳朴的灵魂”。王元化这一转变的原因何在？或许与王元化当时的境遇密不可分。当时的王元化有着他的不幸。与其在孤岛时期意气风发不同，1944年前后的一年多时间里，王元化由于“不肯作违心之论，“碰了不少钉子”“受到了打击”，这些钉子与打击令他难以接受③。这些打击与钉子，是王元化不曾遇到的，是他难以面对的。面对如此境遇，想不通的王元化重新认识了《旧式地主》，在《旧式地主》中找到了感情寄托，安慰自己“还是应该坚强一些”。而且在果戈理的启发下，王元化构思了一个类似的“可爱的老人形象”——舅爷爷，以安放自己的失意，以寄托自己的理想。《舅爷爷》刊登于《文坛月报》1946年第1卷第1期（第31－41页），当时王元化使用的笔名为函雨。通过对比可知，《旧式地主》与《舅爷爷》主要的文学关联是神似，即王元化在义蕴与主旨上借鉴了果戈理的《旧式地主》。王元化说：“我在另一篇小说《舅爷爷》中，试图焕发起那些陷在生活泥沼里的人们对于人性美的向往。我写的是一个淳朴未凿的善良老人。事实上，我还是认为上面提到的两篇写于沦

---

① 王元化：《王元化集》（第1卷），湖北教育出版社，2007年，第216－218页。
② 王元化：《王元化集》（第7卷），湖北教育出版社，2007年，第200－202页。
③ 王元化：《清园书简》，湖北教育出版社，2003年，第109页。

陷期的小说略好一点，自然这是就我那有限的创作水平来说的。”① 与他强调果戈理怀念“旧式朴素的小人物”类似，舅爷爷之于王元化也是一种感情寄托。果戈理在《旧式地主》的开头，就为自己的创作定下了主基调，为刻画地主夫妇人性的光芒埋下了伏笔。而王元化的《舅爷爷》则与之不同。《舅爷爷》运用了欲扬先抑的手法，在开头王元化向大家展示了一个可笑、让人不顺眼的舅爷爷，这与后面舅爷爷的感人形象形成了鲜明对比。

作为中共地下党上海文委的重要成员，王元化与当时其他左翼人士的创作主题并不一样。他的主题是欣赏一个有着“传统、迷信、喜欢打牌、听戏”等特点的普通旧式小人物，而当时左翼人士的文学创作，多是反映社会矛盾，多是刻画革命者，多是批判旧式人物，宣传革命，为革命摇旗助威。比如，王元化的文委同仁林淡秋的《渣》、束韧秋的《投机者》、吴岩的《魇》、钟望阳的儿童抗战作品等，以及由地下党文委所领导组织上演的《夜上海》《花溅泪》《明末遗恨》等话剧，莫不如此。同时，这篇小说的主题，与王元化之前的战斗性杂文以及反映慰问新四军过程的小说，也存在明显不同。这些不仅仅源于王元化饱含深情与爱意，更源于他的反思。王元化的反思有两个层面，一个层面是他对人性的反思，即他认为，人性与阶级与新旧无关。“旧时代朴素的小人物”，或许人是传统的、旧式的，但他们善良、待人真诚、与人友善，有真挚感情，是有“人性”，而新时代的一些人物包括革命者，虽然接受了新文化的洗礼，表面上看起来很和善、多是豪言壮语，但实质上很“左”，充满了意识形态，且可能尔虞我诈、充满心机、互相倾轧，缺乏人性。另一个层面是他对自己“思想”的反思。在创作《舅爷爷》之前几年，王元化的思想较为“左”倾，文艺观也较为机械教条，其早期小说《雨夜》《出征》，以及早期理论文章《鲁迅与尼采》《九尾龟》，均有此弊病。对于思想中存在的问题，经过满涛等友人的帮助，王元化有所认识。《舅爷爷》就是王元化历经第一次反思后的产物。他在《记我的三次反思历程》中说：当他拿出“《舅爷爷》和评论曹禺改编《家》的文章给一位朋友看时，这

① 王元化：《王元化集》（第7卷），湖北教育出版社，2007年，第110、111页。

位朋友禁不住说：‘真的脱胎换骨了。’”① 这篇优秀小说，不仅得到了朋友的称赞，也得到其他作家的赞赏。王元化的反思，是正常的反思，自在情理之中。但由于“写什么”特别是刻画“普遍的人性”，长时期被视为“小资产阶级”趣味，作为地下党员，王元化的反思是冒着很大风险的。这篇优秀的小说，给王元化带来了麻烦，也可佐证。这也说明不同时期，王元化的精神需求不同。这也是他“沦陷”初期阅读克利斯朵夫，“沦陷”后期接受《旧式地主》的重要原因，对其有了不同认识的重要原因。

王元化的认识与理解与果戈理文本是一致的。《旧式地主》中的地主夫妇，的确如批评者所言：他们喜欢吃，一生中大多时间都是“喝了吃，吃了喝”。或许，有些人认为这样的生活过于单调，有些批评家认为他们“空虚无聊”“卑微琐屑”。尽管如此，果戈理是带着强烈的感情倾向来刻画他们的。首先，果戈理认为旧式地主的生活场景与简朴生活，具有“难以言喻的魅力”，令他所神往。果戈理“非常喜爱那些幽居在偏远乡村的庄园主的简朴生活”，他时常神思“与世隔绝的生活的乐趣”，那里的栅栏、苹果树花园、篱笆、歪斜的农家小屋所组成的是一幅美丽的画卷，可以让他暂时忘却世间的烦扰；同时，在果戈理看来，地主夫妇为代表的旧派人物的那种恬淡平静生活，足以令人“一时忘情”，甚至“觉得所有的追求、渴望”或欲望“都根本不存在”。其次，果戈理认为地主夫妇等“旧派人物”“讨人喜欢”。果戈理喜欢他们（地主夫妇）的“慈祥、亲切、诚挚的表情”，欣赏他们真诚、亲切的待人方式，羡慕他们的相亲相爱。果戈理还将地主夫妇与其他人物进行了对比，以肯定地主夫妇，“鞭挞”与之相反的人物。与“卑鄙而又可怜的”某些小俄罗斯人相比，地主夫妇是真实可敬的，他们始终保持了古老传统、淳朴安静的生活方式，而不像某些小俄罗斯人，压榨了同胞、发了横财之后，去冒充大俄罗斯人。与许多人“过分做作”的“笑意盈盈”形成鲜明对比，地主夫妇是真诚朴实的。与某些老年人喜欢歌颂旧时代指摘新时代不同，作为老年人，阿法纳西·伊凡诺维奇喜欢倾听，喜欢关心他人，很少指

① 王元化：《思辨历程》，董宁文编，青岛出版社，2011 年，第 195 页。

摘新时代。其他人物更不待言，女仆们喜欢偷吃，管家串通村长“明拿暗偷”，继承遗产的远亲虽然有意整顿庄园，却放任“聪明贤达的代管人”将许多物品占为己有，对田庄区不管不问。与年轻人的感情相比，地主夫妇是真正的相亲相爱，这也是果戈理着重刻画的。地主夫妇相敬如宾，称呼上也总是客客气气，彼此非常恩爱。最能说明他们感情之深的是，普利赫里娅·伊凡诺芙娜去世后，阿法纳西·伊凡诺维奇不仅当时哭的“痛不欲生”，而且在五年多的余生里仍难以忘怀亡妻，深受想念的痛苦煎熬，直至他去世前方才解脱，那是因为他认为去世是对普利赫里娅·伊凡诺芙娜的追随。而果戈理认识的年轻人，坠入爱河时无比狂热；恋人去世后，不仅过度“哀伤”与“绝望”，而且不惜自戕乃至自杀，令人为之动容为之感动。然而，可笑的是，短短一年过后，他却发生了惊人的变化，很快有了年轻的妻子，兴高采烈地参与赌博等娱乐活动。可知，果戈理是借助地主夫妇的美好形象，“鞭挞”了某些老年人、某些小俄罗斯人、对爱情并不执着的年轻人、对田庄没有真感情的继承人，以及明拿暗偷的管家、仆人、代管人。不难发现，果戈理描写这些人物，无疑都在衬托地主夫妇的“讨人喜欢”。这些说明他对地主夫妇是肯定的，是认同与赞赏的。

三

在20多岁对《旧式地主》独特理解的基础上，85岁的王元化重读《旧式地主》时，又有了进一步的认识。这次他发现的是《旧式地主》当中“老年爱”。晚年王元化越读，“就越感到果戈理是在歌颂这对老年伴侣身上所蕴藏的真挚不渝、持久不变的爱情。他在最后的段落里曾将这种老年的爱情和当时社会上也出现过的年轻人的爱情作了比较……读到这里，我觉得自己的心好像被紧紧揪住一样，一阵阵酸痛涌现出来。这就是果戈理所写的老年的爱情。不知别林斯基在论述罗密欧与朱丽叶时，为什么竟没有注意及此”①。王元化年轻时，受别林斯基论

① 王元化：《王元化集》（第七卷），湖北教育出版社，2007年，第200－202页。

述《罗密欧与朱丽叶》影响，认为老头子与老太太，绝无爱情可言。在这个意义上，晚年王元化发现《旧式地主》的新意蕴，发现老年人仍有“真挚不渝、持久不变的爱情”，既包含着对早年自我的反思，又包含着对早年信奉别林斯基观点的反思。晚年王元化能够有这样的反思，既与他重读杜甫的《垂老别》有关，又与他的切实经历有关。“步入中年重读杜甫的‘三别’中的《垂老别》之后”，王元化开始认识到老年人照样可以有爱情。他强调：“老妻卧路啼，岁暮衣裳单。孰知是死别，且复伤其寒。此去必不归，还闻劝‘加餐’！话极平常，但是我每读到此，总禁不住内心的激荡，它确实有一股催人泪下的力量。”然而，仅仅阅读《垂老别》恐怕难以有如此之深的感触与感动。除此之外，他能够认识到“老年爱”，当与他自己也有这样感人的“‘真挚不渝、持久不变的爱情’息息相关”。了解他的人都知道，王元化与其恋人张可正是“真挚不渝、持久不变的爱情”的楷模。王元化与张可相识于1938年，成婚于1948年，在战火纷争的年代里相恋十年。之后，在长达20余年的困苦岁月里，他们相濡以沫、互相支持，共同翻译莎士比亚的相关评论。其间，王元化被打成“胡风反革命分子”，沦为政治贱民，受了各种屈辱，经历了震撼的精神斗争，一度患了心因性精神病症，一度失去经济来源。正是张可等人的关怀与照料，他才得以渡过难关，熬过那个非人的境遇。“文革”结束后，王元化迎来了人生的辉煌，而张可却病倒了。尽管黯然神伤，但王元化却始终守护她、照顾她、关爱她，使她“安享晚年，保持难得的仪态和尊严”。他们堪称“生死契阔，与子成悦。执子之手，与子偕老”的典范，堪称“老年爱”的楷模。在他的学生看来，“王先生谈到张可，眼睛放出温柔的目光，语调有点轻”①。由此可见，他们老夫老妻之间的感情同样很深很感人。他们的爱情，虽然与地主夫妇有很大不同，但他们深情的相亲相爱却是一致的。可见，《老年爱》也是王元化对其自身爱情经历的体会与心得。

不难看出，鉴于“中国现代批评家对果戈理作品所产生的情感共鸣和价值认同主要集中在社会批评的层面上……不仅制约了他们自身对文学的深入认识，还

① 吴琦幸：《王元化谈话录：1986－2008》，上海人民出版社，2015年，第403页。

使之后对果戈理作品的认识在相当长时间里处于固定态势之中”①，王元化对《旧式地主》的独特解读，对果戈理“追求真理热忱”的认同，无疑是国内果戈理研究界“相当长时间里处于固定态势”的例外，无疑是对果戈理研究的丰富。同时，王元化对《旧式地主》的解读与米尔斯基相契合，还说明“民族意识与民族眼光”并不是单向度的，而是有着共通性的，即不同民族的读者，虽然“民族意识与民族眼光”不同，但他们对文学作品的理解却可以相通，且他们的相通是跨越国界、跨越时空的。而这种“民族意识与民族眼光”的共通，需要克服简单的社会批评，需要深入到文本当中。

王元化对《旧式地主》的评价问题、独特理解，不仅对中国果戈理研究突破固定态势有着一定贡献，而且对文学批评和文学理论有着一定历史与现实价值。果戈理既影响了王元化的文学创作，又影响了王元化的文艺观，并与王元化的治学精神融为一体。王元化认识到《旧式地主》可能蕴含着“旧式人物的温情”，与他的第一次反思密不可分。而王元化认识到《旧式地主》可能蕴含着“老年爱”，则与他第三次反思密不可分。值得注意的是，王元化对《旧式地主》的评价，始终不仅仅是单纯的文学批评，而是一直与他“向着真实”的文学理论相呼应，与他的精神处境紧密相关，即饱含着自己的人生阅历与情感体验。他的人生阅历与情感体验，有助于他认识文学的不同面向，有助于他的文学批评与文学理论具有“温度”，具有思想性与德行。以自己的人生阅历、情感体验与文学作品共频共振，结合人生阅历、情感体验开展文学批评与建构文学理论，是王元化等学者的一大特点。这对文学批评和文学理论的启示在于，文学批评与文学理论，既可以是学术性的，又可以兼容思想性、德行，也就是一方面与时代背景、时代思潮相关，一方面始终无法回避具体实践者的人生阅历与情感体验。

［作者单位：云南大学文学院］

① 高付真：《中国现代批评家眼中的果戈理（1919－1949）》，首都师范大学 2012 年比较文学与世界文学硕士论文，第 31 页。

·语言文字·

论初期新马华语的基本样貌及其研究意义和价值

□刁晏斌

【摘要】 文章通过20世纪初新加坡华文报纸语料与中国同时期报刊语料的对比考察，来了解初期新马华语的基本样貌，明确其与中国早期国语之间的“大同”和“小异”，并对其造成原因进行了初步分析。在此基础上，文章分别从新马华语研究、普通话研究和全球华语史研究三个方面讨论了本项研究的意义和价值。

【关键词】 新马华语；马新华语史；词汇；语法

一、引言

刘华、郭熙指出，由于缺乏第一手的海外华语分布的详细调查资料，华语现状的描写多偏重理论分析，所用语料大多来自作者自身的体验和总结，多从经验出发，比较单薄①。这一认识虽然是着眼于华语的共时研究，但对于更加“单薄”的华语历时研究而言，也是切中要害的。李计伟更加具体地认为，“华语的形成与发展”这个话题目前尚未得到充分的关注与研究，其中的一个主要原因是

① 刘华、郭熙：《海外华语语言生活状况调查及华语多媒体语言资源库建设》，《语言文字应用》2012年第4期。

缺乏历时材料①。

目前，就相关问题，我们有以下三点认识：

其一，相对于开展得较好的华语共时研究而言，历时研究成为一个明显的短板②，因而亟待补齐，使相关研究尽快开展起来；

其二，华语的历时研究应该以“华语的形成与发展”为对象，其中尤其重要的是其形成阶段即前端的研究，因为这是整个历时研究的“起始平台”；

其三，当今的华语研究很大程度上还是受限于语料，而对于历时研究而言尤其如此，这一现状亟待改变。

在以上认识下，近期我们致力于华语形成初期的“早期华语”研究，主要做法是爬梳该时期的当地语料，了解其基本的语言面貌，再与同时期的中国国家通用语（我们在研究中一般称之为“早期国语”）进行比较，由二者的异同来考察它们之间的关系，而本文就是一次这样的尝试。我们的“初心”就是试图找到充分的语言事实，形成一个对于新马华语形成初期基本样貌的初步认识。

我们之所以选择以“新马华语”为研究对象，主要基于两点考虑：一是因为在华语形成之初（按现在的一般认识，基本与中国的新白话同步，均为20世纪初“五四”前后），新加坡与马来西亚本为一体，均属作为英国殖民地的马来亚联邦；二是按现在的一般认识，新马是海外华语传承最好、发展过程最为完整的地区，也正因为这一点，有人提出了“马新华语史”的概念③。

在以往的研究中，一些学者不同程度地论及新马华语的来源问题，其中一个比较一致的意见是“移植说”，即认为新马华语是由中国的早期国语整体“移植”或“搬迁”而来④；另外，许多具体讨论也从不同角度对上述观点提供了具体语言事实的支持。比如周清海指出，“各华语区保留了‘国语’的许多特点，受

① 李计伟：《南洋华侨早期国语推广刍议》，《华文教学与研究》2020年第2期。

② 刁晏斌、周连英：《论华语“三观”》，《励耘语言学刊》2021年总第35辑。

③ 徐威雄：《马新华语的历史考察：从十九世纪末到1919年》，《马来西亚华人研究学刊》2012年总第15期。

④ 田惠刚：《海外华语与现代汉语的异同》，《湖北大学学报》1994年第4期。

‘国语’的影响是巨大的”①；李计伟、张翠玲从新、马华语中选择了名词后缀“儿”及名词“当儿”的使用及“向 NP + VP”结构中 VP 的多样性等五个词汇语法现象进行考察，指出它们均来自“早期现代汉语”（按即早期国语），以此来证明东南亚华语的作为传承语的保守性②；王晓梅也指出，马来西亚华语“较”字差比句承继了早期国语的用法③。正是基于以上论述，以及笔者自己的研究和认识，我们趋向于把全球华语界定为“以早期国语为基础的华人共同语”④，而新马华语自然就是“以早期国语为基础的新马华人共同语”，同时也是早期国语的域外社会/地域/功能变体⑤。

在这样的认识下，也就确定了我们调查新马华语早期样貌的基本做法：以早期国语为参照，比较二者的异同。相同之处即共性表现，由此一方面可以证明早期华语系由早期国语“移植”而来的基本事实，另一方面借此也可以了解和掌握早期华语的基本样貌；不同之处即早期华语的个性特征，由此可以了解其作为“变体”之“变”，也就是其在本地化的过程中产生了哪些发展变化。以上相对于早期国语的“不变”与“变”相加，就构成了早期华语的基本样貌。所以，在下边的事实梳理部分，我们分别以“初期新马华语与中国早期国语的共性表现”“初期新马华语的个性特征”为题。

本文所用的基本语料，是 1919 年前后在新加坡出版的两份影响极大的华文报纸，一是《新国民日报》（下文简称《新》），二是《叻报》（下文简称《叻》）；此外，我们选择瀚堂近代报刊库（https：//www. neohytung. com/）中的语料作为早期国语的代表，来进行两者之间的对比。

---

① 周清海：《华语研究与华语教学》，《暨南大学华文学院学报》2008 年第 3 期。

② 李计伟、张翠玲：《传承语的保守性与东南亚华语特征》，《华文教学与研究》2019 年第 3 期。

③ 王晓梅：《马来西亚华语语法的三维分析框架——以有标差比句为例》，《华文教学与研究》2020 年第 2 期。

④ 刁晏斌：《论全球华语的基础及内涵》，“ Global Chinese”（《全球华语》）2015 年创刊号。此文对华语的界定是“以早期国语为基础，以普通话为核心的全世界华人共同语”，这应该是一个过渡性的界定，现在我们趋向于去掉“以普通话为核心”这一修饰语。

⑤ 刁晏斌：《全球华语的理论建构与实证研究》，华语教学出版社，2018 年，第 25 页。

二、初期新马华语与中国早期国语的共性表现

本部分中，我们从词汇和语法两个方面，来对初期新马华语与中国早期国语的共性表现进行调查和举例说明。

（一）词汇上的共性

如前所述，人们在对当代华语某些词汇、语法特点及表现溯源时，往往都与早期国语联系起来，这无疑是正确的，但是有一点可能没有说清楚：当代华语与早期国语之间没有直接的承继关系，而二者之间的一致性是因为前者对早期华语相同用法的沿续所致。换言之，当代华语与早期国语的相同表现其实来自早期华语与早期国语的共性特征。举例来说，有人认为，海外华语中普遍使用的致使动词和目的连词“俾”是对“近代国语”的继承①，如果准确地说，应该是早期国语中经常使用的致使动词和目的连词“俾”首先进入早期华语，然后一直保留至今。类似“俾”这样早期在两地共用的古语词十分常见，而这也就构成了早期国语/华语共性的一个重要表现。

比如，以下三例中的“甫”“但”和“遂”：

（1）前日二时许，有某妇携年甫四龄之女孩，路经留医院附近。（《新》1919.10.15）

（2）我并不是替法人吹牛皮，我但反对那过于偏见反对留法的。（《新》1920.7.1）

（3）闻说本坡洋衣工人，因近来汇水骤降百物昂贵之影响，遂要求资本家增加工值，藉资弥补。（《新》1919.10.29）

以上三例中的“甫”是时间副词，义同“刚（刚）”；“但”是范围副词，义同“只”；而“遂”则是连词，义同“于是（就）”。早期国语中，能看到以上三

① 王文豪：《从致使动词到目的连词——海外华语中“俾”字句的来源及演变》，《语言科学》2020年第3期。

词的很多用例，如：

（4）后知其来历，乃为一农家之女，年甫四岁，其父母所居在四百码外。（《申》1919.6.1）①

（5）吾人作此语，非反对日本国民，但反对日本少数人之政策。其野心勃勃，不独妨及中国和平，且亦碍及日本真正利益。（《申》1919.9.20）

（6）此后办法正在讨论，学生会方面遂要求允其逐日派代表二人到教职会旁听，以便得悉一切详情。（《申》1919.12.22）

除古语词外，早期华语与早期国语在一般词语的使用上也有极高的对应性，并且这种情况相当普遍。比如，以下是“昨日”的同素倒序词“日昨”以及与“举行”同义的单音节词“行”的对应性用例：

（7a）本泗中华学校，由星洲聘请二位女教员事，日昨已到海口，不意又双双被移民厅扣留。（《新》1920.1.22）

（7b）兹于日昨暑假，并举行高初等毕业式，陈列本学期各科成绩，邀请各校董暨各学生家属参观，到者甚众。（《申》1919.1.14）

（8a）省一师范学校于午后一时，行庆祝典礼，省一中学，亦于同时举行庆祝。（《新》1919.11.5）

（8b）海宁路福寿里北区公学双十节给假二天上午九时师生齐集礼堂行庆祝礼。（《申》1919.10.12）

例（8a）前用“行”，后用“举行”，像这样同义单双音节词并用或“舍双取单”的情况，早期华语中时能见到。再如“已经”，除经常简省为“已”，有时也可以用“经”表示，而这也在两地有共同的表现。例如：

（9a）各董提议举行周年纪念，并开运动会，全体赞成，兹闻定于七月二日十点钟举行，经发出礼柬邀请各界莅场参观。（《新》1920.7.1）

（9b）本月二十五日为大帅寿辰，早经发出征文启，原为征求诗文以作

① 本文早期国语的对应性用例多取自《申报》，以下凡取自该报的用例均简标为《申》。

纪念之意。(《申》1919.9.19)

早期国语中，“优美”有时义同“优秀”，常用于描述“成绩”等，而这也是两地共同的。例如：

(10a) 闻简君报告沪会成绩极为优美，最近有隐名子邮寄银则捐款三万元。(《新》1919.10.1)

(10b) 本处当将送到货样详加考验，其货色是与来自外洋者相敌，成绩甚为优美。(《申》1919.9.13)

再如，以下两例中的“阶级”，均为“阶段”之义：

(11a) 对土和约，今仍在预备阶级中。(《申》1920.1.12)

(11b) 所于各处分派宣讲员定期讲演自治利益，以期自治思想之普及，此为一年期内预备阶级；至于第二年期，视地方多数之程度，再据议定自治章程选举会员，此为第二年期内实行阶级。(《申》1907.9.20)

早期华语中，有很多类词缀极为活跃，构成大量的某一词族，比如“-家”就是如此。以下一例中就含有三个“家”族词：

(12a) 能导吾国出产家、制造家、贩卖家于贸易市场，使得经济发展之正轨。(《新》1919.11.20)

以上三词在早期国语中也都有用例，如：

(12b) 中国税既烦重，又无财政统系，彼出产家虽欲不受外人重大之竞争，不可得也。(《申》1917.5.6)

(12c) 制造家鉴于商务复活之现象，亦必添购机器加增产额。(《申》1915.11.14)

(12d) 凡市上所售中国墨水天然墨，除东洋货外，均系本厂之货，惟贩卖家每欲改用自己牌号，以臻名目繁多，劣货易于混淆。(《申》1913.5.30)

与“-家”类似的再如“-界”，组合范围与表义范围均比较大，而这也是早期两地语言的共同表现。例如：

（13a）兹由国历一月三十日起券资照旧——男界一角，女界免费。（《新》1933. 1. 31）

（13b）中国人乏冒险性，男界然，女界更甚。（《申》1916. 10. 4）

总之，就词汇方面而言，早期华语中使用的一般词语，能够在早期国语中找到意思、用法完全相对应的用例，这就是我们看到的大量而普遍存在的情况。

（二）语法上的共性

除词汇方面外，早期华语与早期国语之间的共性特征在语法方面同样也有充分的表现，以下举例加以证明。

早期华语中，很多词的使用范围很广，词的兼类或活用现象也比较常见，这一点与早期国语完全一致。比如，以下是后来的名词“障碍”用为及物动词的例子：

（14a）国亡而不思挽救，国乱而不思整理，障碍进化，无益国家。（《新》1920. 1. 12）

（14b）夫障碍共和，即天下公敌；保卫治安，乃吾人重任。（《申》1912. 3. 26）

早期两地语言中，“之”均保留文言用法，即用做句子成分或用于小句的主谓词组之间，即文言语法中的“取消独立性”用法，而这自然也是两地共性的一个表现。例如：

（15）到正式和议之停顿，则因北方正为内阁内閧，靳与安系有宣战之形势，无暇及此。（《新》1919. 11. 25）

（16）查新加坡之有各种会馆，年数不多。（《新》1933. 6. 30）

（17）召集临时参议院之停顿，以各方意见不一致也。（《申》1917. 8. 25）

（18）然则中国之有金属货币，始于何代耶？（《大中华杂志》1915 第1卷第5期）

另外，主谓之间加“之”的形式还常用于标题，这是很有时代特点的一种表达方式，也是两地共有的。例如：

（19）国货之畅销（《新》1920.1.26）

（20）慈善奖券之畅销（《民国日报》1918.8.15）

再如，《新》1920年2月28日刊《顾维钧态度改变之可疑》一文，同年9月30日刊《马六甲双十节提灯会之踊跃》一文；而《申》1918年4月21日也有《半时两告火警之可疑》，《大同报》周刊1913年第19卷43期有《国外纪闻：日本渔业进款之踊跃》一文，两地之间都有对应性的用例。

再如，早期华语与早期国语中，都有不少“述+宾+（于+处所词）”形式，这也是二者共性的表现。例如：

（21a）三十一日纽约电，中国阁员徐元（译音）现将由凡古佛启程回国，宣言彼将得中政府助以一千万美金组织一银行于纽约，而设分行于凡古佛。（《新》1919.11.5）

（21b）一九一四年，华章公司炼锑厂每月出额平均约二百余吨，但机器今已增多，且已设立分公司于纽约。（《申》1916.1.10）

早期华语中，虚义动词经常使用，有些颇具此期特点。比如，以下使用“为”和“从事”的用例：

（22）所遗留之战地，往观察者不乏其人，惟大都军人政客，概观形势而已，绝少有就战地之本身为科学之精密观察者。……记者曾与李君为长时间之谭话，李君述叙大战与法国北部农业甚详。（《新》1919.10.7）

（23）（宝兴锡矿公司）拟集合资本暹罗三万铢从事开采锡矿。（《新》1919.11.29）

按，上例“为科学之精密观察”“为长时间之谭话”的“为”均属虚义动词，义同“进行”；下例“从事”按当今普通话的使用规则，不可以带述宾词组做宾语，而此时则不受这一限制。

同样的用法均见于早期国语。例如：

（24）俄国外相伊士威士归国途次，道经柏林，特与德国外相腓雍氏为长时间之会谈。（《国风报》1910 年第 1 卷第 10 期）

（25）但锑之销路既佳，市价既高，世界他国自必从事开采锑矿，迨出产既多，价值自落。（《申》1917.10.10）

早期华语中，“程度副词 + 形 + 形容词”结构极为常见，在句中做谓语。例如：

（26）某街连日开演街戏，观者人山人海，极形热闹。（《新》1920.3.1）

（37）故旧日官僚，在黔省甚形发达，且极有势力。（《新》1920.8.27）

（28）伍廷芳对于粤东省长一席，原拟俟时机成熟时，亲自登场，至上海四代表抵粤后，一致赞成粤民公意举伍，于时伍之意兴，益形活泼。（《叻》1919.9.25）

上述结构在早期国语中也同样常见，与以上三例对应的用例如：

（29）阿弟毋怖，彼即能来，然亦无所用之，以地势高低极形不便，而大石嵚崎老树苍郁，尤非宜也。（《大中华杂志》1916 年第 2 卷第 6 期）

（30）安东丝厂甚形发达，所以购用本地蚕茧超过出口之数。（《申》1919.5.24）

（31）贵族之权力，日盛一日，暨乎亨利三世，益形强大。（《论衡》1913 年第 1 期）

有时，该结构中的程度副词偶尔也可以由其他类的副词替代。比如以下两例：

（32）（书报社）办理颇称完善，经费近形短绌。（《新》1919.11.26）

（33）首两晚之节目，庄谐并重，讽勉兼施，观者都形满意。（《新》1933.5.30）

按，以上二例中的“近”和“都”分别是时间副词和范围副词，这样的形式也是来自早期国语，甚至是其前发展阶段。例如：

（34）臣见该员讲求吏事，人尚和平，惟带此军多年，营务近形松懈，

调度亦难合宜，未便迁就。(《申》1887.11.2)

(35) 即以东京而论，其始亦甚朴陋，当时于新桥停车场下车者，觉其所有之建筑物都形朴陋。(《申》1912.2.22)

另外，例 (32) 句中还有“颇称完善”，其中的“称”与这里的“形”表达相同的意思，而这也能在早期国语中找到大量相同的用例。例如：

(36) 中国人拥资极巨，故所办学校及教育机关颇称完善，且生活程度并不让于欧美人。(《大中华杂志》1916 年第 2 卷第 5 期)

与上述结构类似的是“副词 + 告 + 动词”，在早期华语中的产生时间似乎稍晚，用例也不及前者多。例如：

(37) “梅花歌舞剧团”昨晚又换新节目 首二场又告满座 (1933.5.30)

(38) 中间曾两次总攻黑垣，以无后援，皆告挫败。(1933.5.30)

该形式同样也是来自早期国语。例如：

(39) 不料今春中东铁路又告中断，运俄之货亦遂停顿。 (《申》1918.6.9)

(40) 此间有大风雪，全镇停止办事两日，各报皆未出版，铁路车务与商业皆告停顿。(《申》1921.3.17)

仅就以上所举的用例看，早期华语语法与词汇一样，也体现了充分而明显的“移植性”，并由此而与早期国语保持了相当的一致性。

三、初期新马华语的个性特征

以上我们从不同的方面举例说明，初期新马华语与中国早期国语具有极大的共性，但是我们却并不能由此得出前者完全原封不动“照搬”后者的结论。总体而言，即使着眼于新马华语的初始阶段，也已有一些本地化因素加入，由此造成二者在大同的基础上也有小异，而这也在一定程度上显示了初期新马华语的个性特征。

具体而言，造成小异或初期新马华语个性特征的主要有以下三个方面的因素。

（一）“社区词”的加入

社区词是“由于社会背景不同，社会制度不同，社会的政治、经济、文化生活不同，以及由于背景不同带来的人们心理因素的差异，而产生的适应和反映本地社会区域的词语①”。华语形成之初，有数量可观的新马社区词直接进入，并由此而使得其词汇面貌与早期国语有所不同。例如：

（41）坡元价格如旧（《新》1919.10.4）

（42）今因有要事回唐，现吉祥楼银口项货出入，暂归陈瑞成签字盖章方为有效。（《新》1919.11.1）

（43）讵料新妇尚未到埠，而余某已在大亚齐与土生华妇（俗呼“半老妹”）结婚矣。（《新》1919.10.21）

按，以上三例中，第一例的“坡元”是“新加坡/星嘉坡元”的简称，初期新马华语中常见，而瀚堂数据库中仅有十位数的用例，且都是在报道外汇牌价时使用，首例见于1922年，晚于例（41），因此应该属于“引用”；第二例“回唐”的“唐”指“唐山”，此词《汉语大词典》释为“华侨对祖国的习称”，举的首例书证是许地山的《商人妇》，这篇小说发表于1921年，正是以南洋（新加坡）为背景，而此处用的是简称形式，则表明“唐山”在当时应该是一个常用词。关于第三例中的“土生华妇”，王晓梅、庄晓龄、汤志祥编著《马来西亚华语特有词语词典》（联营出版有限公司2022年版，以下简称《特有》）收“土生华人”，释义为“英殖民地时期等同于海峡华人，也指华人与土著妇女通婚之后的子女”；再查该词典的“海峡华人”条，义指在英国海峡殖民地出生的华人。因此，无论“土生华妇”是哪个意思，它应该都是当时一个比较典型的社区词。

① 田小琳：《活跃的社区词》，《语文建设通讯》1995年总第50期。

类似的词语还有很多。再如：

(44) 直寄邮票叻银六角至新嘉坡土库街韦廉士医生药局。（《叻》1918. 2. 1）

(45) 本公司为保获华侨商业财产起见，实备丰足资本。经在中国政府注册并在海峡殖民地政府存案，缴存本叻政府保证金壹拾万元，专受水火保险及置业。(《叻》1919. 2. 5)

(46) 前因欧战发生，本坡所公布之戒烟律，今定于五月十二日起取消之。(《叻》1919. 5. 15)

以上“叻银”即指例（41）的“坡元”，“海峡殖民地政府”指当时的英国殖民当局；而“本叻”“本坡”均为当地人自指新加坡的简约形式，“戒烟律”是当地政府发布的戒烟律令。

(二) 方言词语的植入

当代新马华语研究者在对某些现象溯源时，往往会指出当地闽、粤、客、琼等方言的影响，而这一影响早在初期华语中即有较为充分的表现，主要仍在词汇方面。比如，以上例（43）中“土生华妇”括注“俗呼‘半老妹’”应该即为一例。其他用例再如：

(47) 外科搽洗除毒水 统治外科各症即搽即愈各毒肿痊腐烂痕痒诸般各虚妙药 每大樽四角 小樽二角（《叻》1919. 6. 5）

(48) 印度摩托脚车，轻便宽式两匹半马力。殖民地款式两匹马力 足力款式 七匹马力（《叻》1919. 2. 1）

(49) 金业工人罢工记 荷官答应增薪 头家板下面孔（《叻》1919. 5. 9）

《全球华语大词典》（下简称《华语》）中，列出“樽”的第二个义项为“瓶子”，并指出其源自粤方言，用于港澳新马等地；《特有》收“脚车”，释义为“脚踏车”，并指出其源自闽南方言；谢栋元《客家话北方话对照词典》（辽宁大学出版社 1994 年版）收“头家”，释义为“掌柜的，老板”，另外陈正统《闽南话漳腔辞典》（中华书局 2007 年版）也收此词。

进入早期华语中的方言词语为数不少，特别是日常生活词语，以下再举几个广告中的用例：

（50）始创不二价 统办环球货品 新到双旗标靓生油（《叻》1919.2.1）

（51）此竹吉力共有四款 每包价银六角五占 三角六占 一角八占及七占（《叻》1919.2.1）

（52）兹因志有别，图愿将草厝一间及全盘家私什物顶与吴晚记刘玉支二人承受。（《叻》1919.6.24）

以上三例中，“靓”为粤语词，义同“好”（见饶秉才《广州话词典》，广东人民出版社1997年版）；“占”义同“几分钱”的“分”，来自闽语（见《汉语方言大词典》）；最后一例中的“草厝”和“家私”分别指草屋和家具，也是来自闽语（见《汉语方言大词典》）。

除词汇外，有一些方言语法形式也进入早期华语。例如：

（53）后来他们越讲越大声，不知不觉句句送入我耳朵里。（《新》1919.11.17）

前例的“（越）大声”大致是来自粤语，刘丹青指出，粤语的类型学特点之一是“形+名”或“形+量”结构充当形容词谓语，文中所举的前者用例如“好彩（运气好）”“快手（手脚快）”等①；而麦耘、谭步云《实用广州话分类词典》（广东人民出版社1997版）中，就举了“佢个人讲嘢好大声嘅”（他这人说话声音大得很）的例子，正可与上例进行比较②。

（三）外来词语的进入

使早期华语词汇面貌与早期国语有所不同的另一个重要因素，就是外语的影响，主要是外来词语的进入。比如以下两例：

（54）金业罢工事，于上月廿号，经各东主将工人支去上期银数，列单

---

① 刘丹青：《粤语句法的类型学特点》，《亚太语文教育学报》2001年第2期。

② 以上两条材料系博士生徐涵韬同学提供。

报知甲必丹。(《叻》1919.6.5)

《华语》收“甲必丹”一词，释义有二，一是“殖民地时期负责管理华侨事务的华侨的头衔”，二是“某些地区授予华侨领袖的勋衔”，并指明用于马来西亚等地；《特有》此词释义相同，另注明系英语 captain 的音译。查瀚堂数据库，此词的用例不多，第一例见于 1881 年 12 月 23 日的《申报》，即“其岛主不过如南洋诸岛之甲必丹，为土人之领袖，管其争讼之事”，时间晚上例，大致也指明其来源及使用范围信息。

(55) 诸君欲知详细请询函或移玉至勿勝士巴沙律门牌七十九号，亚丹尼葛蚋药房接洽可也。(《叻》1919.2.9)

《特有》收“律”，释义为“路”，指出其为英语 road 的音译。早期华语中，表示此义的“律”很常用，我们见到的再如“井里汶呀律、龙门律、梧措律”等。另外，这个“律”有时还写成“吕”，如“(麦成)寓活活希吕，门牌五号”(《叻》1919.6.5)。

类似的用例还有很多。再如：

(56) 敝号有运货摩多打车一架。(《新》1920 年 9 月 10)

(57) 麒麟麦酒乃是日本最上等之蜜酒矣。(《叻》1918.8.15)

(58) 华人林某来函一摩托啰里车，欲将之改为摩托巴斯车。(《叻》1920.12.9)

按，以上三例中，第一例的“摩多打车”应为英语 motor car 的音译加义标形式，义指“汽车”；第二例的“蜜酒”即英语 beer 的音译，与同句中的“麦酒”都是指“啤酒”；第三例中“啰里车”是英语 lorry 的音译加义标形式，义即“卡车”，下边的“巴斯”对译英语的 bus，“巴斯车”也是音译加义标形式，义指公共汽车。

以上，我们分三个方面说明早期华语与早期国语相比增加的“异质”成分。其实，以上几个因素有时是相互结合在一起的，如上文讨论的“甲必丹”，就既是一个外来音译词，同时应该也属于一个比较典型的当地社区词。以下一例中的

“太平局绅”大致也是如此：

（59）兹据三州府宪报登载，谓督宪养君，已委任华商朱和乐君为槟屿太平局绅。（《叻》1919.6.24）

《特有》收“太平局绅”，释义为“马来统治者赐封的勋衔之一”，并指出系英语 justice of the peace 的意译。由此可见，这也是一个外来的而非本土产生的社区词。

以下一例中的“羔丕”也是外来词，但是有方言背景：

（60）有甲乙两叻产华人，不知因何，在牛车水戏园街尾羔丕茶桌用武。（《叻》1919.4.21）

《特有》未收“羔丕”，但是收了与之同音的“嗉呸（gāopī）”，指出其为源自英语 coffee 的闽南方言音译，这样自然就把外来词与方言联系到一起了。此外，本例中还有“叻产华人”，应该也是一个社区词。

另外，早期华语中，以上三类词往往与来自国语的同义词同时使用。例如，以上讨论的“樽”，《叻》1919 年 2 月 1 日的一则广告中有“本公司专造各款玻璃樽及特别汽水樽发行”，而当天的另一则广告则有“每大瓶叻银一元四角 小瓶叻银七角五占”。

再如以下二例：

（61）本园兹要雇工除草，倘有愿为包工者，要包锄全园一千余依葛（英亩），或分段数百依葛。（《叻》1919.9.6）

（62）在利芳麦多律有树胶及果树种地一方，与该路学校相近，面积三亩四分三。（《叻》1919.6.24）

按，前一例以国语通用的“英亩”给音译形式“依葛”作注，而后一例前用“利芳麦多律”，后句在指称同一对象时用的是“该路”，这自然也是“律”与“路”并用于一句之中。

简单归纳一下：以早期国语为参照，早期新马华语的个性特征主要在词汇方面，具体有以下两个表现：一是“多”出来一些早期国语中没有的词，二是使用与早期国语不同的词，二者合一，就构成了其在词汇上与早期国语的同中之异。

四、初期新马华语研究的意义与价值

以上是本文的“事实”部分，除此之外，还有一个问题有待明确，这就是我们为什么要考察、梳理，进而了解早期新马华语的基本样貌？

以下就此进行初步的讨论。

（一）对新马华语研究的意义和价值

总体而言，本项研究对东南亚华语研究具有很大的意义和价值，具体表现在共时与历时两个方面，以下分别讨论。

历时研究对华语共时研究的意义和价值是不言而喻的，简言之，就是能够更好地把握东南亚华语总体的精神实质，深入了解和解释其现实状貌，有助于把相关研究引向深入。以下我们通过三个关键词，来对此稍加说明。

第一个关键词是“深入认识”。邱克威指出：“各地华语词汇之间全面且合理的比较，也有赖于理清各自词汇系统的历史脉络。所以说词汇的历时考察对于共时描写与比较是不可缺少的一环，而《叻报》的词汇语料正可以在这一方面提供我们一个观察新马华语词汇历时演变的视窗。”①《叻》具有这样的作用，我们所考察的《新》以及其他许多历时语料，同样也是如此。只有多开几个这样的“视窗”，并借此进行全面、细致的观察，我们才有可能立足于当下，全面认识当今华语总体面貌及具体形式和用法等的来龙去脉。

比如，有人在讨论新加坡华语“分别”一词的意义和用法时，指出其可以做宾语（按即相当于普通话名词用法的“区别”），并认为这种用法在台湾现代汉语中很普遍，所以可能是受了后者的影响②。而我们看到的事实是，早期国语中，

---

① 邱克威：《〈叻报〉的词语特点及其词汇学价值管窥》，《语言研究》2014 年第 4 期。

② 周烈婷：《从几个例子看新加坡华语和普通话的词义差别》，《语言文字应用》1999 年第 1 期。

“分别”的上述用法非常普遍。例如：

（63）这四句写出来若不用疑问符号，便没有分别了。（《新青年》1918.9.15）

（64）张君是研究声韵的，但是不知道寻常声韵学和古代声韵学的分别，又不明了声韵史的作用，实在令人疑心得很。（《新潮》1919.10.30）

早期华语中，情况基本也是如此，类似的用例如：

（65）外部的原因，又有二种分别。……这两种的区别，实际上是很难分明的。（《新》1919.11.17）①

我们由此得出的认识是：东南亚华语中，“分别”做宾语的用法确实比较常见，而这是其从早期直至当下一以贯之的用法，究其来源，并非受到台湾现代汉语的影响②，而是对早期国语相同用法的照搬与沿用。

第二个关键词是“全面解释”。邱克威认为，对于马来西亚华语的研究，除了共时层面的比较异同，还应该追溯历时脉络探索其形成过程③。共时层面的横向比较是目前较多关注的，然而不能只停留在差异的描写而不追溯形成差异的原因及其语言内外机制，这就必然将我们的视线投向历时层面的探讨。我们看到，当下的一些华语比较或对比研究中，人们对很多“变异”现象进行了描写与分析，但总体而言基本都限于共时层面，这样虽然可能达到“知其然”，但是对其“所以然”却往往关注不够，或付之阙如，从而未能对语言现象形成全面完整的认识。华语的历时考察，特别是对其形成之初基本面貌的了解和认识，往往会给某些语言现象的“所以然”提供一种解释，而这样的解释必然有助于更加深入全面地了解和认识当今的某一或某些现象。

---

① 此例前用“分别”，后用“区别”，正说明二者词性及意义完全相同。

② 按现在的一般认识，当今的台湾现代汉语与东南亚华语一样，都是早期国语的变体，二者平行承继了后者中“分别”一词的意义和用法，不存在影响与被影响的关系。

③ 邱克威：《论“华语”与马来西亚华语的研究》，《马来西亚华人研究学刊》2012 年总第 15 期。

比如，我们注意到，当今东南亚华语中，有些词的感情色彩与普通话不同。例如“毙命”，《现代汉语词典》（第7版）的释义是“丧命（含贬义）”，而这样的感情色彩在当今华语中并不存在，它基本都是在中性义下使用的。例如：

（66）该女童昨早约7时睡醒后发现全家人不在，打开阳台爬上塑料椅探头时，不慎失足从17楼直坠而下毙命。（马来西亚《e南洋》2018.9.14）

此词当今的这种用法，其实正是延续了早期的使用习惯，早期的相同用例如：

（67）（学生）即晕于地，旋舁入医院调治无效，因而毙命，现在联合会公议在会内与古太一同时开会追悼，以示崇拜。（《新》1919.10.28）

早期华语之所以如此，那是因为早期国语中此词就是这样用的。例如：

（68）学生昨晨出发巡行街市时，饮食难进，炎日之下跪起匍匐，身强者头昏目眩，身弱者精竭力疲。竟有一师范学生某，于赴道署时在院西大街当场毙命，临绝时犹大呼救国不止。（《申》1919.6.17）

第三个关键词是“正确定位”。这主要是针对具体研究中的一些偏差而言的。当下的华语研究中，“变异”是一个常用词，而一般论者所说的“变异”，基本都是着眼于跟普通话的对比，即对那些与后者不同的意义、形式或用法，往往都名之曰“变异”。其实，在我们看来，如果着眼于历时，这样的“变异观”差不多正好是颠倒的：当今华语与普通话都由早期国语发展而来，但是普通话的发展变化远比华语更大、更多，所以，二者之间的很多差异，对华语而言是继承与维持，对普通话而言才是发展与变异。这一点，只要稍一结合历时的考察，就非常清楚。比如，李玉红、方清明指出，普通话中“事迹”只具有积极语义韵，而马来西亚华语里此词则包含积极、中性、消极三种语义韵，而这也就是其所说的马来西亚华语名词语义韵的变异表现①。其实，华语之所以如此，不是因为其“变异”，而恰恰是因为其“不变”所致。早期国语中，“事迹”以下这样的消极语义

① 李玉红、方清明：《马来西亚华语名词语义韵变异现象考察》，《华文教学与研究》2019年第2期。

韵用例并不罕见：

(69) 杨许等五人反复不悛，屡次称悔而屡次受人指使为此败德不法之事。其所犯诈财诽毁伪造印章及诬告等罪，事迹昭彰，情节极劣。(《申》1919.8.27)

至于中性义用法，那就更为常见了。例如：

(70) 法文西剧《国王之葡萄架》，其剧中事迹发生于法王鲁意十五时。(《申》1919.12.5)

早期华语完全延续这样的用法。例如：

(71) (某甲) 且晚间非与某某到某等街某火轮公司叉麻雀，即到某街某娼寮打茶围……名誉之恶劣，众人咸知，前曾有某君投函贵报，将其事迹宣告。(《新》1919.10.15)

(72) 今日新片有中国事迹 (《新》1920.1.30)

我们曾经对台湾现代汉语中“事迹”一词的意义及用法进行过调查①，结果与上述华语的情况完全一致，均与普通话形成鲜明对比，而这也从一个侧面说明“变”的确实是普通话，而不变的则是新马华语及台湾现代汉语。

以上讨论的是新马华语早期样貌研究对华语共时研究的意义和价值，下面我们再简单讨论其对华语历时研究的意义和价值。在这方面，主要表现在对马新华语史的研究上：这一研究本身就是对该史的知识建构。如上所述，徐威雄提出“马新华语史”的概念，但是其立足点并不在语言本身，而是从历史、文化等角度讨论本地华语的奠定原因和条件等②，因此还不属于严格意义上的语言史研究。另外，其所形成的基本认识（特别是华语形成以及发展的阶段划分）一时也难成定论，至于其他学者虽偶有表述，但也都语焉不详。总之，马新华语史基本还是

① 刁晏斌：《海峡两岸民族共同语对比研究》，中国社会科学出版社，2017年，第47页。

② 徐威雄：《马新华语的历史考察：从十九世纪末到1919年》，《马来西亚华人研究学刊》2012年总第15期。

一块尚未开垦的处女地。李宇明认为，“大华语”研究还处在“观念萌生、资料搜集”的初始阶段，很多判断还都是感性的，因此很多命题最好作为“假说”来看①。在我们看来，上述的马新华语史，目前基本也是停留在“假说”的层次与范围，而相关研究能够使假说变为现实，使马新华语史由一个空洞的指称形式到具体的研究内容、研究领域的必由之路，因此对后者而言，其意义和价值自不待言。

我们认为，在这方面，可以采取“两步走”战略。第一步，就具体的问题进行多角度、多方面的研究，大致可以在以下两个方面展开：一是对某一或某些现象进行自下而上或从上到下的调查研究，前者是指由当今入手梳理其来龙去脉，而后者则是理清其由早期到当下的发展线索；二是由一种媒体或某一类语料入手，进行某一特定阶段语言状况的调查，在此基础上，再进行不同阶段之间的对比，从而构筑一个相对完整的史的链条。第二步，是在第一步的基础上完成马新华语史的建构，以及在该史框架下的进一步研究，最终目标则是开辟新马华语研究的一个独立的分支领域，而这也是为全球华语史的建构做出切实的贡献。

（二）对普通话研究的意义和价值

郭熙指出，华语的研究，尤其是着眼于空间纬度推移上的华语研究，将是我们观察汉语标准语的一个重要窗口②。我们认为，着眼于时间维度推移上的华语研究，同样也是观察标准汉语即普通话的一个重要窗口，特别是观察其历时发展变化的重要窗口，而本项研究对普通话研究的意义和价值，主要就表现在历时方面。

刁晏斌指出，普通话研究也应以台港澳语及海外华语为视角，而由此为其历时研究带来的效益，是有助于理清百年汉语的发展线索，有助于进一步明晰普通话形成及发展的过程，有助于具体现象的历时研究③。现在重新思考这一问题，我们认为，早期华语历史样貌的梳理与研究，至少会给“普通话史”带来以下的

① 李宇明：《大华语：全球华人的共同语》，《语言文字应用》2017 年第 1 期。
② 郭熙：《论华语研究》，《语言文字应用》2006 年第 5 期。
③ 刁晏斌：《论普通话研究的国语/华语视角》，《华文教学与研究》2019 年第 2 期。

帮助：

第一，由于早期华语与早期国语具有上述巨大而普遍的一致性，所以研究前者基本上也就是在研究后者，因此了解和掌握了早期华语的基本样貌，也就基本上掌握了早期国语（或者称之为“早期普通话”）的基本样貌，而这对二者来说，都是其历时发展的起点，同时也都是其史的研究的第一步。

比如，早期华语中，动词“发生”的意义比较广泛，能够搭配的对象众多，具体的用例如：

（73）广州新发生之外国银行（《新》1919.10.1）

（74）陈氏近日在厅，因久失自由，因而发生胃病。（《新》1919.10.6）

这样的用法不见于今天的普通话，那么早期国语中情况如何？稍做调查，我们就会发现，其与早期华语用法完全相同，比如以下是基本可以与以上二例相对应的形式：

（75）雷发生式银行发生于十九世纪的中叶，当时犹太人用极高的利息盘剥农民，农民既没有信用可以借得到低利息的资本，所以不得不俯首帖耳忍受这个痛苦。雷发生见了这个情形，所以特地办了一个银行来救济他们。（《解放与改造》1920.3.1）

（76）他知道病从口入，从前吃鬼不慎，常常发生胃病，受累非浅。（《红杂志》1924年第2卷第44期）

翻看瀚堂近代报刊数据库检索的前几页，就看到很多可以与“发生”搭配使用的词，如“感慨、感想、问题、幻想、文明、风潮、结果、美感、联系、群众、兴趣、影响、希望、爱情、不满、痴想、互斗、分立”等。

第二，对比早期华语与当今普通话，能够发现或明确后者发生了哪些、什么样的变化，即前者可以为后者提供史的研究线索。以上我们讨论的“事迹”与“发生”都能很好地说明这一点，以下再举一个指示代词“这”的例子。

早期华语中，“这”经常直接附着在其所指示的词语前边，构成“这+名词”的形式。例如：

(77) 使得看书的人，见了这凡例，便知道这书的内容，将这书的宗旨组织，统统都理会得了以后再看这书，便心领神会，再没扞格不通、错解误会的病了。(《新》1919.10.1)

当然，这一形式也并非东南亚华语所独创，依然是来自早期国语的，后者的相同用例如：

(78) 诸君要想懂个透彻，请把这书仔细考查。(《申》1919.11.15)

当代普通话中，除了一些单音节名词可以与“这”组合成凝固或半凝固单位（如“这人、这事、这话”），该形式从总体上说基本处于退隐状态，而由此就提示我们，可以而且应当从史的角度，对其由显到隐的过程进行考察与分析。

第三，早期华语有时会给确定某一或某些形式的来源提供一定的线索或佐证，对史的研究而言，这自然也具有极大的意义。比如，现在“有”经常用于动词或动词性词组之前，构成“有 + VP”形式，这一现象引起很多人的关注，已有不少研究成果问世。这一形式虽然古已有之，但并不具有太大的能产性，所以近代以来逐渐萎缩。当代普通话中，该形式重新活跃起来，一般的认识是与台湾现代汉语的影响有直接关系，但是对其到底来自何处，人们的意见却并不一致。

早期华语中，“有 + VP”形式比较常见，以下是同一天报纸中的两个用例：

(79) 闻该会每拜三晚，都有请人演说，想往听者必不乏人也。(《新》1919.10.3)

(80) 上礼拜六日，本埠有接到太平洋沿海岸之消息。(同上)

李如龙指出，进入港澳通语的是粤方言词，进入台湾通语的是闽方言词，进入新马通语的闽语词多、粤语词少，进入泰国华语的主要是闽语潮州方言词①。把以上事实与这一认识结合起来，再加上一些已有关于这一形式来源的表述，我们对当代普通话中“有 + VP”的来龙去脉就会有一个比较清晰的认识，即大概率

① 李如龙：《海外汉语方言研究的新视野——读〈全球华语词典〉》，《辞书研究》2013 年第 1 期。

是由闽南话进入华语/国语圈，然后再随中国改革开放后“引进”的大潮，“北上”进入普通话圈。

总之，对于普通话的历时发展及其研究而言，早期华语研究无疑为它打开了一扇窗户，提供了一个新的历时观察角度、一种新的问题发现路径，甚至是一种新的研究模式。

（三）对全球华语史研究的意义和价值

我们把新马华语早期样貌研究定位为马新华语史的基础性工作，换言之，这一研究是马新华语史的一个组成部分，而由此，也就使得这一研究具有了全球华语史的意义和价值。

“全球华语史”是刁晏斌提出的一个学术概念，具体指“以全球华语的历史发展演变及其规律为研究对象的全球华语学的一个分支学科，它也是整个汉语/华语史的一个组成部分。全球华语史的核心内容就是全面考察全球华语的发展演变，分析和解释造成发展演变的内部及外部原因，在此基础上，再对其发展演变的规律加以总结①”。我们把这一分支学科的意义和价值归纳为以下几点②：

其一，确立一个观念视角，由此可以进一步强调历时研究的必要性与重要性，并最终使之成为全球华语及全球华语学研究的一个重要组成部分；

其二，充实和丰富全球华语及全球华语学的内涵；

其三，加强全球华语学的理论建设。

毫无疑问，马新华语史是全球华语史的一个重要组成部分，在这一视角下来看前者的研究，我们可以得出以下几点认识：

第一，二者的研究内容重叠。马新华语史的研究内容可以完全归入全球华语史研究之中，成为它的一部分内容。中国的早期国语首先在新马等东南亚地区传播，而海外华语也首先在此地形成，因此我们完全有理由认为，马新华语史就是全球华语史的开端和前端，因此对前者的研究自然也就是对后者的研究。如果从

① 刁晏斌：《论全球华语史及其研究》，“Global Chinese”（《全球华语》）2017 年第 2 期。

② 刁晏斌：《论华语研究的拓展与加深》，《华文教学与研究》2020 年第 1 期。

比较狭义的“史”的研究而言，以及着眼于当前的实际（全球华语史基本还停留在“构想”阶段），甚至前者可以认为是后者的“第一桶金”，因此其意义和价值不言而喻。

第二，马新华语史研究是全球华语史研究的“小样”，而后者则是前者的“放大”。二者在理论基础、研究方法甚至呈现方式上，都具有很高程度的一致性；但是因为研究范围及对象均有大小与多少之别，所以二者必然还会有较大的差异。就后者而言，李宇明指出，“大华语拥有多个华语变体，最重要的是大陆的普通话、台湾现代汉语、港澳华语、新马印尼文莱华语等，北美华语正在形成，欧洲华语略有雏形①”。从重要变体（已经形成）到“正在形成”，再到“略有雏形”，反映了全球华语在不同地区处于不同的发展阶段，而由此也构成了一个完整的宏观“连续统”。

第三，马新华语史研究是全球华语史研究的“试点”。上一点说明，马新华语史与全球华语史是“小样”与“放大”的关系，而这也就意味着，前者有可能成为后者的试验性研究，后者一方面既可以吸收其成功的经验，也可以避免其有可能走的弯路；另一方面，随着研究范围与对象的扩大，原有的理论与方法可能也会表现出某些局限性，此时则会促使后续研究不断尝试使用新的理论与方法，而这也是“试点”的应有之义。例如，孙德平运用“柯因内化”理论②，根据柯因内化的过程、阶段及其语言特征，认为海外华语处于柯因内化的不同时期，包括处于柯因内化前期的成长型华人社区共同语，此时尚未形成成熟的柯因内语即华语（例如欧洲、美洲、大洋洲、非洲及部分亚洲华人社区的语言），以及处于柯因内化后期、已经形成成熟柯因内语的成熟型华人社区（如东南亚）的华语③。孙文对处于柯因内化前期的英国华人通用语进行了较为全面的考察，归纳

---

① 李宇明：《大华语：全球华人的共同语》，《语言文字应用》2017 年第 1 期。

② 作者指出，“柯因内化”是指一个因语言接触而导致的比较迅速、有时是剧烈的变化过程。在该过程中，一种语言中可相互通话的几个变体在一定的环境下，经讲话人的接触，产生该语言的新变体——柯因内语。

③ 孙德平：《柯因内化前期海外华语特点研究——以英国华人社区华语为例》，《语言研究》2020 年第 1 期。

出它的四个特点，并且指出这一研究有助于弥补学界对柯因内化前期海外华语特点研究之不足，有利于从全球化的角度来揭示海外华语的共性，也便于用发展的眼光看待海外华语的特点。很显然，柯因内化理论为史的研究注入了新的内容：一方面，柯因内化的不同阶段也是华语发展的不同阶段；另一方面，像新马华语这样成熟的华语变体自然也是柯因内化的结果。所以，这一理论应该而且可以用之于全球华语以及全球华语史的研究之中。

［作者单位：北京师范大学文学院］

跨方言视域下复合先行体标记的用法及演变①

□万玉廷

【摘要】 现代汉语方言先行体标记内部可依据音节结构归纳出不同的语音形式类型，主要分为单音、双音两类，双音形式本质上多为复合性质的体标记。双音复合形式在官话、湘语、粤语、客语、闽语中都有分布，其句法结构与一般单音形式的相当接近，差异主要表现在语义领域，同时由于受到来源的影响，前者在语气效用方面相较后者或增或减。复合标记的演变模式有三种，分别是：短语成词后语法化、跨层结构词汇化、复叠共现凝固。文章结合具体语料，采用图表可视化的手段，对复合先行体标记作方言共时分布、句法语义表现、演变路径及词汇化等方面的深入考察，并归纳出复合形式的体标记成熟度序列与词化程度等级序列。

【关键词】 跨方言；先行体；复合标记；语法演变；词汇化

先行体标记以自身所在语句的动作行为或状态作为后时事件发生的前提，包括两种体意义：一是动作行为或状态的先行发生，二是先/暂且……再说。近年

① 基金项目：本文为重庆市社会科学规划“成渝地区双城经济圈”重大项目（项目编号：2020ZDSC09）、重庆市语言文字科研重点项目“类型学视角下的汉语方言假设助词研究”（项目编号：yyk21107）及中央高校基本科研业务费专项资金项目（项目编号：SWU1909022）阶段性成果。

来，有部分学者关注到汉语方言先行体标记在音节结构方面表现出一定的差异性，其内部成员多为独立使用的单音词，也有一部分源于凝固结构的双音形式。如林华勇、李雅伦（2014）① 指出“头先”“正”分别表示两种先行体意义，且“头先”由方位名词语法化为先行义助词；叶祖贵（2018、2019）② 以河南息县方言“再哩”为例，探讨先行体标记与句末语气词在句法位置上邻近从而产生词汇化；卢惠惠（2020）③ 则注意到相较于其他方言的先行体标记“正”，南康客家话“正”表现出对同类标记“来”的依赖而有词汇化为“来正”的倾向。可以注意到，“头先”“再哩”“来正”虽都是双音形式，但演变为稳定的体标记的深层路径却不尽相同。根据刘丹青（1996）④ 将吴语“好仔”定性为表持续的复合体标记，同时考虑到大部分先行义双音形式仍处于非词到词的过渡阶段，本文拟将其统称为复合先行体标记，并从方言共时分布、句法语义表现、复合形式的演变及词化倾向等维度，对此类现象的存在与发展做进一步深入考察。

一、复合先行体标记的共时分布

复合先行体标记在汉语方言平面的分布，往往是与一般单音形式的使用相平行，由于前者大多来源于一定语境中单音形式与其他语法性成分在线性序列上的重新分析，其总体数量较后者少许多。依据《汉语方言地图集》⑤，复合形式的先行体标记有“头先、头前、头边、着着、了着、了的”，而现有文献资料表明，

---

① 林华勇，李雅伦：《廉江粤语“头先”和“正”多功能性的来源》，《中国语文》2014年第4期。

② 叶祖贵：《河南息县方言的先行体标记词“再哩”》，陈忠敏主编：《语言研究集刊》，上海辞书出版社，2018年，第246－253页；叶祖贵：《论汉语方言中来源于副词的先行义标记——以“正”“再”“先”为例》，《方言》2019年第2期。

③ 卢惠惠：《江西南康客家话多功能词“正 tsã^{5}”的意义、功能及其来源》，陈忠敏主编：《语言研究集刊》，上海辞书出版社，2020年，第255－267页。

④ 刘丹青：《东南方言的体貌标记》，张双庆主编：《动词的体》，香港中文大学吴多泰中国语文研究中心，1996年，第9－33页。

⑤ 曹志耘主编：《汉语方言地图集》（语法卷），商务印书馆，2008年，第85－86页。

这一集合内部还存在着更多的成员。因此，本部分将结合已掌握的共时语料对更多的复合先行体标记展开介绍，若语例与所举体标记的文献来源不同，则单独标注其出处。

（一）“嘚唵”＝“嘾”

根据周敏莉（2012）①，湘语新邵方言中存在着“嘚唵”及其合音形式“嘾”表先行义，由先行体助词“嘚”与句末疑问语气词“唵”结合而成，隐含说话人要求听话人先回答自己所提问题再说的主观情态，多用于对话体。例如：

（1）甲：带我去啰。乙：那你听不听话嘚唵？那你先回答你听不听话再说。

（2）甲：借滴钱唧把我用要得吗？乙：你好久唧还嘚唵？先回答你什么时候还钱再说。

（3）甲：我要买部手机。乙：你想买贵嘅还是便宜嘅嘾？先回答想买贵的还是便宜的再说。

可以清楚看到，“嘚唵”“嘾”都位于对话下句，且只用于疑问句。

（二）头先

粤西廉江粤语及现代客语（林华勇等，2014）中，“头先”从客观视角表达动作行为或状态的先行发生，不隐含主观情态，常位于所在小句的句末。例如：

（4）你食头先，我等阵仔食。你先吃，我等会儿吃。

（5）苹果熟头先。苹果先熟。

（6）其去头先，我后尾正去。他先去，我后来才去。

（7）畀渠食头先。让他先吃。（阳西客家语，李如龙等，1999）

除了“头先”，林华勇等（2014）指出在附近粤西雷州闽语中，还可使用“头前”做先行体标记，但并不普遍。例如：

（8）是你食头前个。是你先吃的。（李荣，1998）

---

① 周敏莉：《湘语新邵方言的先行体貌助词“嘚”——基于行、知、言三域的视角》，《铜仁学院学报》2012 年第 6 期。

（三）再哩

河南息县方言（叶祖贵，2018）的“再哩”是由表先行义的“再”同句末语气词“哩”经词汇化形成的双音节复合体标记，“先/暂且……再说”义显豁，同样经常出现在对话体的下句中，可表达多种句类语气。例如：

（9）甲：我去喊他回来。乙：饭做好了再哩。先把饭做好了再说。

（10）先别急着买，看看再哩。先别急着买，看看再说/做决定。

（11）甲：你啥时候回老家？乙：工地的活干完再哩。先把工地的活干完再说。

（12）甲：快晌午啦，我得走啦。乙：你不等你大来了再哩？你不先等你父亲来了再说？

（四）哒嘛/哒哈

张小春等（2019）① 指出四川武胜方言中“哒嘛/哒哈”可在具体语用中替换“哒”表先行义，同时在祈使语气的表达上有所增减。从前后两者体功能对等的角度看，我们认为“哒嘛/哒哈”正在向复合体标记靠拢，同样属于先行体助词与句末语气词组合的双音形式。举例如下：

（13）别闹，休息会儿哒嘛/哈。别闹，先休息会儿再说嘛/哈。

（14）等他走开哒嘛/哈。先等他走开再说嘛/哈。

（五）来正

江西南康客家话（卢惠惠，2020）先行体标记“正”在肯定句中，表现出对同义助词“来”的绝对依赖性，两者共现才可使得句义自足。“来正”连用的形式具有明显的双音词化倾向，并且起到加强先行、暂且义的作用。例如：

（15）有滴子肚饥了，佢先食减一碗饭来正。有点饿了，我先吃一碗饭再说。

（16）放稳来正，明朝日再洗！先放着，明天再洗！

（17）食杯茶来正可。来喝杯茶吧。

卢惠惠（2020）同时指出，福建长汀客话中有一个与“来正”相近的“来

① 张小春，胡继明：《武胜方言的助词“哒”》，《重庆广播电视大学学报》2019 年第 3 期。

来”，承担着给谓词性成分为光杆动词成句煞尾的功能。例如：

（18）偓唔会腹饥，洗黎衫来来再食。我不饿，洗完衣服再吃。（饶长溶，1996）

而在笔者所处的成都西河客家话区，也存在着与“来正”相近的同义复合形式“来哆”。例如：

（19）偓学完车来哆。等我把开车学了再说。（成都西河）

（20）食嘿来哆。先吃了再（说）。

（六）下着［$xA^{21}tso^{33}/to^{33}$］

“下着”是隶属于西南官话的湖南安乡大鲸港方言中很有特色的语气词，陈程、钟江华（2021）① 将其定性为由动量补语“一下”与先时助词“着”组合演变而来的先行语气词，可表达典型的“先……再说”体意义。例如：

（21）我起床下着。我起床了再说。

（22）还在玩手机，把作业写起下着！先把作业写了再玩手机。

（23）你不去打个招呼下着啊？你不先去打个招呼再说吗？

（24）你是不是要睏下着？你是不是要先去睡觉（再……）。

依据已公开的文献资料来看，具有显豁先行体意义的复合标记及其语例，在官话、湘语、粤语、客家语、闽语中都有分布，而且可以肯定的是，除了上述所列，汉语方言共时平面还存在着许多具备成词倾向且形似双音节固定形式的复合先行体标记。从前面的介绍也不难看出，复合先行体标记聚合中，组成成分一半为语气词的居多，且其在句法结构中的位置呈现出一定的规律性，而在语义语用上也具有一定的灵活性，后文将对此做进一步的深入探讨。

二、复合先行体标记的句法语义表现

先行体标记表达将来时间概念，并且在句法语义层面来讲，是与将来时间相

① 陈程，钟江华：《湖南安乡大鲸港方言特色语气词“下着［$xA^{21}tso^{33}/to^{33}$］”用法探讨》，《文山学院学报》2021年第5期。

联系的完句成分。其体意义以实现义、完成义为基础，表示先时与后时事件之间的承接关系，所承接事件发生的时间，既可紧凑，也可宽松。就这点而言，复合形式的先行体标记与独立使用的单音形式在句法语义层面并无绝对的区别，更多的差异主要集中在语用层面，下文将详细说明。

（一）句法结构

一般单音形式的先行体标记所在句法结构呈现出一定的特征性，主要为以下几点：①一般紧跟 VP 之后；②可以和“等”类动词或“先”类副词共现；③其后可跟句末语气词；④先行体标记可替换为“再说”，但不能与“再说”共现。我们可以根据这几条典型的先行体结构特征，并结合已掌握的共时语料，通过图表的方式，对第一部分的复合形式做句法上的检验，如下：

表 1　复合标记的先行体结构特征匹配表（ + 表示吻合）

复合标记	紧附 VP 后	同“等/先”共现	后接语气词	替换“再说”	不与“再说”共现
“嘚唵”/“嘾”	+			+	+
头先	+	+	+		+
再哩	+	+		+	+
哒嘛/哒哈	+	+		+	+
来正	+	+	+	+	+
下着	+	+	+	+	+

从上表可以看出，复合标记同一般形式的先行体结构特征匹配度相当高，以下分点展开论述：

1. 吴璟丽等（2021）① 将先行体标记所在句法结构分析为三个层次，从里到外依次为：谓词性短语 > 动词“等”和先行体标记 > 句类语气，层次越高，虚化程度越高。复合形式同样处于包围谓语核心的第二层，即固定出现于 VP 后，同

① 吴璟丽、张超：《贵州方言先行体助词的语法功能及地理分布研究》，《西部学刊》2021 年第 2 期。

时 VP 结构内部还可进一步细分为“V”“V + O”“V + C”“V + 助”“N（P）”这几类（林四香 2020①），以及西河客话还多出的一种“A + 助”类。我们将复合标记所黏附的 VP 结构类型制表如下：

表 2　复合形式粘附的 VP 结构类型表（+表示吻合）

复合标记	V	V + O	V + C	V + 助	N（P）	A + 助
“嘚唵”/“嘾”	+	+				
头先	+	+	+			+
再哩		+	+	+	+	+
哒嘛/哒哈		+	+	+	+	+
来正		+	+		+	
下着	+	+	+	+		

一般来说，先行体标记所黏附的谓词性成分不能是光杆动词，但“嘚唵”“嘾”“头先”“下着”前面却可以，我们猜测这与它们所处的语序与来源有关。“再哩”“哒嘛/哒哈”“来正”都可以黏附在 N（P）或“A + 助”后，根据陈山青（2011）②，N（P）一般由顺序义名词充当，如“下个月”“夏天”“明个儿明天”等；而 A 多表变化义，如“晴”“熟”“好”等，“A + 助”构成谓词性小句，同样不允许结构中出现光杆形容词。

2. 除了“嘚唵”“嘾”，其他复合形式都能与“等/先”类词汇标记共现，如例（14）（15）以及：

（25）等渠食头先。让他先吃。（廉江青平，李如龙等，1999）

（26）先别急，等他干完活再哩！（河南息县，叶祖贵，2018）

（27）等他回来下着。（湖南安乡，陈程等，2021）

值得注意的是，同“等/先”共现，在具体语用中不是必备的，当这类词汇

① 林四香、陈晖：《湖南武冈方言的先行义标记“着”》，《齐齐哈尔大学学报》（哲学社会科学版）2020 年第 7 期。

② 陈山青：《湖南汨罗方言的先行体貌助词“正”》，《长江学术》2011 年第 1 期。

标记不出现时，复合标记在先行体意义的表达手段上则更为成熟，这一条同样适用于一般形式的先行体标记。

3. 由语气词组合而来的复合形式，若其后可再跟其他语气词，则较易虚化为语法性质更为纯粹的体标记助词，“嘚唵”“嘾”“再哩”“哒嘛/哒哈”不能后接语气词，正好说明它们尚未完全虚化成词。

4. 前文提及“头先”只表客观上的动作行为或状态的先行发生，而其余复合标记的语义都可以替换为“先/暂且……再说”。在同一语句中，复合标记都不能与“再说”共现，这一点与一般形式的先行体标记大致相同，但从目前的语料来看，后者尚存在例外，如邢向东（2004）① 指出汉语方言中分布范围很广的先行体标记“着”能和“再说”连用，构成“着再说”，此时先行义更加显豁。

（二）语义表现

先行体标记总体上都表达先行义，但具体语用中存在语义上的分化。我们关注到周敏莉（2012）、邹珊珊（2021）② 等学者先后根据沈家煊（2003）的三域理论对各自方言中的先行体标记语义进行分析，这无疑为本部分的讨论提供了一个很好的思路。“三域”指的是“行、知、言”三域，结合先行体标记的语义，“行域”即表示动作行为或状态的先行实现，如例（9）；“知域”即表示主观层面对动作行为或状态会带来某种后果的推测、提醒与警告，如平江赣语中“还不困，明朝哒正”，使用“正”表达的是说话人提醒听话人赶紧睡觉，否则明天就会知道后悔了；“言域”即表示通过言语行为实现询问的目的，如例（1）-（3）。据此，我们将复合标记语义的三域分布列表如下：

表3　复合标记语义的三域分布（+表示吻合）

复合标记	行域	知域	言域
“嘚唵”/“嘾”			+
头先	+		

① 邢向东：《论现代汉语方言祈使语气词“着”的形成》，《方言》2004年第4期。

② 邹珊珊：《平江赣语先行体标记“正”的三域分析》，《汉字文化》2021年第20期。

续表

复合标记	行域	知域	言域
再哩	+	+	
哒嘛/哒哈	+		
来正	+		
下着	+		+

可以注意到，复合先行体标记语义的三域分布相当受限，远不及周、邹两位学者所揭示的一般单音形式所呈现出的灵活性。其中，“嘚唵”“嘾”主要用于疑问句末表示对听话人的询问，体现的是复合先行体标记的言域功能，其余五种形式都集中表达行域义，“再哩”还可表知域义，“下着”可于选择问或正反问中行使言域义。例如：

（28）甲：我今个困，想一会儿再做。乙：现在斗十点多啦，还想睡一会儿再哩？（河南息县，叶祖贵，2018）

（29）你是想听仔细点，还是随便听个大概下着？（湖南安乡，陈程等，2021）

除了从三域视角分析复合先行体标记的显性语义，我们还可从句类分布探视其隐含的语气类别。据叶祖贵（2018），陈述句中表肯定、确认语气；疑问句中表询问、惊讶或不满语气；祈使句中，表希望、要求、警告义。同样地，我们将复合标记的句类分布列表如下：

表4　复合标记所在句类及语气特征表（+表示吻合）

复合标记	陈述句	祈使句	疑问句	感叹句	否定句
“嘚唵”/“嘾”			+		
头先	+	+	+		
再哩	+	+	+		
哒嘛/哒哈	+	+			
来正	+	+			

续表

复合标记	陈述句	祈使句	疑问句	感叹句	否定句
下着	+	+	+		+

除了“嘚唵”“啴”只能用于疑问句，其余复合形式都可用于陈述句、祈使句，而“哒嘛/哒哈”“来正”不能用于疑问句。陈程、钟江华（2021）将安乡大鲸港方言“下着”的语用功能分列为增添语气、消减语气、暗示预设、成句煞尾、停顿这五方面，我们可以据此观察复合形式相较对应的一般形式，在语气效果上有何差异。

“嘚唵”“啴”相较“嘚”增添了疑问语气，并暗含催促义；“再哩”相较“再”语气上要更为舒缓；“哒嘛”相较“哒”增强了不耐烦语气，“哒哈”则更具委婉的商量语气（张小春等，2019）；“来正”相较“来/正”削减了急促、生硬（卢惠惠，2020）；而“下着”相较“着”则有强化与弱化两方面的效用，同时“下着”还能用于否定祈使句句尾表示希望义，语气上要相对轻缓，表现出“商量”的意味，留给对话双方彼此余地的空间更大。正是因为语气表达上的差异，汉语各方言在一般形式和复合先行体标记的选择上，暂未有明显的冲突，总体来看，前者的祈使义要重于后者。

李如龙（1996）在《动词的体》① 前言中提及，判定体标记是否稳定，可以从意义的虚化、结构关系的黏着、功能上的专用、语音的弱化（轻声或合音）等方面对其进行考察。结合上述句法、语义两方面的剖析来看，这六种复合形式在先行体标记成熟度方面形成一个由高到低的等级序列，即：头先/下着/再哩/来正 > 哒嘛/哒哈 > “嘚唵”“啴”。虽然各方言表达先行体意义的手段存在一定的差异，也不能同时都满足上述特征，但复合标记与一般形式的匹配程度，可帮助我们对其进行语法上的初步定性。

① 张双庆主编：《动词的体》，香港中文大学吴多泰中国语文研究中心，1996 年。

三、复合先行体标记的演变及词化倾向

复合先行体标记的演变是在一般形式的基础上发生的，涉及体标记与相同性质成分或不同性质成分的复叠、组合成词。左思民（1999）① 提出，汉语体标记具有两种复叠方式：一是嵌套，二是连用。在嵌套关系内部，还可依据标记的体意义是否相同再做细分，即体标记同类嵌套与跨类嵌套。之后，董秀芳（2002）② 从词汇化视角对汉语双音词的衍生和发展做了专门详尽的论述，将双音词的来源切分为三类：短语、语法成分参与构成的句法结构、跨层句法成分的线性相邻。结合两位学者的观点，我们将复合先行体标记的形成模式归纳为三种：短语词汇化并语法化为体标记、跨层结构词汇化、复叠共现凝固，以下将结合方言事实分别论证。此外，本部分暂不涉及组成成分中一般单音形式的语法演变路径，关于这一点将另文研讨。

（一）短语成词后语法化

复合先行体标记的第一种演变路径为：多个单音节词组合为短语，再凝固成词，变为词汇单位，之后受到句法的影响，进而语法化为体助词标记先行义，这一模式的代表则是粤西客家话与廉江粤语“头先”、粤西闽语“头前”。

参考董秀芳（2002）的词汇化理论，“头先”“头前”应是经历了偏正短语固定成词的阶段，再经由空间方位到时间先后的隐喻机制语法化为先行体标记。尽管在语法化之前，“头先”就已是单纯的词，但我们根据来源上的复合性质将其定性为复合标记。

再比如普通话先行体标记范畴中的原型成员“再说”，从语用机制上看，“再说”演变为先行体标记，同样经历了偏正短语词汇化和语法化的阶段。这一模式的形成在一定程度上依靠方言发展过程中的早期遗留，更多的例证则需要从历时

① 左思民：《现代汉语中“体”的研究——兼及体研究的类型学意义》，《语文研究》1999年第1期。

② 董秀芳：《词汇化：汉语双音词的衍生和发展》，四川民族出版社，2002年。

语料中去发掘。

（二）跨层结构词汇化

复合先行体标记的第二种演变路径为：先经由单音节成分 A 的语法化，再与另一成分 B 在线性顺序上邻近进入词汇化阶段，成词过程中，AB 的语义与 A 趋同，属于董秀芳（2002）词汇化理论的第三种模式，即跨层结构词汇化。也就是说，AB 作为一个跨层结构时，起初组成成分的分立性相对较大，其各自的原有语义很明显，但经常连用，逐渐发生跨层粘合，经由重新分析，AB 被定性为凝固复合形式，这一模式的代表则是“嘚唵”“嘾”“再哩”“哒嘛”“哒哈”“下着”等。

先以“再哩”为例，叶祖贵（2018）指出，早期先行体标记“再”与句末语气词“哩”的语法功能互相独立，分属于不同的句法层次，之后经由词汇化紧缩为一个凝固结构，其演变路径为：（a）VP + 再 + 哩 > （b）VP + 再哩。根据吴璟丽等（2021）的先行体句法结构层次分析，在（a）阶段，“再”位于第二层，“哩”位于最外层；而到了（b）阶段，“再哩”凝固成复合形式，共同进入第二层。

那么，如何判断双音节的先行体标记是表达先行义的凝固结构，而不是单音节的先行体助词与另一语气词的共现组合？我们认为应从两方面进行判断，形式上要看是否同属一个句法层次，以及其后是否还能接其他语气词；意义上要看是否能够直接替换为“再说”，以及是否含有其他附加义。事实上，来源于副词或动词的先行体标记与其后语法成分的黏合是较为容易甄别出来的，而来源于句尾助词的，与其后语气词在句法语义上具有天然的模糊性，则不易判定为凝固的复合形式。譬如，“哒嘛/哒哈”的跨层词汇化路径为：（a）VP + 哒 + 嘛/哈 > （b）VP + 哒嘛/哒哈，目前其仍处于（a）（b）的中间阶段，尚未凝固成词。

再看“嘾”，它是原有先行体貌助词“嘚”和句末疑问语气助词“唵”在跨层词汇化的基础上合音后形成的一个具有新形式的复合先行体标记（周敏莉，2012），其演变路径为：（a）VP + 嘚 + 唵 > （b）VP + 嘚唵 > （c）VP + 嘾。合音形式本质上仍是复合体标记，但已进入虚化的更高阶段，即“嘾”是新的融合先行体助词，合音即表现出更高等级的词化程度，并可能引发新一轮的词汇化单向循环（董秀芳，2002）。由于所处演化阶段不同，一般形式的“嘚”是更为成熟的先行体助词，合音形式“嘾”的语法性质有望向“嘚”继续靠近，而“嘚唵”受到“唵”疑问义的强力影响，发展受限。

最后来看“下着”，根据陈程等（2021）对“下着”的定性，“下着”应属于第二种模式，动量补语“一下”与先行语气词“着”融合，其演变路径相较上述几种复合形式更为特殊：（a）VP 下 + 着 > （b）VP + 下着。在（a）阶段，“下”位于核心层，“着”位于第二层；而到了（b）阶段，“下着”凝固成复合形式，共同占据第二层的句末位置。在大鲸港方言中，表达先行体几乎不用“着”而用“下着”，证明“下着”已是稳固的体标记，词化程度也较高。另外需要注意的是，大鲸港方言“下着”中的“下”虽是“一下”的简写形式，但其语法性质与西南官话中使用较广的“哈”并不相通，后者已演化出更为虚化的语气意义，在实际语用中沾染上了主观情态，是典型的助词。

（三）复叠共现凝固

复合先行体标记的第三种演变路径为：先行体标记在线性表达中连用共现，逐渐凝固为复合形式，在共现到凝固成词的过程中，先行体标记完成了从句内语法成分到词内组成成分的过渡，这一模式的代表则是“来正”。

“来”“正”是客家语经常使用的先行体标记，南康客家话中“正”对肯定句中共现的“来”的依赖，使其往“来正”凝固结构演化。相较于其他方言中的复合先行体标记，“来正”是同义复合型的，源于方言接触引发的语义复制，原有多功能词“正”源于汉语形容词“正”历时的演变，先行体标记“正”源于共时的类推，“来正”的语义建构是汉语历时与共时多维度的作用下重新分析的结果，其演变路径为：（a）VP + 来/正 > （b）VP + 来 + 正 > （c）VP + 来正。“来”“正”都是由谓词性成分语法化而来的先行体标记，所以最开始是位于第一层；到了（a）阶段，“来”“正”位于第二层，此时还存在混用；而到了（b）阶段，尤其是肯定句中，“来”要与“正”共现才可成句煞尾；随着使用频率的增加，进入（c）阶段，“来正”复叠复合，固定在第二层。

西河客话中的“来哆”复合形式的演变与“来正”相似，不过“来哆”的词汇化过程可做两种理解：其一，先行体标记“来”“哆”皆位于句末，“来”因其隐含的空间与时间指向上的位移义，与句内的联系更加紧密，仍可在句中充当补语成分，而“哆”本质上是来源于句尾助词“着”的先行语气词。“来”作为准先行体标记更倾向于贴附在表示动作行为的谓词性成分后，而“哆”则独立占据一个句法位置，刚开始时还分属于不同的句法层次，随着使用频率的增加与“来”后成分的省略，“来哆”黏附在一起，经由词汇化紧缩为一个凝固结构。其二，“来哆”也可以理解为是对“来再讲”的同义替换。西河客家话中能用助词“再讲”的地方一般都使用“哆”来做口头上的表达，久而久之，“来哆”逐渐凝固。

根据左思民（1999），“来正”“来哆”属于同义连用型，而非嵌套型，其他汉语方言中也存在此类现象。林华勇等（2014）指出，廉江粤语、吉水、塘蓬客话中先行体标记“头先”与具有先行义的语气助词“正”可以在句子中共现，并且广州粤语中表时间顺序的“先”与表暂且……再说的“先”也可以共现，应看作分属于不同句法层次的先行体标记在同一线性序列中的连用，语句形式为“……先先”。

（四）小结

就目前已掌握的语料来看，跨层结构词汇化这一模式是更为能产的，由于一般形式在方言分布中互相分立，功能上的复叠连用往往不易出现，反而与句末其他句法成分较易发生黏合。根据上述对三种模式的细致阐释，我们将复合形式的句法层次演变情况制成表5，表内同时标记出复合成分语法化为一般形式前所处的层次：

表 5 复合形式的句法层次演变表（+表示演变前后成分所在层次；箭头表示演变方向）

复合标记	演变模式	谓语核心层		第二层		第三层
“嘚唵”/“嘾”	②			+	←	+
头先	①	+	→	+		
再哩	②	+	→	+	←	+
哒嘛/哒哈	②			+	←	+
来正	③	+	→	+		
下着	②	+	→	+	←	+

比较特殊的是“再哩”“下着”，演变为稳定的复合先行体标记经历了三个句法结构层次的跨越，且第②种模式的复合形式都实现了第三层向第二层的趋近，语义较之前更实化，而第①③种则实现了由核心层向第二层的虚化。

我们根据上述演变阶段分析、表意功能的独立性、词内成分的换用情况，对复合先行体标记进行词化定级，其词化程度由高到低的等级序列为：头先/嘾＞下着/再哩/来正＞哒嘛/哒哈/嘚唵，这与前文先行体标记成熟度序列分布也比较吻合。“头先”“嘾”已经成词，“下着/再哩/来正”已经凝固，在往独立的词靠近，而“哒嘛/哒哈/嘚唵”正处于凝固前期，先行体标记与句末语气词的结合性质还比较明显。

综观整个汉语方言平面，诸多单音先行体标记都有同其他语法成分组合成双音复合形式的潜力，复合成分内部的布局位置相对固定，我们以 AB 指代复合先行体标记，A 通常是一般形式的先行体标记，而 B 则较易对句末语气词开放，如“哒嘛/哒哈/嘚唵/再哩”，且往往是来源于谓语核心层的复合成分因线性顺序上的便利占据 A 的位置，如“下着/再哩”。再有，侯雨婷（2021）① 运用制图理论对四川方言“哆”所在句法层级进行了归纳，得出“表已然的事态类句末助词—表将然的事态类句末助词—疑问句末助词—情态句末助词”由低到高的顺序，这亦可帮助我们拟测复合形式的内部建构。

① 侯雨婷：《四川方言句末助词“哆”》，《绵阳师范学院学报》2021 年第 12 期。

四、结语

本文结合方言共时语料，主要对“头先”“下着”“再哩”“来正”“哒嘛/哒哈”“嘚唵＝嘾”等六个双音复合形式的先行体标记及其用法展开描写；并基于同一般单音形式的比较视角，构建多个图表，从句法结构特征、语义的三域分布与语气类别等方面检验其先行体功能，得出体标记成熟度序列：头先/下着/再哩/来正＞哒嘛/哒哈＞“嘚唵＝嘾”；再结合体标记的复叠与词汇化理论，提出了短语成词后语法化、跨层结构词汇化、复叠共现凝固等三条复合形式的演变路径加以论证，最后归纳出词化程度序列：头先/嘾＞下着/再哩/来正＞哒嘛/哒哈/嘚唵。

复合形式的出现，无疑是增加了汉语方言先行体标记系统内部的复杂性，梳理复合型的历时演变，也有助于把握先行体标记共时分化的规律。受到汉语词汇系统调整的影响，双音形式的复合标记易成为一个独立的韵律词与音步，其演变同样表现出语音上的轻化、语义上的虚化、语法性质上的显著化等特征。李如龙（1996）在《动词的体》前言中同样提及，汉语方言体标记在形式与意义对应上存在着五种关系：兼用、多义、交叉、叠用、省略，那么复合先行体标记的出现，则在一定程度上保障了先行体标记的语用纯粹性。

［作者单位：西南大学文学院］

电影艺术

依照历史改编电影：一场酝酿中的革命

□ [美] 达德利·安德鲁/文　刘宇清/译

一

1937 年末，《大幻影》（*La Grande Illusion*）刚刚获得前所未有的国际赞誉，让·雷诺阿（Jean Renoir）备受鼓舞，忙着筹备《衣冠禽兽》（*La Bête humaine*），同时把《马赛曲》（*La Marseillaise*）提上日程。新闻界热情洋溢，因为就前一部电影而言，雷诺阿承诺要兑现一部由左拉（Zola）创作的经典小说，而且，他声称自己和左拉像家人一样熟悉；在后一部电影中，他更谦卑地为一项爱国事业服务，庆祝攻占巴士底狱 150 周年，激起人们对风雨飘摇的国家和政府的热情。正如报纸上很多故事和访谈所证实的那样，对这些国民性的项目，雷诺阿的预期几乎都落空了。

我把这两部电影联系起来放在另外两部巨片之间，因为《大幻影》（1937）和《游戏规则》（*La Règle du jeu*，1939）都是原创剧本。当记者请他对自己的作品进行概括和宣传时，雷诺阿的修辞任务必须有所区别。关于《衣冠禽兽》和《马赛曲》，与其向潜在的观众"预演"自己想象中那些不切实际的情节、人物和主题，雷诺阿宁愿依赖他们敏锐的知识；因此，他小心翼翼地证明自己接近这些公共宝藏是正确的，然后解释如何利用它们。《衣冠禽兽》吸引他，是基于个人原因（他声称拍这部电影是为了和自然主义“做个了断”，因为甚至早在1925年的《娜娜》之前，他就被它抓住了；并且，谁知道这种性爱梦魇和他与当时那些女人的复杂纠缠有什么关系呢）；另一方面，《马赛曲》自诩是集体创作的典范。然而，两部影片都依赖珍贵的资源，电影使一些站在它前面和上面的东西变得生气勃勃。那么，这一系列电影迫使本文要解决的问题是：历史片也会像源于文学名著的电影那样改编它的来源吗？

这个问题的关键在于对标准电影的评价，因为很大一部分电影都以文学和历史的来源为基础，经常被贬低为肤浅的、机械的并且难免妥协的实践，即将著名的来源转换成电影，值得学术界最近给予关注，关注长期的类型（*longue durée of genres*）而非杰作的奇特事件；亦即，关注文学的平凡生活，而不是那些罕见的革命时刻①。实际上，“革命的与平凡的”既是《马赛曲》的主题，也是我几年前论及这部电影的文章题目②。现在，我这篇文章来讨论改编问题，因为其结论仍然有效：雷诺阿制作了一部杰出的电影，把媒体对日常生活的偏爱推到一个绝非寻常的极限。沿着安德烈·巴赞的思路，我的意思是用一个特别的例子——雷诺阿的电影来阐明普遍的电影实践，“改编而已”。当然，鉴于它在每一种生物的和社会的有机组织中所起的决定性作用，巴赞绝不会贬低“改编”。生物、人类和整个文化都适应环境，通过改变自己来坚持自己。电影再现了这个过程；对此，一些有影响力的电影进行了不可磨灭的描绘。

二

我们从平凡的开始。作为文化融合的特例，文学以电影的形式进化、更新并且拓宽了源文本的影响范围。一些制作人或者机构认为既恰当又成熟的文本值得开发。开发（*Exploitation*）是一个恰当的术语，因为一定量的植入保险和广告，

---

① Franco Moretti, “Introduction,” in *Signs Taken for Wonders* (London: NLB, 1983).

② Dudley Andrew, “Revolution and the Ordinary: Renoir's *La Marseillaise*,” *Yale Journal of Criticism* 4: 1 (1990), 53 - 84.

使得改编中的投资非常诱人，以至于这种做法在所有的电影中占有很高的比例。保险源于预先测试成功的叙事，而原作的标题和作者在一定程度上会自动广告，当然，可能会备受争议，也可能喜闻乐见。将皮埃尔·布尔迪厄（Pierre Bourdieu）的词汇与电影产业的词汇混合起来，我们可以说，“文化资本”通过批评和教育的话语，扩大它的声誉，确定它与当前时刻的关联，形成了某种“财产”。流行的、流通的改编，的确用“通货”交易。电影与它的戏剧来源或者小说来源相比——改编研究中最常见的类型——含蓄地掌握了这一点，因为它们通过内幕消息、货币兑换来操纵市场。

至于商品本身，改编电影的胶片和其他电影的胶片差不多：意义产生于印在胶片上的画面和声音。然而，改编影片的意义的价值（value）——它的重要性（significance），利用E. D. 赫希便利但是可能有问题的区分①——取决于附加的部分，亦即由底层文本提供的纵深维度。底层文本支撑着胶片上的内容。我们可以说，这是一种重写本，但是很奇特，建立在表层上，而不是取代之前的书写。当这些层次看起来协调一致时，改编的效果和价值就大大增加了，正如巴赞所谓聪明的改编。

建筑提供了一个更具启发性的类比。很多罗马式教堂，本身建立在以前的圣地，发现自己在13世纪融入了哥特式的结构，其中一些反过来经历了矫饰主义、文艺复兴盛期和巴洛克的更新。每一个世纪的基督徒都想利用他们的礼拜场所，并且使之现代化。当最初的建筑具有特殊的声望时，这种非常普通的建筑实践就会变得非常引人瞩目，比如建筑地点是个主教中心（一座大教堂或教堂，其中的圣骨匣吸引了朝圣者）。我们可以说，修复教堂的日常活动，不可避免地导致了那些特殊的例子，游客们喜欢从地下室到钟楼探险，例如摩德纳的圣杰米尼亚尼（Saint Geminiani）。同样，20世纪30年代初期，好莱坞有足足百分之五十的出品都来源于文学，（当时和现在一样）注意力都被《永别了武器》（*A Farewell to*

---

① E. D. Hirsch, *Validity in Interpretation* (New Haven, CT: Yale University Press, 1967). For Hirsch, “meaning” refers to that which the author meant to convey at the time he or she wrote the text. “Significance” refers to the way (s) in which the text has been read over time.

Arms)、《悲惨世界》(*Les Misérables*) 之类著名的例子吸引了。

总之，改编表达文化产品的活力——生命原则——无论它们是教堂还是故事。每一个著名改编带来的持久的问题（比如制作的忠实性、对原作的尊重、创造性的合作、历史相关性）取决于并且明确界定某种文化栖居于物理和心理空间的方式。改编可能已经被导向了电影制作和学术研究的深渊，与激进和先锋的作品洪流相比，失去了令人兴奋的经验；尽管如此，这些平静的水流渗入更大的电影和文化的田野，年复一年、十年又十年地灌溉它们。在追踪即使最平庸的改编也能表明的价值的连续性或者趣味的逐渐变化时，批评家们爱莫能助，只能肩负日常生活史家的责任。

作为对过去的生动表达的重要回溯，改编实践必须向史学开放。保罗·利科(Paul Ricoeur）在历史书写和小说创作之间建立的联系①，在改编的实例中变得更加明显：历史学家对过去的痕迹所怀有的感恩之心，类似于电影制作者感受到的责任——尊重那些来自文化宝库中的文本。那么，为什么不把历史片当作电影改编呢？尤其是现在，很多历史学家，秉承海登·怀特（Hayden White）的《元史学》(*Metahistory*)②，认为他们的工作主要是再创造、再表现和文本阐释。至于对改编的主张，需要考虑的关键实例，应该是那些敢于挑战重要历史话题的影片。低调的时代电影（period films)，就像数不清的小说改编电影一样，可能对电影的整体经济至关重要，但是它们不会引起比较。然而，以著名题材——比如，亚伯拉罕·林肯、圣女贞德、美国内战、法国大革命——为基础的电影，观众几乎肯定会联系其他人对这些熟悉的事件或人物的阐释来衡量。法国大革命经常被历史学家拿来审视，它激发了很多不同的态度和方法。为此，让·戈德肖(Jacques Godechot）在他那本巧妙命名的元历史著作《革命陪审团》(*Un jury pour*

① Paul Ricoeur, *Time and Narrative*, vol. 3 (Chicago: University of Chicago Press, 1987), p. 154.

② Hayden V. White, *Metahistory: The Historical Imagination in Nineteenth - century Europe* (Baltimore, MD: The Johns Hopkins University Press, 1975).

la Révolution）中汇编了目录①。戈德肖很可能在他的目录里包括了几十部利用大革命作为戏剧背景的电影，或者，至少包括那些宣称要创造史诗的重要电影。为了检验把历史电影作为改编片的价值，本文只讨论后者，亦即重要的史诗电影。

让安德烈·巴赞来资助这项调查吧。在那篇关于罗贝·布莱松（Robert Bresson）的《乡村牧师日记》（*Le Journal d'un curé de campagne*）的著名文章中，巴赞像这样描述电影和文学来源的关系（可能也适用于历史片）："很难说，布莱松的电影仅仅是在本质上忠实于原著，因为，它首先也是一部小说……实际上，它的书味更浓，虽然未必比原著更好"，纵然我们观看布莱松的影片时体验到的审美愉悦主要归功于贝尔纳诺斯（Bernanos）的天才，但是，这种愉悦"不仅包含小说能提供的一切，也包含它在电影中的折射"②。这些话难道不能适用于一部历史片吗？比如《马赛曲》，作为国歌和电影的标题，既呈现了从大革命时期挖掘出来的场景，又赋予不同的创造。巴赞先前有一段话，在讨论剧本设计的问题时，明确支持这种观点。布莱松在处理贝尔纳诺斯的小说时，谈道：

> 小说就是原始素材，就是既定的现实，绝不为适应情境而改动它，绝不为了表达含义的暂时需要而篡改它；相反，应该保持其原貌。布莱松从不压缩原书的文字，而是整段或整句地删节，因为，节选下来的文字毕竟还是原书的片段。③

雷诺阿也绝不压缩他给我们呈现的1792年，并且，他砍掉了很多人物和事件，以至于《马赛曲》几乎没有追述所有法国公民都非常熟悉的政治剧情（为此他会遭到痛斥）。相反，他像新闻摄影师一样拍摄过去，寻找边缘人物或事件，然后，从他们身边溜过去调查他们周围的环境，这些环境可能与宏大的政治史（Grand Political History）没有直接关系，但是生动地属于被历史扫除的这个世界。雷诺阿让我们置身于革命时代，让我们感觉自己是历史时刻的一部分，他赋予我

① Jean Godechot, *Un jury pour la Révolution*（Paris: Robert Laffont, 1974）.

② André Bazin, *What is Cinema?*, vol. 1, trans. Hugh Gray（Berkeley, CA: University of California Press, 1967）, p. 143.

③ Ibid., p. 128.

们动力。巴赞相信，布莱松的成就是类似的：他的电影并不改造贝尔纳诺斯的小说，因为，首先“它也是一部小说”，从特定的时间、地点和角度看，“是依据原小说，通过电影形式构造的一部次生作品。这不是一部与小说‘媲美’或‘相衬’的影片，而是一个新的文学实体，仿佛是由电影扩充而来的小说”①。类似的，雷诺阿也没有给我们呈现被人民阵线以及他的（以及媒体的）民主美学扩大的法国大革命吗？但我已经超越了自己。我们如何记录并且计算这种扩大的效果呢？只有在改编问题中同时考虑风格和历史，这个问题体现于它的两个基本维度：设计和质感。

三

每一次改编，首先要求调查与其来源的情状是否一致（人物和情节的设计或结构），然后是与其“感觉”的契合度（细节、视点和基调的肌理）。以前，可能会把这些调查称为改编的“物质与精神”，一种古旧的说法，依然非常适合那些罕见的例子。例如，法国大革命和基督的生平，对个人和文化施加的道德压力从未减弱。

想到它们的历史指称的坚韧与活力，我们来比较一下雷诺阿和帕索里尼的任务。1963 年，在筹备拍摄《马太福音》（*Vangelo secondo Matteo*）时，帕索里尼直接将自己限定在四部权威的基督传记之一，据说是马太（Matthew）所写的大约两万字的文本。这帮助他将自己的电影精炼到最重要的元素，并且采纳他的来源（据说是税务官马太）以及他的表现对象（耶稣基督）的谦逊。帕索里尼的电影引起轰动，一定程度上是因为它悍然不顾电影的某种传统——争先恐后地颂扬耶稣的功绩，毫无节制地美化、夸大、渲染每一件事、每一句话、每一个人物及其支持者。正如我们将看到的，帕索里尼的诗电影（*cinema povere*）自愿与雷诺阿的民粹主义革命想象为伍，并且会因此遇到不可避免的难题：如何表现信息的传达

① Ibid. , p. 142.

（基督是一种情况，革命是另一种情况），它要求每个人都在他或她自己卑微的领域里继续宇宙的轮回。轮回开始于一个灾难性的时刻，带来了全新的日历。（基督和革命）这两类事件都彻底改变了社会景观，尽管两者都在日常生活中向普通人讲话。

对他来说，帕索里尼细心地呈现马太福音简略记述的人物和事件；亦即在它们的适当范围内，并且，一般都是按照在神圣的来源中发现的顺序。但是，这种表现的视点和基调——影片的质感——是密集而且复杂的。帕索里尼着意呈现的不仅仅是起码的故事，而且通过引用各种著名的描述来表现它在 19 个世纪之间产生的不可估量的影响。我们看马太福音的基督，与文艺复兴、巴洛克和古典主义的画家看他的方式一样，同时，我们也在巴赫、莫扎特、普罗科菲耶夫和福音音乐中听到了基督受难的感觉。

尽管它本身极具魅力，但我们必须离开帕索里尼的例子，使用它，只是为了与雷诺阿的例子相提并论。法国大革命没有公认的福音书，也没有任何东西可以和一个永恒的教会相媲美，可以评判传闻的真实性；和教宗制度不一样，法兰西有一系列政府，对于建国的时刻，每一届政府都采取不同的官方立场，每一届政府都支持不同描述。但是，对于 18 世纪狂风暴雨的最后十年的很多重要时刻，很快形成了一套大多数学生都能背诵的长篇大论。

在筹备这部电影时，雷诺阿肯定感觉到不如平时自由，因为《马赛曲》已经发展成名副其实的人民阵线任务，亦即一次集体表现的实验。他开始尽职尽责考虑每一个角度，想象尽可能完整地表现大革命。1937 年 4 月，他交给作家联合会（Writer's Syndicate）的初步大纲，包括按照时间顺序展开的 32 个段落，从 1787 年开始，到 1792 年 9 月的瓦尔密战役（Battle of Valmy）结束①。继开场段落之

① Jean Renoir, *La Marseillaise: inédits*, ed. Claude Gauteur (Paris: CNC, 1989). This pamphlet contains the two early script outlines dealt with here plus an early and revealing draft of the prologue sequence when the king learns of the fall of the Bastille while eating. The Renoir archives at UCLA contain a typescript that seems to combine both versions. More ample than either, it makes frequent use of the wealth of information gathered for the project.

后，紧接着一个被当地领主压榨的贫穷的农民家庭，所有后续的场景，都让重要的政治人物彼此对阵。直到剧本大纲初稿的后半部分，才遇到另一个平民（手艺人）；并且，他只是为了把电影向前推进到明确标记的“重要场景”（*le scène principal du film*），亦即分别由路易·茹韦（Louis Jouvet）和皮埃尔·雷诺阿（Pierre Renoir）扮演的革命政府的建筑师罗伯斯庇尔（Robespierre）和布里索（Brissot）之间非常冗长的对话。雷诺阿估计，如果照此拍摄和剪辑，将构成超过20小时的银幕时间。① 这种设计不仅难以实现，而且毫无创意：按照通常的布局呈现一套解释革命事件的闪视卡（flashcards）。人民阵线需要的绝不止这些，因此，雷诺阿与他的合作者开始把注意力聚焦到密切相关的主题，有效地改编适合当前条件的那部分革命的“文本”。

两个月之后，雷诺阿向作家联合会提交的第二版大纲，罗列了113个场景，并且组合成六大段。现在，虽然普通人的生活受到更多的关注，但是，这一版大纲依然基本上保留了第一版的说教思想。例如，序幕部分，装扮成一段新闻纪录片，阐述了18世纪民众暴动的主要理由。第三等级（Third Estate）的形成接踵而至，不过，是在一个很说明问题的事件之后。在那个严重的事件中，一个农民因为偷猎贵族的鸽子，被抓住而且被判了刑（在最后拍摄的版本中，这个农民想方设法逃脱了，并且偶遇一名进步的牧师）。接下来就是攻占巴士底狱。这个版本的结尾是阻止国王在瓦雷纳的出逃，这个行动证明，人民用语言和行动支持的是国家而不是君主。尽管这个结局很激动人心，但是这个剧本中的大部分场景都让著名的演说家对阵诡计多端的贵族，或者让贵族们彼此针对。这可能就是对大革命的概括/理解，就像狄更斯小说的教育版本一样（educational versions）。

比较而言，真正不凡的最终版——实际拍摄的版本，从1937年9月开始——几乎将每一个杰出的政治人物都赶出银幕。至于贵族，雷诺阿以超然的态度来对待他们，观察他们对自身厄运的反应的奇特之处，而不是追溯他们罪恶的反暴乱

① Jean Renoir, “La Forme et l’esprit: *La Marseillaise*,” *Les Cahiers de la Jeunesse* 7 (February 15, 1937), reprinted in Jean Renoir, *Le Passé vivant* (Paris: Cahiers du Cinéma, 1989), p. 30.

手段。雷诺阿的定位，从政治到日常生活的改变，其实在第二版剧本大纲的两个长段落中已经初见端倪。其中一段发生在巴黎的一家美容院，另一段发生在德国的一家服装店。在这两个场景中，政治危机的细节体现为商人和客户对风尚、价格和道德行为的讨论和悲叹。虽然这些场景的动机依然是说教性的，但是它们给雷诺阿留下空间来利用自己关于日常生活的信息档案。最后的版本里，这种独立自在的场景，在他所谓“导致君主制垮台的一些事件的编年史”的松散结构中剧增。

一种变成“国歌”的“编年史”：这就是雷诺阿设定的灵活布局，在此布局之内或之上，他可以非常自由地选择并安排人物、事件和对白。我们可以看到这一点，尤其是，如果把《马赛曲》和另外两部颇具竞争力的表现革命时期的电影进行比较，它们分别属于史诗传统和戏剧传统：《拿破仑·波拿巴》（*Napoleon Bonaparte* ，Gance，1935）和《丹东》（*Danton* ，Roubaud，1932）。两部剧都被迫去复述一系列著名的行动、遭遇和演说，努力使它们生动活泼起来：将关于拿破仑皇帝生平的无与伦比的无声电影重新剪辑成有声版，阿贝尔·冈斯（Abel Gance）利用同步的古典音乐给平静的画面增加了一层对英雄轨迹的敬意。雷诺阿的批评者们对《马赛曲》的笨拙深感失望，而这才是他们所渴望的民族历史。历史应该像甘斯的电影中拿破仑的雄鹰一样翱翔，雷诺阿的历史却枯燥乏味，只满足一般的民众。

另一个竞争者《丹东》，是一个完全不同的故事，或者说，是好几个故事。雷诺阿和他的同胞被曝于1932年翻拍德国1930年制作的《丹东》。反过来，这一次很可能是根据戏剧《丹东案》（*The Danton Case*）改编的。该剧是波兰剧作家斯坦尼斯拉娃·普日贝谢夫斯卡（Stanislawa Przybyszewska）1928年发表的，明显与格奥尔格·毕希纳（Georg Büchner）1835年的名剧《丹东之死》（*Danton's Death*）具有对话关系①。不管雷诺阿知不知道普日贝谢夫斯卡的戏剧，把这些作品放在一起是很有道理的。《丹东案》的剧情展开为丹东（感觉论者，自由论者，人民

① Thanks to Sally Shafto for introducing me to Przybyszewska and her “theater of revolution.”.

爱戴之人）和罗伯斯庇尔（知识分子，独居者，精英之模范）之间的紧张对决。当这两个男人在一场丰盛的晚宴上相遇时——代表对历史的两种阐释——该剧早期场景中为数不多的配角都消失了。他们高明地维护各自的立场，两者的立场都好像不仅是合理的而且是必需的，丹东无所顾忌地大吃大喝，罗伯斯庇尔则几乎滴酒不沾。普日贝谢夫斯卡设计用戏剧将支配人类经验的两个方面致命地紧扣起来；在他们彼此的自我毁灭中，她感觉到政府完全陷入了悲惨的僵局。这需要一个皇帝来收拾残局。

对法国大革命的表现，第一次明确地融合了苏联革命的因素，《丹东案》1933 年在华沙完成之后，明智地转入了地下。同年，年仅 31 岁的普日贝谢夫斯卡去世。在熬过斯大林时代之后，该剧于 1967 年重新上演，和《马赛曲》的复映同年，然后被安德烈·瓦伊达（André Wajda）发现。1975 年，瓦伊达将它搬上舞台，获得高度赞誉。1980 年，又在格但斯克（Gdansk）上演。瓦伊达的著名影片《丹东》，由热拉尔·德帕迪约（Gerard Depardieu）和沃捷希奇·帕斯佐尼亚克（Wojciech Pszoniak）主演，1983 年在戒严的情况下到法国拍摄完成，该剧是为镇压工人反抗而量身定制的，打破平衡，倾向丹东。丹东掉了脑袋，但是赢得我们的同情。改编普日贝谢夫斯卡的改编，瓦伊达呈现的法国大革命，是雷诺阿挖苦的那种绝望的陈词滥调，却充满了具有教化作用的演说，人物（演员）高于生活，深陷古典戏剧之网。

确实，普日贝谢夫斯卡对民众没有耐心。一个喜欢独处的厌食者，也许和她爱戴的罗伯斯庇尔没有什么不同，她相信，革命来自个人英雄的心灵和意志，只是后来才深入到社会。心灵和意志最好在她所选择的戏剧的熔炉中阐明自身，亦即新古典主义的悲剧。雷诺阿，更像丹东，热爱生活，愿意协商和妥协，相信人民，在他宽松的编年史结构中，在他和蔼可亲的国歌中，给人民带来“普通人的革命”，他们可能认同并在自己的时代追求的革命。

四

《马赛曲》旨在为热情衰减的人民阵线振作士气，表现历史，甚至伪造历史。

然而，在宏大、雄伟的模式下，历史撰述具有的果断性特征，恰好是雷诺阿始终想要逃避的。与大革命的真正参与者不同，雷诺阿不欲谴责，也很少评判。他和人民阵线的协调，可以从他们共同的调和风格中感受到。甚至在他——作为《游戏规则》中的奥克塔夫（Octave）——亲自说出那句难忘的话——每个人都有自己的理由——之前，他曾在《底层》（*The Lower Depths* ，1936）和《大幻影》中努力促进富人和穷人、犹太人和天主教徒，甚至法国人和德国人之间的相互理解。在一个指导原则下，利益和价值的游戏，一种“团结一致的观念”，是雷诺阿的方法和风格的特征。《马赛曲》带有它所表现的雅各宾会议的风格，很多人都有自己的发言权，所有人都以自己的方式热情地回应，一首将他们团结起来的歌曲似乎注定要出现，各唱各的调但要一起唱。没有命令的决定，可以在1789年7月、1792年8月及瓦尔密的战场上看到，所有这些瞬间，都是因民族情感的高涨而鼓动的。尽管有不同的观点，共同的民族情感还是产生了，因为在雅各宾俱乐部的争论，在仓促的印刷品上的热烈交流，以及在公共广场彼此尊敬的争论。在1938年，能够恢复这种多样性的团结一致来拯救人民阵线吗？肯定会有争论，但是，从不同音域发出的不同的声音，最后必须唱国歌；在真正危机的时刻，国歌（或者它所体现的团结或者国家）可以将一个民族带进他们创造的历史。

正是在1937年3月那场高调的集会上，人民阵线政府的教育部部长到场祝贺，雷诺阿宣布他将参与创作《马赛曲》，利用来自电影业界的顶级写作和导演天才。像让·迦本（Jean Gabin）、埃里克·冯·斯特劳亨（Eric Von Stroheim）、莫里斯·切瓦力亚（Maurice Chevalier）这样的人都报了名。然而，勇敢的宣言掩盖了对这部电影确切性质的深度焦虑。那些焦虑很快就让亨利·让松（Henri Jeanson）和马赛尔·阿夏尔（Marcel Achard）这两位著名的合作编剧叛变（或者出走）了。虽然个人间的争吵，包括关于金钱的争论，好像是导致破裂的幕后黑手，但实际情况是，雷诺阿决心要抛弃历史的陈词滥调，并且要观众与他们自己的过去和现在建立一种新的关系，而这两位作家都帮不上忙。

急切地想摆脱这些制片厂的编剧，雷诺阿和他亲密的助手们疯狂地草拟并且改写剧本的思路。8月里，这部价值三百万法郎的实验品就要开始拍摄了，而第三稿剧本只保留了以前版本中的序幕部分，可以想象制片人们是何等惊慌！不过，雷诺阿在这种不确定的气氛中如鱼得水；在这种情况下，因为他自己明确的观点（他描述为人民阵线主义者），也因为他所利用的档案的可靠性和价值，雷诺阿反而镇定下来。即使特定的逸闻、人物和对话半途而废，即使每一个场景都不重要，雷诺阿都相信，只要民粹主义的态度像电流一样穿过从档案中发掘的一系列事件，这部电影就会成功。他在历史的压倒一切的“文本”面前的谦逊，和玛丽·爱伦·布特（Mary Ellen Bute）在《芬尼根守灵夜》（*Passages from Finnegan's Wake*，1967）中的谦逊如出一辙。两部电影的来源都如此广袤，最多只能被抽样。布特的术语“段落”（passages），和雷诺阿的“一些事件的编年史”一样，从一开始就放弃了总体性。所有的场景都承担相同的重量。

而且，事实上，在雷诺阿看来，没有任何一场戏是神圣不可侵犯的，除了在每一个版中都得以保留并且最先拍摄的序幕。在各个方面，序幕都作为整部电影的引言或题词而存在，尤其是渐渐淡出的那句话：卢浮宫，国王的卫队正在换岗，罗什富科公爵（Duke de La Rochefoucauld）来了，礼貌而又急切地进入国王的私人房间。国王正坐在床上吃早餐，喋喋不休地说他最近打猎的情况，他肚子饿，他盘子里的食物，尤其是鸡肉，公爵不得不打断他。最后，当他听到攻占巴士底狱的消息时，天真地问道：“那么，这是造反吧？”罗什富科公爵回答说，“不，这是一场革命。”

对雷诺阿来说，甚至，对我们而言，这意味着什么呢？国王通过由下级和协议构成的复杂网络统治数百万臣民，在他看来，“造反”虽然危险而且令人恼火，却是意料之中的事情。造反，就像发烧一样，是不平衡和不健康的症候，一旦退烧，就得纠正。但是，当罗什富科公爵在说出“革命”一词时，预示着更多的东西①。他预见到整个制度在翻转，包括健康和平衡、君主和臣民的意义。然而，雷诺阿的电影隐藏着一个悖论。“造反”可能是由创造历史的英雄和烈士们决定

① See Marc Ferro, “Introduction,” in *Révoltes*, *révolutions*, *cinéma* (Paris: Centre Pompidou, 1989), p. 9.

的，但“革命”是对历史本身的命名。历史要通过数不清的代理人，代理人要接受历史施加的道德压力。

就像基督一样，的确是在模仿他，法国大革命宣称开创了一个新纪元，并且通过制定一种全新的历法来表明，仿佛恒星时间已经被这个历史时刻改变了一样。然而，从天文学的角度来说，一场革命根本不是这样的特殊时刻——因而也不是反转——而是一个循环。原地打转、定期发生、轨道运行，屡屡如此。如何打破年复一年、一辈接一辈重复的习惯模式？法国大革命已经被反复地表现、更新和改编过，并且有效地制度化了，其中保持不变的力量是什么？雷诺阿用电影来回答这个问题。雷诺阿对自己的电影坚信不疑，但是很多观众却心存疑虑。

在1938年，以及我们当今的时代，许多严厉的批评家都因为《马赛曲》中软弱的政治而对其不屑一顾。在他们看来，雷诺阿的去中心化的美学，时刻准备适应环境和当下的冲动，制作了一部古雅的电影，解除了1792年革命中的“炸药”，妥协折中，使之作为大众阵线的模板。据说，雷诺阿曾背叛了让他成为当时最重要的左翼电影制作人的希望。

> 对于结论几乎没有分歧：《马赛曲》是一部失败的作品；评论家不喜欢它，观众不支持它，历史的评判也没有拯救它……批评人士，像萨杜尔（Sadoul）和阿拉贡（Aragon）这些著名的共产党评论家，都认为这部电影枯燥、乏味、平庸、令人疲劳。在很大程度上，我认为这种反对意见与这个计划开始时所激发的膨胀的希望是成正比的。《马赛曲》并没有像《生活属于我们》中所描述的那样，扩大群众的动员范围，使大众能够获得胜利；相反，《马赛曲》向后看，就主题和形式而言，都沐浴在胜利的光辉中。①

用罗什富科公爵的区别来说，《马赛曲》可以被称为一部“革命电影”（*film of revolution*），甚至可以说是在人民阵线低落之后拍摄的“后革命电影”（*post - revolutionary*），而在1935年拼命拍摄的《生活属于我们》（*La Vie est a nous*），则

① Jonathan Buchsbaum, *Cinéma engagé* (Champaign, IL: University of Illinois Press, 1989), p. 270.

是一部反抗统治现状的造反电影。大巧若拙，毫不妥协，它猛烈抨击法国社会，同时反对标准的电影形式的限制。影片一开始就让一位教师向他的学生（以及我们）详细讲述法国社会不平等的原因。这种毫不掩饰的盛气凌人的安排，在结尾时重复出现，当法共领导人在讲台上宣讲时，他身后挂着马克思和列宁的神圣照片。敢于冒险，而且激动人心，《生活属于我们》毫无疑问更接近于造反（*revolt*）的反审美（anti - Aesthetic）。造反的反审美刺激了一系列先锋运动，比如，从达达主义到安托南·阿尔托的“残忍戏剧”（*Theater of Cruelty*）。只是在 1934 年 2 月骚乱中产生的政治危机，才让雷诺阿与这种边缘的先锋派建立了工作关系，并且促使他参与协拍《生活属于我们》，作为共产党在1936 年5 月选举中的宣传片。大胆冒险，傲慢无礼，该片被它助选的社会主义政府拒绝颁发放映许可证。像布努埃尔的《黄金时代》（*L'Age d'or*, 1930）和让·维果（Jean Vigo）的《操行零分》（*Zero de conduite* , 1933）一样，这样的审查反而只会证明影片的纯洁和美誉。至于雷诺阿的情况，这种美誉是以《马赛曲》为代价的，相比之下，这是一部比较温和的电影，而我必须证明，它在方法上更接近于“激进”。这种方法正好与“改编”和革命相关，而不是与实验和造反相连。

在此，我们遇到一个悖论：尽管提倡平凡和常规，但《马赛曲》是由当时最杰出的导演，在他相信自己的专长可以服务长期的社会目标的关头，以革命的方式拍摄的。雷诺阿直言：“我之所以选择革命，因为今天的法国人不能拍摄一部电影来直接表现政治事件。”于诺曼底登陆前夕在洛杉矶发表的一次演讲中，他说他将革命事件改编成寓言的形式来表现第三共和国以及人民阵线的危机①。后来发现《马赛曲》不受欢迎，因为那些先锋派的批评家们认为该片平淡无奇、温和乏味，而群众更适应以前在官方、知识分子和大众文化中被视为永垂不朽的表现。雷诺阿没有用英雄的方式表现英雄的事件。何谓英雄的方式？据说，它是那些事件必需的方式，是其他版本感觉到权威并且乐于追赶（效仿）的方式。

雷诺阿相信人民阵线已经领会了革命的历史，相信自己的电影采用了革命的

① Jean Renoir archives, UCLA.

基调，他觉得完全不必回溯大革命的故事，不必包括基本的事件和醒目的角色。相反，他根据收集到的事实和档案，严格地重新想象了一个具有杰出的社会意识的时代，记录其中具有代表性的活动。用移动的摄影机扫遍全国，寻找并且交织各种不同的事件，构成一部关于燃情岁月的想象性的新闻片。正如布莱松在他的文学改编电影《乡村牧师日记》那样，雷诺阿体现出一位纪录片工作者的思想道德，他的题材既不在于当代世界，也不在于他的想象，而在于一种坚实的记录（对布莱松而言，是贝尔纳诺斯的小说；对雷诺阿而言，是18世纪末期的档案）。

五

为了致敬《马赛曲》非凡的质地和格调，我已经为雷诺阿相当无定形的构思道过歉了，难道还没有获得任何潜在的信誉可以投入电影作为一种改编的观念吗？对布莱松来说，在三百页的小说中挑选场景是一回事；对雷诺阿来说，翻阅浩如烟海的档案是另一回事。答案来自一个词：风格。不愿简单地回溯标准的故事，或者给关于那些时代的知识库增加实证主义的积累，相反，雷诺阿想用那些世所公认的时代的碎片做成一个整体。歌曲表明了雷诺阿对电影计划的整体看法，所以用来作为影片的片名。这种风格的成就，不仅让人审视大革命的过去，而且思考其尚未完成的将来。这种风格，以及雷诺阿可能会加上的“这种革命”，适用于今天和明天的生活。

出于这种考虑，雷诺阿的电影顶多可能改编的是“先入之见”（*parti pris*），而不是先前的历史学家关于大革命的结构和内容。例如，他对下层阶级的同情，让我们想起比他早一个世纪的米什莱（Michelet），但是《马赛曲》看起来一点都不像两卷本的《法国革命史》（*Histoire de la Révolution Française*）①。戈德肖（Godechot）可能更愿意把雷诺阿置于阿尔贝·马迪厄（Albert Mathiez）和乔治·

① Jules Michelet, *Histoire de la Révolution Française*, ed. Gerard Walter (Paris: Nouvelle Revue Français, 1939).

勒菲弗尔（Georges Lefebvre））的马克思主义传统，他们是雷诺阿时代最重要的大革命史学家，观点与雷诺阿圈子里的人相近。但是马迪厄的三卷本研究成果与雷诺阿的电影没有交集；此外，普日贝谢夫斯卡——他的戏剧和《马赛曲》恰恰相反——依赖马迪厄作为她的“主要来源”，从马迪厄研究的基本事实中挖掘人物形象及其言论①。如果一种文学体裁的作品可以从另一种文学体裁中改编（威尔第的《奥特洛》改编自莎士比亚），那么，《丹东案》可以被认为是改编自马迪厄的《法国革命史》。但雷诺阿的电影不是。像马迪厄一样，他用颂歌回应大革命，更确切地说，是像勒菲弗尔一样叙述革命，但是他没有模仿任何权威的历史著作。

历史学家勒菲弗尔肯定属于左派，但是具有包容的态度，雷诺阿认为最适合他的电影。出乎意料地，这个人——当时最著名的历史学家——确实将他自己的研究奉献给《马赛曲》了。那时候，勒菲弗尔正在为纪念大革命150周年完成《1789年》（*Quatre - vingt neuf*），在让·扎伊（Jean Zay）授意下接手的一个项目。扎伊，就是那个坐在雷诺阿旁边宣布拍摄《马赛曲》的教育部部长，也是一个社会主义分子。扎伊很可能把勒菲弗尔和雷诺阿两人凑到一起了。当然，雷诺阿（的电影）没有采纳勒菲弗尔那本书中的结构（每一章分别对应贵族、资产阶级、大众和农民的革命），但是他的确接受了一种思想观念，这种观念可能压制任何学术优越性的迹象（该书没有脚注），“利用机会去描述法国人共享的革命遗产，并且发出捍卫的呼吁②”。

勒菲弗尔肯定知道，给雷诺阿的人民阵线电影做点小贡献，是一件很方便的事情，尤其是因为他只需要为雷诺阿提供自己一生中积累了大量信息的相关话题的笔记。在他提供的文件中，有一样是关于在瓦尔密战役中帮助扭转局势的联军的卷宗。正如雷诺阿希望的，勒菲弗尔一丝不苟地确定了那十万人不同的地理背

---

① Daniel Gerould, “Introduction,” in Stanislawa Przybyszewska, *The Danton Case*, *Thermidor* (Evanston, IL: Northwestern University Press, 1989), p. 11.

② Ben Kennedy, “France's Celebration of the Cent-cinquantenaire of the Revolution in 1939 and Georges Lefebvre's *Quatre-vingt neuf*,” unpublished paper presented at the NEH Summer Seminar on France between the Wars (Summer 1991).

景和社会背景，他们要出去面对普鲁士人。其他条目帮助雷诺阿了解了“麦饥荒”（wheat famine）以及同时发生的“大恐慌”（great fear），这些事情刺激了1789年的罢工以及其他行动。勒菲弗尔最神秘的条目谈及来自“中央市场”（Les Halles）的随行妇女，她们靠近了路易十六（Louis XVI），但是被瑞士卫兵收拾了。勒菲弗尔甚至确认了这些女人中六个人的姓名和职业。在此，他证明自己不仅是一个社会历史学家，而且正在坚定地支持记述日常生活的潮流，那是他作为《法国革命史年鉴》（*Annales Historiques de la Révolution Française*）的编辑者所追求东西。

勒菲弗尔是一群顾问中最著名的人，他整理出一组令人印象深刻的笔记，长达数百页，涉及大量令人惊叹的话题①。雷诺阿不太关心大革命的结构，更在意那个时代的生活的质感，在一定程度上，可以从他钻研的几近混乱的事实中提炼出来。分类整理成不同的话题，比如“优雅”“食物”“生活成本”，他了解假发、帽子和手绢中的变化，了解用于这些时尚物品的词汇中的差异。整整四页纸，详细说明了“弗兰德军团”（Regiment of Flanders）的宴会，包括食物和酒的价格。新的膳食风尚——女人特别关心的问题——包括牛奶、各种果汁和浓缩物。序幕场景的要素，来自这一部分档案中一个有历史学家卡隆（Caron）签名的关于国王餐桌礼仪的条目。路易十六自称胃口很大，一顿要吃二十样东西。据说，在打猎前，他早餐吃了一只小鸡、四片厚肉、火腿煎蛋，喝了一升香槟；打猎时，一旦饿了，马上就要回来。文件边沿有一则笔记，询问酒水服务的情况。仆人是不是要当着国王的面，先尝了酒、洗了高脚杯，才能侍奉他呢？不管怎样，正如电影中表现的，高脚酒杯和喇叭口玻璃瓶都放在大平盘里。

关于中产阶级和下层阶级的信息，毫无疑问是更难弄到的，帮助雷诺阿重新想象他打算设定的场景。例如，他得知用来在巴黎设置街垒的材料是木头而不是钢铁；他发现新政府在对巴黎的街道名称进行理性改革时遇到了很多困难，因为人民拒绝放弃古雅优美的词汇。卷宗将法国三个不同城市的盐价进行比较，同时

① These materials are conserved in the Jean Renoir archives of the Special Collections at UCLA.

也提醒雷诺阿，在两千三百万法国人中，只有两百万人住在城里。也许，在所有的卷宗里，最详细的是涉及巴黎的娱乐形式那部分，从严肃的戏剧到意大利喜剧、综艺节目、露天游乐场的马戏表演，甚至包括女演员的姓名和名声。至于观众，文献记录表明，他们经常用跺脚的方式来为表演喝彩。像这样的细节支撑了一场戏，比如，看影戏的场景；它们也通过无数种方式帮助雷诺阿将复杂的政治带入一个具体的世界，例如，雷诺阿知道，当卡米尔·德穆兰（Camille Desmoulins）声明反对《不伦瑞克宣言》（Brunschwig manifesto）时，是在咖啡馆（café de Chartres）的一个沙龙里，一个非常著名的聚集地点。这一点信息可能没有从档案进入电影，但是，将它放在心上，肯定有助于雷诺阿解决如何表现抽象事物的问题，比如，抽象的宣言。

现在我们可以理解雷诺阿为什么让他的观众失望了，因为他拒绝把丹东、罗伯斯庇尔或者马拉搬上银幕，而其他所有关于法国大革命的电影都会表现这些关键人物。雷诺阿是怎么想的呢？他的想法是要表现正在被国家取代的国王，他神圣的头颅掉在以前无名的臣民脚下。但这些人实际上根本不是无名的，雷诺阿自豪地证实：他的爱国者们——博米耶（Bomier）、阿诺德（Arnaud）和穆瓦桑（Moissan）——被记录在《马赛曲》里。关注处于非凡时代的普通人，关注他们日常的而不是超常的活动（他们的食物、玩笑、娱乐、音乐），雷诺阿将法国人民150年前面临的情境转变为在1938年面临的处境。

巴赞推崇的改编实践，从理论上说，应该通过扩展媒介的可能性来为某件事情服务，并且必须尊重其原有的形态。但大多数小说改编或者历史情境改编都贪图方便或者误入歧途，将电影媒介的完整性放在它们的表现对象的完整性之上。他们将特殊的材料装进片厂电影的锯木厂，然后产出标准长度、标准模样、标准情感的电影。雷诺阿与布莱松以及其他几位导演站在一起，利用每一件改编作品的独特性，作为一种放弃标准电影理念的许可证。他们让媒介适应非凡的原作，让原作为改编实践辩护。在那些杰出的改编实践中，《马赛曲》之所以引人注目，近乎悖论地，因为它的使命不是为了表现波澜壮阔的革命，而是要表现革命时代的平凡人。

雷诺阿对人民阵线的希望，几乎到影片公映后就熄灭了。不过，他对电影的希望，在一定程度上因为这部影片，很快就被现在所谓的现代电影实现了：紧接着《马赛曲》，就是《游戏规则》，为罗西里尼（Rossellini）的《战火》（*Paisan*）《圣弗朗西斯的花束》（*The Flowers of Saint Francis*）、让·鲁什（Jean Rouch）的《美洲豹》（*Jaguar*）《夏日纪事》（*Chronique d'un été*）和戈达尔（Godard）的《随心所欲》（*Vivre sa vie*）《关于她的二三事》（*Deux ou trios choses que je sais d'elle*）开辟了道路。现在，对剧本和电影摄影的先入为主的观念可以暂时放在一边，因为媒介本身适应了战后现代性的无领航状态。巴赞及其追随者在此期间感觉到，各种各样完全不同的电影和导演正在参与“促成古典好莱坞的衰落的一些事件的编年史”。

六、后记

最近，最同情和支持雷诺阿的盟友之一，埃里克·侯麦（Eric Rohmer）也加入了对法国大革命的控制权的争夺①。然而，在《贵妇与公爵》（*The Lady and the Duke*, 2001）中，他似乎很喜欢有这样的机会来畅谈法国的历史书写，尤其是雷诺阿的《马赛曲》。确实，侯麦的出发点与最近历史学的发展方向相去甚远。他不仅关注特权阶级，而且关注那个时代的重大事件（影片分成“1790 年 7 月 14 日：攻占巴士底狱纪念日”“1792 年 8 月 10 日：攻占杜伊勒里宫”之类的章节），但是他的作品来源非常独特，是一个外国见证者（即片名中那位英国贵妇）的回忆录。雷诺阿梳理了大量的叙述和事实，努力表现重大时代的感觉，因为它们影响了无数不知姓名的人。侯麦的注意力和艺术技巧则完全致力于采纳一个女人奇特的观点，无论从哪个方面来说，她都是“不一般的”。这一次，侯麦没有道德故事里的讽刺意味。在侯麦的“道德故事”中，每隔一会儿，第一人称的叙述

---

① Rohmer's collected film criticism, *The Taste for Beauty* (New York: Cambridge University Press, 1987) concludes with an entire section devoted to Renoir's films.

（想想《午后之爱》（*L'Amour l'aprés - midi*）中的弗雷德里克）就会被搬出来，接受侯麦的摄影技巧讽刺性的审视。不过，格蕾丝·艾略特（Grace Elliott）绝不是事后聪明，也许，因为她的观点与现代人的思想格格不入。自始至终，她的回忆和他们的态度控制着电影呈现的内容，即使偶尔她的评论要通过侯麦从公爵的回忆中获取材料来补充①。扮演贵妇格蕾丝（Lady Grace）的露西·拉塞尔（Lucy Russell）欣赏她的智慧和勇气，承认她的观点形成于那个时代的贵族之家的客厅世界。她几乎不曾接触过人民，而人民是雷诺阿最重要的角色阵容。并且，如果侯麦钟爱的是客厅而非街道，那是因为，像40多年来他的很多角色一样，他非常珍视独处和沉思②。

这部电影中私人的高潮和政治的高潮恰恰将观点/态度问题推向了极致。在距巴黎几英里远的一个山坡上，格蕾丝和她的女仆“参加”了路易十六的行刑。实际上，格蕾丝根本看不到，因为她拒绝了女仆递过来的望远镜。但是，她听到了人群的喊叫以及卡农的回应，表示人头落地、君主制崩溃及一种生活方式的堕落。她的反应是悲哀地低下了头。这都是利用在她面前展开的城市——位于绘画、照片、摄影等一侧的前景处遮引物（*repoussoir*），用以将注意力引导至主要对象——来拍摄的。亦即，完全来自生活的绘画。不过，对于电影，只是部分生活，就像角色“超脱”了他们的时代。菲利普·阿祖里（Philippe Azoury）提醒我们，“超脱”（detachment）正是米什莱（Michelet）谈论“大革命时代的真正演员”的方式。侯麦也这样处理“仿佛由出现在梦中的身体（人）在一个虚幻的舞台上表演一幅革命的剪影”③。相反，雷诺阿电影拍摄的身体（人）很接地气，即使在观看真正的影戏时，也没有半点虚幻的感觉。真实、乏味、耽于感官，他们在吃饭和聊天时最自在。在山上的藏身之所，他们四个人（牧师、农民、匠人和律师）烤一只兔子，加强他们的牢骚和希望。像雷诺阿一样，他们好像更接近丹

① Eric Rohmer, interview in *Libération* (September 7, 2001), 29.

② Philippe Azoury, *Libération* (September 7, 2001).

③ Ibid.

东，而不是冷酷聪明的罗伯斯庇尔。相反，侯麦对罗伯斯庇尔的描绘则充满同情①。罗伯斯庇尔，一个铁面无私的人，尽管发表过很多专题演讲，实际是个不动声色的人，希望通过缩短争论和审讯，坚持绝对简单的判决，以便扫清政治舞台。他尽可能地坚持不见人民，这激起了一种凌驾于话语之上的恐怖，正如它的标志——断头台。

格蕾丝夫人见证了法国国王被斩首，沉默的，处于一种崇高的、有艺术性的距离，在巴黎之上的穆东（Meudon）。侯麦很可能想到了雷诺阿在同一个小镇上的房子，一个以欢乐著称的地方，《马赛曲》大部分是在此策划的。想必，雷诺阿的传记使他对过去的风雅同样敏感。就在《马赛曲》之前的电影中，他深情地记录了男爵世界的衰落（《在底层》/*Les Bas Fonds*），以及罗芬斯坦和波尔蒂奥的衰落（《大幻影》）。但是，侯麦公开指责雷诺阿"偏爱"下层阶级，并且认为"他们是暴民，在很大程度上被操纵。让我们面对现实吧。他们不是友好的"，他们过分的行为正在浪费礼貌②。在改编格蕾丝·艾略特的回忆录时，侯麦给我们带来了弥足珍贵的东西，即反映在优雅感情中的混乱时代。相反，雷诺阿在用他的电影改编普通阶级过去、现在和未来的日常生活时，不是为了某个观点而是为了历史的必然性。《马赛曲》的确"偏爱"，偏爱的是历史，忠诚于某种塑造了文化的东西，是每一次名副其实的改编的最可靠的动机和标志。

［作者单位：西南大学文学院］

① Frédéric Bonnaud, in *Film Comment* (October, 2001), 11.

② Rohmer, interview in *Libération* (September 7, 2001), 29.

《后学衡》投稿须知

1. 《后学衡》为西南大学文学院主办的集刊，每年定期出版 2 辑。

2. 本刊欢迎中国语言文学、戏剧影视文学相关的研究文章，尤其欢迎利用新材料、探索新理论、提出新观点的专题论文。

3. 本刊常设栏目：《学衡》与吴宓研究；文学研究；文化研究；语言文字研究；美学与艺术理论；电影与戏剧研究；史料钩沉；创意写作等。

4. 文章必须未曾在其他正式刊物上发表，每篇字数为 7000—15000 字。重要选题可不受字数限制。

5. 本刊目前只接受邮箱投稿，投稿邮箱为：houxueheng2017@163.com。请在邮件主题中注明"《后学衡》投稿 + 作者单位 + 姓名 + 文章名"。为保证投稿文章内容无误，投稿时请提供 Word 和 Pdf 两种格式的电子文档。来稿请在文末注明作者简介、作者单位、电子邮箱、联系电话、通信地址等信息。

6. 作者须确保投稿文章内容无任何违法、违纪内容，无知识产权争议。遵守学术规范，引文、注释应核对无误。严禁剽窃、抄袭，反对一稿多投。

7. 本刊不收取任何形式的版面费，并按一定标准向作者支付稿费。

8. 本刊已许可中国知网以数字化方式复制、汇编、发行、信息网络传播本刊全文。本刊支付的稿酬已包含中国知网著作权使用费，所有署名作者向本刊提交文章发表之行为视为同意上述声明。如有异议，请在投稿时说明，本刊将按作者说明处理。

9. 本刊实行匿名审稿制，审稿期限为3个月。稿件一经采用，寄送样刊两册。未用稿件，恕不退稿，三月内未收到用稿通知，可自行处理。

10. 本刊地址：重庆市北碚区天生路2号西南大学文学院《后学衡》编辑部，邮编：400715。

祈盼方家赐稿。

《后学衡》编辑部

图书在版编目（CIP）数据

后学衡. 第六辑 / 王本朝主编. —成都：巴蜀书社，2022.12

ISBN 978-7-5531-1847-5

Ⅰ.①后… Ⅱ.①王… Ⅲ.①学衡派—文集 Ⅳ.①I209.6—53

中国版本图书馆 CIP 数据核字（2023）第 003815 号

后学衡（第六辑）

王本朝 主 编

寇鹏程 张春泉 副主编

责任编辑 陈亚玲

出　　版 巴蜀书社

四川省成都市锦江区三色路 266 号新华之星 A 座 36 楼 邮编 610023

总编室电话：(028)86361843

网　　址 www.bsbook.com

发　　行 巴蜀书社

发行科电话：(028)86361856

经　　销 新华书店

照　　排 四川胜翔数码印务设计有限公司

印　　刷 成都蜀通印务有限责任公司（028）64715762

版　　次 2023 年 1 月第 1 版

印　　次 2023 年 1 月第 1 次印刷

成品尺寸 170mm×240mm

印　　张 20.25

字　　数 400 千

书　　号 ISBN 978-7-5531-1847-5

定　　价 68.00 元